文学思想研究

（第一辑）

广州大学文学思想研究中心 编

沙红兵 主编

/01

生活·讀書·新知 三联书店

Copyright © 2020 by SDX Joint Publishing Company.
All Rights Reserved.

本作品版权由生活・读书・新知三联书店所有。
未经许可，不得翻印。

图书在版编目（CIP）数据

文学思想研究 . 第一辑 / 广州大学文学思想研究中心编；沙红兵主编 . —北京：
生活・读书・新知三联书店，2020.10
ISBN 978 – 7 – 108 – 06754 – 8

Ⅰ . ①文⋯ Ⅱ . ①广⋯ ②沙⋯ Ⅲ . ①世界文学－文学思想－文集
Ⅳ . ① I106-53

中国版本图书馆 CIP 数据核字（2020）第 053310 号

责任编辑　关丽峡
装帧设计　蔡立国
责任印制　卢　岳
出版发行　生活・讀書・新知 三联书店
　　　　　（北京市东城区美术馆东街 22 号 100010）
网　　址　www.sdxjpc.com
经　　销　新华书店
印　　刷　北京市松源印刷有限公司
版　　次　2020 年 10 月北京第 1 版
　　　　　2020 年 10 月北京第 1 次印刷
开　　本　635 毫米 × 965 毫米　1/16　印张 23.25
字　　数　260 千字
印　　数　0,001 – 3,000 册
定　　价　58.00 元

（印装查询：01064002715；邮购查询：01084010542）

目 录

论文学思想：文学与哲学的对话

互构：在文学与哲学的间性中开拓文学的可能 …… 3
文学与哲学差异互构的两条进路 …… 8
以身体之名：哲学、美学与文学的互动 …… 13

发生艺术论与戏剧研究

发生戏剧学中剧场与文本的昧式互适 …… 21
京剧锣鼓节奏的符号系统和社会功能
　　——以周信芳《徐策跑城》的锣鼓点为例 …… 45

当代散文思想研究

论世纪之交中国散文的文化选择 …… 63
散文天空的绚丽星光
　　——关于20世纪90年代思想散文的考察 …… 91

古代文学现代性研究

王元化《文心雕龙创作论》的三重结构 …… 123

现代性忧郁：义宁陈氏诗歌研究 …… 161

德语思想与文学研究

  本雅明："紧急状态"下的文体批评 …… 207
  海德格尔对"自然"的解释
      ——也论《艺术作品的本源》…… 240
  审美无区分与后现代生活美学辨析
      ——比较美学视野下当代审美的旨趣和走向 …… 271

叙事与隐喻研究

  历史故事的道义：事实和虚构的文本差异 …… 299
  隐喻的功能
      ——理查德·罗蒂的文学批评与世界构建诗学 …… 330

书评：《文学通化论》研究

  《文学通化论》之辟思 …… 359
  通化性比较研究管窥 …… 365

论文学思想：文学与哲学的对话

互构：在文学与哲学的间性中开拓文学的可能

刘晓明

（广州大学文学思想研究中心）

文学与哲学之争一直是长期争论不休的问题。如果追溯，至少可上溯到柏拉图。但事实上，这场争论并不是文学挑起的，文学一直默默地自我诉说，它自为自律，无一较高下之心。正如布朗肖所说："作品存在着，作品所表达的东西，只是这一点：即它存在着——仅此而已。除此之外，作品什么也不是。"（《文学空间》）那么，哲学何以要与文学相争？或者说文学与哲学所争何为？这涉及哲学作为一种表达形式在探索终极存在时的可能性问题，哲学一直以这种探索为己任。但是，哲学在蓦然回首之际，却发现文学同样也在探索这个问题，不仅如此，哲学甚至发现在试图进入终极存在时，自身传统的形式边界具有某种限制性。也就在这一刻，哲学与文学握手言和了——文学形式为哲学探索开辟了新的可能空间。海德格尔认为诗歌这一形式作为"纯粹所说"乃是文学与哲学共同追求："在纯粹所说中，所说独有的说之完成乃是一种开端性的完成。纯粹所说乃是诗歌。"（《语言》）德里达则通过"隐喻"这一中介，搭建了文学与哲学的桥梁。所以保罗·德·曼才说："一切的哲学，以其依赖于比喻作用的程度上说，都被宣告为是文学的，而且，就这一问题的内涵来说，一切的文学，在某种程度上说，又都是哲学的。"(《解构之图》)由于德里达以一种文学的方式解读了哲学,哈贝马斯称德里达乃是从哲学这类"非文学文本在文学层面上所剩余的意义读解出了诸如间接交流这样的东西"(《论哲学和文学的文类差别》)。

哲学由此不再拒绝文学,反过来,文学由于自身的无限可能性也不应该拒绝哲学。因为,文学与哲学并不是对立的两极,而是一种"间性"——相互存在、相互奥援、相互激励,它们是互动与互构的。

在文学研究中,有一种常见的看法,研究者只需要面对他的研究对象,只需沉浸在文学现象中进行爬梳,而不需要理论,包括理论之源的哲学;并讥讽那种以某种理论包括哲学理论来阐释文学的向度,认为这是生搬硬套。这种看法预设了哲学乃是文学的"他者",是文学的"外部",与文学即使不是格格不入,至少也是隔靴搔痒。但是,哲学既然是理论,就一定具有某种普遍性,文学未必都不适用。更重要的是,哲学中的认识论与方法论,不仅能够进一步深化我们对文学的思考,而且能够拓展文学可能的边界。

显然,研究对象并不仅仅是一种孤立的事实的存在,而且是作为研究主体之对象的存在,按照现象学的说法,是一种意向性对象。因此,研究者并不是只要廓清了事实就完成了研究任务。对主体而言,还有对象的价值与意义,对象与主体的关系——理解与接受;对于存在方式而言,还有对象与传播媒介、传播方式、社会权力等等之间的关系;重要的是,文学也需要有自身的理论建构,而这一切皆需要哲学。

事实上,文学不仅需要哲学,也需要其他学科的互照。尤其是文学,如果要认识文学自身,更需要一种福柯所谓的"外边思维",因为只有超越"文学"自身的所在,才能反思到文学所据以展开的空间,这就需要一种"生活在别处"时所带来的自我反省的力量。也正是在这个意义上,利科提出了"从自身到自身的最近道路就是透过他者"的"诠释绕道"理论。对文学而言,包括哲学在内的其他学科才构成了所谓的"外边",而只有处于这种"间性"之中,才能认识文学自身。克里斯蒂娃曾用"文本间性"这个词去描述各种不同的书写文本的相互作用,如果我们超越文本,或者将不同的学科都视为某种"文本",那么,不同学科也即不同文本间性的差异与互动,就开辟了文学的无限可能性。

我们确实需要反对将某种理论生搬硬套地对文学进行强制阐释,反对仅仅将文学研究视为某种理论的"证明",但这并不是理论的过错,而是使用者的过错,因为任何理论都具有适用的边界,需要根据对象因地制宜。显然,这更不意味着文学就不需要哲学。如果没有哲学,没有理论的介入,文学研究至今将仍然囿于乾嘉学派的传统研究范式之中。那些学养深厚的乾嘉诸老之所以二百多年难以越考据雷池一步,就是缺乏哲学理论这一来自外边的"搅动"。

不仅考据学,中国戏剧的研究也同样遭遇了类似的尴尬。众所周知,布莱希特在观看中国京剧后提出了著名的"第四堵墙"理论,成为三大表演体系中的重要一环。但问题是,中国戏剧早已存在了数百年,如此重要的理论资源,我们何以就没有发现呢?显然,这需要一种来自外边的眼光。这种绕道的眼光不仅需要出自不同文化的差异,也来自不同学科的"外边"。布莱希特正是以他的文化背景与理论修养,绕道中国戏剧,发现了欧洲传统戏剧新的可能。在西方模仿再现的戏剧理念中,现实存在与戏剧存在之间存在着一道无形之墙，使得二者不可能在同一空间内进行交集。但是，在没有"主客二元这一认识论的神话"（本雅明语）的古代中国所生长出来的戏剧形式，从来就没有预设一种被戏剧模仿再现的客观存在，以及与之严格区别的观看主体。在中国戏剧看来，台上的表演者既扮演着剧中的角色，同时也是表演主体自身，而表演者与在场观看者则共同在场，是主体间性的。这种"存在的被遗忘"给布莱希特强烈的冲击，让他意识到了西方传统戏剧中那道不存在的"第四堵墙"。由此可见，如果没有中国戏剧的"他者"，没有西方的认识论传统，布莱希特就不可能发现这堵墙。

而且，问题还不止于认识论。布莱希特本身也是杰出戏剧家，在他的戏剧创作中，大量利用了中国戏剧超越"第四堵墙"的种种方法，例如《四川好人》《大胆妈妈和她的孩子们》《高加索灰阑记》等等。对布莱希特来说，这种互构既来自绕道的反思眼光，也来自哲学的视野。

布莱希特的互构不仅针对着西方的戏剧传统，也同样启迪了中国的文学。因为中国戏剧在布莱希特之前并没有意识到自己不存在那"第四堵墙"。发现在场者不难，发现不在场者则需要比较的、他者的眼光。而发现不在场的存在者，就为文学开辟了广阔的可能。文学研究不仅需要认识在场，也需要发现不在场。从间性的角度看，只有发现了中国戏剧那堵不在场的"第四堵墙"，才能更好地理解那些在场因素，才能更深刻地把握中国戏剧。

作为互构，文学不仅需要利用哲学，而且本身也可以生长出哲学。例如"寓言""格言""对话体"这类形式，就既是文学的也是哲学的。当下，我们所遇到的最大的挑战，乃是面对中国丰富的古今文学实践，却十分缺乏一种自身的理念观照。布莱希特能在中国的文学资源中提取出一种理论形态，就表明中国文学具有丰富的理论养料。只有不拒绝哲学，并利用哲学的"外边"，才能完成文学理论的自我反思与建构。

不仅文学研究，文学创作更是如此。任何一位优秀的文学家也一定是位思想家。普鲁斯特、艾略特、昆德拉、卡夫卡、萨特、加缪、马尔克斯、艾柯、格里耶等等，他们的作品无一不同时蕴含着哲学的思考。正是这种思考，使得文学与哲学产生了一种互构，也使得文学得以超越形式而具有形而上的追求。这就给文学带来了无限的可能，因为形式总是具有限度的，而思想则是不能穷尽的。尤其是那种深刻的洞见，那种对人及其意义的深度思考，使得阅读者在更高的层次上获得了阅读的快感。有一种看法认为，那些获得巨大声誉的经典作品，其实大都并不好看。正因为如此，才有所谓"经典"乃是那种人人知道但从不阅读的作品这一说法。但是，如果将"好看"仅仅定义为一种感觉中的快感经验，就大大降低了文学的品位，文学更重要的价值不在这种"好看"之中，而在于揭示生活的本质，在于一种思想的快感。

如今，哲学已经接纳了文学，文学还有理由拒哲学于千里之外吗？

文学与哲学差异互构的两条进路

沙红兵

（广州大学文学思想研究中心）

《新修滕王阁记》不是最出名的韩文，但文心运思颇值一提。韩愈一开头就写从小听闻滕王阁的美名，又看到王勃的序、王绪的赋、王仲舒的记，壮三王之文辞，"益欲往一观而读之"；接着写系官于朝，不能遂愿，被贬潮州又走了海路，量移袁州因州务繁忙，都再三错失机会；最后写当年写记的王仲舒主政江西，翻新滕王阁，一方面上司之命难违，一方面滕王阁地灵文昌，萦怀既久，于是遥作本记，希望列名三王之次，有机会亲临当再衔命赋之……韩愈此文未曾过多为滕王阁本身敷辞设色，而是铺陈和反思了作文过程，实际上是展示了三王之后如何再写滕王阁的困难，以及自己如何因难见巧，将文学与思想反思结合，重铸新词。博尔赫斯当年偶然读到韩愈的《获麟解》，称之为卡夫卡的先驱。对于这篇《新修滕王阁记》，我们也不妨追随博尔赫斯，将之称为自我反思、自我质询的文学的先驱。当然，这样连类比较难免传统与现代的"时代错置"。黑格尔被哈贝马斯称为第一个对现代性做出较为清晰的概念界定的哲学家，他在《精神现象学》序言中写道："我们这个时代是一个新时期的降生和过渡的时代。人的精神已经跟他的旧日的生活与观念世界决裂，正使旧日的一切葬入于过去而着手进行他的自我改造。"显然，唯有这样一个现代时代（现代性），才能为思考和处理文学与思想、文学与哲学之间的关系这一自柏拉图以来就争执不休的论题提供前所未有的社会时代框架。

　　经过文艺复兴、宗教改革、工业革命直至启蒙运动的连番洗礼，逐步形塑出现代性的一个最重要的特征，即宗教坍塌，理性崛起。但随之而来的问题是，原本属于宗教的经纬天地、统合人心的功能，理性是否能够承接过来并且担当得起？黑格尔对此较为肯定，在其艺术、宗教、哲学的精神发展序列中，随着哲学理性时代的到来，艺术也将终结。但康德却较为谨慎乃至犹疑，他对于理性特别是艺术判断力的思考，也为施莱格尔兄弟等耶拿浪漫派留下继续掘进的空间。一方面，卢卡奇曾将耶拿小镇与庞大地球并置，两者间的巨大张力，表明浪漫派在对（黑格尔式）哲学理性无法最终克服虚无主义的失望之余，期望将康德美学、歌德诗学与法国大革命的政治理想三者合一的强韧勇气与雄心；另一方面，恰也表明浪漫派转而求助艺术，不过是精神的金字塔，或火山下的跳舞。黑格尔《美学》导言和《精神现象学》前言均隐以施莱格尔为对手，施米特《政治的浪漫派》更明确指出浪漫派的政治抱负不免堕入个体主观想象的美学体验。

　　但浪漫的精神不死，启蒙的理想也不会消歇。而且，浪漫派不仅不是如一般解释框架所阐述的，是启蒙运动的对立与反动，而是启蒙理想的深化和转折。启蒙理性、浪漫灵知与现代主义话语交织，特别是晚近尼采、海德格尔思想以及20世纪60年代中后期对尼采、海德格尔加以各种重新解释的法国思想的持续建构与影响，由康德、黑格尔、耶拿浪漫派所揭橥的诗与哲学之争的大问题，又在一个日益凸显的新的功能角色——

"哲学家-诗人"或"诗人-哲学家"——之身集中表现出来。可以看到,一方面,一般被视为哲学家的,几乎没有不借助诗歌或艺术而立论的,如尼采之于希腊悲剧与瓦格纳,海德格尔之于凡·高、荷尔德林,列维纳斯之于莎士比亚、托尔斯泰,德里达之于马拉美、塞尚、卡夫卡,福柯之于鲁塞尔、马格丽特、马奈,德勒兹之于巴洛克艺术、现代电影、卡夫卡、普鲁斯特及培根的绘画,阿甘本之于麦尔维尔、卡夫卡,齐泽克之于电影,朗西埃之于福楼拜、贝拉·塔尔,让-吕克·南希、菲利普·拉高-拉巴特之于早期浪漫派,罗蒂、卡维尔之于浪漫派,等等;另一方面,一般被视为诗人、小说家或艺术家的,如施莱格尔、蒂克、诺瓦利斯、波德莱尔、荷尔德林、马拉美、兰波、里尔克、卡夫卡、策兰、培根、基弗、布朗肖、贝克特,甚至拉法耶特夫人、简·奥斯汀、华兹华斯、迪金森、哈代等等,也无不通过艺术作品,对主体、存在、作品的现代样式以及写作、运思的过程等问题,展开不断的勘问与探索。

当然,哲人兼及诗作或诗人兼及哲思,都还是粗浅之迹。更为重要的是,无论是哲学家-诗人,还是诗人-哲学家,都身处于浪漫现代性的长长阴影之下,既不能完全确信,也不能抽身而去,他们转而重点扬弃、重新拂拭另一个浪漫主义的新维度、新变体——一个永远无法最终定形的浪漫主义(an unworked romanticism);这是对原本激烈和强韧的浪漫主义的弱化,是对浪漫主义的非浪漫本质(non-romantic essence of romanticism)的发掘,但这种弱化和发掘,恰也就是它的力量。此外,还有对早期浪漫派所采用的"断片"这种文体写作形式的再度界定与肯定:断片要对形式与内容、主体与客体等一切加以综括,但是同时又清醒地意识到,这样的最终综括在根本上又是永远不可能和做不到的。综括是浪漫的精神追求，同时也还回响着敢于认知一切的启蒙理想，但将综括理解为正在成为的无法最终定形的过程，却是借着对浪漫派等的新解释而得到的新认识。这也是为今日哲学家或诗人所强调的写作（诗、文学、艺术、哲学）的"晦昧"（ambiguity）的特点。用德勒兹和加塔利的话说，写作就是正在成为浪漫主义的写作。正在成为的无法定形的晦昧，显然已成为一个总是以否定性出现的肯定性价值，一个公开的秘密，特别是在如韦伯所说的资本主义工具理性以金钱和效率化约一切价值的社会文化之中。晦昧是不可决定的，不得还原与化约的，不能算计和算尽的。

晦昧同时也是哲学与文学差异互构的晦昧地带。以德里达和布朗肖为例。德里达曾自述他的兴趣主要有二：一是柏拉图、康德、胡塞尔等大哲学家的经典哲学，但他同时关注这些经典文本的"次要"方面，以及一些向来被忽略的问题甚至脚注等——恰是这些对于哲学的完美体系造成烦恼；二是非哲学的文学文本，如莎士比亚、塞万提斯、马拉美等的作品。不过，德里达郑重强调，他关注的重点始终是哲学。他所需要的是文学写作对哲学的激扰和解构，而不是取消哲学。无论如何，康德、黑格尔所代表的类型与但丁、莎士比亚的类型是可以和必须区分的。此外，柏拉图与黑格尔的文学是不同的，正如莎士比亚的哲学和但丁的哲学不同一样。所以德里达根本不同意罗蒂将"后哲学"等同于文学，他甚至认为海德格尔、尼采也太偏于诗歌了。与德里达相映成趣的是布朗肖，他在《文学和死亡的权利》这篇名文里说："为何在这世上有晦昧存在？晦昧恰就是它自身的答案。除非我们在对晦昧的回答中重新发现了晦昧，否则我们不能回答为何存在晦昧这个问题；一个晦昧的回答，依然是一个有关晦昧的问题。"晦昧因此就是文学的"起源"，文学就起源于这种无力说也无力写的无话可说的无能，起源于对这种缺乏意义的晦昧状态的不能超越又非超越不可。像布朗肖眼里典范的"现代"作家马拉美，他的诗作已远不是那一首首具体的诗作那般简单，而是对"作品"究竟如何可能如何完成的关切与追寻。而布朗肖本人的作品——主要是"小说"和"文学批评"——也已越出一般小说和文学批评的范围，尝试弥合康德之后批评与创作、趣味与天才、审美判断与创作原理之间的断裂。布朗肖却也坚持他所从事的是文学而非哲学，理由很简单，哲学家都在大学任教，而他从未走上讲坛。他落脚在文学，与落脚在哲学的德里达一起，代表着在现代性的西方脉络之下文学与哲学差异互构的两条进路。

最后，让我们回到一百年前的中国。晚清诗人沈曾植《与金潜庐太守论诗书》云："记癸丑年同人修禊赋诗，鄙出五古一章，樊山五体投地，谓此真晋、宋诗，湘绮毕生何曾梦见。虽谬赞，却惬鄙怀。其实止用《皇疏》'川上'章义，引而申之。湘绮虽语妙天下，湘中选体，镂金错彩，玄理固无人能会得些子也。"所云"修禊赋诗"，即沈氏《三日再赋五言分韵得天字》；诗意化用皇侃疏解的《论语》孔子语"逝者如斯夫，不舍昼夜"，其间"玄理"至今犹引发学者阐发其"古典今义"（参胡晓明《沈乙盦修禊诗笺释》）。我们的问题是：从《论语》的远古以来，包括本文开头的那篇韩文，中国诗歌、文学与思想不断差异互构的历史，能否成为今日现代性所汲引的古典资源，进而在西方的脉络之外，探索文学与哲学差异互构的另一条进路？

以身体之名：哲学、美学与文学的互动

肖建华

（广州大学文学思想研究中心）

一反自笛卡尔以来高抬心灵而贬抑身体的倾向，西方现代哲学和美学正在进行着所谓的"身体转向"。对于此"身体转向"，如果要追根溯源的话，19世纪后半叶的尼采提出的所谓"要以肉体为准绳"的超人哲学以及在此基础上将对艺术、审美的理解与生理的欲望结合起来的"艺术生理学"或"美学生理学"，应该可以称得上是近现代西方最早的身体哲学和美学的研究了。至20世纪初，弗洛伊德在其《梦的解析》中对人的心理深层的无意识成分的挖掘，又将身体哲学和美学的研究提升到了一个新的高度，也深刻地影响了此后西方的身体哲学和美学，尤其是女性主义的身体哲学和美学的研究进程。

所谓身体哲学和美学，顾名思义，就是一种强调身体的价值和意义的理论学说。有必要澄清的是，我们这里所说的身体哲学和美学，并不泛指古往今来与"身体"有关的一切思想观念，而只是局限于西方现代以来，一些理论家在反对西方传统的以理性意识为核心内涵的形而上学哲学和文化的过程中，通过对身体的强调和张扬，所鼓动的一种思想潮流。也就是说，身体哲学和美学的兴起首先是一个现代性事件，对它的理解要放在现代性这个问题领域当中来进行；其次，身体问题之于现代哲学和美学，重要的不是一种研究范围上的添加，而更多代表的是现代人对于"人是什么？""美是什么？"等这样一些根本性的哲学和美学问题的看法和思维方式的转变。

大致说来，在现代西方，有关身体哲学和美学的研究，主要有如下几种路径：

其一，以波伏娃、巴特勒等为代表的女性主义的身体观。在《第二性》一书中，波伏娃指出，形塑女性身体的卑贱性特征或者说使得女性成为所谓的"第二性"的最根本原因并不主要在于男女两性生理上的差异，而是两性在现实中的经济和社会地位的不同。波伏娃的身体论述是以生理性别和社会性别的对立为基础的，而巴特勒的一个主要目的就是意在打破由波伏娃所奠定的这样一种二元对立式的性别话语界限。巴特勒认为，身体是由在不同历史条件下不断调整的规训体制所塑造成型的一种结果，同时它也是由包含生理特征、规训制度、语言系统等多种要素所共同结构的一种物质性、事实性存在。也就是说，在巴特勒看来，身体既是一种文化性的身体，同样也是一个物质性的身体，二者之间你中有我、我中有你，本就是一个融合无间的整体。

其二，以梅洛-庞蒂、施密茨为代表的现象学的身体观。梅洛-庞蒂认为，每一个身体就是一个有知觉的主体，而身体对世界的知觉构成体验，这种体验具有意向性，身体的意向性一方面使得身体总是朝向世界的，这显示了身体与世界的一体性；一方面使得我的身体能够与其他的身体主体在彼此意向相互投射的过程中交织成一个身体主体间性的世界。作为当代新现象学的代表，施密茨发展了海德格尔的现身情态说，将对身体的研究与情感关联起来。施密茨的身体现象学有三个关键词，分别是"氛围""入身""情境",其内在逻辑是:情感构成围绕身体周边的氛围。在此氛围中,身体超出个人自我的限制,直接地去了解他人、体验世界,这就是入身;在这种入身式的情感体验活动中,身体被卷入一个主客同一、物我交融的情境世界,而这也就意味着,人和人、人和世界的统一性关联被呈现,而我们也就在这样一种关联中获得对世界的完整的理解。

其三,以舒斯特曼为代表的实用主义的身体观。舒斯特曼的身体美学主张回到审美作为感觉学(aisthesis)的本义,他认为,通过对人的身体的训练,改善人的感觉和感受,可以帮助柔化和减少现实世界中人和人之间、民族和民族之间、种族和种族之间的各种怨恨,可以帮助人重建对世界的正常的态度或感受。这很显然,是有很强烈的实用主义目的在内的。

其四,以福柯、让－吕克·南希为代表的后结构主义的身体观。通过细致的材料梳理和分析,福柯发现,近代西方所谓"人"的观念形成的历史,就是一部通过层级监视、规范化裁决、检查等各种惩治手段对人的身体的压抑史和规训史。在批判和解构这样一种"人"的观念的基础上,福柯主张一种通过自我技术关注和呵护身体的生存美学。在南希那里,身体不是一个固定的存在,而是生存着的身体的永不停歇的体验,是类似能指符号的不断滑动,是如踪迹一样的意义的不断生成和处于延异之中。

以上四种身体哲学和美学的研究路径其实是可以互补的,它们的互补和对话刚好指示了我们所要建构的身体哲学和美学的具体形态和性质。也就是说,我们所主张的身体哲学和美学既应该是一种本体论,如梅洛－庞蒂、施密茨从本源性的角度强调身体与世界的有机整体关系;也是一种方法论,这种方法是一种如女性主义、福柯所做的那样通过高扬身体的地位以批判传统文化和社会的方法，是一种如舒斯特曼所做的那样把对身体的训练作为认识和改善人类自身及其生活环境的方法；更是一种价值论，因为重新定位人类身体在世界中的位置，通过彰显身体之意义以对人类世界进行一种批判和改造本身就是一种极为重要的价值。

身体哲学和美学在现代的提出，主要面对三大任务：一是解决身体与文化的统一性问题，比如舒斯特曼的身体美学，意在通过对身体的训练解决社会发展中遇到的各种文化性问题，以让社会走上一条更加健康良性的道路，又如女性主义的身体哲学和美学，对于波伏娃、巴特勒等女性主义者来说，如何消除女性本身的生理性别与社会性别的对立，乃至最终消除男性身体与女性身体的对立，是其始终要面对和不断去克服的一个至关紧要的问题，等等。显然，上述这些身体哲学和美学的研究中蕴含的一个重大题旨就是如何克服身体与文化的对立，实现身体与文化的统一的问题。二是解决身体与世界的统一性问题，比如梅洛-庞蒂认为，我的存在就是身体性的存在，而身体是一个朝向世界的身体，身体在世界中就像心脏在肉体中一样。又如在施密茨看来，身体的现身情态本就使得外部世界对于我们而言不是一个陌生的、冷冰冰的存在，身体所处于其中的情境世界是一个主客不分的世界，是每一个身体在其中能够进行相互地投射和互动交流的有情的世界。三是解决身体与意识的统一性问题。传统哲学是以理性为内核的意识哲学，现代身体哲学和美学的出现，是以意识哲学的反对者的面貌出现的，在这样一种过程中，如何既批判传统的意识哲学，又在凸显身体之于现代哲学和美学研究意义之同时实现身体与意识的统一，是一个非常紧要的问题。而从目前西方身体哲学和美学思潮诸流派如女性主义、现象学、实用主义、后结构主义等的研究现状来看，它们都在克服身体哲学与意识哲学之对立、实现身体与意识之统一这个问题的推进上进行了艰苦的探索，取得了一定的成绩，这一点从上面对各家思想的介绍中可以见出，此不赘言。

身体哲学和美学在现代的兴起，其意义是很明显的，概括起来，主要有如下几点：一、反抗理性的专制和压抑，以身体之名为现代哲学的研究注入一种感性的生动性，恢复哲学研究的生命活力。对于美学而言，这一点尤为重要，梅洛-庞蒂的知觉体验、施密茨的人身理论、舒斯特曼回复作为感觉学的审美的本义等等，这些致思取向对当代美学的研究无疑有重大的启发。二、传统的哲学和美学研究是思辨的，是高头讲章式的，现代身体哲学和美学的研究恰如舒斯特曼所说，意在恢复哲学和美学的行动性、实践性，一种对现实的介入性和对社会文化责任的承担性，这一点恰好也与现代西方哲学和美学的"实践转向"的路径相暗合。三、现代的身体研究正在越来越超越形而下的限制而使得身体具有一种精神上的维度，即在克服传统形而上学的崇心抑身的倾向的过程中，建立一种以身体为桥梁的身心一体的后形而上学，这一点对于当前和今后的哲学和美学研究的影响将是巨大而深远的。

如南希所说，在文学中，除了身体之外，一无所有。南希的这个论断指明了身体之于文学的重要性。它也启示我们，从身体哲学和美学的角度对文学中的身体维度进行分析，应该是文学研究当中一个不可或缺的重要内容。

但是，在当前有关文学的身体性的研究中，有一个非常不好的倾向是，很多论者不分青红皂白，把只要是写到了一些性爱场面，涉及一点肉体展示的作品统统说成是"身体写作"，都视作"身体美学"的体现。

我们认为，对于那种从身体哲学和美学的角度对文学作品的研究，对于一门所谓的"身体文学"或"文学身体学"的建立，在其实施过程中，必须要把握好这样几个尺度：首先，要认识到身体之于文学不是一种猎奇的景观，不是一种为了满足男性或女性看客的欲望材料，身体的展示可以是文学的内容，但它必须成为文学的本体构成，要承担起文学审美意义的建构功能；其次，要坚决批判当代那种低俗化的所谓"下半身写作"，要旗帜鲜明地指出，它们既不属于"身体文学"，也不具有进行身体美学分析的价值；再次，身体在现代文化中的崛起是一个属于我们时代的现代性事件。对于文学作品中身体维度的分析，要从现代性的角度，认识作家通过此身体描写意图达到一个什么样的目的，具有什么样的现代性意义，比如批判政治话语对身体的规训、反抗男性文化对女性身体的贬斥、在当前大众化语境中昭显身体的感性意义等等。

身体哲学和美学既是一种理论，更是一种实践，它是理论和实践的统一。运用身体哲学和美学的相关理论，对文学进行分析，本身就是身体哲学和美学的这样一种思想特点的展现，也是其思想意义在文学实践当中的一种释放。当然反过来也可以说，通过对文学的身体性维度的理论分析，又可以有助于我们加深对现代性进程中身体哲学和美学崛起的必然性的理解，有助于我们更感性地认识到身体哲学和美学的理论构成和理论意义，有助于我们从文学的角度去丰富和深化身体哲学和美学的理论探索。显然，这已经是属于哲学、美学和文学学科之间所进行的一种深层的、生动的对话和互构了。

发生艺术论与戏剧研究

发生戏剧学中剧场与文本的昧式互适

刘晓明

（广州大学文学思想研究中心）

引论：发生戏剧学概述

与一般的起源研究不同，也与可重复性套语程式这类技艺不同，发生性研究的不是在场者或者不是已存在的、被给定的客体，而是存在者是其所是的先在的纯粹形式。本文的"纯粹形式"这一范畴不仅指康德意义上的先验的形式，也包括经验层面的纯粹形式。这里纯粹形式之所以"纯粹"，是因为这种形式尚未完成，是构成性的，不能独立存在，需要与经验对象综合才能把握，下文将对此展开讨论。发生文艺理论首先需要在反思还原中认识这种先在的纯粹形式，并进一步研究诸存在者之间在其原初构造中的纯粹形式相互作用下，生产新存在者的生成性过程。与发生现象学不同的是，发生文艺理论不仅探究主体意识的先验形式，也研究客体包括文艺对象的发生性先在形式，以及诸存在者处于一种有限性的时空中相互作用的生成性问题。发生文艺理论需要探究的问题是：文艺存在者的纯粹形式是如何在有限性的时空中，以一种无意识乃至非意识的方式发生作用的，尤其是其中的作用机理是如何运行的；而在非客体化的文艺现象中，则是如何把握形构这种现象的纯粹形式。

由于纯粹形式尚未完成，不能独立存在，其与经验对象的综合就是一种"昧式"过程。所谓"昧"就是不确定的、未成形的可能性。所谓"昧式"即尚未完成形式化、尚处在不确定的暗昧中，但具有一种形式化的倾向性与能量，是一种尚待完成的可能关系的形式。不仅如此，在剧场中，存在者不是单一的存在，而是诸种存在者之间在其原初构造中的形式相互作用下，构造新存在者的生成性过程，这种相互给予方式及其综合往往是一种不可见的"昧式"过程。为此，我们曾提出"剧场昧式"这一范畴对此进行描述。在剧场昧式看来，剧场是一个有限的聚集性世界，它意味着一种有边界的空间，这就是有限性，是一种限制，限制就是一种约束力、一种能量，因而是发生性的。在剧场昧式中，具有四种开显戏剧形态的生成潜能：剧场格式塔、诸存在者、关系昧式和为他昧式。[1]

一、发生性昧式视角中的文本

从剧场昧式的观点看，文本不仅仅是一种戏剧文学，也不仅仅是戏剧演出的依据，甚或是被语言概念所凝固的表演，最主要的是，文本是剧场中"世界3"的存在者。剧场存在者意味着什么？意味着它自身具有能动性与发生性，意味着它将在剧场与诸存在者之间通过关系昧式相互同化顺应。

剧场及其诸存在者皆具有自身的昧式。剧场本身作为一种"昧式"，不仅仅是一种剧场的存在形式，更重要的是，剧场昧式作为一种潜在的规定性与限制性对其中的诸存在者具有一种

---

[1]　拙作《剧场昧式：一种新的戏剧理论》，《戏剧艺术》2018年第4期。

限激作用。而作为诸存在者的文本也有自身的昧式，这种昧式就在于它的文字表达性、文体形式、接受方式对其内容的限激。正是由于诸存在者均有自身昧式的自性，因此，其中的不兼容与冲突就不可避免，关系昧式的同化互适作用就必然会在其中起调节作用。

所谓关系昧式，乃是一种剧场格式塔的作用形式。按照格式塔理论的观点，剧场是作为整体性而起作用的，因此，剧场诸存在者就不是各自独立地行使作用，诸存在者自身的形态、位置与功能是由剧场本身作为一个整体的结构所决定的。但是，剧场整体结构并不是先在存在的，它本身又是由诸存在者在互适同化的过程中被创造出来的。这是一个复杂的昧式过程。在剧场整体结构的作用下，诸存在者由于各自的形式与功能的差异会导致冲突互适：诸存在者不同自性的昧式在相互作用下所形成的同化形式，会过滤该形式不能兼容的质性，同时融化能被兼容的诸存在者的质性，这就是昧式作用一般形式中的"规定性"。但这种同化与过滤是一种无意识的昧式过程，而且由于剧场诸存在者"之间"的昧式是一种非固定的待完成式，就使得它们可以在"昧式"的层面进行同化，产生某种具体形式。一种存在者或者说戏剧元素进入剧场所起的作用，并不仅仅局限于该存在者自身的内容，也不仅仅会对其他存在者产生影响，而是会对整个剧场内部运作系统产生作用，这种作用甚至是革命性的。中国戏剧史告诉我们，曲词、舞蹈、歌唱乃至帷幕这类存在者是如何在剧场的有限性与关系昧式的作用下开显出具有独特性的戏剧形态的。

我们先来分析文本成其自身的形式质性。文本即用文字的形式表现剧场演出。但是，二者并不是同一的。剧场呈现形式与文本呈现形式具有重要的区别：剧场呈现是诸存在者自现，而文本呈现则是对这种自现的概念性文字表现。这两种不同的呈现形式的差异具体表现为：

第一，剧场呈现是感觉性的，剧场存在就能以感官的多元方式存在，因此，剧场呈现是具体性显现；而文本则是概念性的，需要对剧场呈现进行概念化的提纯。

第二，剧场呈现是整体的、连续的，而文本则是单元的、分别的、间断的文字呈现。

当上述两种不同呈现形式对接时便显现出其各自的自性特征：剧场的优势在于具体化、直接性与感官的多元，其局限性在于时空的限制与抽象关系意义的隐晦；文本的优势在于叙事、概念的超时空性、关系意义，其局限性在于文字并不能完全"显现"剧场的具体空间形态与运动形态。

现在的问题是：两种不同的存在者需要在剧场中融为一体，也即是说，在剧场限制性的作用下，两种不同形式需要在昧式的层面进行互适。也就是，需要排除硬性的形式质性而在昧式中进行交融，这种交融将产生一种兼容各自特点的新产物。接下来，我们将从不同的层面展现两种形式在昧式中相互作用的后果。

剧场能够充分利用多感觉的维度：视觉、听觉，后剧场还试图将感觉的维度拓展至嗅觉、触觉乃至味觉。文本虽然也是视觉的，但文本的概念性视觉过滤了具体性和文字不可再现的事物，因此二者的形式限激不同。更重要的差别在于，就意义的显现而言，剧场中传达的意义是昧式的，需要观众在接受过程进行概念的确定。例如，剧场某个角色的一系列行为的意义须由观众解读为"英雄的""奸诈的"等概念性意义；而文本则可以直接做意义的概念化表达——将行为的意义语义化。当然，剧场也可利用文本的概念形式，但需要转换为听觉概念，也即转化为对话或独白。

文本作为存在者进入剧场，必然带来自身的形式质性。这种形式质性包括文辞、叙事性、超时空性、想象性等等。我认为，文本的这一重要优势尚未被充分认识，只要看看近来出现的否定文本在戏剧中的作用就可窥见一二。事实上，文本早已通过其形式特征潜在地以昧式作用于剧场。

二、戏剧需要文本吗？

有一种观点认为，剧本对于戏剧来说并不重要。美国著名戏剧理论家汉密尔顿在其《戏剧原理》中有如下论述：

> 文学的风格，即使是最卓越的批评家，也很难在剧场中判断。……事实上，文学之风格，对于观众大多是无用的，一般的观众每为在舞台上的说话之情绪的内容所感动，极少会注意到意义的字句之组织。《哈姆雷特》中有一句"请你和幸福暂时分手"——这句说话安诺德曾采为他的文体试金石之———其所以真正感动剧场里的观众，并不在辞句之佳妙，不过是哈姆雷特为他之后死的至友的祈福，和解释他对于世态炎凉的感想足以令人感动而已。
>
> 在舞台上，内容较之于对话的文学风格更为着重，这我们从比较莫里哀与其承统者，摹仿者莱雅德的作品，便可以知道。莫里哀能够把他所要说的东西清楚地表现出来，就这一种意义来说，他的确是一个伟大的作家；他的诗和

散文，都极为晶莹与适于朗诵。但是就用字这一点来说，莫里哀确不是一个诗人，而且也可以公平地说，在辞句之内涵上，他是没有风格的。倒是莱雅德可以称为一个诗人，而从风格的立场来说，所写诗歌优于莫里哀。他有一种极其流畅的文体，其辞藻铿锵和谐。但仍然莫里哀远超乎莱雅德之上而成功一个剧作家，……我的意思决不是说戏剧并不需要伟大的作品；不过以为文学在剧本，真正的剧本之直接价值上，并不是必需的要素。事实上，许多杰出的剧本时常完全不用言语去表演。默剧在任何时代，都被承认为戏剧之真正的嫡系。十数年前维治夫人在纽约排演独幕剧《手》，在四十五分钟间，一个字也没有说，却牢牢地把握着观众的注意。[1]

当然，汉密尔顿并不是笼统地忽略文本，而是认为传统文本的"文学要素"在剧场演出并不重要。那么，汉密尔顿的剧本之"文学要素"指的是什么呢？主要指的是对话的技巧、修辞，诗歌的韵律这类"听觉"性的元素。什么才是戏剧文本中最为重要的因素呢？汉密尔顿认为是剧场诸元素：

尤应特别注意戏剧并不是写来读的故事。戏剧本不应视为文学之一部——比方如叙事诗或小说一样。从剧场之立足点来说，文学反应视为只是戏剧家借以把他的故事更有效地传达给观众之方法。伟大的希腊戏剧家需要有对于

---

[1] 汉密尔顿《戏剧原理》，赵如琳译，收入赵氏《戏剧艺术之发展及其原理》，东大图书股份有限公司，1994年，第104—105页。

雕刻与诗歌之理解；而在近代剧场，剧作家须表现画家与文人之想象。戏剧本应诉之于视觉而非听觉。在近代舞台，装饰洽宜的人物应现身于设计与描绘得极其周详，光与影照耀得极其适当的装置之内，并常需音乐的艺术以辅助其感效。因此，戏剧家不只应赋有文学的天才，并须对于绘画效果底雕刻的与造型的要素有明晰之见地，节奏与音乐之理解，与乎演剧艺术之洞澈的知识。因为戏剧家应同时在同一的作品里将许多种艺术的方法配合调和，故不应集中注意去单独批评他的对话，和只就文学的领域去褒贬他。[1]

汉密尔顿的看法是有见地的，他注意到了剧场诸存在者相互作用而对文本的影响。但是，他对"文学"的理解有局限性。文学并不仅仅是对话的技巧、修辞，诗歌的韵律等，文学更为重要的是对存在的开显方式，这种方式使得存在以一种前所未有的形态显现出来，从而展现出文学性的独特魅力，这种存在之创造性的文学显相也可以成为剧场的重要元素。我们将在下文中分析《牡丹亭》中具体阐释这一点。

德里达也不认为戏剧文本对戏剧具有重要的意义。德里达从文本对于表演的限制的角度称戏剧"是作为死亡的诞生的运动"。波兰剧作家格洛托夫斯基曾经指出："在戏剧艺术的发展中，剧本是最后加上去的一个元素。"他甚至主张将戏剧艺术与戏剧文学区别开来，文本属于戏剧文学："剧本一旦写成，它的全部意义就已经表现出来；文学就是这样，我们可以把这些剧

---

[1] 汉密尔顿《戏剧原理》，赵如琳译，收入赵氏《戏剧艺术之发展及其原理》，第101—102页。

本当作'文学'的一部分来阅读。在法国，用书籍形式出版的剧本称之为戏剧艺术——据我看，这是一个错误，因为这不是戏剧艺术，而是戏剧文学。"[1]电影学界也具有同样的观点。法国左岸派编剧阿伦·罗布-格里叶认为，根据文本"改编出来的影片总是荒唐可笑的"，因为"文学——这是词汇和句子，电影——这是影像和声音。文字描述和影像是不相同的。文字的描述是逐渐推进的，而画面是总体性的，它不可能再现文字的运动"[2]。汪流在《电影编剧学》中提出了"文字形象能否转化为银幕形象"的问题。[3]

当然也有不同的声音。德国艺术理论家玛克斯·德索就大力肯定了文本的作用：

> 每当情绪的波动在剧作家灵魂中相互作用时，文字同时又以一种无限制的丰富形式倾泻出来，因为所有的语言手段都已动员起来。莎士比亚那种确定无疑的激起我们语言感，同时又激起舞台感的能力使我们赞叹不已。当然，他常常伤害我们的纯审美情感。倘若该剧只反映美，那么行为中的每一个部分都必须要激起纯粹的愉悦——除了它对整体结构所起的全部作用以外——语言也是一样的。然而文字剧便完全没有这些限制。语言所起的作用远不只是愉悦而已。首先，它表现出该作品的一般特质。它在客厅

---

[1] 耶日·格洛托夫斯基《戏剧就是对峙》，童道明主编《现代西方艺术美学文选》，春风文艺出版社，1989年，第150页。
[2] 阿伦·罗布-格里叶《我的电影观念和我的创作》，《世界电影》1984年第6期。
[3] 汪流《电影编剧学》，中国传媒大学出版社，2006年，第346页。

喜剧中是简易流畅的，在民间剧目中则是简练粗略的。小小的俏皮话能立即以喜剧的欢快充斥我们的心灵，同样，沉重严肃的诗文则立即给我们以命运之悲的感觉。作者的台词也是为刻画性格服务的。他不仅通过行为，而且还通过言谈进行描绘，当然，这些言谈并不是用作者自己的话进行的。……（其次，作为人物内心独白语言文字，可以更好地表现一个精神上成熟的人物）概念上发展了的复杂性在这一时刻意味着一个成熟的精神的加入。独白描绘了一种内心纷扰，并用语言把它继续下去。……最后，语言就在这样一个意义上，即某种有价值的东西已基本以不恰当的形式所表达这样一个意义上变成为象征的了，但正是通过这样的表达才能获得一种特殊的体现。[1]

但中国戏剧的发展史告诉我们，对这个问题的回答取决于如何界定"戏剧"。具体地说，取决于戏剧的表现形式和复杂度。如果"戏剧"是动作性的歌舞类戏剧，例如《武林旧事》中"官本杂剧段数"占主体的大曲类杂剧就不需要剧本。此外，如果戏剧表现的复杂性不大，也可以不需要文本。例如，金元院本中的"谐剧"。文本不仅为戏剧提供了唱词、宾白，更重要的是，提供了组织复杂戏剧的可能性。一个"演故事"的演述戏剧，涉及诸多场次的诸多在场人物，如果没有文本，是难以组织起来的。从这个角度考察中国戏剧史，我们就可以明白，在文字尚未在社会充分应用的时代里，是难以产生王国维所谓

---

[1] 玛克斯·德索《美学与艺术理论》，兰金仁译，中国社会科学出版社，1987年，第346页。

"真戏剧"的。至少在宋金时代，官本杂剧段数和院本名目中的相当一部分是没有也不必具有剧本的。

王骥德《曲律》"杂论第三十九"：

> 元人诸剧，为曲皆佳，而白则猥鄙俚亵，不似文人口吻。盖由当时皆教坊乐工先撰成间架说白，却命供奉词臣作曲，谓之"填词"。凡乐工所撰，士流耻为更改，故事款多悖理，辞句多不通。不似今作南曲者尽出一手，要不得为诸君子疵也。[1]

王骥德这一看法并非是孤立的，其同时代的臧晋叔在《元曲选·序》中也持类似的看法："主司所定题目外，止曲名及韵耳。其宾白则演剧时伶人自为之，故多鄙俚蹈袭之语。"这一观点影响很大，后人在论及元杂剧曲白的差异时往往引用之。

对于古典戏曲曲雅白俗，凌濛初另有看法。他认为，宾白之所以鄙俚并不是"演剧时伶人自为之"，而是戏剧对现实再现的必然。因为宾白是各色人等的口语，不能统一为深奥的雅言。否则"花面丫头，长脚髯奴，无不命词博奥，子史淹通，何彼时比屋皆康成之婢、方回之奴也？"，见凌濛初《谭曲杂札》：

> 白谓之"宾白"，盖曲为主也。《戒庵漫笔》曰："两人对说曰宾，一人自说曰白。"未必确。古戏之白，皆直截道意而已；惟《琵琶》始作四六偶句，然皆浅浅易晓。盖传

---

[1] 王骥德《曲律》，《中国古典戏曲论著集成》第四册，中国戏剧出版社，1959年，第148页。

奇初时本自教坊供应，此外止有上台拘拦，故曲白皆不为深奥。其间用诙谐曰"俏语"，其妙出奇拗曰"俊语"。自成一家言，谓之"本色"，使上而御前、下而愚民，取其一听而无不了然快意。今之曲既斗靡，而白亦竞富。甚至寻常问答，亦不虚发闲语，必求排对工切。是必广记类书之山人，精熟策叚之举子，然后可以观优戏，岂其然哉？又可笑者：花面丫头，长脚髯奴，无不命词博奥，子史淹通，何彼时比屋皆康成之婢、方回之奴也？总来不解本色二字之义，故流弊至此耳。或曰："然则如《琵琶》黄门、早朝等语亦非乎？"曰："说书家非不是通俗演义，而'但见'云云，尽有偶句描写工妙者，此自是其一种铺排本色，人自不识其体耳。"[1]

但我认为上述两种看法皆有可取之处，但也各有偏颇。根据现存元杂剧文本，我们会发现非曲词的部分往往是最具戏剧性的部分。例如宾白、科介、插演性段落等等，其语言虽然粗俗，甚至"俚亵"，但却妙趣横生，最具戏剧效果。这些部分中有一些是渊源有自的，有的来自更早的杂剧段数，有的来自金代院本，[2]一部分是伶人的创作或现场灵机发挥。这些宾白科范如不在剧场实践中摸爬滚打、不具幽默天赋者不能为之。元代南戏《琵琶记》是一部既曲词文雅又宾白谐趣的剧作典范，但高则诚的天分未必所有文人都具备。因此，王骥德的说法之

---

[1] 凌濛初《谭曲杂札》，《中国古典戏曲论著集成》第四册，第259页。
[2] "古戏科诨，皆优人穿插，传授为之。本子上无甚佳者。"——王骥德《曲律》，《中国古典戏曲论著集成》第四册，第141页。

可信部分为：文人确实参与了剧本写作尤其是曲词的写作，但这一过程除了少数教坊戏剧乃"命供奉词臣作曲"外，大部分应该是文人取自民间戏班的剧本进行改编，以显示自己的"才情"。但其之所以不动"间架说白"，不是因为"凡乐工所撰，士流耻为更改"，而是"士流"不能为之。明代以降，文人不断地将某一名剧进行改编，例如《西厢记》就有数十个改本，这种改本除少数成功外，大部分只是文人拿名剧说事——显示自己的文字才华。但由于与剧场脱节，大部分所谓改编本是没有多少实际演出价值的。

从剧场昧式的观点看，戏剧需要或者不需要文本是由剧场昧式与文本相互作用的互适决定的，并不是文本或者作者单方面能够决定的。不仅如上所述，戏剧的表现形式会决定文本的存在与否，而且，有时某种很不起眼的因素进入剧场成为其存在者，就会带来文本的兴废，而这个过程是昧式的、无意识的。

让我们来看一个来自中国戏剧文本出现的个案。

三、戏剧文本是如何出现的

日本学者田仲一成曾经写过一篇文章《中国戏曲文学的产生》，刊于《东洋学集刊》2005年10月号。这篇文章的基本观点是，戏曲文学产生于祭祀，因此，"戏曲文学"应当用祭祀一元论加以说明："当神巫的对话和对舞成为表演艺术时，他们之间讲述的故事，重点放在'死亡与复活'中'充满欢喜的复活'部分上，因而早期的戏剧一般都是喜剧。中国的早期戏剧如参军戏、院本等就是喜剧。"田仲一成的观点主要是讨论"戏曲文学"的产生而非戏剧文本的产生，后者是对前者的文本化。但是，田仲一成在此使用的是"戏曲文学"而非"戏剧文学"应该有误，因为他的阐述涉及"对话"与"舞蹈"，而未见"曲"的因素。

本文主要讨论的是戏剧"文本"。我的观点简言之：导致文本出现的因素是歌唱。正是唱腔进入杂剧才引发剧场昧式的顺应——戏剧文本的出现。

从目前的文献记载来看，北宋杂剧的形式是"笑乐杂剧"，如同今日小品，是没有唱腔的。这种诙谐性的动作剧不需要文本，我们至今也没有发现北宋的戏剧文本。唱腔进入杂剧与旦角入杂剧是同时的。"旦"最早的记载见于北宋文莹的《玉壶野史》卷十：

> 韩熙载才名远闻，四方载金帛，求为文章碑表，如李邕焉。奉入赏赉，倍于他等。畜声乐四十余人，阃检无制，往往时出外斋，与宾客生旦杂处。

但这里"旦"并不是杂剧演员而是"声伎"，也就是后来的歌伎。此后，史浩的《鄮峰真隐漫录》也有"旦儿"的记载，仍然是歌舞艺伎。但到了南宋，情况发生了变化：作为歌伎的"旦"成了杂剧中的女演员。"旦"入杂剧成为角色的时间有可能在南宋的中后期。最早记载旦角的文献是《武林旧事》，见卷四"杂剧三甲"，所列角色有戏头、引戏、次净、副末和"装旦孙子贵"。所谓"装旦"，即男扮女装，因为"旦"为女性。而《武林旧事》卷六的"诸色伎艺人"中有鱼得水、王寿得、自来俏三位"旦"。

与此同时，出现了大量"和曲之剧"的杂剧段数，这绝非偶然。王国维根据《武林旧事》"官本杂剧段数"的记载，进行了统计：在二百八十本杂剧段数中，其用大曲者一百有三，用法曲者四，用诸宫调者二，用普通词调者三十有五。也就是说，含有曲的杂剧占据总数的一半。可惜的是，《武林旧事》只记载了名目，而没有保留文本。但在元白朴《天籁集》卷上有《水龙吟》《登岳阳楼，感郑生龙女事，谱大曲薄媚》："洞庭春水如天，岳阳楼上谁开宴。飘零郑子，危栏倚遍，山长恨远。何处兰舟，彩霞浮漾，笙箫一片。有蛾眉起舞，含嚬凝睇，分明是、旧仙媛。风起鱼龙浪卷，望行云飘然不见。人生几许，悲欢离聚，情钟难遣。闻道当时，汜人能诵，《招魂》《九辩》。又何如乞我，轻绡数尺，写《湘中怨》。"〔1〕此词为白朴以《水龙吟》词咏"郑生龙女事，谱大曲薄媚"，而"官本杂剧段数"中正有《郑生遇龙女薄媚》，可见，至元代，宋杂剧《郑生遇龙女薄媚》依然传世。又据白朴词"写湘中怨"一语，可知《郑生遇龙女薄媚》杂剧出自唐人传奇，即唐沈亚之《湘中怨解》中太学郑生遇蛟宫之娣事。

此外，宋代的"官本杂剧段数"中载有《莺莺六幺》杂剧，而宋赵令畤《侯鲭录》卷五载有《元微之崔莺莺商调蝶恋花词》：

> 今因暇日，详观其文，略其烦亵，分之为十章。每章之下，属之以词。或全摭其文，或止取其意。又别为一曲，载之传前，先叙前篇之意，词曰【商调】，曲名曰【蝶恋花】。

---

〔1〕 此材料由胡忌先生发现，并指出："《天籁集》词《水龙吟》序有谱郑生遇龙女大曲薄媚，题名与此目全同，惜其词不传。"《宋金杂剧考》，古典文学出版社，1957年，第161页。

句句言情，篇篇见意，奉劳歌伴，先听调格，后听芜词。

丽质仙娥生玉殿，谪向人间，未免凡情乱。宋玉墙东流美盼，乱花深处曾相见。

密意浓欢方有便，不奈浮名，旋遣轻分散。最恨才多情太浅，等闲不念离人怨。

传曰：余所善张君，性温茂，美风仪，寓于蒲之普救寺。适有崔氏孀妇，将归长安，路出于蒲，亦止兹寺。崔氏妇，郑氏也。张出于郑，叙其戚乃异派之从母。是岁，丁文雅不善于军，军之徒因大扰，劫掠蒲人。崔氏之家，财产甚厚，惶骇不知所措，张与将之党有善，请吏护之，遂不及难。郑厚张之德，因饬馔以命张，谓曰：姨之孤嫠未亡，提携弱子幼女，犹君之所生也。岂可比常恩哉？今俾以仁兄之礼奉见，乃命其子曰欢郎，次命其女曰莺莺，出拜尔兄。久之崔辞以疾，郑怒曰：张兄保尔之命，宁复远嫌乎？又久之，乃至。常服悴容，不加新饰，垂鬟浅黛，双脸桃红而已。颜色艳异，光辉动人。张惊，为之礼，因坐郑傍。凝睇丽绝，若不胜其体。张问其年几？郑曰：十七岁矣。张生稍以词导之，宛不蒙对，终席而罢。奉劳歌伴，再和前声。

以上这段说唱的文本形式分为三部分：第一部分为演唱前对说唱文体的说明；第二部分则是由"歌伴"演唱【蝶恋花】，所谓"先听调格"；第三部分则是所谓"芜词"——用语言叙述故事的经过。这段说唱由两人完成：演唱者与叙说者。尽管本文的叙说部分用文言写成，不一定适应于场上的说唱，但其中演唱的【蝶恋花】文辞形式则与后来戏曲中的曲词无异。因为唱词受到曲式制约，需要使用简明而内涵丰富的文言。由此可见，尽管赵令畤的《元微之崔莺莺商调蝶恋花词》并不一定是和曲杂剧《莺莺六幺》，但是后者中含有歌词应该是没有疑问的。

我们来看最早的杂剧文本——元刊杂剧三十种，其中百分之八十以上都是唱词。例如《关张双赴西蜀梦》《新刊关目冤报冤赵氏孤儿杂剧》等杂剧，整个文本几乎全部是唱词。其他文本中也只有少量的舞台说明与宾白。

那么，为什么唱词需要文本呢？显然，这是因为唱词须与曲牌的格式配合，具有严格的格律要求，这一点需要文人参与完成。而且，文人一旦进入戏曲的唱词创作，戏剧文本就成为可能：其一是伶人的需要——演出的依据与传承；其二是文人的需要——案头文学的欣赏。在我看来，对于戏剧文本的需求，后者甚至超过了前者。也就是说，戏剧文本的刊刻，很大程度上是因为文人的需要。因为伶人的人数少，只需抄本就可满足。1958年广东揭阳出土的明代嘉靖年间的戏曲《蔡伯皆》就是伶人自用的手抄本。关于戏剧唱词的文学性，可以最早的南戏文本与最早的杂剧文本为例。南戏《张协状元》中的【望远行】："乡关渐远，剑阁峥嵘巅险。不惯行程，愁闷怎消遣！时听峭壁猿啼，何日得临帝辇？步云衢称人心愿。"元刊杂剧《关张双赴西蜀梦》中的【梁州第七】："单注着东吴国一员骁将，砍折俺西蜀家两条金梁。这一场苦痛谁承望？再靠谁挟人捉将？再靠谁展土开疆？做宰相几曾做卿相？做君王那个做君王？布衣间昆仲心肠。再不看官渡口剑刺颜良，古城下刀诛蔡阳，石亭驿手挎袁襄！殿上帝王，行思坐想，正南下望，知祸起自天降。

宣到我朝下若问当，着甚话声扬？"

这表明，中国戏剧是因为唱词而出现文本需要的。演唱进入戏曲之前，例如传世的宋代官本杂剧段数与金元的院本，只保留了"名目"，而未见文本传世。事实上，并不是这些数以千计的杂剧段数与院本的文本失传了，而是这种动作形式的戏剧形态根本就不需要文本。

总之，正是戏剧歌唱的需要带来了文本的存在。对此，南宋的《都城纪胜·瓦舍众伎》中提供了一条线索："教坊大使在京师时，有孟角球曾撰杂剧本子，又有葛守成撰四十大曲词，又有丁仙现捷才知音，绍兴间亦有丁汉弼、杨国祥。"这段话就其行文逻辑来看，旨在说明杂剧文本、音乐、演员三者的基本概况：孟角球撰杂剧本子，葛守成撰四十大曲词，丁仙现演剧，其后又接着说明杂剧的体制和角色。整个一段话皆与杂剧有关，可以认为，葛守成所撰四十大曲词是为杂剧而作的。

由此，我们看到一个与文本似乎并无直接关系的因素——歌唱——介入戏剧，便会导致剧场诸存在者相互顺应，从而呼唤出了文本。由此可以看到，"歌唱"这样一种剧场存在者一旦进入戏剧，是如何在剧场昧式的作用中发生诸种生成性变化的。

而且，歌唱的进入给戏剧带来的是一种连锁性反应。在下一节中，我们将分析由于文本的产生，戏剧形态是如何发生改变的。

四、文本诗性对剧场性的开显

如上所述，歌词的写作导致了戏剧文本的出现，而唱词大多数是由文人创作的。这就导致了中国戏剧文本有一个重要的特点：诗性。中国古典戏剧是以"戏曲"，亦即以曲唱方式进行呈现的，曲词则是中国戏剧文本最主要的表达对象。而曲词则来源于中国古代最主要的文学形式——诗词。在古典戏曲文本中，所有曲词都是用更为粗大的字体加以凸显的。曲词作为中国诗性的传统也就必然会以某种不为人注意的昧式融进剧场。我们来看一个典型的文本性戏剧——汤显祖《牡丹亭》的"游园"。

【绕池游】〔旦上〕梦回莺啭。乱煞年光遍。人立小庭深院。〔贴〕炷尽沉烟。抛残绣线。恁今春关情似去年。

【乌夜啼】〔旦〕晓来望断梅关。宿妆残。〔贴〕你侧着宜春髻子恰凭阑。〔旦〕剪不断。理还乱。闷无端。〔贴〕已分付催花莺燕借春看。〔旦〕春香。可曾叫人扫除花径。〔贴〕分付了。〔旦〕取镜台衣服来。〔贴取镜台衣服上〕云髻罢梳还对镜。罗衣欲换更添香。镜台衣服在此。

【步步娇】〔旦〕袅晴丝吹来闲庭院。摇漾春如线。停半晌。整花钿。没揣菱花。偷人半面。迤逗的彩云偏。〔行介〕步香闺怎便把全身现。

〔贴〕今日穿插的好。

【醉扶归】〔旦〕你道翠生生出落的裙衫儿茜。艳晶晶花簪八宝钿。可知我常一生儿爱好是天然。恰三春好处无人见。不提防沉鱼落雁鸟惊喧。则怕的羞花闭月花愁颤。

〔贴〕早茶时了。请行。〔行介〕你看。画廊金粉半零星。池馆苍苔一片青。踏草怕泥新绣袜。惜花疼煞小金铃。〔旦〕不到园林。怎知春色如许。

【皂罗袍】原来姹紫嫣红开遍。似这般都付与断井颓垣。良辰美景奈何天。赏心乐事谁家院。恁般景致。我老爷和奶奶再不提起。〔合〕朝飞暮卷。云霞翠轩。雨丝风片。烟波画船。锦屏人忒看的这韶光贱。

〔贴〕是花都放了。那牡丹还早。

【好姐姐】〔旦〕遍青山。啼红了杜鹃。荼䕷外烟丝醉软。春香呵。牡丹虽好。他春归怎占的先。〔贴〕成对儿莺燕呵。〔合〕闲凝眄。生生燕语明如翦。呖呖莺歌溜的圆。

〔旦〕去罢。〔贴〕这园子委是观之不足也。〔旦〕提他怎的。〔行介〕

在这一经典的折子戏中，戏剧所叙述的内容——游园实在太平常了，缺少戏剧性。几乎每个人都有过"游园"的经历，不要说搬上舞台，就是日记都懒得记，它太普通、太寻常了。如果在游园中没有特别的经历并且成为后来情节转捩的要件，这种戏早就作为过场戏或者背景交代过去了。但是，这场戏居然成为经久不衰的保留剧目，我以为，恰恰是文本性以其昧式作用于剧场的结果。从这场戏中，我们首先感受到了文辞的诗性之美："梦回莺啭。乱煞年光遍。人立小庭深院""晓来望断梅关。宿妆残""袅晴丝吹来闲庭院。摇漾春如线"等等，真是字字珠玑、意味无穷。

但是，观众来剧场并不是"听"文辞的，而是来"看"戏的，如果仅仅欣赏文辞只需置于案头即可。关键在于，这些文辞为剧场开显了一种语言与音乐、身段完美结合的可能，一种诗性美的境界，一种跨时空的超越性。"原来姹紫嫣红开遍。似这般都付与断井颓垣。良辰美景奈何天。赏心乐事谁家院。"如果没有文本及其诗性传统，戏剧就不可能将"姹紫嫣红"与

"断井颓垣"对接,也不会有"雨丝风片。烟波画船""生生燕语明如翦"的感受性,杜丽娘面对美景生发的"良辰美景奈何天""锦屏人忒看的这韶光贱"的悲叹就难以理解,剧情就不会获得推动。如果一场戏不能有机地融入情节整体,这场戏就是累赘,就没有必要。

正因为如此,我们不妨说,"游园惊梦"这场戏是因为文本而存在的,准确地说,是文本昧式与剧场昧式互适顺应的诗性产物。

由此,还可以推及中国戏曲的一个重要美学品格:诗性抒情。中国古典戏剧诸存在者中有一个特点,就是诗歌的大量使用。众所周知,诗歌的主要功能不是叙事而是抒情,尤其是中国传统的诗歌形式"词"与"曲"。按照剧场昧式运作的"同化"机理,存在者之间会有一种形而上的同化作用,这就使得诗性抒情并不仅仅局限于中国戏曲的"唱词"中,作为一种剧场存在者,其内在的抒情之"能式"会与其他剧场存在者相互作用,从而构成了中国戏曲总体形而上的美学特征。例如,这种诗性抒情对剧情的影响产生的同化:中国戏曲的情节往往被认为节奏缓慢甚至停顿,这是因为在剧情中需要中止行动而进行抒情。正是诗歌这一剧场存在者,在剧场昧式的总体相互作用中,导致了中国戏曲的整体美学特征:诗性抒情。

五、剧场昧式之叙事同化:文本叙事与戏剧叙事

在戏剧史上,有一件赋诗入曲之事最受文人编剧所爱,这就是唐明皇要李白作诗由李龟年谱曲的故事。由于加入了贵妃进酒、力士脱靴的情节,成为明清戏曲颇受欢迎的题材。明初

传奇《沉香亭》、屠隆的《彩毫记》皆演此事。尽管该故事为好事者虚构,但其来源颇有渊源,并非完全是剧作家的创作。其最早出自北宋乐史的《杨太真外传》:

开元中,禁中重木芍药,即今牡丹也。(《开元天宝花木记》云:"禁中呼木芍药为牡丹也。")得数本红紫浅红通白者,上因移植于兴庆池东沉香亭前。会花方繁开,上乘照夜白,妃以步辇从。诏选梨园弟子中尤者,得乐十六色。李龟年以歌擅一时之名,手捧檀板,押众乐前,将欲歌之。上曰:"赏名花,对妃子,焉用旧乐词为。"遽命龟年持金花笺,宣赐翰林学士李白立进《清平乐》词三篇。承旨,犹苦宿醒,因援笔赋之。第一首:"云想衣裳花想容,春风拂槛露华浓。若非群玉山头见,会向瑶台月下逢。"第二首:"一枝红艳露凝香,云雨巫山枉断肠。借问汉宫谁得似?可怜飞燕倚新妆。"第三首:"名花倾国两相欢,长得君王带笑看。解释春风无限恨,沉香亭北倚阑干。"龟年捧词进,上命梨园弟子略约词调,抚丝竹,遂促龟年以歌。妃持玻璃七宝杯,酌西凉州葡萄酒,笑领歌,意甚厚。上因调玉笛以倚曲,每曲遍将换,则迟其声以媚之。妃饮罢,敛绣巾再拜。上自是顾李翰林尤异于他学士。会力士终以脱靴为耻,异日,妃重吟前词,力士戏曰:"始为妃子怨李白深入骨髓,何翻拳拳如是耶?"妃子惊曰:"何学士能辱人如斯?"力士曰:"以飞燕指妃子,贱之甚矣。"妃深然之。上尝三欲命李白官,卒为宫中所捍而止。

最早将其改编为戏曲的是元人。但直到20世纪以前,我们只能见到关于该戏曲的几支元人散曲。

姚燧【双调·寿阳曲】咏李白：

贵妃亲擎砚，力士脱靴，御调羹就飧不谢。醉模糊将吓蛮书便写，写着甚杨柳岸晓风残月。

马致远【中吕·喜春来】书：

笔尖落纸生云雾，扫出龙蛇惊四筵，蛮书写毕动君颜。酒中仙，一恁醉长安。

元无名氏【越调·柳营曲】李白：

捧砚底娇，脱靴的焦，调羹的帝王空懊恼。玉带金貂，宫锦仙袍，常则是春色宴蟠桃。赫蛮书醉墨云飘，秦楼月诗酒风骚。鲍参军般俊逸，庾开府似清高，沉醉也，把明月水中捞。

从情节要素的角度看，上述散曲与乐史的纯文本叙事皆有几个共同的情节元素：李白醉酒、杨贵妃服侍、高力士脱靴。但有两个差异：一是杨贵妃进酒改为捧砚，二是将李白赋诗《清平调》改为写吓蛮书。为什么会出现这种一致的改动？这表明散曲作者具有一种共同的素材来源。这种素材显然不是出自乐史的《杨太真外传》，而是另有所本。这种所本，就是当时演出的相关杂剧。我们需要找到这种杂剧，以考察一种叙述文体在进入戏剧时是如何发生变化的，这种变化能够使我们考察剧场在将新存在者纳入其中时会发生怎样的相互顺应、相互同化的昧式作用。

很长一段时间,我们只能知道这几支散曲,但这几支曲子并不是剧曲,因此,我们还是不知道元人在戏曲中是如何改造文本叙事的。但元人钟嗣成在《录鬼簿》中称王伯成所编杂剧《贬夜郎》"关目风骚",明人朱权《太和正音谱》也录了王伯成的杂剧《贬夜郎》。至于这一杂剧是否是表演上述李白故事,仅从剧名无法辨知。直到1914年,日本京都帝国大学从罗振玉处把其收藏的黄丕烈题为《元刻古今杂剧乙编》借出,将其复刻,改题为《覆元椠古今杂剧三十种》,这唯一传世的元刊杂剧丛书才为世人所知。很幸运的是,这三十种元刊杂剧中就收入了王伯成的《李太白贬夜郎》。以下是该剧的第一折中的高潮部分,李白醉酒写作之事。

(驾央末写词了)

【醉扶归】见娘娘捧砚将人央,不如我看剑引杯长。生把个菱花镜里妆,做了个水墨观音样。这孩儿从怀抱里看生见长,子一句道得他小鹿儿心头撞。

【金盏儿】子管里开宴出红妆,咫尺想象赋《高唐》。瑞云重绕金鸡帐,麝烟浓喷洗儿汤。不争玉楼巢翠翡,便是金屋闭鸾凰。如今宫墙围野鹿,却是金殿锁鸳鸯。

(正末做脱靴科)力士,你休小觑此物!

【后庭花】这靴曾朝踏辇路霜,暮登天子堂,软趁残红片,轻沾落絮香。我若站危邦,这的是脱身小样,不合将足下央。

(末出朝科)

【煞】那厮主置定乱宫心，酝酿着漫天谎。倚仗着强爷壮娘，全不顾白玉阶头纳表章，子信着被窝儿里顿首诚惶。我绕着利名场，伴做个风狂，指点银瓶索酒尝。尽教逸臣每数量，至尊把我屈央，休想楚三闾肯跳汨罗江。（下）

该折演述的是李白正在长安酒肆醉酒，唐明皇召见，李白酒意未醒，明皇亲自为其调醒酒汤。李白先写了吓蛮书，明皇又央其写词，所作即传世的《清平调》三首。剧情主要为李白与杨贵妃、安禄山的冲突。该剧第二折演李白看穿杨贵妃与安禄山的暧昧关系，第三折为李白拒绝二人的拉拢，第四折演李白被贬，在江南水乡醉酒寻求解脱。从剧场昧式的角度看，文本叙述纳入戏剧叙述，会保留其中的情节性，但在情节中往往需要加入视听元素，或者说，视觉性与听觉性是剧场的重要的关系昧式，它会将文本叙事中的相关因素同化于其中，而不适应者则被淘汰。例如第一折中，李白在长安街酒肆醉卧、皇上御手亲调醒酒汤、尊前误草吓蛮书、醉酒之风魔状、杨贵妃捧砚等等，皆为宋人《杨太真外传》中没有的情节。而这些情节都具有很好的表演性与可视性。《杨太真外传》也提到了高力士脱靴，但只是从高力士的心理感受来叙述的——"力士终以脱靴为耻"，而在杂剧中，这一情节成为科范——动作化：正末做脱靴科。由此可见，《李太白贬夜郎》的剧情及其剧场呈现正是以这种方式潜在地改造着《杨太真外传》的。

京剧锣鼓节奏的符号系统和社会功能
——以周信芳《徐策跑城》的锣鼓点为例

蓝 颖

(广州大学文学思想研究中心)

社会语言学家詹姆斯·保罗·吉(James Paul Gee)在《话语分析导论:理论与方法》一书中谈到语言与其他非语言符号一起"不断地、积极地构建并重建我们的世界",并由此提出这样一个问题:交际情境是由"我们说话的方式创建起来的呢,还是交际情境决定了我们说话的方式"?这个问题可以进一步地引申为"媒介"内涵的思考:是交流传播创建媒介,还是媒介决定交流传播?(即我们促成的话语是否在我们出场之前就已经存在了,并且大多数话语在我们离场之后仍然会长期存在?)为了能全面回答这个问题,他观照了"话语"这个概念,创造性地提出了"Discourse"这个术语并且用首字母大写"D"以区别语言学中的"discourse",正如詹姆斯所说:"Discourse"的意义涵盖了Foucault的"话语",Lave和Wenger的"实践社区",Clark的"文化社区",Miller的"话语社区",Lave和Hutchins的"分布式知识或分布式系统",Greertz的文化,Engestrom和Leont'ev的"活动系统",Fleck的"思想集体",Heidegger、Bourdieu、Barton和Hamilton的"实践"以及 Latour 和 Calion 的"行动者网络"等理论[1]，尽管如此，因为历史上的"话语"分析，一直包裹着"语言"这件外衣，以致对"话语"的分析一直无法摆脱"语言"的影响而被真正理解，因此也很难对该问题进行科学性地剖析和研究，最多只能得出一个模糊的观点："语言和交际情境彼此'依存'，相互促进。"[2]要全面解释事物的构建过程单从语言学中的语言形式来看是远远不够的，需要结合其他非语言符号系统进行探索。

我们要寻找的这个符号系统与语言学中"话语"的符号系统相比，更注重其社会功能的构建，接近詹姆斯所说的"Discourse"（**话语**）[3]——1.表示语言、行动和交流的组合和整合方式；2.表示思考、相信、评价和应用各种符号、工具和物体的方式，以确定某种社会认可的身份[4]。其中包括（1）情景身份，（2）表现和识别典型身份和活动的方法，（3）协调以及被他人、事物、工具、技术、符号、系统、地点和时间协调的方法，（4）行动、交流、感觉、感情、评价、手势、姿态、穿着、思想、信仰、认识、说话、聆听……[5]我们可以将其归纳为六个构建任务：意义、活动、身份、关系、立场与策略、联系[6]。概括来说，**话语**这种符号系统是由"说话者创建话语

---

［1］ 詹姆斯·保罗·吉《话语分析导论：理论与方法》，杨炳钧译，重庆大学出版社，2011年，第34页。
［2］ 同上书，第11页。
［3］ 译者杨炳钧在《话语分析导论：理论与方法》的中译版中，为了便于汉语的表达，将英语原文中用大写字母开头的术语"Discourse"译为"**话语**"，用黑体字表示。
［4］ 詹姆斯·保罗·吉《话语分析导论：理论与方法》，第22页。
［5］ 同上书，第35页。
［6］ 同上书，第12—14页。

模式，解释者凭借这种模式来确定我们的情景身份和活动"[1]。

那么，如何寻找这种可以摆脱语言符号系统影响以清楚地分析"话语"与"语言"区别的符号系统呢？当我们把眼光投入到中国戏曲表演舞台时，我们欣喜地发现中国京剧的锣鼓点就具有詹姆斯提出的"Discourse"（**话语**）的社会功能，并且其内涵也涵盖了福柯"话语"、拉图尔"行动者"等思想，更进一步地充实和丰富了其理论。在京剧舞台表演中，中国京剧锣鼓经有一套完备的符号系统，它以最小的单音为基础，通过鼓板、大锣、铙钹、小锣，采用独奏、双奏、合奏的方式组成音、句、段，并由此形成完备的舞台交流互动系统。这正体现了话语分析中"两个语法"中的**语法二**[2]：研究的是"规则"，即语法单位通过规则创建模式，"表示"和"标识"典型的"谁在话语中做什么"[3]。京剧舞台表演以锣鼓节奏这个符号系统为节点（行动者）创建模式，与其他符号系统联系建立剧场交流空间，界定意义，确定身份和活动，并协调剧场关系和联系。

通过对大家耳熟能详的曲谱——周信芳先生的演出本《徐策跑城》[4]中的主要伴送锣鼓节奏（伴送表演人物上下场）【**冲头**】【**圆场**】【**长锤**】【**五击头**】[5]等进行实例分析，我们可以系统地

---

[1] 詹姆斯·保罗·吉《话语分析导论：理论与方法》，第42页。

[2] 语法一：詹姆斯认为指的是传统的语法单位集，如名词、动词、屈折变化、短语和从句等（《话语分析导论：理论与方法》，第42页）。

[3] 詹姆斯·保罗·吉《话语分析导论：理论与方法》，第42页。

[4] 《京剧曲谱集成》第二集《徐策跑城》，上海文艺出版社，2004年，第227—263页。

[5] 京剧所使用的乐器及曲牌多借用于昆曲，参见鲁华《京剧打击乐浅谈》，人民音乐出版社，1991年，第2页。

分析锣鼓经在京剧表演中是如何与其他表演符号系统建立联系并构建剧场网络、创建交流模式的。京剧《徐策跑城》是由三麻子（王洪寿）移植过来的。周信芳先生经过数十年的舞台实践，逐步将其加工丰富，使该剧目成为"麒派"的经典剧目。

一、【冲头】[1]

京剧锣鼓节奏【冲头】按社会功能可归纳为：（1）伴送京剧角色的上、下场；（2）配合京剧角色念白时激动的语调；（3）塑造人物在此表演中的身段；（4）转换舞台表演的时空。静场（场上人物全下或最后一个人下场）时，通过演奏技巧和节奏变换营造情景氛围，将观众"审美情绪带入一定境界，完成舞台情节和时空转换、过渡任务"。[2]

例1

第一场[3]

【冲头】

薛刚 （内白） 马来

…………

【长锤】薛刚从上场门上，到九龙口唱【摇板】

---

[1] 京剧舞台中同一锣鼓节奏的名称有时会有不同，如【圆场】又可叫作【一锤锣】和【回头】，本文所使用的锣鼓点的名称皆来自穆文义《京剧打击乐演奏教程（技巧与练习）》，人民音乐出版社，2007年。

[2] 穆文义《京剧打击乐演奏教程（技巧与练习）》，第107页。

[3] 《京剧曲谱集成》第二集，第237页。

京剧人物角色薛刚由锣鼓节奏【冲头】与【长锤】配合伴送上场，【冲头】伴送人物角色出场时，需遵循极其严格的社会规则：主要角色上场很少使用【冲头】，尤其是主要角色在该剧目的首次入场一定不能使用【冲头】；京剧表演于静场时，也不可以用【冲头】锣鼓伴送下场[1]。

周信芳先生演出本《徐策跑城》中，第一场的【冲头】锣鼓用于静场，这说明此时的锣鼓节奏【冲头】并不是伴送人物上场的节奏（功能1），而是为观众和舞台表演创建一个交流时空和情景氛围，将观众的审美拉入到这个用锣鼓节奏【冲头】所创建的京剧交流模式和审美氛围中。而此时伴送人物上场、确立身份、推动活动的任务则交给了紧随其后的锣鼓节奏【长锤】，这种锣鼓节奏的配合充分说明了京剧锣鼓符号系统的社会功能。京剧人物还未上场，但是观众却已然可以通过上述锣鼓节奏的配合与京剧剧场进行互动，也就是说交流主体（京剧演员）还未出现，交流却通过媒介抑或是"行动者"（锣鼓节奏）产生。

例 2

第二场[2]

（过门）

....

莫非松林有歹人【冲头】接【叫头】薛葵从下场门上

---

[1] 穆文义《京剧打击乐演奏教程（技巧与练习）》，第107页。
[2] 《京剧曲谱集成》第二集，第238页。

【冲头】锣鼓的结构主要由底鼓、主体节奏和终止三部分组成。锣鼓拍子非常简单（|仓 切|），将其重复构成【冲头】的主体节奏。但是不同的演奏速度、演奏方法和力度，再加之演奏锣鼓的质量不同，演奏的场地不同，这赋予了【冲头】锣鼓丰富的"识别"和"标识"意义。【冲头】锣鼓多样的演奏方式使得该锣鼓功能可"标识"京剧舞台表演中不同人物的身份、心理活动和舞台实践。如例2中，薛葵下场的【冲头】节奏由慢渐快，由弱渐强，这往往暗示（舞台）人物心态发生反复，事态将发生突变。京剧舞台的锣鼓节奏都与【冲头】锣鼓一样具有丰富的社会功能，锣鼓点自身就可以建构一个交流空间，动态地将剧场中各表演因素纳入其中。

例3

第三场[1]

……

【冲头】接【水底鱼】薛葵、薛蛟从下场门下，纪鸾英归坐，薛刚从上场门上【住头】

…………

锣鼓节奏【冲头】虽然可以伴送人物上、下场，但是因为其节奏简单，一般只能伴送单一人物。如果上、下场人物众多，在有限的舞台空间内，如何确认各色人物的性格、身份和活动呢？这时就需要锣鼓节奏【水底鱼】的配合了。因为锣鼓节奏【水底鱼】在京剧舞台上的典型社会功能就是用于创建"京剧舞台上不同行当、各色人物、不同氛围、不同形态的'行路'等表演程

---

[1]《京剧曲谱集成》第二集，第241页。

式"[1]。锣鼓节奏【住头】顾名思义表示这段京剧表演完结,为下一段表演活动做出铺垫。京剧锣鼓节奏的配合建构了詹姆斯所描述的"**话语**"功能却抛开语言的束缚,就话语论话语。

二、【长锤】

京剧舞台上的【长锤】由于演奏的速度不同又可分【慢长锤】【快长锤】【散长锤】,实际上这三种锣鼓节奏的结构一样,只是速度与所导唱的腔型不一样。(1)【慢长锤】导唱的是【慢板】【原板】【二六】腔型;(2)【快长锤】开启【流水】【摇板】等锣鼓;(3)【散长锤】导唱的则是【散板】腔型。【长锤】所构建的是舞台表演的"活动"——唱。【长锤】在京剧舞台上的导唱功能也说明,锣鼓节奏作为表演节点可以将京剧剧场的其他表演符号串联起来。

例 4

第二场[2]

【长锤】薛葵从上场门上,唱【摇板】

【长锤】虽然是导唱锣鼓,但是它同样也可用于伴送表演人物上、下场并确认人物身份,运用【长锤】可以生动地刻画人物形象,渲染人物内心,同时也为京剧舞台演出创建了一个情景氛围,或威武,或神圣,或肃穆……

---

[1] 穆文义《京剧打击乐演奏教程(技巧与练习)》,第 390 页。
[2] 《京剧曲谱集成》第二集,第 237 页。

例 5

第四场[1]

【长锤】

答答·｜乙 乙 乙台｜仓七 台七‖冘七 台七‖冘七 台｜
　　　　　（徐策上马）（圆场）　　　（下马看城）
仓0｜扎 扎｜[2]

锣鼓点【长锤】作为导唱锣鼓，利用锣鼓节奏作为节点将京剧舞台上的其他表演符号系统（唱腔、表演程式）串联起来，这个节点在拉图尔的"行动者网络"中又可称为"行动者"（actor）。锣鼓经的"行动者"身份与京剧剧场表演的其他"行为体"（agent）联系起来一起建构京剧剧场交流互动网络，并以此确立该网络中各个环节的意义。

三、【五击头】

例 6

第二场[3]

【五击头】薛蛟拉马从下场门下

第三场[4]

【五击头】薛蛟从上场门上，至台口下马

---

[1]《京剧曲谱集成》第二集，第 245 页。
[2] 乙：板独奏，七：钹独奏，扎：板独奏。乙、七、扎均为锣鼓符号。
[3]《京剧曲谱集成》第二集，第 238 页。
[4] 同上书，第 240 页。

在京剧舞台上作为伴送锣鼓，锣鼓节奏【五击头】一般需要配合一些简短的舞台表演动作，以适应不同情节创建和不同人物的塑造。这样的功能进一步说明，在京剧舞台表演中，锣鼓节奏可以协调京剧剧场表演网络中的各个表演符号系统（如协调例6中上场人物的表演符号系统），并与它们建立联系，构建剧场网络。

例7

第三场[1]

徐策 （念）娇儿去搬兵，未见转回程

【小锣五击头】

台　台　｜台　令　｜台　－　‖

（徐策转身入座，院子从上场门上，至台口念）

锣鼓节奏【五击头】可以塑造不同人物角色身份，是因为其锣鼓结构与【冲头】一样，非常简练而演奏变化又极为丰富。不但可以产生【大锣五击头】变奏，通过音色要素对比，还可以派生出小锣、小钹【五击头】等演奏形态，这样的锣鼓演奏形式可以适应各种人物身份和不同表演活动的建构。

四、【圆场】

"不同氛围，不同情节、人物，皆有对锣鼓节奏【圆场】的需求。"它能比较全面地展现和诠释京剧锣鼓节奏的功能和内涵。京剧打击乐鼓师穆文义先生在谈到【圆场】的功能和用途时说："京剧舞台上的【圆场】锣鼓，具有一种打开僵局、使

---

[1] 《京剧曲谱集成》第二集，第244页。

圆满的'黏合剂'功能和作用。"[1]并且"自问自答"地回答了【圆场】的社会功能和用途。

1)【圆场】锣鼓在表演伊始打开观众与舞台屏障。

2)【圆场】锣鼓伴送人物上、下场并与观众建立交流。

3)【圆场】锣鼓缓解、过渡、复原表演角色在大哭和大笑后的情绪。

4)【圆场】锣鼓可用于切入正题前的寒暄。[2]

京剧锣鼓经在京剧表演舞台上的功能不仅仅是音乐伴奏，更多体现了社会关系的建构。

例8

第三场[3]

纪鸾英大帐发点，唢呐吹奏【水龙吟】

【四击头】【回头】转【归位】纪鸾英从上场门上，亮相，至中台口唱【点绛唇】

（唢呐伴奏）

锣鼓节奏【四击头】在京剧舞台上表现战争胜利方的豪迈气概，主要用于配合人物亮相、上马，以及剧中主要人物在【水龙吟】曲牌后出场的氛围营造[4]。【归位】伴送舞台人物上

---

[1] 穆文义《京剧打击乐演奏教程（技巧与练习）》，第368页。
[2] 同上。
[3] 《京剧曲谱集成》第二集，第239页。
[4] 穆文义《京剧打击乐演奏教程（技巧与练习）》，第267页。

场或归位于台中，或归位于大、小坐，并开始"打引子"或唱【点绛唇】，或念诵大段念白等表演。[1]

锣鼓节奏【回头】是【圆场】锣鼓中的主体节奏[2]，【回头】锣鼓在传统戏里用途广泛：（1）开戏前做前奏；（2）场次间做幕间锣鼓；（3）配合有身份的人物上、下场；（4）以及"当场挖门"或"圆场归位"等都可使用[3]。【圆场】锣鼓一般多用于伴送表演人物第一次上场并具有展开另一情节的功能[4]。

从《徐策跑城》的此段锣鼓节奏配合可以看出，虽然京剧演员还未正式上场，观众已经可以从这三个锣鼓点中了解到话语构建过程中的几个重要任务，即"身份""活动"和"关系"的构建。首先，锣鼓节奏【四击头】为即将开启的京剧舞台表演创建了一种具有英雄气概的情景氛围，并通过【四击头】锣鼓，伴送人物角色进行一系列的"表演活动"推动情节的发展。然后由锣鼓节奏【回头】真正打开与观众的交流屏障。最后，通过【归位】节奏推动表演的进一步发展。这一系列的锣鼓节奏的演奏，其实正在为剧场表演创建一个开放的交流空间，并由此空间确立交流的主体（演员与演员，演员与表演，演员与观众，等等）。

例9

第三场[5]

薛刚　夫人听令！传下令去，但等青龙会人马到来，即刻兵

---

[1]　穆文义《京剧打击乐演奏教程（技巧与练习）》，第319页。
[2]　同上书，第370页。
[3]　鲁华《京剧打击乐浅谈》，第2页。
[4]　穆文义《京剧打击乐演奏教程（技巧与练习）》，第379页。
[5]　《京剧曲谱集成》第二集，第243页。

发长安!

纪鸾英　请。

【回头】接【撤锣】，紧接下场。薛刚、薛葵、纪鸾英等下

锣鼓节奏【撤锣】是京剧锣鼓中专职的幕间锣鼓。之所以被称为【撤锣】，是因为它是由大锣点后接小锣点而得名，并取撤掉大锣之意[1]。【撤锣】锣鼓可以用来：缓和紧张状态，营造平和氛围；切换剧中的环境，完成舞台上的时空转换[2]。【撤锣】锣鼓与【圆场】锣鼓的节奏比较，舒缓，可用于创建一个平和、舒缓的表演氛围[3]。

例10

第四场[4]

【小锣帽儿头】接【小锣圆场转归位】

台　台　｜台　台答答｜台答　台｜台·答　台　｜台·答　台[6]｜
（徐策从上场门上）

台·答 台｜台答 台答｜台　台‖台　令　‖台　　答｜台令 台‖
（至九龙口，投袖，整冠……）

---

[1]【撤锣】的特点是撤掉大锣转小锣或接小钹点，所以一般使用【撤锣】之后的场次都比前场平和，如不比前场平和，则必须用在更换情节距离较远的场次（鲁华《京剧打击乐浅谈》，第53页）。
[2] 穆文义《京剧打击乐演奏教程（技巧与练习）》，第389页。
[3] 同上书，第385页。
[4]《京剧曲谱集成》第二集，第243页。
[5] 台（小锣独奏），答（鼓单扦独奏）。台、答均为锣鼓符号。

台·答 台 | 台·答 台 | 台答 台答 | 台 台 ‖ 台 令 ‖ 台 答 |
（向中台口走）

台 令 台 ‖ 台 — ‖ 台 答答 | 台答 台·答 | 台 — ‖
　　　　　　　　　（至中台口）

【小锣帽儿头】可接【小锣圆场】用来伴奏有身份的角色人物上场，同时也被用于启唱[1]。【小锣帽儿头】节奏功能作为"行动者"（actor）可串联京剧各表演符号系统，当其作为"上场锣鼓"时，它工于"做"：一幕伊始，演员在后台"搭架子"尚未上场，【帽儿头】锣鼓却已开始演奏，构建了儒雅、恬静的表演氛围[2]，即建构了舞台的交流时空。需注意的是通过【小锣帽儿头】的演奏，观众可以立即确定上场角色的"身份"（"生用旦不用，尊用微不用"），同时也确定了剧场的表演环境（"室内用，室外不用"）[3]。

京剧锣鼓【归位】，既有大锣组合形态，又有小锣、小钹组合形态。不同形态的【归位】节奏，有着不同的节奏内涵：大锣表现庄重威严，小钹营造机敏干练，小锣塑造恬静的人物性格和平和的环境氛围[4]。周信芳先生的《徐策跑城》第四场，开场伊始，运用【小锣帽儿头】接【小锣圆场转归位】这一系列的锣鼓节奏伴送人物角色徐策上场，在锣鼓节奏的帮助下，观众即可确立徐策的身份（老生）、性格（恬静平和），并展开下一步的表演活动（工于"做"）。

---

[1] 鲁华《京剧打击乐浅谈》，第93页。
[2] 穆文义《京剧打击乐演奏教程（技巧与练习）》，第278页。
[3] 同上书，第279页。
[4] 同上书，第319页。

例 11

第四场[1]

【小回头】

八答台 | 仓采 亢采 | 仓采　　采 ‖ 亢采 亢采 ‖

（薛刚从下场门下）　　（薛蛟提枪欲上马，徐策上前抓住

亢采 亢采 | 仓 ‖[2]

枪头，一抓一拖又回下来）

  前面论述中已经提到锣鼓节奏【回头】与【小回头】是锣鼓节奏【圆场】中两个主体节奏。大锣声部的【回头】节奏简练，【小回头】节奏则较丰满多变。[3]而在《徐策跑城》京剧舞台表演中，将【小回头】锣鼓运用于第四场表演的结尾，其功能是伴送京剧人物下场，这个下场锣鼓表现了"活泼、慌乱等表演动作（如追打、趔趄、跪步等表演）"。[4]

  在周信芳先生演出本《徐策跑城》中，所有锣鼓节奏均可视为一个节点（knot），通过这个节点与京剧表演者的其他节点（knot）相连，就可以构建一个巨大的、无形的京剧剧场演出网络。而京剧的锣鼓节奏这个符号系统也可视为拉图尔"行动者网络"中的"行动者"。锣鼓节奏在这个网络中，构建了：（1）"意义"，一个没有任何布景，甚至是空无一人的京剧舞台可以通过锣鼓经的演奏确定接下来上场人物的身份、性格

---

[1]　《京剧曲谱集成》第二集，第253页。
[2]　锣鼓符号：八（鼓双扦齐奏）；仓（大锣、小锣、钹齐奏）；亢（大锣独奏，或大锣、小锣齐奏）；采（钹、小锣齐奏）。
[3]　穆文义《京剧打击乐演奏教程（技巧与练习）》，第370页。
[4]　同上书，第381页。

并创建演出氛围，以及人物角色的进一步活动。(2)"活动"，京剧锣鼓节奏与人物的表演相联系，共同构建人物的表演活动模式，如例中的锣鼓节奏【圆场】【冲头】【长锤】【五击头】都具有这样的功能构建功能，由它们构建演出人物角色的"活动"（人物上、下场，表演程式，启唱等）。(3)"身份"，京剧锣鼓经的上、下场锣鼓节奏都有确定和创建演出人物身份的社会功能，如例中的【圆场】与【帽儿头】锣鼓节奏的配合使用，体现京剧锣鼓节奏对身份的确认。值得一提的是，多个表演人物的上、下场也可通过多个锣鼓经的配合演奏来确立身份，推进下一步的活动。(4)"联系"，京剧锣鼓节奏在京剧舞台上创建了一个特定的交流和审美氛围，并与其他表演符号系统（演员表演程式、舞台美术、服饰化装、观众审美接受等）创建剧场表演网络。而通过对京剧锣鼓节奏的分析，也为福柯的"话语"内涵和詹姆斯所提出的"Discourse"概念开辟了一个全新的视野。在京剧表演舞台上，锣鼓经全面地脱离了语言的束缚，使人们可以更加清楚地体会话语与语言的区别以及话语与语言的配合。

"话语是由在语言和语言（情景）之间反复移动的动态暗示和线索构成的，而不是由固定的脱离语境的意义信号构成的。"[1]京剧的锣鼓节奏在京剧舞台表演上所起的作用远远大于伴奏本身。它最关键的社会功能是"识别"[2]。它将京剧舞台的其他符号系统（演员表演程式、唱腔、装扮、布景）综合在一起，使观众能识别出演员的特定身份在彼时彼刻从事一种什么活动，从这一点来看，锣鼓经的符号系统是非常完备的"话语"

---

[1] 詹姆斯·保罗·吉《话语分析导论：理论与方法》，第106页。
[2] 同上书，第28页。

系统。作为话语的锣鼓经让我们清楚地确认,"好像不只是人类可以谈话和交流,而更多的是我们所代表和促成的话语也在谈话和交流,我们则是话语的'载体'"[1]。拉图尔在分析实验室"科学家"的角色时说,科学家协调他人及其他各种事物、工具、技术和符号系统。与其他"行为体",比如某种语言形式、其他人、物体(如科学设备、原子、分子或鸟)、地点(如实验室或运动场)以及非语言实践等"保持同步""建立联系""相互配合"[2]。而锣鼓经在京剧表演舞台中作为京剧剧场网络中的行为体,与"科学家"的社会功能一样,协调其他京剧表演的行为体(演员表演、服装、装扮、观众接受),与它们建立联系并构建京剧表演网络。

---

[1] 詹姆斯·保罗·吉《话语分析导论:理论与方法》,第28页。
[2] 同上书,第29页。

当代散文思想研究

论世纪之交中国散文的文化选择

王兆胜

(中国社会科学院《中国社会科学》杂志社)

20世纪90年代以来,中国散文一改过去的"边缘化"状态,渐渐走上文学的前台,成为与小说、诗歌、戏剧一样重要的文体,甚而至于已超过了这些文体,成为文坛的"中心"和"主角"。这一现象最为直接的表征是散文作家作品如雨后春笋般地涌现出来:那些一向从事散文创作的散文家姑且不论,也不说很多散文新秀不断加盟,就连许多小说家、诗人和学者也都纷纷从事散文创作,并成为散文界的一支生力军。散文创作取得今日举世瞩目的辉煌成就恐怕是不争的事实,评论家对它大唱赞歌也不无道理,但遗憾的是却少有人对其存在的问题进行反思,即使有一些批评意见也多是点滴式、表面化,甚至是偏执的,当然往往也不得要领。在散文繁荣的背后,在散文家不断探索求新的艰辛步履中,到底有哪些难以逾越的局限,尤其在文化的选择上,散文作家有哪些价值困惑与迷失呢?

一、知识崇拜与思想缺失

新时期中国散文是建立在文化荒芜的基地上,那时百废待兴,一切都必须从无到有,所以人们对"文革"后较长一段时间的散文创作要求不高。但到了 80 年代中后期，尤其是进入 90 年代，散文文体变革和作家学者化的呼声越来越高，这是对的，也是非常必要的，因为从根本的意义上说，没有创新也就没有散文的健康发展；没有博学的散文家也就不可能产生富有文化底蕴和真正优秀的佳作。也是在这个前提下，散文家开始强化了创新的自觉性和力度，也逐渐加大了散文作品的知识含量，文化散文和学者散文的勃兴也就顺理成章了。

在散文中知识贫乏固然不可，但过于重视知识甚至将它神化也是不可取的。翻开今天的散文，知识成为许多散文家争相追求的内容，甚至成为具有目的性的东西，好像散文中知识越丰富越表明作家有学问，于是散文的成就也就越高。余秋雨是较早将大量"知识"灌注进作品的新时期中国散文家，如果说在《文化苦旅》中知识运用还是适当的，而到了《山居笔记》和《行者无疆》则过于依靠知识，表现出明显的知识崇拜意味了。这也是为什么近年来余秋雨散文有些拉杂和空洞的原因之一。总体而言，余秋雨散文之所以有不可忽略的价值意义，很重要的原因在于：在大量的知识背后有文化思想和艺术感悟做支撑。有人简单地否定余秋雨散文的价值，并将之视为不值一观，这是相当偏激也是缺乏历史感的。我认为，余秋雨散文至少具有三个方面的意义：一是在散文中融入了丰富知识；二是散文强烈的文化意识；三是真正冲破了散文文体的"狭小"格局和模式，而将之赋予了大气磅礴的气象。

余秋雨就如同一阵春风给新时期中国散文带来了新的气息和活力，但与此同时一种模仿余秋雨文化散文的风气也渐渐形成，到今天已成一派燎原之势。关于这一点，其积极方面固然不可忽视，但消极影响更应该引起重视。就后一方面言，余秋雨散文对知识的崇拜是要负一定责任的，而作为模仿者不能取其精华而去其不足却也是更重要的原因。

　　王英琦近年的散文明显增强了知识和文化含量，这使她的散文克服了原来较为单薄的局限性，显示出作家难得的好学向上和探索精神，也表现出作家在视野、格局与气象上的开拓，较有代表性的是《愿环球无恙》等作品。但也应该看到，王英琦在"获得"的同时也有"丧失"，这就是自觉不自觉地陷入"知识"的泥潭不能自拔。在时下被抬得很高的那本《背负自己的十字架》一书中，我们可以看到作家探索的步履，其中也有不少独特新颖的见解，但其中对"知识"的崇拜却达到了惊人的程度。在这本散文集中，作家一会儿谈康德，一会儿说尼采，一会儿讲马太效应，一会儿释大数定律，一会儿论太极真缘，一会儿提《周易》《老子》《黄帝内经》……于是，关于宗教、科学、艺术、武术等成为作家纵横驰骋的疆场，"知识"在王英琦这里真正爆炸开来。就一般的意义上说，一个散文作家能给读者以知识，这是有益的，问题是如果过于倚重知识，或者不能驾驭知识，而是受制于知识或被知识淹没，那是危险，也是可怕的。

　　更何况，在散文中，知识是材料，它必须被思想和智慧点燃，才会获得个性以及生命。最为重要的是，任何人的知识都是有限的，一旦崇拜知识，越过了自己研究的疆界，那是极容易将"常识"当"新知"而津津乐道，有时还会出现难以避免的知识硬伤。这也是余秋雨散文常遭批评的一个原因。在这方面，王英琦散文的问题不少。比如，任何知识、概念、命题都是有前提和语境的，也是有其历史感的，如果脱离了这些而一般化地谈论都是靠不住的。不要说作为"外行"的作家王英琦，就是专门研究某一领域如康德的专家,他在谈论康德时也要慎之又慎,不可简单随意。我认为,王英琦在运用"知觉""自我""经验""超验""天道""实证""实用主义""缺席""虚拟"等概念时都应考虑其产生的语境和复杂意蕴,而不能进行简单化和随意性的理解,否则就容易给人莫名其妙的感觉。如在《疼痛与抚摸》一文中,王英琦有这样的话:

> 人的身份感,我理解有两个层面。一是人之为人的自然特性:主要包括构成人性的两大要素,生物性和精神性。失去了这两点,也就失去了人的特性和标志。二是人之为人的社会属性:主要体现在人的社会角色和身份证明上。此角色和身份一旦失去或缺席,人就失去了与社会世界的联系纽带。[1]

且不论这一番议论有无新意与价值,只是其中的别扭和混乱就值得作家好好反思。作家认为"人的自然特性"是指"人的生物性和精神性"这两个方面,让人百思不得其解,这是从何谈起?人的"自然特性"除了"生物性",难道还包括"精神性"?如此缺乏基本常识的随意理解和阐释,在散文作家中恐怕并非特例吧?孔子说:知之为知之,不知为不知,是知也。作为人类灵魂的代言人,一个散文作家也要持言慎重,不可想怎样说就怎样说,那是有害无益的。而对待外国的知识尤其应该如此。试想,不少外国著作的中译本质量不高,这些译者往往是懂专业的外语不好,懂外语的专业知识又不足,于是许多

---

[1] 王英琦《背负自己的十字架》,东方出版中心,1999年,第27页。

译本与原作相去较远,也有不少隔膜。近些年这种情况愈加突出。而许多作家又缺乏直接阅读原著的能力,往往只能靠译本阅读,其可信性可想而知。作家又依据自己的理解将这些东西非常随意地写进作品,传递给一般读者,其后果不堪设想。

以《高山下的花环》享誉文坛的李存葆,近年全力进行散文创作,他的许多大文化散文具有丰富的知识性和文化感,从而带来了散文的丰富饱满和阳刚大气,但其中对知识的依赖与崇拜也是非常明显的。一篇散文固然不能以长短论,但如果将散文越写越长,动辄数万字,那也是一个值得思考的问题,尤其当作品中没有远见卓识和较高的文化境界时,丰富的知识也就容易成为缺乏生命力和创造性的材料堆积了。像李存葆的《祖槐》是一个很有价值的题目,山西洪洞的成因、演变、地域特点、历史传统、文化特质以及现代意义都有许多话可说,也可以从中生发出令人回味无穷的启示。但作者在驾驭这一题目时却过于沉溺在知识的考证和引述上,思想的穿透力和智慧的光芒相对不够,给人一种小马拉大车、力不从心的感觉,其思想文化观念不外乎"故乡情"和"环境保护"等非常大众化的问题。从作者的角度来说,此文他是下了大力气,可以说费尽心力以至于呕心沥血。但从作品的水平来说却并不高,因为它对知识过于崇拜而思想的力度却不够。还有刘长春的文化散文创作,他那本《墨海笔记》是专门写中国书法绘画艺术的,角度新颖,视野开阔,其中也有一些很有价值的思考,如果能够进行深入的思想文化发掘,肯定是非常有意义的。但由于作者更多致力于展示书法知识和感情抒发,思想文化的穿透力不足,因此作品的分量就减轻了。

李国文的历史文化散文如今较为流行,作者对历史知识驾轻就熟，一些典故人物可以信手拈来，给人以毫不费力之感。有时，他还能从历史和知识的缝隙里提升出一些精妙的道理，比如，在《文人美食》中，作者以古今的文人像苏东坡、曹雪芹、陆文夫、汪曾祺及张贤亮之"吃"为透视点，力图发掘其中所隐含的文化精神、人生内容和文学思想。最后得出一个结论："我总坚信这一点，为美文者，要善美食。"这是全文的神髓，起到了画龙点睛的作用。不过，归根结底，李国文不少历史文化散文依仗的主要还是历史知识或者说故事，这是他叙事的基本，他是借历史知识和故事展开叙述的，如果从文本中将这些东西抽离出去，李国文本人的东西并不多。所以说，李国文有些文化散文仍摆脱不了"知识"和"故事"的圈套。如果有"画龙点睛"之笔，那么全文顿时生色，否则也难逃材料堆积之弊。

　　知识就如同棋子一样，它必须借助于思想的头脑才能生动起来，在整个棋盘上获得生命，从而发挥创造性。知识也颇似木材，它只有在思想之火的点燃下方能产生光与热。然而，当前的许多中国散文家或对此理解不够，或缺乏思想的深度，所以，他们往往费尽心思地旁征博引，却难以有深刻的思想风骨。这样的散文当然难有长久的生命力。还有，知识的过于堆积和充塞，使得文化散文密不透风，缺乏灵动与活力。也就是说，被知识充斥的文化散文必然"多实塞而少空灵"，使作品失了较强的文学性和艺术性。

二、思想之累与心灵之蔽

　　我们反对知识崇拜，倡导深刻的思想。其实，这仅仅是问题的一个方面，对于思想来说，它也是有前提的。即是说，如果深刻的思想没有智慧的光芒照亮，那么这种思想也是不明晰的，作家与读者也会眩晕于思想的深刻之中。因为，在思想与智慧之间，智慧才是最重要的。思想很有点儿像天空的乌云，它翻涌滚动、复杂纠葛，凌驾于大地之上，似给人以深刻之感，但殊不知，在乌云之上那一片自高天而来的明媚阳光才是智慧的，它往往不会让人深重、纠葛、缠绕，而是通透明朗。这也好似打地道一样，一般人总以为洞打得越深，思想就越深刻，殊不知，世界、宇宙、人生和生命的地道是无止境的，它永远也不可能被真正打通。相反，洞越深人越容易迷失自己。许多西方学者往往过于相信概念逻辑的力量，而中国智者却认为悟性和智慧更可靠。因此，从一个方面说思想深刻是好事，从另一方面说则未必！很多人崇拜思想深刻，比如谈到鲁迅最了不起的地方有人总会冠之以"深刻"。而鲁迅自己是如何理解深刻呢？他说："所谓'深刻'者，莫非真是'世纪末'的一种时症么？倘使社会淳朴笃厚，当然不会有隐情，便也不至于有深刻。"[1]看来，深刻往往是被逼出来的，鲁迅也并不将之看成为目的。以这样的理路来理解当前的中国散文作家，我们看到有的在追求深刻思想时又陷入了思想的包裹之中，这就像一个陷阱，你越挣扎就陷得越深，也像一团乱麻越缠越紧。前面提到的王英琦就是这样，她本欲使自己的散文思想深刻，结果连她自己也被缠绕进去。这样，像以前《大师的弱点》那样的简洁和清明不见了，代之而来的是紊乱与粗率。在《天助自助者》一文中，王英琦本

---

[1] 鲁迅《〈信州杂记〉译者附记》，《鲁迅全集》第10卷，人民文学出版社，1991年，第446页。

想以宗教的情怀来批评"老厚",却说出这样的话:

> 我一腔真诚满腹希望地抛小别老、百里迢迢跑来淮北,全部动机只是为他好,对他负责。谁知他这个挨千刀的却对我如此"善以善报":突然把我晾在这儿,来都不来,送都不送,天理何在!他以最卑鄙的贱蔑与谑弄方式,在我未愈的创伤上又投了致命的一镖。这一镖,干净全部地消杀了我的"拯救欲",彻底结束了我与他此生的孽缘。[1]

将宗教情怀融入散文创作,肯定会提升散文的思想境界,但在这里,王英琦却只有宗教之名,而无宗教之心,这不仅不会提高散文的思想高度,反而降低了,甚至包含了浓重的讽刺意味。一个富有宗教情怀的人,他至少要有一颗宽厚和仁慈之心,而王英琦在此却深怀狭隘与狠恶,并以"挨千刀的"来诅咒老厚这个她爱过的世俗男人。看到这里,我遗憾地想:王英琦以如此世俗之心先不要"拯救"他人也罢!

史铁生的散文成就很高,贡献也大,这几乎是公认的。特别是《我与地坛》一文,不论是境界的高远,还是心境的平静,抑或是对生命的感悟以及文采的飞扬,在新时期散文中都是难得的佳作。后来,史铁生又出版了一部散文随笔集《病隙碎笔》,颇受关注和好评,有人称誉此书为"字字珠玑,充满着智慧和安详",[2] 但我认为,这部随笔集较之以往没有多少突破,不论在思想的明晰,还是在文笔的简洁方面都是如此。特别是

---

[1] 王英琦《背负自己的十字架》,第36页。
[2] 史铁生《病隙碎笔》,陕西师范大学出版社,2002年,第260页。

在该书中，史铁生一味追求思想的深刻，常常在一些哲思问题上反复推论缠绕。其实，有的问题实属常识，而有的问题又很难得出正确的结论。比如，史铁生探讨的爱与性、命运与苦难、善与恶、迷茫与挣扎、人世与天堂、生与死、忏悔与仇恨、诚实与撒谎、骄傲与自卑、健全与残疾、真实与虚假等问题，多是没有新意的，不过是人云亦云而已。特别是在该书第五章中，史铁生围绕着生命、精神、灵魂、意义、存在、神、神性、可能、不可能、实现、现实、异在、异端、第三者、简单、复杂等问题进行"形而上"的思考，其观点不仅没有新颖独到处，就是表达方式也是模棱两可，几近文字游戏，颇让人费解。如作者这样说：

> 生命本无意义，是"我"使生命获得意义——此言如果不错，那就是说："我"，和生命，并不完全是一码事。
>
> 没有精神活动的生理性存活，也叫生命，比如植物人和草履虫。所以，生命二字，可以仅指肉身了。而"我"，尤其是那个对意义提出诘问的"我"，就不只是肉身了，而正是通常所说的：精神，或灵魂。但谁平时说话也不这么麻烦，一个"我"字便可通用——我不高兴，是指精神的我；我发烧了，是指肉身的我；我想自杀，是指精神的我要杀死肉身的我。"我"字的通用，常使人忽视了上述不同的所指，即人之不同的所在。[1]

我不知道作者是以怎样的心理写这些话的，是以一个将读

---

[1] 史铁生《病隙碎笔》，第165页。

者看成一无所知的启蒙者来指导,还是自己将自己探索的路径作为经验告诉读者?反正我觉得这与什么都没说或呓语没有多少差别!当然,一些形而上的问题不是不可以探讨,但要有独到的发现,要能给人以真正的启示。同时,更要清晰明亮。我想,这对于很早就写出《我与地坛》那样优秀作品,并且经历不同的人生体验的史铁生来说,并非苛求。但史铁生没有超越世俗人烟的智慧,《病隙碎笔》即是一个证明。最让我不满意的是读这本书时的"烦累",本来是警言短句形式,当然应该让人轻松愉快,像暗夜中有明月朗照,至少有星星的余晖洒满身心,从而使人明眼慧心;但它却让人有如读深奥的哲学著作一样艰难。如果真有哲学的超群见识也好,偏偏书中多是庸常俗见,甚至不少莫名其妙的话语。临近书末时,我读到史铁生这样一段话:

> 那么,灵魂与思想的区别又是什么呢?任何思想都是有限的,既是对着有限的事物而言,又是在有限的范围中有效。而灵魂则指向无限的存在,既是无限的追寻,又终归于无限的神秘,还有无限的相互干涉以及无限构成的可能。因此,思想可以依赖理想,灵魂呢,当然不能是无理性,但它超越着理性,而至感悟、祈祷和信心。思想说到底只是工具,它使我们"知"和"知不知"。灵魂则是归宿,它要求着爱和信任爱。思想与灵魂有其相似之处,比如无形的干涉。但是,当自以为是的"知"终于走向"知不知"的谦恭与敬畏之时,思想则必服从乃至化入灵魂和灵魂所要求的祈祷。但也有一种可能,因为理性的狂妄,而背离了整体和对爱的信任。当死神必临之时,孤立的音

符或段落必因陷入价值的虚无而惶惶不可终日。[1]

　　不将思想作为最高的价值崇拜，推崇灵魂的归宿感，使人类葆有一颗谦恭与敬畏之心，这是我喜爱上面这段话的原因。但表述得不简明，以至于缠绕芜杂，思想的处心积虑以至于劳心伤神，却是我不喜欢的。作为中国人，为什么思考问题以及心灵的表达非要用欧化的思辨方式呢，为什么不能像中国古代哲人般的简明清透呢？从这里也可证明史铁生的局限：在意识层面已经意识到思想的不足，但仍然不能摆脱在思想的泥淖里艰难地爬行。

　　事实上，许多形而上的东西是很难靠思想达到的，它必须借助于悟性，中国古人的"近取自身，远取诸物"是也。看到大海，老庄即得出结论说：百川归海，有容乃大，盈而不满；从天地关系中，人们也得出结论说：天容地载。我一向不赞同如今的许多学者用西方的所谓"逻辑""推论"和"体系"来说明中国文化缺乏理论性和深刻性，而认为智慧远远比思想广大、深邃得多。在当前的散文创作中，过于注重思想、概念和逻辑却又备受其累，难以让心灵充满智慧之光，这是需要作家好好反省的。

　　可喜的是，在2002年8月《文汇报》上，史铁生写出了另一篇佳作《想念地坛》，这是《我与地坛》的姊妹篇，在境界与水准上都是值得称道的。尤其可贵的是，作者已不像《病隙碎笔》那样被"思想"缠绕得痛苦无状，而是充满着宁静与安详，对人生和生命都抱着一种智慧的参悟。这可能也是一个标志，

---

[1]　史铁生《病隙碎笔》，第218页。

它表征着史铁生心灵的又一解放与超脱,对生命的智慧参透。

其实,生与死在本质上没有什么区别,只是生命的两种形式。从此意义上说,生即是死,而死即为生。林语堂曾说过这样的话:"葬礼有如婚礼,只应喧哗铺张,没有理由认为非严肃不可。肃穆的成分在浮夸的衣袍里已有蕴含,其余皆为形式——闹剧。我至今分辨不出葬礼与婚礼仪式之不同,直到我看到一口棺材或一顶花轿。"[1]看来,对于死亡的恐惧及忧伤更多的是观念式的,是缺乏人生智慧的显现。最近,散文家彭程写了一篇《快乐墓地》很得我心,作者并没有在思想的层面对"死亡"展开追问,而是对之进行了明透的彻悟:以往人们"贪生怕死",而罗马尼亚偏乡僻村的墓地,却充满快乐、宁静与平和。于是,作者说:"然而在这里,却分明显现着另一种解读。生与死的判然分明的鸿沟不复存在,死亡成为生的一种转化形式。二者之间不是尖锐突兀的对立,而呈现为一种很自然的,甚至可以说是十分流畅的接续。""从此,他会以一种坦然超然的心境,过好他的每一天,不再担心那最后的日子。哪天它来了,很好,跟着走就是了。"[2]这样的文字看来没有深刻的思想,但它智慧的光芒却极具穿透力,而深刻的思想即寓存其间,或者是被点燃了。

三、历史臧否与现代意识

在人类生存的坐标系上,由"过去-现在-未来"组成的时间至为重要,它像一条河流一样,让人看到了自己的起源、

---

[1] 林语堂《中国人》,学林出版社,2001年,第80页。
[2] 彭程《快乐墓地》,《海燕·都市美文》2002年第3期。

所走过的道路、前景及其最后归宿,这也就是人们常说的:"我从哪里来,我到哪里去?"而在时间的河流中,"历史"往往备受青睐,因为它既有迹可循,又可鉴今明世,还能给人以朝花夕拾的温馨。在当前的散文创作中,历史文化散文是一大重镇,它几乎主宰着散文创作的重心和方向。也可以这样说,许多有影响的散文家都是创作历史散文的名手,不少有分量的散文名篇也都是写历史文化题材的。从此意义上说,历史文化散文的写作特别重要,作家、评论家和读者都不可忽视。

总的说来,当前散文作家对待历史的态度还是比较健康的:他们往往不像有的小说家或影视编导那样任意"戏说"历史,而是在认真研究甄别的基础上发表自己的意见;他们在写作过程中既尊重历史,又常常对历史做出新颖独到的阐释。这样就出现了一些历史文化散文的名篇佳作。但也应该承认,由于历史文化的悠久与复杂,也由于时代文化风气的影响,还由于每个人自身学识和审美情趣的相对性和局限性,所以,当前有不少历史文化散文又常常给人以捉襟见肘之感:不是硬伤太多,就是被历史湮没,或是采取虚妄历史的态度。这一切都可归因于作家现代意识的匮乏。更应引起注意的是,这些错误还发生在一些著名作家的著名作品中间。

余秋雨学识渊博,但他笔下也难免时有硬伤。如在谈中国科举制度的《十万进士》一文中,有这样的句子:"据我们的切身经验,人格主要是由一生的现实遭遇和实践行为塑造成的,大量中国古代知识分子一生最重要的现实遭遇和实践行为便是争取科举致仕。"[1]在此,余秋雨是将"致仕"理解成"当官"

---

[1] 余秋雨《山居笔记》,文汇出版社,1998年,第239页。

了,这显然是错误的,因为一般稍通中国历史者都知道"致仕"的意思正相反,不仅不是"当官"而是"去官"之意。历史典籍有这样的称说:"退而致仕。"(《公羊传·宣公元年》)对此,何休注释说:"致仕,还禄位于君。"我们还可见到有这种说法:"会昌初,以刑部尚书致仕。"(《新唐书·白居易传》)对这个词,《辞海》的解释也说:"旧谓交还官职,即辞官。"[1]如果按余秋雨的意思,应该将"科举致仕"改为"科举致士"就对了,因为"致士"才是"招致贤士"之意。所以,对于浩瀚的历史,作家稍有不慎即出现硬伤,更不要说过于随意了!

在《笔墨祭》一文中,余秋雨将中国文化概括为"毛笔文化"是有道理的,他当然也承认中国毛笔文化所创造出的书画艺术之美,但全文主要站在西方进化论的立场来批判象征中国传统文化的"毛笔文化"却是有问题的,而将知识分子的人格生成理解为"毛笔文化"也是牵强附会的。在他看来,毛笔太慢了,它远不如钢笔来得快捷;毛笔太柔软了,它远不如钢笔来得刚硬尖利;毛笔携带使用太麻烦了,它远不如钢笔的简便。某种程度上说这是对的,但也不尽然!比如,张旭的草书如"雷霆霹雳",似"电光石火",就不比钢笔慢;又如岳飞用毛笔写就的《满江红》就不比今人用钢笔写的缺乏力量和人格。问题的关键恐怕不是毛笔文化使中国的知识分子人格不健全,而是残酷的封建专制政治使然。更何况,对毛笔文化的解读不能仅仅站在西方文化的视点,而应站在人类健全文化的角度观照。如果用西方的一元化思维来看中国文化,那无异于"以尺称举重量"或"以秤丈量尺寸",当然反之亦然。我认为,中国的毛笔文化固然有其不足,

---

[1]《辞海》,上海辞书出版社,1979年,第1853页。

但站在人类健全发展的角度看，毛笔文化正可医治以西方文化为车头的现代商品文化之弊端亦未可知！因为毛笔文化博大精深，它不仅刚柔相济、绵里裹铁、力透纸背、纤毫毕现，而且对人的血、气、神、韵都有孕化之功，还会使人的心灵宁静、充实和饱满。如果从多元文化相互取长补短、进行融合的立场出发，我们就容易理解余秋雨下面这段话的局限性了，因为它只是站在西方文化的单一向度来简单理解中国毛笔文化的。作者这样说：

> 过于迷恋承袭，过于消磨时间，过于注重形式，过于讲究细节，毛笔文化的这些特征，正恰是中国传统文人群体人格的映照，在总体上，它应该淡隐了。[1]

这就是余秋雨之所以要为中国毛笔文化"祭奠"的理由。且不说余秋雨对毛笔文化的内涵理解了多少和多深，只说他简单地以西方进化论之时间观和人生观对毛笔文化进行表面化诠释，就反映了他现代意识的匮乏。今天，人们渐渐认识到，主要以"速度"和"竞争"为价值尺度的西方文化并不能真正解决人类的幸福和快乐问题；相反，它导致的实用主义和技术主义却在不断地掏空人们丰富、饱满、充实的心灵。当人对审美、仁慈、温和、柔软和从容失去崇尚甚至兴趣，而只在速度的光影里奔驰时，不要说得不到最后的幸福和快乐，就是不眩晕而保持清醒也不可能。

张承志作为中国文坛的精神象征，其价值意义是不可忽略的。他的许多历史文化散文写得高尚优美、充满豪情，从中可以想见作家是多么坚定不移地守护着自己精神和心灵的净土。但是，许多东

---

[1] 余秋雨《文化苦旅》，东方出版中心，1997年，第246页。

西都不能超过一个"度"字，不适度有时就走向了它的反面。比如，张承志《清洁的精神》被人们交口称颂，但我却觉得它存在一个不可忽略的问题，那就是现代意识的薄弱。作品虽然在歌颂荆轲等人洁净的精神时闪现出耀眼的光芒，但这光芒却炫目刺心，令人有被历史湮没之感。应该说，在今天这样污秽甚嚣尘上的时代面前，张承志从中国历史中发掘"清洁的精神"是有意义的，它必将清洗今天的社会和人生。但张承志的局限也正在这里：第一，他忽略了中国古代社会总体上说并不比今天好，反而要差得多；第二，今人难道在荆轲等人面前就应该自惭形秽了吗？实际上，今人也并不乏荆轲精神；第三，荆轲精神也有其局限性，在信义、勇敢、净洁之外难道没有盲动和尚恐的个人主义吗？最为重要的是，张承志被荆轲精神的光圈罩住了，缺乏了自己心灵的光芒。就是说，在对荆轲人格精神的陶醉中，张承志失去了自我反省的能力，这正是现代知识分子最重要的品质。如作者在《清洁的精神》中这样说：

  那神话般的、惟洁为首的年代。洁几乎是处于极致，超越界限。

  四千年的文明史都从那个洁字开篇，我不觉得有任何偏激。

  《史记·刺客列传》是中国古代散文之最。它所收录的精神是不可思议、无法言传、美得魅人的。

  由于形式的神秘和危险，由于人在行动中爆发出的个性和勇敢，这种行为经常呈着一种异样的美。[1]

---

[1] 王剑冰编《百年百篇经典散文》，长江文艺出版社，2002年，第436、439、440页。

如果站在对抗专制主义和世俗污秽的角度讲，张承志的观点不是没有道理的，可惜的是，他没有看到荆轲精神也有其局限，尤其在现代社会，它的危害性不可小视。如果不加限定地赞扬荆轲精神，那么极容易迷失于崇尚恐怖的危险中。关于这一点，林非也写过一篇赞美荆轲精神的散文《浩气长存》，但作者在充分肯定荆轲精神的同时，又这样写道："当然是绝对地不必大家都去扮演刺客的角色，尤其是在像希特勒那样被历史所咒骂和唾弃的专制魔王最终绝迹后，民主的秩序必将替代个人的独裁，刺客是专制魔王的惩罚者，却也是民主秩序的破坏者，因此一般说来也就不再需要刺客们去建立正义的功勋了。"[1]在我看来，林非比张承志站得更高，也更具清醒的现代理性意识。在这方面，林非是有自觉意识的，早在80年代中期他就说过这样的话："以现代观念为思想指导进行散文创作，就是要求作家以现代人的心灵和眼光去观察生活、思考时代和分析题材，并倾注自己的思想感情，使读者的情感得到升华。""散文创作也只有具备这种观念，才能跟上时代生活的节拍。"[2]

李国文常能借古讽今，也总能对历史进行翻新，得出新颖的见解。比如，在《话说王伦》中，作家设身处地分析王伦，认为他"褊狭小量"是情有可原的，因为比较而言，王伦不是强者而是弱者。最后得出结论说："因此，《水浒传》里的宋江和王伦，倒不失为我们做人作文的参照系咧！"也是一语中的。在《〈三国〉三题》中，李国文对刘备、诸葛亮、马谡和魏延的分析也很精到，入情合理，给人不少启示。还有，李国文的历史散文往往

---

[1] 林非《世事微言》，中国世界语出版社，1999年，第275页。
[2] 林非《现代观念与散文写作》，《文学报》1986年3月13日。

将"历史"和"当下"拉得很近,有时比较得恰当时确实令人会心解颐,也非常过瘾,但也存在明显的局限,那就是:在很多时候有"驴唇不对马嘴"的感觉。读李国文"借古讽今"的文字,我总觉得他心中火气甚至怨怼过炽,仿佛要将讽刺的对象焚烧才快意,这就难免使作品失了宽厚与包容。最重要的是,李国文时有消解历史及其人物的快感,表现出历史虚无的迹象,这就带来了他作品过于浓郁的油滑色彩。比如,在写到清官海瑞时,李国文尽管也肯定其价值,但对他的戏化之笔却是非历史的。他在《从严嵩到海瑞》一文中称海瑞为"道德大主教",并这样评说道:

> 海瑞,肯定是绝对缺乏幽默感的人,所以,他冒死上书嘉靖。换个聪明的中国人,顶多每天早晨起来,看一眼邸报,他怎么还活着呀!他怎么还不成为大行皇帝呀!也就如此轻描淡写而已,才不会傻不叽叽地买口棺材,去进行死谏呢!
>
> 其实,清官的出现,除了本人青史流芳以外,实际上屁事不顶。中国的皇帝,尤其那些独夫民贼,在未成为阶下囚前,谁也不能拿他怎样的。[1]

李国文当然可以从不同角度对海瑞进行评说,甚至可以指出其不可爱处,但却不能简单地消解海瑞的人格力量和道德精神,因为这种精神不论在哪个时代都是难能可贵的。即使海瑞是在为那个腐败没落的封建王朝尽着愚忠也是如此,否则就是非历史的文学观。

在《司马迁之死》中,李国文虽然对汉武帝刘彻所代表的

---

[1] 王剑冰编《百年百篇经典散文》,第564页。

封建专制极尽批判之能事，对司马迁也不无赞词，但他同时又不遗余力地解构着历史和司马迁的价值意义，作者这样说：

  司马迁书读多了，有点呆气，他为什么不想想，同姓司马，那个司马相如被欣然接受，这个司马迁却被断然拒绝呢？难道还不足以总结出一点经验，学一点乖吗？这就不妨打油诗一首了："彼马善拍马，吃香又喝辣。此马讲真话，只有割××。"为那张按不住的嘴，付出××被劁的代价，真是太不划算了。
  其实子承父业继任太史令的他，在国史馆里，早九晚五，当上班族，何等惬意？翻那甲骨，读那竹简，渴了，有女秘书给你沏茶，饿了，有勤务兵给你打饭。上自三皇五帝，春秋战国，下至陈胜吴广，楚汉相争，那堆积如山的古籍，足够他皓首穷经，研究到老，到死的。而且，他和李陵，非亲非故，"趋舍异略"，不相往来，更不曾"衔杯酒，接殷勤之余欢"，有过私下的友谊。用得着你狗拿耗子，多管闲事吗？但是，知识分子的通病，总是高看自己，总觉得他是人物，总是不甘寂寞，有一种表演的欲望。
  司马迁"下于理"（理，古指司法官），大约是他四十多岁的时候，比如今那些知青作家还要小一点，正是泡吧泡妞泡桑拿的好年纪。但他却只能在"蚕室"里泡了。……在没有麻醉剂，没有消毒措施，没有防止感染的抗生素，以及止痛药的情况下，按住司马迁，剥掉裤子，割下××，可想而知，那份痛苦，比死也好不了多少。[1]

---

[1] 李国文《中国文人的非正常死亡》，人民文学出版社，2002年，第3—4页。

在作者的叙述中，不乏对封建专制的讽刺鞭笞，但对司马迁如此"戏谑"和"解构"，毫无理解、敬服、伤悼和怜惜之意，一面反映了李国文对知识分子身份、处境和价值的否认，一面也反映了李国文与司马迁的隔膜；同时还反映出李国文人文知识分子情怀的匮乏。作为中国传统知识分子苦难与良心的代表，司马迁是何等的光辉灿烂！可以说，与那些蝇营狗苟于世俗人生的"侏儒"式知识分子可谓相去霄壤，司马迁与日月争辉可矣！然而，在李国文笔下的司马迁却滑稽可笑，又呆又傻还又愚，甚至有表演欲，这是令人感到遗憾的。从这里，我看到了李国文匮乏的一面：心明眼亮地不断洞察着历史的细部，有时却在大局上出现盲目。这也好像下围棋，局部得之而全盘失掉了。

现代意识是指包含了自由、民主、科学和平等的意识。它不是现在意识，更不是市民意识或世俗意识，而是代表人类健全发展的文化观念及其形态。历史是不断变化的，现代意识也不是一成不变的，但它所蕴含的"一切为了人，为了人类的幸福"这一价值指向是不能改变的。余秋雨的失误是他有时将西方的文化观念当成现代观念；张承志的问题在于有时忽略了用现代意识去烛照历史；李国文的不足之处是有时模糊了现在意识与现代意识的界限。所以，有的时候，现代意识的缺席或薄弱使得他们的散文创作常常出现明显的漏洞。

四、乡村情结与都市恐惧

在一般人看来，人类现代化发展的标志之一即是以都市文明代替乡村文明，所以20世纪以来，中国的现代化建设基本上是以都市的扩张和乡村的萎缩为前提的。殊不知，以排斥"乡村田园风情"为价值旨归的都市化建设，既不符合人类的健全发展，又是非常可怕和危险的。这种"乡村"与"都市"的二元对立，在20世纪中国的整体文化格局中，既是一种现实存在，又是一种观念生成。这也是为什么许多热爱自然的中国作家对都市都怀有恐惧，极力排斥甚至对之充满敌意。我们不说在现代作家中，沈从文以"乡下人"自居而格外讨厌都市，也不说废名一直崇尚"桃花源"式的理想而过着隐士生活；只说当代作家中的张炜、苇岸和刘亮程等人对乡村的迷恋和对都市的厌倦。

张炜是一位非常优秀的作家，在许多现代人都沉溺于都市生活时，他却一个人远离济南，大部分时间待在胶东半岛。在乡村的包裹中，一边搜集民间资料，一边从事创作，所以他才能写出带着花香、饱含了大地芬芳的文字。张炜仿佛是一个在大地上耕耘的农民，他心静气闲地将自己辛勤的劳作一点一点变成秋后饱满的籽实。所以，我认为，张炜是当前中国作家净洁、宁静与良知的代表人物。他的散文也写得纯粹而安然、仁慈而温柔、平实而富有诗意，如读书随笔集《心仪》、散文《北国的安逸》等都是这样。但是，从文化的意义上，尤其从乡村与都市的关系中，我们也不能不看到张炜的局限，即那种强烈的乡村情结和对都市的恐惧之情。

在《我跋涉的莽野》一文中，张炜对现代商业文明充满强烈的怀疑和批判精神，这表明他的文化清醒与自觉。但文中却有他对乡村文明过分的依恋，对都市文明深深的恐惧，这一不足是需要指出的。可以说，在"乡村"与"都市"二元对立的文化选择中，一面形成了张炜与众不同的思想观念、审美形态和灵性世界，另一面又使他具有保守的性质和封锁的心灵。如张炜这样说：

> 说起来让人不信，我记得直长到二十多岁，只要有人大声喊叫一句，我心上还是要产生突然的、条件反射般的惶恐。直到现在，我在人多的地方待久了，还常常要头疼欲裂。后来我慢慢克服，努力到现在。但是说到底内心里的东西是无法克服的。我得说，在反抗这种恐惧的同时，我越来越怀念出生地的一切。我大概也在这怀念中多多少少夸大了故地之美。那里的蘑菇和小兽都成了多么诱人的朋友，还有空旷的大海，一望无边的水，都成为我心中最好最完美的世界。
>
> 不用说，我对于正在飞速发展的这个商业帝国是心怀恐惧的。说得更真实一点，是心怀仇视的。商业帝国的中心看来在西方，实际上在自私的人内心——包括我们的内心。我之所以对前途不够乐观，是因为我们实在难以改变我们的内心。许多人，古往今来的许多人都尝试着改变人的内心，结果难有效果。这说到底是人类悲观的最大根据。[1]

张炜承认"自私的人内心"也包括"我们"，表明作家的坦荡与仁慈，也表明作家的自省精神，这是非常珍贵的。可是，从童年开始生长起来的"乡村情结"却让张炜无法面对商业文明包括都市的滚滚红尘及其喧嚣，于是禁不住"惶恐"和"头疼欲裂"，以至于"仇视"。从这个方面来说，张炜的心灵也有

---

[1] 张炜《我跋涉的莽野》，春风文艺出版社，2001年，第3、4、8页。

其偏执和缺失的一面。只是这些深潜于作家的内心深处,不易觉察而已。

苇岸写过一本散文集《大地上的事情》,薄薄的一本小书,装帧简洁而雅致,内容简单但丰实,文风朴素。更重要的是,苇岸内心平静散淡而又坚定仁慈,具有人格的魅力。关于这些,林贤治已经以一腔深情做了全面而详尽的概括,他说:"苇岸是崇高论者,……在生物界那里,他发现并描写了这种天性:善良,淳朴,谦卑,友爱,宽容,和平,同时把它们上升为一种'世界精神',从而加以阐扬。""是爱培养了他的美感,所以,语言的使用在他那里才变得那么亲切,简单朴素而饶有诗意;所以,他不像先锋主义者那样变化多端,而让自己的文体形式保持了一种近于古典的稳定与和谐。对于他,写作是人格的实践活动,人格与艺术的一致性要求,使他一次又一次地回到历史原点。""这就是苇岸,20世纪最后一位圣徒。"[1]但从文化选择的角度看,苇岸散文也有明显的不足,这就是过于执着乡村农业文明,而对都市尤其是工业文化心怀忧虑和恐惧。这一点,苇岸颇像张炜,只是比张炜走得更远。具体地说,一是苇岸成为一个素食主义者,二是苇岸有着深深的孤独阴郁症。

其实,这一点林贤治也有所觉察,他说:"这是一颗充实的种子,但我怀疑他一直在阴郁里生长,虽然内心布着阳光。""在指南花之死中,我说是能够读出一种惟苇岸所有的哀伤。"[2]这是很敏锐的看法。确实是如此,看来被阳光照亮的苇

---

[1] 林贤治《未曾消失的苇岸》,参见苇岸的《太阳升起以后》,中国工人出版社,2000年,第4、2、7页。

[2] 同上书,第1、9页。

岸其实是一个很孤寂也颇阴郁的人，除了其他方面的原因，对都市和工业文化的彻底绝望可能具有根本性。也可以说，苇岸的阴郁既来自自身的病状，更来自对都市尤其是工业商业文明的困惑与绝望。更进一步说，他是一个乡村文明的病态患者。苇岸曾这样说：

> 20世纪这辆加速运行的列车已经行驶到21世纪的门槛了。数年前我就预感到我不是一个适宜进入21世纪的人，甚至生活在20世纪也是一个错误。我不是在说一些虚妄的话，大家可以从我的作品中看到这点。我非常热爱农业文明，而对工业文明的存在和进程一直有一种源自内心的悲哀和抵触，但我没有办法不被裹挟其中。[1]

还有新近在文坛颇受重视的刘亮程，这个被林贤治称为"90年代最后一位散文家"[2]的人，其实也是一个乡村文化的守卫者，同时又是一个都市文化的批判者和嘲弄者。刘亮程一面以农业文明为根生长着自己生命的藤蔓，这是与众不同的文化形态：舒缓、结实、有力而有诗意，就如同熟透的谷穗陶醉在和煦的秋阳里，这对于克服工业文明对人类的异化是非常有益的；不过，刘亮程还有另一面，过于相信农村的结实可靠势必限制视野的扩大与认识的深入。所以，我们可以看到，刘亮程笔下的乡村带有远古的风韵和未经工业文明染指的宁静与诗意，却有些沉重和令人窒息；审视都市的"农民"眼光时时能够看

---

[1] 苇岸《太阳升起以后》，第285页。
[2] 林贤治《五十年：散文与自由的一种观察》，《书屋》2000年第3期。

出一些新意，但又不免过于促狭和以偏概全。而这二者中尤以后者最为突出。

在《城市过客》中，作者写对楼梯的感觉很有意思，因为那是一个农民最把持不定的道路。他还说："本以为在乡下走了多年的坑洼路，走城里的平坦马路应该不成问题。可是车流如梭的十字街头我总觉是难以过去。前后左右的汽车和喇叭声使我仿佛置身兽群。我缺乏城市人的从容，城市人不怕车就像乡下人不怕狗。"这种感受都很新鲜，也寓含着对都市文明的批评。不过，刘亮程的局限也正在这里，他以一个农人之眼所见的都市均是令人不快甚至是厌恶的，这就将丰富、饱满而又深厚的都市文化简单化、概念化和肤浅化了，从而表现出刘亮程文化眼光的狭隘和肤浅。如在《城市过客》中作者直言他对都市生活没有多少好感；在《城市牛哞》中作者也说："这个城市正一天天长高，但我感到它是脆弱的、苍白的，我会在适当的时候给城市上点牛粪，我是个农民，只能用农民的方式做我能做到的。"更值得注意的是，刘亮程对都市的隔膜与仇恨，他不仅不能从人类发展的角度看到都市文化的长处，反而尽其戏谑和嘲弄之能事，他说："深厚无比的牛哞在它们的肠胃里翻个滚，变作一个嗝或一个屁被排掉——工业城市对所有珍贵事物的处理方式无不类似于此。"[1]从这里暴露出刘亮程生活经历、知识结构、学养性情和文化理念的局限。

虽然如今的都市处处充满异化，有这样和那样不尽如人意之处，但如此贬低和丑化都市，一点也看不到它的价值和意义也是一个问题，这说明千百年来生活于农业文明的中国人过于依恃乡村，而对都市文化天然地怀了一种拒绝与恐惧，也隐含

---

[1] 刘亮程《一个人的村庄》，新疆人民出版社，1998年，第164、176页。

了中国人心灵的某些封闭保守和自以为是。

　　我认为，健全的文化和作家的内心应该是更为宽厚博大的，就像大海一样，不择细流，容纳百川，甚至将清洁与混浊都化为自己的内力和元气；也应该像天空和大地一样"天容地载"，不舍弃任何东西哪怕是常人所说的垃圾。具体到文化和文学上，就应该有蔡元培的"兼容并包"和林语堂的"两脚踏东西文化，一心评宇宙文章"之胸襟与气度。在人类的发展过程中，乡村文明有其精华，也有其糟粕；而都市文明也是如此！如果一味将乡村文化的光彩无限放大，而无视甚至遮盖其局限甚至丑陋；或者对都市文化的优质缄口不谈而绝对地放大其丑恶，那是不公正，也是不健康的。事实上，今天的人们包括对都市深怀恐惧的作家，都在自觉或不自觉地享受着都市甚至商业文化带来的优秀成果，至少是方便与舒适时，却又对它全盘否定，缺乏公正之心和具体细致的分析，这是值得人们好好反省的。

　　当年，林语堂对老北京情有独钟，一个重要原因就是，林语堂觉得北京是一个具有乡村风情的"田园式"都市：一面有都市的博大广阔，一面又不失田园风情。甚至从北京的胡同和四合院中，林语堂也能理解和体味出其"田园式"的宁静和安详。其实，从文化融合的角度说，比较适合于人类居住的应该是将乡村与都市结合在一起的所在，双方不是相互排斥而应该互为弥补，取其所长和补其所短。如今，我们的都市确实还非常低级和丑陋，不要说优雅的建筑风格和清明的山水风光，就是洁净的空气都成为一个问题。不过，我们不能因此对都市进行简单化的理解，尤其不能忽略它对人类幸福的积极作用，更何况都市也是在发展的，尤其是中国的都市可以说才刚刚起步，它还需要进一步的完善。但是，作为文化人包括我们的作家在此又做了多少有益的工作呢？许多人只是一味地拒绝甚至厌恶都市，但却很少去思考、建设和完善它。

美国作家梭罗曾以一本《瓦尔登湖》享誉世界，中国的不少作家都或多或少受其影响。确实，梭罗的作品境界高尚，文字优美，是散文中的上品，对克服工商业文化带来的异化是有益的。问题是，其中也不是没有值得商榷的地方，比如过于追求简朴甚至是对自己刻薄的生活方式，而对都市怀有成见和恐惧，这难道不也是一种异化？这种在乡村文化与都市文化间缺乏协调整合，而一味追求单向度的非此即彼式的偏执，显然是从一个极端又走向另一极端。事实上，文化选择与其他选择一样，如果失去了"度"，必然也失了公正，如果发展到极端，还会呈现一种生理和心理的病态。这是当前的散文家不可不慎之又慎的。

当前，中国散文家在文化选择上的困惑与迷失还不止于此，像在人与天地自然的关系、个性与家国和人类的关系、男女两性的关系等方面都是如此。比如，王族写过一篇散文《一个人和羊》，其中主要写了新疆吐尔逊家的一个宰羊场面："我"与朋友要体验一下"亲自宰羊"的感受，却捉不住羊；于是牧羊主人只有自己动手。主人与"我们"不同，而是采用"抚摸""轻吟曼唱"，于是羊就卧倒、闭上眼睛，并将喉咙伸过来。对于这种举动，作者不仅没有悲悯，反而用诗意的笔调这样写道："吐尔逊开始剥羊皮。嘶——嘶——几下，一张血红的羊皮扯了下来，他抓着两边，在空中翻转几下，然后轻巧地甩出，羊皮划着漂亮的弧线，落在核桃树枝上。""眼前完全是幻象一样的世界：恬美、宁静、真诚，而又安详……"[1] 作为代表正

---

[1] 史小溪编《中国西部散文》（上），东方出版中心，1998年，第62页。

义、善良和仁慈的作家，如此诗意地渲染血淋淋的杀戮动物之美，这是令人震惊的！这是失了天地之心的写作。如果将这种描写与鲁迅、周作人、林语堂、丰子恺、琦君等对动物，哪怕是一只小鼠、跳蚤的怜悯进行比较，我们就会明白，如今的散文及散文家的差距在哪里了。

文化具有广大的包容性、厚重的深刻性和悠久的历史与未来性，因此，一个散文家（包括作家）对它的选择至为重要：这既代表了他的精神向度，也标示出他的思想与智慧的力量，还确定着他的叙述方式及格调，这就好像舵手之于航船是一样的。为什么有人的散文视野博大、境界高远、思想深厚、智慧从容，显然主要不在其技巧与修辞，而在于明智的文化选择，在于其蕴含着的深刻思想。

需要指出的是，在当下中国，不少著名散文家身上尚存有文化选择的困惑与迷失，而在一般散文家那里这个问题的严重性就更是可想而知。其实，这个问题既具有个人性又具有普遍性，既具有现在性也具有历史性，还具未来性，至少它与20世纪以来中国文化和文学思想的根本转型直接相关。因此，我们对当下中国散文文化选择的反思，也就不能不与中国现代新文化与新文学的转型联系起来考察。尤其是进入了新的世纪，世界文化与文学观念面临新的变动与整合，我们更有必要打破以往的既定成规，对当下中国的散文创作进行新的探讨、梳理和反思。也是在这一前提下，既要总结取得的成绩，更要探讨存在的问题，这是当前中国散文实现真正突破的关键所在。

散文天空的绚丽星光
——关于20世纪90年代思想散文的考察

陈剑晖

(广州大学文学思想研究中心)

在一个总体上失去了理想的激情,物质的享受胜于价值的渴求的时代,我们该如何来面对和谈论散文?也许,当批评家们和大众传媒在20世纪90年代兴奋地宣布一个散文时代正在向我们走来时,散文已开始显露出一些疲态,出现了"繁华掩蔽下的贫困"。的确,当散文置身于一个巨大的、混乱和喧哗的消费现场,当车载斗量的散文随笔夹着后现代商业社会的声色光影散落于人们的阅读视域中,人们对其批评责难,甚至认为是"世纪末的狂欢"也就不足为奇了。但不要忘了,在世纪末的散文潮中诚然有大量世俗化、商业化的粗制滥造之作,同时也有一批作家坚守散文的精神边界,创作出了同样数量可观的堪称优秀的思想随笔。它们的存在不仅是当代散文的光荣,也是一个平庸的物质时代仍孜孜执着于精神维度的作家的一种文化选择。而迄今为止,对这类思想散文的研究不能说没有,但应当说数量相当少,而且基本上都是印象式、随感式的,缺乏实证的考量、客观的辨析和学理上的梳理。因此,本文拟从具体的创作入手,对20世纪90年代以来的思想散文做多层面的梳理和探讨,并以此作为观察点展望新世纪散文的发展方向。

文学思想研究

一、从抒情散文到思想散文

熟悉中国散文史的人都知道，中国的现代散文，主要有三条流脉：一是以鲁迅为代表的侧重于精神探索的散文，二是以周作人为标志的闲话聊天式散文，三是以朱自清为典范的抒情散文。由于鲁迅的散文充满象征和隐喻，在结构和精神上过于复杂多义；而周作人的闲话聊天式散文又因不适宜于时代和社会现实的需要而长期遭到漠视，这样一来，从20世纪30年代中后期到80年代，先是及时反映当时社会现实和斗争生活的报告文学或特写大受青睐，而后（特别是60年代前后）是抒情性散文一统天下，并成为一个时期散文创作的主导性品种。由于抒情性的散文在内容上有一个明确的政治化、世俗化的教育目标，在艺术上通常采用"借景抒情，托物言志"的表现手法，加之这类散文篇幅短小，结构精致，注重意境的营造，在语言上又体现出圆熟简约的文体特色，因而在特定的时代里，以杨朔、刘白羽和秦牧为代表的"当代散文三大家"的散文的确颇受读者的欢迎和批评家的认同，甚至即便"四人帮"被打倒后到20世纪80年代初，杨朔式的抒情散文的影子仍如影随形，"以小见大""托物言志"的写作法则仍束缚着不少散文作家的手脚。其时虽有一些老作家如巴金、孙犁、杨绛等的反思回忆性散文颇具影响，但总体而言，从1976年至整个80年代，相对于小说、诗歌、戏剧乃至报告文学的火爆繁荣，散文创作的状况可谓波澜不惊。这就难怪有人断言："散文，正从中兴走向末路。"并由此预言散文是"多余的文体，必然灭亡"。[1]

---

[1] 黄浩《中国当代散文：从中兴走向末路》，《文艺评论》1988年第1期。

但散文的发展却与散文"灭亡"论的预言家开了一个玩笑。进入90年代以后，散文在没有任何征兆的情况下，突然热闹和繁荣起来，真可谓是"忽如一夜春风来，千树万树梨花开"。而在这股散文热潮中，最引人注目的莫过于思想散文的崛起。思想散文的崛起并形成一股散文创作潮流大概有两个契机：一是这一时期，一些有识之士编辑出版了一批"思想随笔"丛书。比如"思想者文库""草原部落名报名刊精品书集""草原部落黑马文丛""九十年代思想散文精品丛书""思想者文丛""曼陀罗文丛""野草文丛"等等；二是随着大量"思想文丛"的推出，这一时期涌现了一批倾向于思想探索的散文写作者。其中，较为优秀的有史铁生、韩少功、张承志、张炜、王小波、周涛、林非、王充闾、李锐、邵燕祥、林贤治、孙绍振、雷达、筱敏、南帆、周国平、王开林、刘烨园以及钱理群、朱学勤、刘小枫、谢有顺、徐友渔、金岱、秦晖等等。他们的写作，可以说是对以往的抒情散文的一种偏离，更是一种冲击和挑战。这类思想散文，一方面展现了中国当下的人文知识分子在社会转型期敢于独立思考的可贵精神品质，另一方面也是对当代散文进行必要的补钙和换血。正是有了这样一批热心于思想探索的散文家和他们的思想散文，90年代以来的散文创作才呈现出"思想散文凸显，抒情散文淡出"的特色。它们是日渐明丽的散文天空中的点点星光，是庸常时代的精神坚守和心灵呐喊。

那么，产生于20世纪90年代的思想散文有什么样的外在特征和内在规定性呢？它与以往文学作品的"思想性"又有什么样的区别？这一切都需要我们进一步追问。

让我们先对思想散文中的"思想"做一简要的归纳与梳理。

思想，按《现代汉语词典》的解释是："客观存在反映在人的意识中经过思维活动而产生的结果。"《牛津词典》的解释则是:"思想就是人类运用心灵与智慧观察外部的客观对象,并在这一基础上形成自己的看法、意见与决定。"从上述两部权威词典的解释可知,"思想"不同于"学术"。"学术"的"术"在《说文解字》中是"从行,术声""邑中道也",且这"道"并非终极意义上的"道",而是"路径"的"道"。这样"学术"便带有"技术"的意味,它的目的是"求证",重在爬梳整理,而"思想"则不同,它既为客观的社会存在所决定,也是心灵与智慧的产物。所以法国哲学家笛卡尔的名言"我思故我在",其所强调的便不仅仅是人作为物质和生理的身体的存在,更重要的是由"心"指向"思"和"灵"的存在。因此在我看来,能称之为"思想"的,一般应有这样的一些特征:1. 个人性。思想是最具私人性、个人性的东西。而这种个人性又与个体的生活经验和生命力密切相关。没有个体的经验和生命的原动力就没有思想的创造力。2. 独创性。思想富有的人,往往也是独立的人、自由的人、有个性的人,也是对事物有独到的认识和见解的人。思想最忌千篇一律,所以雷同就意味着思想的消亡。3. 质疑性与批判性。思想者不惧怕权威,不满足于现成的结论,也不安于保守平庸。思想者心怀忧患,目光四射,坚定从容。他们既是现存秩序的挑战者,也是纷纭世界的提问者。当然,思想者也是新的价值观、新的秩序的建构者和维护者。4. 重大性与根本性。思想应是"心事浩茫连广宇",它不是一般性地提出问题与回答问题,而是以深广的包容性、原创的穿透性、洞见的前瞻性对一些重大的、带根本性的历史和现实问题提出自己的卓见,比如马克思、达尔文、爱因斯坦、海德格尔、维特根斯坦等的思想就是如此。正因思想有如此的特征,所以它才弥足珍贵，甚至有人将思想比喻为泥沙中淘出的金子，海水里净滤出来的盐。

思想是主观的东西，是无形的、看不见的；但它又是有形的、可以感知的。就散文来说，思想首先必须具备心灵性。散文作为一种人类精神的实现方式，它比任何一种文类都更倾向于情感的倾诉、灵魂的呢喃。因此，思想散文的特点是用"心"去思考、质疑和批判。这就要求散文作家在创作时要以人为中心，突出创作者的主体作用和潜能，而且必须具有内心世界的通透和丰盈，这样，散文才能在个人心灵的建筑，在对人类内在精神的探测上有所突进。其次，散文的思想还需要有智慧的中和。因为散文既是哲人的近邻，也是智慧的文体，所以散文家需要用慧眼慧心去体人悟事。另一方面，由于散文的精神一般寓于个体的生命，但精神的盔甲有时难免过于沉重，生命的热烈有时也会过于绚烂刺目，这时如果加进一些智慧和幽默，那么，散文的冷峻尖锐中就有了温润和柔韧，厚实沉重中也会有从容、闲适和机趣相伴，这于散文无疑是不可或缺的元素。第三也是更为重要的一点，由于散文本质的自由随意，或者说，由于人类的精神是自由和独立而散文对自由精神的依赖又超过了所有的文学体裁，所以，自由的精神应是思想散文旗帜上最为耀眼的标志。在这方面，洪堡特有过十分精彩的描述："诗歌只能够在生活的个别时刻和精神的个别状态之下萌生，散文则时时处处陪伴着人，在人的精神活动的所有表现形式中出现。散文与每个思想、每一感觉相维系。在一种语言里，散文利用自身的准确性、明晰性、灵活性、生动性以及和谐悦耳的话语，一方面能够从每一个角度出发充分自由地发展起来，另一方面则获得了一种精微的感觉，从而能够在每一个别场合决定自由发展的适当程度。有了这样一种散文，精神就能够得到同样自由、从容和健康的发展。"[1]

从上述可见，我在这里所指的"思想"，与以往我们分析文学作品时所归结出来的"主题""中心思想"或"思想内容"有着极大的区别。在过去我们研究文学作品特别是评价新中国成立后"十七年"的文学时，我们的所谓"主题""中心思想"的得出，一般都是与意识形态密切联系，都是服从于文学作品的教育功能或某个世俗目标，而且这"中心思想"无一例外都是积极的、正面的，利他同时缺乏个性色彩；或者大无畏的牺牲精神、大公无私精神、爱国主义精神、团结友爱精神等等。显然，这些都是在"舆论一律"的大背景下，散文作家丧失了对独立和自由精神的追求。诚如上述，真正的思想是个体的，也是独到的；是单纯的，也是丰厚的；是朴素自然的，也是神圣崇高的。它既带着生活的血水，留着苦难的印记，又是超越现实、超越作品的题材、主题、外在结构，甚至超越语言的一种精神性的存在。这正如曼·英伽登所说：在文本之上，还存在着一个悬浮在上的"精神层面"，它是作品的"形而上本质"，是文学的"变幻无定的天空"，也是一些洞然大开而又捉摸不定的东西。[2]不消说，我在这里所指出的散文中的思想，正是英伽登所认为的文学的"形而上的品质"，而这种"形而上"散文品质的形成，很大程度上得益于今天这个"王纲解纽"、价值多元的时代。

的确，我们无法绕开这样的提问：其一，为什么思想散文

---

[1] 转引自林贤治《五十年：散文与自由的一种观察》，《书屋》2000年第3期。
[2] 转引自鲁枢元《超越语言》，中国社会科学出版社，1990年，第154页。

偏偏在20世纪90年代而不是在别的时代崛起？其二，难道别的时代——比如"五四"时期就没有思想散文吗？为什么你对20世纪90年代的思想散文情有独钟？首先，关于第一个问题，我在《论20世纪90年代中国散文的文体变革》一文中谈道："文学生态环境的相对自由宽松，是90年代的思想随笔滥觞的根本原因。"由于中国社会由计划经济转向市场经济，原先统一的规范已被多元的价值取向所取代。这时期，再也没有一个高高在上的意识形态主宰着散文的命运，也没有那么多条条框框规定散文只能这样写不能那样写。这样，作家在写作时心态比较放松，他们可以自由自在地表达自己的思想观念，可以无拘无束地叙述自己感兴趣的事情，这一点对于思想散文的兴起至为重要。其次，20世纪90年代是一个众声喧哗、日益多元的时代。一方面，这一时期，旧有的道德规范和价值观念遭受到了前所未有的挑战，而物质欲望的膨胀、理想的失落又加重了人们的精神危机；另一方面，当现实生活中"精神""感情"和"心灵"的因素越来越稀缺的时候，往往正是优秀的文学奋起抗击的时候。换言之，"精神危机的情状广泛而深重，正是文学实现其精神价值的历史性契机"（韩少功语）。正是从这个意义上，他们选择了思想散文实际上就是选择了一种精神维度，选择了一种生存的方式和态度。这样我们就能够解释为什么自20世纪90年代以来，思想散文能够超越过去的任何时代，如火如荼地发展起来。第三，思想散文的兴起，还有其自身的原因。众所周知，90年代以来的散文出现了空前的繁荣，但在这散文热的背后又存在着贫困和苍白的一面。也就是说，这一时期，以娱乐媚俗、迎合大众的消费性为特征的散文大量产生。由于它们的存在，人们对这一时期的散文产生了极大的误解，甚至有人认为散文已进入了"侏罗纪末期"。[1]在文学出现如此严重的分化的时刻,一些散文家执着于文学的精神价值追问,拒绝将散文创作看作简单的一次性的文化消费,这不仅保持了文学应有的尊严,同时,他们还以宿命般的精神皈依和他们的富于思想力度的散文创作,回击了"侏罗纪末期""笑柄"之类的指控。还应看到,他们对于散文的思想深度的建构还深化了人们对于散文的认知:散文,不应只是软性的文化消费,不应只是媚俗的商品吆喝和文化弄姿。作为一种自由且富于个性体验色彩的文学品种,散文应揭示出这个时代中的人性的多面性,为现代人提供精神的多种可能性空间。

在我看来,上述几个方面,便是90年代思想散文兴起的"特殊历史语境",这样的历史语境,在整个现代散文史中,只有"五四"时期的散文创作可以与之相比。但"五四"时期除了鲁迅的散文有较高的思想含量外,其他散文家的创作从总体看思想的元素是较为稀缺的,所以"五四"时期大行其道的是朱自清式的抒情散文,以及周作人式的闲谈聊天式散文,而思想散文却从未形成一股创作趋向。至于"五四"之后至90年代这段时间,由于文学生态环境的恶化以及散文家创作主体的萎缩,思想散文根本就没有获得生长的空间,更没有形成一个坚守人文与启蒙立场的散文"思想群落"。当然,由于散文的思想源于个体精神的丰富性,因此在这一时期思想散文的创作中,每个作家的思想风貌都是卓尔不群的;但作为一个思想群落而言,他们又具有某些近似的思想表征。唯其如此,他们的散文创作才显得厚实多样、异彩纷呈。

---

[1] 李敬泽《"散文"的侏罗纪末期》,《南方周末》2002年8月1日。

二、倾听思想者的声音

如果从人类精神发展的大框架来考察20世纪90年代以来的散文思想，我们会发现这一时期的散文思想与过往时期散文中的思想是十分不同的。概括来说，就是立足于人文主义的立场，坚守知识者的心灵和道德理想，关注现实、历史以及人类的生存与命运的大命题，保持自由、独立的思考与质疑批判的姿态——这一切都使这一时期的思想散文达到了一种较高的精神维度。下面，我们简要地对这一时期较有代表性的倾向于精神思考的散文家做一抽样分析，通过对他们散文中的思想表征的描述，借以探测世纪之交当代散文的思想流向。

（一）独立的思考：质疑与批判

帕斯卡尔说："人是一根会思想的芦苇。"虽然它十分脆弱，甚至一滴水就能将它折断。但因其会思想，会追问我为什么活着，我为什么存在，所以脆弱如芦苇的人才获得了做人的价值和尊严，才得以超越琐屑与平庸，翱翔于壮阔的精神天宇之中，使生命变得强健有力，发出人性的迷人光泽。的确，如果从事文学创作的人失去了思想的动机和思想的能力，那么，从某种意义上也就没有了文学，当然也就没有散文了。不过，我们也必须看到这样一个事实：由于中国文学历来十分强调"载道"的功能，后来又发展到"为政治服务""为工农兵服务"，而"五四"时期的所谓"言志"，在很多时候也未能真正摆脱"载道"的束缚。所以，在新中国成立后"十七年"乃至20世纪80年代，散文其实并未真正获得独立思考的思想品格。唯有到了"王纲解纽"的20世纪90年代之后，散文才逐渐摆脱了长期以来的精神奴役，拥有了独立思考的权利和质疑批评的能力。

考察这一时期的散文创作，可以看到较早坚持独立思考、致力于思想质疑和批判的散文家当属邵燕祥、牧惠、舒展、严秀以及钱理群、林贤治等人。他们的思想随笔秉承鲁迅杂文的精神和笔法，而反对现代迷信和"造神运动"，呼吁恢复"五四"的启蒙精神，反省人性的脆弱和缺失等，则是他们散文随笔的主要思想指向。在这些作家中，要特别提及的是林贤治。他不仅和邵燕祥合作主编了《散文与人》等思想性散文刊物和一批思想散文丛书，而且还在理论上力倡散文的批判和自由精神。此外，林贤治还创作了《平民的信使》《守夜者札记》等思想随笔集子。这些思想随笔都带着强烈的怀疑、批判和探索精神，体现出了强健、独立和追求自由的思想者的风采。总体来看，林贤治的思想随笔坚硬、直白而犀利，文体较为自由松散，相对来说在诗性方面则稍有欠缺。这一时期既显示出思想者独立思考的人格色彩，其创作又贴近散文文体，体现出散文的诗性特征的代表性作家当属张承志、王小波和韩少功。面对着消费时代人文精神的节节溃败，张承志挺身而出，决心"以笔为旗"，为"清洁"现实生活中已被污染的"精神"而奋起反击。在《天道立秋》《致先生书》《清洁的精神》《无援的思想》《以笔为旗》等作品中，他猛烈抨击文化知识界的道德堕落，批判媚洋媚俗的时代风气，同时对市场经济的自由竞争则采取拒绝乃至敌视的态度。张承志的特立独行的姿态是异端的，同时也是偏执和激愤的，而他的行文则优美且富于穿透力，因此，比起那些媚俗矫情的风花雪月、家长里短、阿猫阿狗之类的写作要有意义得多，所以，当代中国的散文版图中应保留张承志这一脉。王小波思想随笔具有批判的锋芒，同时对中国文化的道德取向则深表怀疑。他还有不少思想随笔对中国知识分子自我人格的萎缩进行了深刻的反思与自省,对单一刻板和愚昧的思维方式进行嘲笑反讽,并由此提倡一种智慧的思维方式、一种健全的现代理性精神,这些思想对于处于转型期的世道人心都是清新而亟须的及时雨。而韩少功的思想随笔,更多地保持着对当下社会现实的关注与警惕。比如对世道人心、时代弊病、人性弱点,尤其是时下流行文化新潮的质疑与批判,是韩少功思想随笔最为着力之处。在《人之四种》《个狗主义》等作品中,他对在金钱和权势面前各种人的不同态度的分析可谓入木三分,而他对时下流行文化的批判,更体现出他作为一个思想型散文家的开阔、智慧与深邃。在《夜行者梦语》中,他一开始就这样写道:

> 人类常常把一些事情做坏。比如把爱情做成贞节牌坊,把自由做成暴民四起。一谈起社会均富就出现专吃大锅饭的懒汉,一谈起市场竞争就有财迷心窍唯利是图的铜臭,思想的龙种总是在黑压压的人群中一次次收获现实的跳蚤。或者说,我们的现实中本来就有太多的跳蚤,却被思想家们一次次说成龙种,让大家听得悦耳和体面。

这篇散文全面质疑了后现代主义的价值观,批判了"圣徒和流氓,怎样都行"的后现代行为方式,同时维护了人性的高贵、神圣和责任。由于韩少功是一个既入世又出世,既看透又宽容,既有独立个性又不张狂的散文家,加之他的智慧和哲学思辨无处不在,这样,《夜行者梦语》对于后现代的批判便超越了同类的作品,不但视野开阔,深刻独到,而且富于思辨的色彩和智慧的调侃反讽。而意象的丰满奇警，语言的节制、简洁和老辣，更显示了这位散文家深厚的学养和不凡的才情。需要指出的是，在韩少功的创作中，类似《夜行者梦语》这样优秀的思想散文，还可举出《性而上的迷失》《心想》《世界》《佛魔一念间》等一大批，它们当之无愧地代表了当代思想散文的创作高度，有效地拓展了当代散文的精神空间。

在20世纪90年代的思想散文作家中，除了上面提到的几位外，史铁生、张炜、李锐、周涛、筱敏、王开林、刘烨园、刘小枫、朱学勤、摩罗等人也以思想探索者著称。他们的散文随笔面影不同，情态各异，但在独立思考、质疑和批判这一思想指向上却高度地一致。惜乎篇幅所限，此处不可能对他们的思想散文一一加以描述和呈现。

（二）人文主义的坚守：重建人类的心灵和道德理想

诚如上述，20世纪90年代的中国社会进入了一个"王纲解纽"的多元化时代。由于现实社会的相对自由，拜金思想、享乐至上、消费主义盛行，从而导致了价值观念的混乱和理想主义、道德水准的大面积沦陷。而随着大众精神生活的日益空洞和阅读口味的转变，文学也变得越来越商品化、功利化和世俗化。在这样的情况下，作家普遍感到了一种生存危机和精神危机：是臣服于世俗还是反抗世俗？是放弃理想还是坚守理想？是任由精神混沌还是重建人文主义的精神家园？这一切都要求作家做出属于自己的明确答复，其实，这也是消费时代中作家无法逃避的两难抉择。

我们高兴地看到，当文学越来越成为消费时代里人类精神溃败的表征，当现实生活中"精神"的含量越来越少，人们的感情越来越沙化,心灵日渐枯萎的危险时刻,有一批秉持着知识分子良知的优秀散文家挺身而出,他们以圣徒般的决绝和赤子之心"一次次奔赴精神的地平线"(韩少功语),义无反顾地反抗世俗,拒绝平庸,同时坚守着人文主义的精神世界。在这方面,张承志是特别令人尊敬和值得推崇的一位作家。他的散文的思想内核,不仅包含着高贵、血性、激情、理想、浪漫等元素,而且,他还是一位为民族而活的散文家。在他那里,民族性已经成了一种挥之不去的宿命。所以,他写回民的黄土高原,写西海固,写北庄的雪景,写旱海里的鱼。他以一种心灵独白的抒写方式,忘情于大西北贫瘠凄厉的风景,或借助下层劳动人民贫困然而坚韧的生存方式,赞美了他心目中的"清洁的精神",体现出一种浪漫主义和英雄主义的生命激情。特别在《汉家寨》这篇富于诗性的散文中,这种理想主义和生命激情更是凝固为一种"坚守"的精神:"我从天山大坂上下来,心被四野的宁寂——那充斥天宇六合的恐怖一样的死寂包围着,听着马蹄声单调地试探着和这静默敲击,不由得屏住呼吸。"作品展现在我们面前的"汉家寨"是空旷宁寂、四顾无援的。它坐落于"三百里空山绝谷"之中,周围是"铁色戈壁""酥碎红石""淡红色的焦土"以及"狞恶的尖石棱一浪浪堆起"。正是在这样的背景下,"我"走进了"汉家寨"。"我"看到的"仅仅有一炷烟在怅怅升起",有"几间破泥屋","我"还看到一个老汉和一个七八岁的小女孩。老汉自始至终都是"无言",而小女孩则是"一动不动"地"凝视着我"。"她身上穿着的一件破红花棉袄特别惹眼,她黑亮的眼睛却深深嵌进我的灵魂里……"的确,在张承志笔下,"汉家寨"就如"一颗被人丢弃的棋子,如一颗生锈的弹丸,孤零零地存在于这巨大的恐怖的大自然中"。但是，画面中的这一老一少却顽强地在这"绝地"里生存了下来，而且"从宋至今，汉家寨至少已经坚守着生存了一千多年了"，他们靠什么生存下来？这对"我"和读者来说永远是一个谜。但这其实并不重要。重要的是从"汉家寨"这一象征性的隐喻中，"我只是隐隐感觉到了人的坚守，感到那坚守如这风景一般苍凉广阔"。而且日后不管我走到哪里，"都在不知不觉之间，坚守着什么"。很显然，张承志在这里"坚守"的是一种理想主义、一种人文主义的精神。这种坚守自然十分苦涩、孤独，也相当地艰难，但这种坚守并非毫无价值可言。尤其在当今的时代，当许多人眼中只有金钱利益，只有物质享受，而理想主义失落，没有生活的方向和目标。这时候，的确需要一种在物欲横流中坚守清贫，在庸俗泛滥中坚守高洁，在寂寞孤独中坚守理想，在"全盘西化"中坚守民族自尊的人文主义精神。在我看来，张承志的《汉家寨》，包括《离别西海固》《英雄荒芜路》《禁锢的火焰色》等作品的价值正在这里：他以特有的严峻、决绝和深邃笔致，把读者带进一个雄大磅礴、空寂辽阔的生活空间、自然空间和精神空间，让读者在静静的文字里感受着精神的硬度和心灵的力量。

类似张承志坚守理想主义立场的散文作家，还可以举出张炜、周涛、韩少功等人。在张炜的散文名篇《融入野地》中，他告别了城市的喧嚣和虚伪，告别了物欲和世俗，执意到"野地"中去"寻找一个原来，一个真实"。而当他真正"融入野地"，用心去谛听，去感受大地上的一切活跃的生命时，他便成为了"野地"的一部分，他的灵魂因此获得了超越。周涛的《巩乃斯的马》，表面上在写马，写马的力与美，实际上却是在彰显一种理想的人格，一种进取的精神和对于崇高与壮阔的向往。在这里还要特别谈及韩少功新近出版的长篇笔记体散文《山南水北》,在我看来,韩少功的这部新作与张炜的《融入野地》,有着异曲同工之妙。这是一部记录山野自然与民间底层生活的真实摹本。作者遵从生活和心灵的召唤,顺势而为,不浮躁,不矫饰,也不故意逃离现代文明和人群。于是,他在乡村当了七年"业余农民",在"春夏种豆南山,秋冬奔走红尘"的半隐居生活中,感受到了一种最自由、最干净的空气。韩少功的写作与返乡,其实也是一种人文主义的坚守:他将知识分子对现代城市生活的焦虑与思考,延展到大自然和民间,他希望以一种体力劳动与脑力劳动相结合的健康生活方式,使自己的创作重获活力,重获一种健全的精神维度。也正因此,"第五届华语文学传媒盛典"在2006年度杰出作家的"授奖辞"中,认为韩少功的《山南水北》是"用一种简单的劳动美学,与重大的精神难题较量,为自我求证新的意义。……在这个精神日益挂空的时代,韩少功的努力,为人生、思想的落实探索了新的路径"[1]。

　　韩少功、张炜、周涛、张承志的散文创作实践表明:散文坚守人文的阵地要重建人类的理想和道德秩序,关键是作家要有一种健全的人格和精神的维度,尤其是散文家要以一种高远的、自由和纯净的心灵,即"天道人心"去建筑人类的心灵世界。如果散文中有一颗健康、自然、和谐与澄明的心,那么,散文就有能力建构起一个完整的自我的世界——一个既有心灵的丰盈饶富、日常生活的现场感,又与重大的命题、宏阔的历史息息相关的独特的精神世界。

---

[1] 见《南方都市报》2007年4月8日。

（三）个人苦难与人类共有的生存困境

20世纪90年代以来散文创作的另一个思想特征是，不少散文作家开始关注苦难与人的生存问题，这是一种难能可贵的趋向，也是过去的散文创作较少见到的。我们知道，中国的散文长期以来都缺乏敢于直面苦难和存在的勇气，而多的是"歌颂""感恩""宗道"之类的作品。此外，在传统的散文观念中，散文还一直被当作"轻骑兵"或"小摆设"——要么是吟风弄月，花鸟虫鱼；要么是忆旧记趣，谈天说地。尤其到了20世纪90年代，随着消费主义思潮的兴起，许多通俗闲适的散文随笔更是大行其道，成了市民阶层包括白领阶层最为可口的文化快餐。不过也应看到，这一时期的散文随笔也不全是"轻"的，也有许多"重"的散文。比如，史铁生的《我与地坛》就是"重"的散文的代表作。作品中的"我"在风华正茂的年龄双腿突然瘫痪了，但"我"并没有沉溺于个人的苦难而不能自拔。"我"日复一日年复一年地徜徉于地坛，在它的老树下、荒草边或颓墙旁，静静地思考生与死、写作的意义以及人类的困境等问题。经过长年的冥思苦想，"我"终于感悟到：人类无论何时何地都存在着三重困境：一是人生来注定只能是自己，人生来注定无法与他人真正沟通，这就意味着孤独；二是人生来就有欲望，而人实现欲望的能力永远赶不上他对欲望的需求，这就注定了人的痛苦状态；三是人生来就不想死，可是人一生下来就必须一步一步走向死亡，这就意味着恐惧。不过，人类的困境虽然是一种宿命的存在，个体无法知道也没法反抗这种"宿命"，但人靠母爱、靠爱情、靠对生命过程的追求和智慧的感悟，是可以"识破"命运的机心，并使人类从困境中解脱出

来的。不仅如此,史铁生还通过对"差别"和"欲望"的思考,得出了如下的结论:

假如世界上没有了苦难,世界还能够存在么?要是没有愚钝,机智还有什么光荣呢?要是没了丑陋,漂亮又怎么维系自己的幸运?要是没有了恶劣卑下,善良与崇高又将如何界定自己,又如何成为美德呢?要是没有了残疾,健全会否因其司空见惯而变得腻烦和乏味呢?……

看来差别永远是要有的。看来就只好接受苦难——人类的全部剧目需要它,存在的本身需要它。看来上帝又一次对了。

史铁生以对人性的洞察和至圄至慈的宽容,对苦难做出了一种迥异于世俗的理解:他发现了苦难也是财富,虚空即是实在,而生存不仅需要勇气,更需要选择,需要承担责任与义务。他由个人的严酷命运上升到对整个人类的生存困境的思考,于是,他的散文便超越了一己的悲欢,具有一种阔大的精神境界和人性内涵。

雷达的散文《还乡》,虽在思想境界上不及《我与地坛》那样阔大深邃,但他对于人的存在状态的思考,却更多地带着乡土的况味和世俗的原生态。作者相当细致、生动地描写了"我"在还乡途中挤火车的难堪尴尬的景况,正由于有这样的切身感受,他才"有一种跌落到真实生存中的感受",并意识到"平时对人生的了解太片面、太虚浮了,生活的圈子愈缩愈小,感性的体验愈来愈单调,虽然也大发感慨,大谈社会,实际多是书本知识和原先经验的重复"。不仅如此,作品还进一步从与亲友的交谈和喝酒的场景中，思考我的"存在"和"不存在"，这种角色的经常倒置和错位，不正是现代人存在的真实景况吗？正是通过非常写实、非常具体的底层日常生活的叙写，《还乡》探测到了人的生存状态，从另一个方面体现了散文的思想指向。

90年代以来散文创作的思想表征还可以梳理出许多方面。比如，在刘小枫、筱敏、一平等的散文中，他们不约而同地涉及了"苦难记忆"和"拒绝遗忘"的问题；而王小波的思想随笔，则集中关注人的尊严、自由，特别是智慧和健全以及理性的问题；至于钱理群、朱学勤、葛兆光、葛剑雄、秦晖、金岱、徐友渔等学院派思想者的散文，则以反省、拷问国民性尤其是中国知识分子的弱点，以及以历史返照现实，以现代性与伪现代性的文化冲突剖析文化转型期中国人的精神走向而受到读者的欢迎。他们的思想随笔虽为学术研究之余的副产品，却以其独特的人格色彩和文化智慧为世纪末的中国散文创作守魂和导航。

三、散文的骨骼与灵魂

思想之所以值得我们如此重视，盖因思想是散文的骨骼和灵魂，对于散文而言它有着不可或缺的作用和价值。然而，必须承认，我们过去对于思想之于散文的意义是重视不够的；或者说，我们只是从"文学为政治服务""抒时代之情和人民之情"的"政治高度"去重视散文中的思想，这自然是狭隘和肤浅的理解，是带着鲜明意识形态烙印的"思想"，这样的思想与直面灵魂、直指人心的散文精神在本质上是南辕北辙的。因此，在我看来，思想之于散文的作用和价值，主要应体现在两个方面：

其一，由散文的文体本质和特征所决定。我们知道，散文是一种最富个性化、最自由和宽容的文体。它不是文学的高山峡谷，而是文学的广阔平原。也就是说，它有着平原的辽阔、从容、沉稳与绵延不绝的地平线。散文的这种"平原"状态，既能最大限度地接纳其他文学体裁在艺术上的长处，同时也是一切思想或精神的理想栖息地。如果打个比方，我们可以说诗歌是人类感情和精神的极致，是文学中的舞蹈，它不仅尖锐优雅，而且十分看重才情；小说是文学中的跑步，它体现了人类生存的危机、冲突与和解，因此它更重视阅历、叙述和结构的技巧；而散文则是文学中的散步，由于没有规范，没有太多约束，因此，它更接近人的本性和生存的日常状态。正因这个特点，与其他文学体裁相比，散文更是心灵、智慧和哲学的近邻，它的长处不在于描状一片树叶的枯萎，而在于用哲人的慧眼慧心去深究这片树叶与树枝、树干、大地乃至季节的内在联系，这一点是小说和诗歌所不及的。再从文体表现生活的特点来看，散文不似小说那样有人物、情节和叙述可以依傍，也不像诗歌那样以高度凝练的语言、跳跃的韵律节奏和奇特的意象组合来吸引读者。散文是以"自然"的形态呈现生活的片段，以"零散"的方式对抗现实生活的完整性和集中性，以"边缘"的姿态表达对现实和历史的臧否，所以散文不仅呼唤思想，它更适合思想的生长，更渴求有个性、原创和深刻独特的思想的支撑。可以这样说：任何文学都需要思想，但散文对思想的渴望超过任何文学。的确，倘若没有思想的支撑，散文充其量只是一具徒有其表的空壳，只是一堆没有灵魂的文字的瓦砾。这样的散文文字再美丽、结构再严谨、意境再动人也是徒然。正是因此，"散文，我们时代的散文，没有理由逃避或淡化思想"。[1]这是从散文文体本质、特征与思想的内在一致性,以及散文需要思想的支撑这一角度来考察的。

其二,如果说散文随笔是一种属于思想者的文体,没有思想的散文随笔是纸做的花朵的话,那么,思想的大规模介入,无疑在很大程度上拓展了散文的文体空间和心智空间。如前所述,新中国成立后很长一段时间里,当代的散文只有抒情性散文一统天下,散文的品类、题材和表现手法都十分刻板单一。而现在,随着思想散文的崛起,散文的文体形式也有了较大的演进与突破。比如说,过去的抒情性散文一般篇幅都较短小,而现在的一些思想散文动不动就是二三万字;过去的散文一般都遵循散文的边界,而现在"破体"已成为一种较普遍的现象;过去散文的叙述一般都是按照"景—事—理"的模式展开,现在却是真正地无拘无束,当行则行,当止则止,有的甚至采用多种人称互换和"意识流"的叙事手法。这是从文体模式方面而言。从思维层面和心理层面来看,以往的散文极少涉及精神体验和心灵体验,而现在的思想散文却有大量的有关精神体验和心灵体验的叙写。举例说,在王充闾的《用破一生心》这篇散文中,王充闾一方面从政治的角度写了曾国藩的才干和野心,另一方面又从人性、人生哲学、心理方面对他进行解读与批判,准确而细致地写出了曾国藩心理上的压力、灵魂上的折磨,这就抵达了人性的深处,拓展了散文的心智空间。可见,思想散文对于"重建散文的体裁,重建散文的深度,重建散文的个体经验和母语经验,同时开拓散文全新的文化语境和更有

---

[1] 柯汉琳《仰望思想的星空——关于90年代以来思想散文的思考》,《文学评论》2002年第3期。

创意的审美境界"[1],都有着不可取代的作用和价值。

若将视野放开一些,我们还可以看到,但凡古今中外那些优秀的散文,都有着深厚的思想的底子。庄子的散文就是如此。从思想的角度看,他的《逍遥游》既是生命的存在形式,又是追求自由精神和人格独立的体现。而正是这种生命体验和艺术精神,使两千年前的庄子成为一个比现代派更为现代的思想家。苏轼的《前赤壁赋》同样是建立在庞大的精神心理结构上的经典之作。这篇作品之所以成为中国散文史上的名篇,固然得益于"月出于东山之上,徘徊于斗牛之间。白露横江,水光接天。纵一苇之所如,凌万顷之茫然"这样的精妙写景和奇词丽句,但更重要的是,文中还有诸如"寄蜉蝣于天地,渺沧海之一粟,哀吾生之须臾,羡长江之无穷。挟飞仙以遨游,抱明月而长终。知不可乎骤得,托遗响于悲风"这样的哲理思考——我们虽然生存于天地之间,但生命就如蜉蝣一样短暂。我们的存在,其实就像大海里的一滴水那样渺小。于是,我们一边悲叹生命的短暂,一边羡慕着长江的不尽东流。正是因此,我想挽着神仙结伴而遨游,也想与明月相守而长存。但我知道这样的愿望不可能实现,于是只好借着箫声将这无边的遗恨寄托于悲凉的风中。在这里,苏轼借助赤壁的月夜与江水,透过无限的宇宙时空来体验人生和观照自然,同时融进一种洒脱旷达的生死观。这样,《前赤壁赋》也就因其阔大丰富的思想内涵而超越同类的散文并流传千古。可以设想:倘若没有超越个体的思想追问,即便是再绚丽多彩的句子,也只是一件华美的外衣而已,不可

---

[1] 王岳川《关于王充闾散文的学术点评》,江力、琼虎主编《中国散文论坛:散文名家之讲演、评析及作品》,北京大学出版社,2003年,第295页。

能有现在这样的思想境界和艺术穿透力。

中国古代的优秀散文以及现代鲁迅的《野草》，都有着极为丰富深邃的思想内涵，那么，外国散文的情形又如何呢？我们同样可以看到，外国称得上一流的散文家和散文作品，同样以追问生命的价值，个体的存在状态，以及自由、平等，人的尊严等理性见长。比如蒙田、培根、罗素等人的散文就是如此。在这方面，南美大作家聂鲁达的散文堪称典范。他有一篇散文写他穿行于南美的丛林中，当他看到一个被洪水连根拔起的大树头，他这样写道："栎树倒下时发出天崩地陷般的声音，有如一只大手在敲击大地的门，要敲开一个墓穴。它听凭风吹雨打和隆冬的肆虐已达上百年，它伤痕累累的织体、银灰色的色调，形成一种粗硬的、令人心醉的庄严美。它现在来到我的生活里，也许是要把它的沉默传染给我，并揭示出大地再次给予我的美学教育。"从表层看，这只是一段写景的文字，但若从精神生命的角度看，这段文字无疑包含着极为丰富广阔的精神与历史空间：它由大树根那种"粗硬的、令人心醉的庄严美"，延伸到南美这片大地上的"百年孤独"，呈现出一个民族、一个时代纷纭复杂的精神心理结构，并且给予人类以生存的信息和无限的"美的教育"。这样的描写的确具有一种直逼事物本质的思想硬度。当然，这样的描写绝不仅仅是文字经营的结果。只有具备了大胸臆，并将这种大胸臆投放到无限广阔的精神历史空间的作家，才有可能写出如此冷峻而又壮美的文字。

由此，我们便接触到这样一个问题：思想散文中的"思想"是否丰富、独立和深刻，与创作主体精神和心灵的强健纯正有着密切的关系。一般来说，个性独立而富于自由精神、胸臆博大且心灵充盈的作家，他笔下的思想必然富厚活泼并充满着启迪人心的力量，反之，则平庸苍白了无生气。由此可见，任何一种文体的本质都取决于进入这种文体写作的人的精神高度。因此，要提高当代散文的思想质地，关键是散文写作者首先要成为真诚的人、独立的人、自由的人、有个性和有智慧的人。其次，他要敢于面对现实生活，敢于接触重大的社会命题并发表自己的意见。此外，他还要敢于直面下层人民的生存状态，使其作品有一种生存感。最后，他既要拥有哲学家的心智又必须具有自己独到的眼光，还必须有对全人类的爱和拥有一颗悲悯之心。倘若中国当代的散文家拥有了这样的主体性和心灵性，那么，他的精神和心灵的质量必定是高的，他的散文中的思想自然也就富有价值且一定不同凡响。

四、思想散文的局限及提升

作为 20 世纪 90 年代以来散文创作的主流品种，思想散文所取得的成就，其对于当代散文在题材、深度和文体的拓展有目共睹。但肯定成绩并不意味着忽视缺点。从 21 世纪散文发展的高度来要求，我认为思想散文还存在着如下的一些不足。

不足之一是，一些热衷于思想探索的散文写作者精神维度上还有所欠缺，或者说，他们的精神维度还不够阔大与宽容，还缺乏一种更加健康、更加民主的现代理性精神。在这方面，张承志表现得特别突出。他一方面坚守着人文主义精神的边界，一方面又执着于他的哲合忍耶圣徒的立场和"红卫兵情结"。如果说，他抨击时下知识界和文人圈的堕落，抵抗西方的新殖民主义文化还有其合理性和积极意义的话，那么，他狂热地赞颂荆轲一类的洁净精神，甚至倡扬一种暴力主义，就值得人们警惕了。在这个问题上，散文理论家王兆胜的批评可谓一针见血："张承志被荆轲精神的光圈罩住了，缺乏了自己心灵的光芒。就是说，在对荆轲个人精神的陶醉中，张承志失去了自我反省的能力，而这正是现代知识分子最重要的品质。"[1]不独张承志欠缺现代理性精神，在张炜、林贤治以及祝勇等人的创作和批评文字中，我们也或多或少感到了这种缺失。比如张炜的《融入野地》等赞美乡野的散文固然写得很美很具个性，但他将"野地"和现代都市对立起来，扬乡村生活而抑商业文明，这种非此即彼的思维方式的确值得商榷。再如林贤治的文章中的评人衡文，只要是"五四"或外国的，便一定是自由的、民主的、强健的，值得今天的人们脱帽致敬和大力提倡，反之便不值一提、不屑一顾。而祝勇对"体制散文"和传统散文的批判，同样流露出思维的狭窄、片面和简单化的创作倾向。显然，这些都与包容、明澈与自省的现代理性精神格格不入。

　　为什么张承志等人的创作会如此的偏执？在我看来，这主要由两方面造成：一是他们过于执着于个体的经验，且在做出价值判断时往往过于粗暴和简单化。历史在变化，时代在发展，社会生活更是错综复杂，因此，作家在对社会现象做出价值评判时，应具有如康德说的从感性到知性再到理性的综合思考能力。此外，思想者还应心存信念、极目神游、心涵太虚。他的思想既具有快刀砍竹般的犀利，同时还应具备深广的包容性和"万物与我一体"的和谐澄明。倘若一个散文家只是偏执于一己的经验和感受，而缺乏一种博爱和大度、仁慈和宽容、悲悯与

---

[1]　王兆胜《文学的命脉》，华东师范大学出版社，2005年，第190页。

人道的心怀，那么他的散文创作就很容易走进片面、偏激、孤愤甚至走火入魔的误区，从而遮蔽了他本应独特深刻的思想。这是其一。其二，是传统文化的影响。我们知道，植根于农业文明的中国传统文化在本质上其实有着根深蒂固的封闭自足性和反现代性的文化特征。这样的一种文化特性自然会潜移默化地渗透到每一个中国人的血液中。张承志、张炜等人自然也不能例外。虽然他们常常以反传统和抗争世俗的姿态出现，但一落实到具体的写作中，他们的作品在行文立意、价值取向和意蕴情调等方面又不可避免地流露出了某种小农式的思维。由此可见，对于当代的散文作家来说，建构一种全新的文化品格，以现代的理性精神来指导自己的散文创作，便显得尤为重要。这一点，其实在散文创作和理论研究上均做出过重要贡献的林非先生早就倡导过，[1]可惜他的呼吁没有引起散文作家普遍的重视。

不足之二是，某些被称为"思想散文"的思想缺乏深度和独创性，有的甚至只是表达了某个生活的常识。我们在前面谈过，思想的特征是个人性、原则性、穿透性和根本性，然而纵观90年代以来的思想散文，有不少实际上并没有达到这样的思想高度。比如，有一些散文家的思想随笔，充斥于其中的无外乎经典名著或宗教故事以及神话传说的改写或阐释，不但理念陈旧，缺少新意，有的还存在着生吞活剥，乃至曲解和误读的成分。这种现炒现卖、随意衍生、勾兑思想的做法，在我看来，并非写作思想散文的正途。还有一类思想散文，以格言体或语录体的方式谈论理想、人生、信仰、爱情和艺术等问题，表面看来颇具文采和哲思意味，但从"思想"的精义来衡量，其实

---

[1] 林非《现代观念与散文写作》，《文学报》1986年3月13日。

只是一些适合白领口味、装潢精致的"心灵的鸡汤"。甚至即便是以思想独立著称的王小波的思想随笔，有不少也只是在阐释自由、民主、理性等常识而已，并没有包含多么深刻、独创的思想。凡此种种，都表明了这样一个事实：思想，并非是裸露于地表的随处可以捡到的矿石；思想，是深藏于地底的黑金，唯有长久地寻找，艰难地探测与挖掘，才有可能触摸到思想的矿脉。

不足之三是，文学性不足，理论性有余。如上所述，我们倡扬散文中的思想，尤其是深刻独到且富于个人性的思想。但这只是问题的一个方面，问题的另一个方面是，当我们全面考察90年代以来的思想散文，我们不难发现有相当一部分思想散文存在着理胜于文、思想的盔甲过于沉重的弊端。举例说，有的思想散文流于知识的介绍、学问的考证、逻辑的推演；有的思想散文过于仰仗对大师思想的援引，满纸都是"自我""经验""超验""此岸""彼岸"之类的哲学术语，几乎是哲学大师的思维和话语的翻版；还有的思想散文语言过于纠葛缠绕，表述又过于玄虚，而结构上又过于呆板单一。总而言之，没有生动可感的形象，只有一些所谓的"思想"；没有优美蕴藉的文字，只有一些大白话的堆砌；没有引人入胜的意境，只有千篇一律、冷冰冰的逻辑演绎，这是当前某些思想散文的主要病象。关于思想散文存在的这些病象，王兆胜在《超越与局限——论80年代以来中国的女性散文》《困惑与迷失——论当前中国散文的文化选择》等文中已有过相当精彩的分析和中肯的评价，故此处不再展开论述。[1]

---

[1] 王兆胜《文学的命脉》，第149、178页。

通过上面的考察可以看到，20世纪90年代以来出现的思想散文并非尽善尽美，甚至可以说还存在着较大的问题。为了思想散文在新的世纪能够更好地发展，或者说，为了借助对思想散文的研究，克服、改变长期以来困惑当代散文创作和理论研究的一些根本性问题，我认为，未来的散文包括思想散文应在几个方面加以改进和提升。

第一，个体与整体。散文固然十分强调自我、个性、个人的生活经验和生命感受，但个体并不是远离大地，与世隔绝的绝缘体，更不是一些私人化的生活碎片的聚合。散文中的个体，应从两方面来理解：一方面，散文中的个体是对自我世界的体验，它忠实于自己对生活的认知和心灵的感受，是自我的感情、生命和人格的自由自在的释放；另一方面，散文中的个体又联系着时代、社会、历史乃至整个人类。也就是说，散文的个体离不开整体，或者说，个体只是整体的一部分。可以设想一下：如果史铁生的《我与地坛》只是沉溺于一己的苦难，如果他没有用富于同情且健全的身心去感受园子中的不同的人物对于生命过程的追求，如果他没有将个体的苦难与全人类共有的苦难融汇于同一个调色板里，在静静的生命荒凉里感受着生与死、差别的意义、欲望的动力以及宗教与信仰对于个体的启迪，那么可以肯定，《我与地坛》充其量也只是一篇艺术上较为圆熟，而思想则十分平庸落套的作品。而一旦史铁生将个体与整体联系起来，由个人严酷的命运上升到对全人类命运的思考，《我与地坛》便超越了一己的悲欢，有一种阔大的思想境界和人性内涵。与此形成比照的是：一些被誉为"新散文"的作品，其创作所体现出来的个性应当说是十分鲜明突出的，可惜它们是为了突出个性而个性，是完全疏离于时代、社会与全人类的正常的价值观，疏离于整体的个性，因此，"新散文"中的个体化、私人化描叙受到一些批评家的批评也是理所当然的。可见，思想散文包括新世纪的其他散文要获得大的境界和思想深度，就应当跳出"恶劣的个体化"的泥潭，而让社会的氛围、时代的精神、大众的情感和人类的命运融进散文的创作中。当然，要做到这一点，散文家首先必须具备一种精神的高度，有广阔的生活视野，还应有一颗宁静而从容、淳朴而广大、敏锐而深刻的心。

第二，物质与思想。我们提倡散文中应有思想的元素，不过我们要十分清楚：散文中的思想，绝不是来自于书斋，来自于书面知识或大师语录的摘抄。散文的思想，应来自于现实，来自于生活细节，来自于作家对这些生活细节的用心感受。我曾经在一篇文章中谈道：当代的散文一方面要有一种对抗流俗的精神性存在，另一方面又要更加贴近日常的、琐碎的现实生活。而且，在"题材上要'杂'一些，'野'一些"。[1]谢有顺则说得更肯定和明确。他将日常生活细节看作散文的物质部分，并认为："今天的散文似乎并不缺少精神性的抒写，缺的正是有价值的物质元素。……散文的物质性就是大量经过了内心发现和精神省察的事实、经验和细节，它们在散文中的全面建立，使心灵的抖动变得更真实，也使那些徒有抒情、喻理之外表的散文在它面前变得轻佻而空虚。"[2]这一见解，深得我心。为什么有一些思想散文中的"思想"缺乏血肉，显得那样苍白、生涩、呆板和难以捉摸，盖因这些作品中的思想是悬空的、不及

---

〔1〕 见《诗性散文的可能性与阐释空间》，《福建论坛》2005年第11期。
〔2〕 谢有顺《从俗世中来，到灵魂里去》，郑州大学出版社，2007年，第173页。

物的。因此，它们徒有思想的外衣，而没有思想的灵魂。所以说，思想散文中的思想应建立在具体的、真实可感的、毛茸茸的生活细节之上，唯其如此，思想散文中的思想才真正能落实到实处，才有可能既有一种精神的大境界、大气象，又具有建立在心灵发现和细节经验之上的存在感。

  第三，思想与诗性。海德格尔有言：思想即是诗，诗即是思想。如果以此为标尺来检验20世纪90年代以来的思想散文，应当说有不少散文尚不能达标。因此，在新的世纪，思想散文要获得更多读者的接受与认同，就必须在思想与诗性的融合上多下力气。在思想的探索和诗性的融合方面，史铁生、韩少功、张承志、张炜等人的创作都是较为理想的范本，而稍晚出现的筱敏的思想随笔，同样值得我们重视。筱敏的思想散文，有对法国大革命的遥想，有对俄罗斯精神的礼赞，有对德国法西斯暗影的省察，还有对"红卫兵"运动的反思，以及对"家"和"路"的追问，等等。总之，她的散文向读者展示了一个个宏阔的历史空间和思想空间，但她的散文又是富于诗性的。她的诗性首先来自于以神圣和高贵为底色的情思与理想浪漫的想象；其次来自于大量新奇与独特的意象；再者来自于优美典雅、清晰准确、精致结实的诗一般的语言，正是上述三方面，使筱敏的思想散文成为名副其实的思想的诗和诗的思想，并因此而受到广大读者的欢迎和批评家的好评。筱敏散文创作的成功，给了我们这样的启示：在思想散文的创作中，思想与诗性的高度融合，可以使散文思想的地平线更加坚实、明朗和辽阔，同时也使散文的思想因诗性的融入而更加柔韧、绵长和令人沉醉。因此，在我看来，这是新世纪的散文走向阔大和成熟的行之有效的散文之路。

五、结语

　　散文的世界宛若广袤无际的星空,而这星空是因思想,因其镶嵌了人类美丽的心灵而存在,因其注入了责任承担而高贵。这正如作家铁凝所说:"文学可能并不承担审判人类的义务,也不具备指点江山的威力,它却始终承担理解世界和人类的责任,对人类精神的深层关怀。它的魅力在于我们必须有能力不断重新表达对世界的看法和对生命新的追问,必须有勇气反省内心以获得灵魂的提升。"[1]的确,从个体的创作来说,一个散文作家如果拥有正义、良知、责任、承担、博爱、同情心以及反省批判等高贵品质,加之有真诚的态度,有生命的投入,有心灵的发现和文体方面的自觉,他就有可能写出无愧于自己和时代的散文。而就一个民族而言,"一个真正充满了希望的民族总是善于思考的,反过来说,一个浑浑噩噩的民族和远离思想的民族,就不可能走向光辉灿烂的明天。"[2]我期待着新世纪的散文在思想的天空中无限地延展,也期待着散文思想的光芒随着时代的前进而更加绚烂。我相信,当散文的思想和时代的精神真正获得共振的时候,一个属于散文的时代也就到来了。

---

[1] 铁凝《无法逃避的好运》,见《散文研究》,河北大学出版社,2001年,第230页。

[2] 林非《当代散文精品序言》,见《散文研究》,第308页。

古代文学现代性研究

王元化《文心雕龙创作论》的三重结构

王丽丽

(北京大学中文系)

《文心雕龙创作论》是王元化一生学术生涯的枢纽。以它在1979年的正式出版为界,王元化前此的学术准备和修为几乎悉数汇聚于此,在它以后的学术发抒也都由此奔泻而出。因此,这一著作很自然地呈现出了米歇尔·福柯在他的《知识考古学》中描述过的那种学术沉积的丰富纹理。本文拟从福柯的理论视角出发,对王元化这部前半生学术潜修的集成之作展开知识考古,试图呈现出其学术沉积地层中的三重主要结构,以便在中国现当代学术史的视野中,探明王元化思想发展历程中的一个核心环节。

一、黑格尔《美学》(第一卷)的问题框架

《文心雕龙创作论》框架结构的基础地层,首先由黑格尔《美学》(第一卷)中的问题及其相应的理论思考所奠定。

王元化写作《文心雕龙创作论》,并不只系心刘勰的创作理论。因为无论是出于中国知人论世的传统治学方法,还是经典马列主义理论研究的基本要求,王元化在研究《文心雕龙》之前,都必须首先探明刘勰的思想体系。但通过对《文心雕龙》

的枢纽篇章《原道篇》及其所体现的宇宙构成论和文学起源论的考察，王元化得出结论，就刘勰的世界观和对文学的本质理解来说，其思想的根底，基本上是属于客观唯心主义的。又由于刘勰的原道观点以儒家思想为骨干，因此，又可称为儒家唯心主义。

探明《原道篇》及其所体现的文学起源论，是全面把握刘勰文学思想的关键和前提，但"儒学唯心主义"的实质和结论，又注定让王元化只能使用"极其混乱而荒唐的形式""制约与局限""不科学""神秘"等几乎完全否定性的描述与判断。这也是王元化写作的年代给他划设的禁区。因此，"刘勰的文学创作论"就几乎成了他合法化《文心雕龙》研究的较好理由，因为王元化是以恩格斯在客观唯心主义者黑格尔身上所发现的"原理和原理的运用之间，体系和方法之间，形式和内容之间"所"可能存在"的矛盾和"不一致的情况"，来类比刘勰以文学起源论为基础的思想体系与《文心雕龙》创作论之间的关系，并决心从前者客观唯心主义"先验结构的拘囿"中，打捞出"时时闪露出卓识创见"[1]的后者，而这也正是《文心雕龙创作论》的主要工作。

由于黑格尔与刘勰之间的类比，王元化在20世纪70年代开始阅读黑格尔《美学》（第一卷）也就有了针对性。在王元化看来，《美学》的"精华部分是关于美的法则的论述"[2]。它直接启发了王元化在《文心雕龙创作论》中，对一系列"中外

---

[1] 王元化《刘勰的文学起源论与文学创作论》，见王元化《文心雕龙创作论》，上海古籍出版社，1979年，第50页。

[2] 王元化《读〈美学〉（第一卷）·读后附释》，见王元化《读黑格尔》，百花洲文艺出版社，1997年，第144页。

相通、带有最根本最普遍意义的艺术规律和艺术方法"[1]问题，展开比较性的考辨和探讨。

黑格尔的美学论述从美的定义开始："美就是理念的感性显现。"[2]王元化的理解是："如果理念不是完善地直接地从感性中显现出来，那就不能认为是艺术的理想。"自然美之所以被黑格尔认作"美的理念"发展的低级阶段，就是因为即便是"自然美的最高峰""人体这个构造最精的有机体"，如果作为"现实生活中的个别人物"，他的性格也不能"在他的日常生活中的任何一个片段中可以完整地表现出来"，而"只是零碎地分散地表现在他的一系列的生活经验里面"，"因而，就每一片段来说，他的完整性格仍然是内在的，受到局限，并且是互相依存的"[3]。

黑格尔对"艺术美的理念或理想"的要求是："理念和它的表现，即它的具体现实，应该配合得彼此完全符合。"[4]王元化认为，"所谓理想就是指的艺术美。艺术美要求事物的外在形象必须完善地表现它的内在本质"。这就涉及了"现象和本质的关系问题"[5]。

在黑格尔的美学体系中，不仅"自然美和艺术美的关系是颠倒的"，而且"美的理念"还先于自然美而独立存在。实际

---

[1] 王元化《〈文心雕龙〉创作论八说释义小引》，见王元化《文心雕龙创作论》，第69页。
[2] 黑格尔《美学》（第一卷），朱光潜译，商务印书馆，1979年，第142页。
[3] 王元化《读〈美学〉（第一卷）·读后札记》，见王元化《读黑格尔》，第116—117页。
[4] 黑格尔《美学》（第一卷），第92页。
[5] 王元化《读〈美学〉（第一卷）·读后札记》，见王元化《读黑格尔》，第117页。

上，依马克思探明"绝对理念"来源的方法去类推，黑格尔所谓"美的理念"，"正是他在《自然生命作为美》的部分中对生命有机体做了周密研究之后"，"从作为生命的自然美中概括出来的"，"主要是把关于生命有机体的一些带有规律性的东西加以规范化，以更提炼更精确的形态表述出来"而已。于是，"从体系看似乎是黑格尔《美学》中最唯心的"部分，"就其内容来说，却是现实的"[1]。就这样，王元化对头脚倒置的黑格尔美学体系完成了顺转。

在解神秘化之后，"美的理念"实际上也"就是客观存在的真实性在感性事物中的显现"。这里的重点是，"理念"之前冠以一个"美"字，也即意味着，"在美学里，真实的理念不像在哲学里那样以普遍性的思考形式出现，而是以个体性的感性形式显现出来"，美，也即概念"直接和它的外在现象处于统一体"中。由此美的统一体出发，黑格尔推演出了"一些美的法则"[2]。

在此，王元化又发现了黑格尔的《小逻辑》中为他最为服膺的总（概）念论的三范畴：普遍性、特殊性和个体性。在美的统一体中，这三个范畴体现为基于近乎合纵连横基础之上的辩证统一关系：

> 具有普遍性的内在本质方面和特殊个体的外在现象方面可以互相渗透。普遍性的内在本质可以把特殊个体的外

---

[1] 王元化《读〈美学〉(第一卷)·读后札记》，见王元化《读黑格尔》，第119页。
[2] 同上。

在现象统摄于自身之内，同时，特殊个体的外在现象也可以把普遍性的内在本质宣泄于外，从而形成各差异面的和谐一致。[1]

由此得出一条"美的法则"：

> 在艺术作品中，内容意蕴和表现它的外在形象必须显现为完满的通体融贯。内容意蕴作为艺术生命的主体，把生气灌注到外在形象的各部分中去，使它们活起来。外在形象的各部分都弥漫同一内容意蕴灌注给它们的生命，而形成和谐一致的有机体。[2]

除了内容意蕴和外在形象的和谐一致之外，作为统一体的美的对象还体现了必然性和偶然性的辩证统一。黑格尔《美学》这样论述：

> 美的对象必须同时现出两方面：一方面是由概念所假定的各部分协调一致的必然性，另一方面是这些部分的自由性的显现是为它们本身的，不只是为它们的统一体。单就它本身来说，必然性是各部分按照它们的本质即必须紧密联系在一起，有这一部分就必有那一部分的那种关系。这种必然性在美的对象里固不可少，但是它也不应该就以

---

[1] 王元化《读〈美学〉（第一卷）·读后札记》，见王元化《读黑格尔》，第120页。
[2] 同上书，第121页。

必然性本身出现在美的对象里，应该隐藏在不经意的偶然性后面。[1]

黑格尔对必然性和偶然性辩证关系的论述，仍然以对生命过程矛盾统一关系的洞悉为蓝本。根据达尔文的"生长相关律"，"一个有机生物的个别部分的特定形态经常是和其他部分的某些形态相联系的，虽然在表面上它们似乎并没有任何关联"。因此，"居维埃可以根据一枚牙齿的化石勾勒出一种早已灭绝的古动物的大致正确的全体图像"。同理，"艺术形象的任何一部分的任意改动"，都"必然会影响其他部分以至整个作品的原有性质"。王元化认为：

> 这种整体与部分和部分与部分之间的有机关联，就是黑格尔所说的必然性。

另一方面，"在互相关联协调一致的生命有机体中，各部分又显示了它们各自所具有的独立自在的面貌"。它们不仅"形体构造不同"，而且"各有专司"，"不能互相替代"。

> 它们的独立自在性显得是为它们本身的，而不是为了它们的统一体。虽然在各部分的独立自在性里可以见出一种内在的联系，但是这种经过生命灌注作用所产生的统一，不但不消除各个别方面的特性，反而把这些特性充分地表现出来，把它们保持住。

---

[1] 黑格尔《美学》（第一卷），第147—148页。

王元化指出：

> 这就是黑格尔所说的必然性必须隐藏在不经意的偶然性后面。

以此类推至美的对象，偶然性"在艺术作品里也是不能排除的"。

> 艺术创作一方面要把生活真实中各个分散现象间的内在联系这种必然性直接表现出来呈现于感性观照，另方面又必须保持生活中自然形态的偶然性，使两方面协调一致，这是艺术创作的真正困难所在。

王元化又把这叫作"必然性通过偶然性为自己开辟了道路"[1]。

《美学》中另一让王元化赞叹不已并反复推介的，是黑格尔关于情况、情境、情节三个环节的论述。在此，总念论的普遍性、特殊性和个体性这三个范畴又一次贯穿其中。

在《美学》的字典里，理念、理想和艺术美，几乎是同一个东西的不同表述。当理念"符合理念本质而现为具体形象的现实"时，"这种理念就是理想"[2]，而理想亦即艺术美。

黑格尔认为，情况即"一般的世界情况，这是个别动作（情节）及其性质的前提"[3]。既然艺术的理念与理想是同义词，

---

[1] 王元化《读〈美学〉（第一卷）·读后札记》，见王元化《读黑格尔》，第122—124页。
[2] 黑格尔《美学》（第一卷），第92页。
[3] 同上书，第228页。

那么,"艺术的理想"也就应该像理念一样具有普遍性,而且"不能是普泛的普遍性",而是"普遍性实现自身于特殊的个体之中",亦即"理想的定性"。这理想的定性"必须实现自己,通过动作及一般运动和活动展示出来","成为可供感性观照的艺术作品"。"这种运动或活动的场所或前提就是'情况'。"王元化指出,作为"矛盾的普遍性",情况,也就是"作为人物活动场所的时代或社会背景"。然而,"同一普遍矛盾"或同样的时代社会背景影响和支配着"同一社会的每一个成员",因而,"情况只能形成个别形象表现的可能性",而要想"成为激发人物行动的直接的力量",就必须再"具化为特殊的矛盾"〔1〕。

情境就是"情况的特殊性,这情况的定性"使"实体性的统一发生差异对立面和紧张,就是这种对立和紧张成为动作的推动力——这就是情境及其冲突"〔2〕。王元化这样理解:"情境克服了矛盾普遍性的抽象形式,和人物的具体处境、生活、遭遇结合起来",形成"他不得不行动起来的必然趋势",这就是"冲突"。"冲突的必然性"体现为"人物的内在要求"。"但是,情境只是激发人物行动起来的机缘和动力","发出行动的是人,动作的蓄谋,最后决定和实际完成都要依靠人来实现"。而在此过程中,"性格的差异往往在相同的情境或冲突中使他们发出千差万别的动作和反动作"。换言之,"人物的个性起着决定作用"。由此,情境又进入到情节。

"情节,即动作,是以人物性格为核心的。人物性格属于个体

---

〔1〕 王元化《读〈美学〉(第一卷)·读后札记》,见王元化《读黑格尔》,第126—127页。
〔2〕 黑格尔《美学》(第一卷),第228页。

性范畴。"对于总念三范畴之间的辩证关系,王元化已非常熟稔:

> 矛盾的个体性包含着矛盾的普遍性(种)和矛盾的特殊性(类)于自身之内。所以,……人物一方面体现着人的本质和阶级属性,另方面也体现着时代矛盾的特定冲突和纠纷。这两方面都要通过主体的动作和反动作显现出来。

王元化小结说:"从情况到情境再到情节,也就是矛盾的普遍性进入矛盾的特殊性再进入到矛盾的个体性。"黑格尔借此提供了一条"把人物和环境联系起来考察"的线索,这条线索可以帮助我们深入理解恩格斯所提出的"典型环境中的典型性格"[1]。

围绕着人物性格,王元化还对黑格尔的"情志"说表现出了格外的着迷。黑格尔用一个希腊文 παθος(英文对应词为 Pathos)来表达"活跃在人心中,使人的心情在最深刻处受到感动的普遍力量"。朱光潜先生将它译成了"情致"。黑格尔说这个希腊词"很难译",原因是英文的 Passion(情欲)虽然从它而来,但意义已经发生了改变,"因为'情欲'总是带着一种低劣的意味"。"用'情致'这个名词是取它的较高尚较普遍的意义","例如安蒂贡的兄妹情谊就是希腊文的'情致'。这个意义的'情致'是一件本身合理的情绪方面的力量,是理性和自由意志的基本内容"。又"例如俄瑞斯特杀死自己的母亲","驱遣他采取这种行动的正是'情致',而这情致是经过很慎重的衡

---

[1] 王元化《读〈美学〉(第一卷)·读后札记》,见王元化《读黑格尔》,第128—129页。

量考虑来的"。"情致"应该被"了解为存在于人的自我中而充塞渗透到全部心情的那种基本的理性的内容（意蕴）"[1]。

王元化感觉到用"情致"翻译Pathos与原旨不太相符，决定借用刘勰的"情志"来代替。刘勰在"《文心雕龙》中把作为情感因素的'情'和作为志思因素的'志'连缀成词，用以表示情感和志思的互相渗透"，应该更切合黑格尔赋予Pathos一词"合理的情绪方面的力量"的本意；况且，刘勰所谓的"志思蓄愤"，"是说情志含有一种悲怆性"，"是一种打动人们心弦唤起人们共鸣的动情力"[2]，这又与Pathos所内含的"冲突激起人物行动起来的内在要求"这一意义相对应。王元化的一字之改译，不仅突出了黑格尔的"情志"（Pathos）概念情感和理性交融于一体的特征，而且也清晰地体现了《文心雕龙》与《美学》在王元化身上所切实发生的双向交流、交互影响的效应。

黑格尔对"情志"的论述在显示了深刻的艺术鉴赏力的同时，也难免些许晦涩和神秘。王元化认为，"情志应该合理地理解作在人的内心中所反映的时代精神"。更确切地说，亦即该时代"具有普遍性的伦理观念"[3]。

王元化从黑格尔处所汲取的辩证法，还包括《美学》对审美主客体关系的论述。在《艺术美的概念》里，黑格尔说：

在艺术里，感性的东西是经过心灵化了，而心灵的东

---

[1] 黑格尔《美学》（第一卷），第295—296页。
[2] 王元化《读〈美学〉（第一卷）·读后附释》，见王元化《读黑格尔》，第138页。
[3] 同上书，第129页。

西也借感性化而显现出来。[1]

王元化的阐释别有会心：

> 这意思是说，在文艺创作过程中，心灵的现实化和现实的心灵化一直在交错进行着。文艺创作所反映的现实不是现实世界的自然形态，而是心灵化的现实，从而使艺术美区别于自然美。同时，文艺创作所表现的思想感情不是精神世界的抽象形态，而是现实化的心灵，从而使以形象为特征的艺术区别（于）以概念为特征的科学。[2]

黑格尔对审美主客体关系的进一步阐述，是通过对"有限智力"与"有限意志"的批判完成的。既然名之为"有限"，那显然都属于知性的思维。王元化将黑格尔的辩证思考综述如下：

> 有限的智力对待对象的态度是假定客观事物是独立自在的，而我们的认识只是被动地接受。表面上看，这好像是克服了主观的幻想和成见，按照客观世界的原状去吸取眼前的事物。但主体在这种关系上是有限的、不自由的，因为这是先已假定了客观事物的独立自在性，从而取消了主观的自确定作用。而有限的意志则相反，主体在对象上力图实现自己的旨趣、目的、意图，根据自己的意志牺牲事物的存在和特

---

[1] 黑格尔《美学》（第一卷），第49页。
[2] 王元化《黑格尔〈美学〉札记三则·审美主客关系》，见王元化《传统与反传统》，上海文艺出版社，1990年，第113页。

性，把对象作为服务自己的有力工具，从而剥夺了事物的独立自在性，以致使对象依靠主体，对象的本质就在于对主体的目的有用。但这种主体的自由只是一种假象，在实践的关系上，它仍是有限的、不自由的。因为由于有限意志的片面性，对象的抵抗就不能消除，结果就造成了对象和主体的分裂和对抗。[1]

阅读黑格尔《美学》（第一卷）的意义，对《文心雕龙创作论》的诞生而言，首先在于提供了研究方法的启迪和写作架构的示范。《文心雕龙创作论》多篇文章的附录，几乎直接由黑格尔《美学》中对相关问题的论述构成，诸如《审美主客关系札记》为《释〈物色篇〉心物交融说》的［附录三］；《美学》中对必然性和偶然性辩证关系的论述，化身为《释〈附会篇〉杂而不越说》的两篇附录；"情况—情境—情节"三环节的部分构成了《释〈熔裁篇〉三准说》的［附录二］《文学创作过程问题》的主干内容。

总之，王元化如何从黑格尔的客观唯心主义美学体系中，批判清理出一系列放射着辩证法光芒的美的法则，他也就照样在刘勰儒家唯心主义的文艺思想中，批判继承了丰富而渊博深刻的创作论精华。

二、《文心雕龙创作论》的自身逻辑

《文心雕龙创作论》的第二重也是最核心的一层结构，由刘

---

[1] 王元化《黑格尔〈美学〉札记三则·审美主客关系》，见王元化《传统与反传统》，第113—114页。

勰创作论的自身逻辑构成。王元化非常推重《文心雕龙》，认为它是早在中国的中古时期，就足以与后来近代欧洲像黑格尔的《美学》这样的著作相匹敌的一部巨著，所以，格外注重凸显《文心雕龙》创作论的自身逻辑及其所代表的中国古代文论"自成系统的民族特色"[1]。

王元化对《文心雕龙》创作论的阐发，以《物色篇》中的"心物交融说"为发端：

写气图貌，既随物以宛转；属采附声，亦与心而徘徊。

王元化释义说，这两个对偶的分句互文足义。气、貌、采、声，指的是自然的气象和形貌。写、图、属、附，则指作家的模写与表现。刘勰以此表述作家进入创作活动之后所发生的"一种心物之间的融汇交流的现象"。"物"指客体对象；"心"指作家主体的思想活动。"作家在模写并表现自然的时候"，一方面"必须克服自己的主观随意性，以与客观对象宛转适合"，另一方面又应该以主体之"心"，去"锻炼""改造""征服"客体对象。"随物宛转，与心徘徊"相反相成、对立统一。作家的创作活动"以物我对峙为起点，以物我交融为结束"[2]。

王元化认定"《神思篇》是《文心雕龙》创作论的总纲，几

---

[1] 王元化《〈文心雕龙〉创作论八说释义小引》，见王元化《文心雕龙创作论》，第68页。
[2] 王元化《释〈物色篇〉心物交融说》，见王元化《文心雕龙创作论》，第72—75页。

乎统摄了创作论以下诸篇的各重要论点"[1]。"神思"也就是想象。根据刘勰的描述，"'神思'具有一种身在此而心在彼、可以由此及彼的联想功能"；同时，"想象活动具有一种突破感觉经验局限的性能，是一种不受身观限制的心理现象"。

王元化希望借助刘勰创作论的纲领之作，对想象这一心理现象做一全面而深入的探析。他的阐释主要集中在三个方面。

首先是"杼轴献功说"：

> 拙辞或孕于巧义，庸事或萌于新意，视布于麻，虽云未贵，杼轴献功，焕然乃珍。

王元化指出：刘勰用"杼轴"一词来表示"文学的想象活动"或"作家的构思活动"，是本于陆机的《文赋》。理解此段文字的关键是"视布于麻"的比喻。"布"即"麻布"。"'布'是由'麻'纺绩而成的，两者质地相若"，"从这方面来看，'布'并不贵于'麻'，但经过纺绩加工以后，就变成'焕然乃珍'的成品了。没有'麻'，纺不出'布'，没有现实素材，就失去了想象活动的依据。就这一点来说，想象和现实的关系，正犹如'布之于麻'"。

一旦明白了这一比喻，"拙辞"与"庸事"一句也就"迎刃而解了"，因为它"是针对作家运用想象对现实进行加工而言"：

> 怎样才能使看来并不华丽的"拙辞"孕含着意味深长的"巧义"呢？怎样才能使大家都熟悉的"庸事"萌生出

---

[1] 王元化《思意言关系兼释〈文心雕龙〉体例》，见王元化《文心雕龙创作论》，第191页。

人所未见的"新意"呢?作家并不需要把看来朴讷的"拙辞"变成花言巧语,并不需要把大家熟悉的"庸事"变成怪谈奇闻。……他只是凭借想象作用去揭示其中为人所忽略的"巧义",为人所未见的"新意"罢了。[1]

《神思篇》论述想象的第二段话为:

> 神居胸臆,而志气统其关键;物沿耳目,而辞令管其枢机。枢机方通,则物无隐貌;关键将塞,则神有遁心。

这段话表达了刘勰对"志气"和"辞令"在想象中的作用的看法,他分别将两者当作指导和支配想象活动的"关键"和"枢机"。王元化分而析之:

"志气"可解为"情志与气质",泛指思想感情。"思想感情不但鼓舞了想象活动",成为后者的动力,而且还对之进行指导,为它提供运行的轨道。当然,另一方面,"想象活动也可以加深并加强思想感情的内容"。

"辞令"亦即"语言或语词",它是想象活动所必需的"媒介或手段"。[2]

《神思篇》第三处论及想象的文字是:

> 陶钧文思,贵在虚静。

---

[1] 王元化《释〈神思篇〉杼轴献功说》,见王元化《文心雕龙创作论》,第95—98页。

[2] 王元化《"志气"和"辞令"在想象中的作用》,见王元化《文心雕龙创作论》,第104—105页。

说到"虚静",人们很自然就把它和道家联在一起。王元化辨析说,刘勰的"虚静说"是促进作家思想感情更为充沛的准备手段,而老庄的虚静说则是导致绝圣弃智、返璞归真的最终归宿,两者恰成鲜明的对照。刘勰的"虚静说"不本于老庄,而本于荀子《解蔽篇》中"虚壹而静"的知"道"之术:

> 虚的对面是臧;臧者,藏也;含有积藏之义。壹的对面是异;异者,指心兼知也。静的对面是动;动者,指心自动运行也。从心的本性来说,它是有臧、异、动的特点的。……心往往积藏了许多固定看法,包含了许多纷杂不一的成分,并且又往往是不由自主地运行着的。倘要以心知道,那末就必须由臧而虚,由异而壹,由动而静。……要做到这一步,首先,"不以己所臧,害所将受",这就是说,不以自己心中原来积存的固定看法去损害将要准备接受的东西。这就叫做虚。其次是"不以夫一害此一"。这就是说,不要以彼一事理去损害此一事理;或者更确切地说,不要用片面的观点去损害全面的观察。……从一元论的立场把纷杂互异的万物统一起来观察,这就叫做壹。最后是"不以梦剧乱知"。……一切凌乱杂念,下意识的心理活动均可归入梦的范畴。倘能克服这种现象,役心而不为心役,使思想集中起来,这就叫做静。荀子认为:虚则入——心能虚,才能摄取万物万理;壹则尽——心能壹,才能穷尽万物万理;静则察——心能静,才能明察万物万理。[1]

---

[1] 王元化《刘勰的虚静说》,见王元化《文心雕龙创作论》,第113—115页。

王元化对《神思篇》三方面的阐释，在《文心雕龙创作论》中也具有枢纽的位置。它们既构成了想象运行的流程：从虚静说的前期心理准备，到"志气"和"辞令"在想象活动中发挥出功能，再到想象通过"杼轴献功"对外物进行加工改造；同时又大致聚合成"想象与现实的关系"和"想象活动各环节"这两方面的论题，分别贯穿起《文心雕龙创作论》的各部分释义。

在释读《比兴篇》时，王元化表现出了某种"比刘勰更刘勰"的意味，亦即阐发出刘勰原本已经包含在文本中但他本人未曾清楚意识到的内容。一般人都认为《比兴篇》对"比兴"是做分训的理解：

> 比者，附也；兴者，起也。附理者切类以指事，起情者依微以拟议。[1]

王元化则认为，可以"把比兴二字连缀成词，作为一个整体概念来看"，并且主张将整体"比兴""解释作一种艺术性的特征"或"艺术形象"。他由此声称：

> 《比兴篇》是刘勰探讨艺术形象问题的专论，其中所谓"诗人比兴，拟容取心"一语，可以说是他对于艺术形象问题所提出的要旨和精髓。

何为"拟容取心"说的精髓？

---

[1] 刘勰《比兴第三十六》，见戚良德《文心雕龙校注通译》，上海古籍出版社，2008年，第410页。

在外者为"容",在内者为"心"。前者是就艺术形象的形式而言,后者是就艺术形象的内容而言。"容"指的是客体之容,……实际上,这也就是针对艺术形象所提供的现实的表象这一方面。"心"指的是客体之心,……也就是针对艺术形象所提供的现实意义这一方面。"拟容取心"合起来的意思就是:塑造艺术形象不仅要摹拟现实的表象,而且还要摄取现实的意义,通过现实表象的描绘,以达到现实意义的揭示。现实的表象是个别的、具体的东西,现实的意义是普遍的、概念的东西。而艺术形象的塑造就在于实现个别与普遍的综合,或表象与概念的统一。

王元化又指出,"刘勰既然把比兴作为代表艺术形象的整体概念看待",所以即使"在分论比兴的时候",也"没有割裂两者之间的有机联系","认为比属于描绘现实表象的范畴,亦即拟容切象之义。兴属于揭示现实意义的范畴,亦即取心示理之义"。"自然,刘勰并不抹煞拟容切象的意义",但"艺术形象的意义毕竟还是在于通过拟容切象的手段去达到取心示义的目的"[1]。

王元化对整体"比兴"概念的论证理据充足,但他用来诠释它的"艺术形象"一词,却不足以全面准确地概括和传达出他赋予整体"比兴"概念的内涵。

在一般人的印象中,"艺术形象"更偏向于"拟容取心"中"容"的一面,似乎不太长于表达出"心"的含义,更难以传达

---

[1] 王元化《释〈比兴篇〉拟容取心说》,见王元化《文心雕龙创作论》,第135—139页。

出通过"客体之容"透视"客体之心"这样的深度模式。为此，王元化先是给"艺术形象"加上"完整的"这一形容词，但这一做法足以暗示出"艺术形象"概念的可能不完整。事实上，在面对质疑的时候，王元化就承认，"从早期的文学理论中"所可能发现的，更准确地说应该是今天"艺术形象"这个概念的"萌芽或胚胎"，或者说是"文学从它诞生的那一天起"就已存在的、"作为文学特征的形象性"。因此，王元化又试图把他所说的"艺术形象"解释成"一种凝聚在作品中的艺术性的特征"[1]。如此说来，"艺术形象"像是某种类似结果的东西，而为了达成这一结果或目的，它又可能要求某种相应的手段或方法。而在一开始，当王元化在追溯"形象"的拉丁文字源、并且根据刘勰"比显而兴隐"的说法将"比兴"与西方的"明喻"和"隐喻"类比之时，他又确实将后两者视为"艺术性的达意方法或手段"。换言之，"艺术形象"既可能是结果和目的，也可能是方法和手段。而当王元化明确说出"艺术形象的意义毕竟还是在于通过拟容切象的手段去达到取心示义的目的"之时，它又开始在手段和目的之间游移。王元化给《比兴篇》释义正文所加的副标题为"关于意象：表象与概念的综合"[2]，似乎是对"比兴"整体概念的较好诠解，但"意象"一词外延太窄，无法容纳王元化关心的典型等"大"问题。在"附录一"考究陆机《文赋》中的"离方遁圆"说究竟针对文体还是形象问题的时候，王元化又另外用了两个与"艺术形象"相近的概念：

---

[1] 王元化《释〈比兴篇〉拟容取心说》，见王元化《文心雕龙创作论》，第157—158页。
[2] 同上书，第135页。

"审美客体"和"文学的描写对象"[1]。

其实,如果改用黑格尔《美学》的概念,王元化就不必如此大费周章地苦心思量,他所论述的"艺术形象"之"容"和"心"的结合,或者"个别与普遍的综合"和"表象与概念的统一",不就是体现在黑格尔"美的统一体"中内容意蕴和外在形象的通体融贯与和谐一致吗?不也就是总念论的三范畴个体性、特殊性和普遍性基于相互间的合纵连横之上的彼此统摄互为渗透吗?细察王元化的意图,他其实就是想探讨在艺术创作中,如何使美的对象获得由其内在一系列辩证统一所保证的美的素质和艺术效果。一言以蔽之,也就是形象思维在艺术创作过程中的具体体现。

紧接着《神思篇》"神居胸臆,而志气统其关键"所开拓的论题方向,王元化又从《情采篇》中提取出了"情志说",并试图研探这样一个问题:在想象和构思活动中,于创作思维中起着驱动、指导作用的思想感情,在艺术作品中究竟应该以怎样的形态呈现?

王元化首先从《情采篇》里先后出现的"为文造情"和"述志为本"二语中,洞察到"情志"概念的整体性:"刘勰认为'情'和'志'这两个概念不是彼此排斥的,而是互相渗透",因此"企图用'情'来拓广'志'的领域,用'志'来充实'情'的内容",使两者结合为一个整体。

据王元化考究,"情"和"志"综合起来在刘勰那里具有两种意义。第一种"就文学创作的性能功用而言",刘勰将发源于

---

[1] 王元化《"离方遁圆"补释》,见王元化《文心雕龙创作论》,第140—141页。

《诗》的"言志美刺"传统和脱胎于《骚》的"发愤抒情"路数,"加以融汇,成一家之言"。第二种则是"就文学创作的构成因素而言",在创作活动中,"属于感性范畴的'情'和属于理性范畴的'志'是互相补充彼此渗透的"。

王元化发现,"刘勰把思想感情交织为一个整体"而铸成的"情志"概念,"颇接近于渗透了思想成分的感情这种意义",所以"可以十分恰当地"[1]翻译黑格尔《美学》中的那个希腊词。通过在刘勰和黑格尔之间充当跨时空交流的媒介,王元化也找到了他所关心的问题的答案:

在文学创作中,……感性方面和理性方面互相渗透,交织成难以分解的有机整体。……作为构成文学因素的感情,……必须被现实所唤起,被思想所提高。作为构成文学因素的思想,……必须融化在艺术形象里面,充分得到感情的支持。

简言之:

文学创作中的感情,只能是一种经过思想深化的感情,文学创作中的思想只能是一种被感情所渗透的思想。[2]

如果说,《情采篇》对《神思篇》中的"志气"做了深入阐

---

[1] 王元化《释〈情采篇〉情志说》,见王元化《文心雕龙创作论》,第170—174页。

[2] 王元化《文学创作中的思想和感情》,见王元化《文心雕龙创作论》,第183—184页。

发的话，那么，《熔裁篇》则与"辞令"保持着某种关联。《神思篇》云：

> 意授于思，言授于意，密则无际，疏则千里。

刘勰在这里论述"思""意""言"三者之间依次传达的关系，同时也预示了《熔裁篇》中"三准说"的格式。因为后者正是按照"'思'（情志）—'意'（意象）—'言'（文辞）"[1]的次序来分析文学创作过程的三个步骤：

> 履端于始，则设情以位体；举正于中，则酌事以取类；归余于终，则撮辞以举要。

王元化解释说：

> 刘勰在这里借用《左传》"始"、"中"、"终"（见文公元年）的说法，以表明文学创作过程可分为"设情"、"酌事"、"撮辞"三个步骤。

"刘勰认为，人类生来就有不学而能的'人情'"，作家"在和大自然的接触中得到一种深刻感受，盘踞在自己的心田里，排遣不掉，驱除不开，这就是推动作家行动起来的动力"。"作为创作冲动核心的感受也就是刘勰所说的'设情以位

---

[1] 王元化《思意言关系兼释〈文心雕龙〉体例》，见王元化《文心雕龙创作论》，第190页。

体'",这里的"情",是"经过了作家长期孕育、酝酿产生出来的'情志'"。

然后是"酌事":

> 作家凭借生活中的记忆唤起了想象活动,逐渐摆脱了开头萌生在自己心中的情志的普泛性和朦胧性,使之依次转化为具体的事类,然后再听从情志的指引,把它们熔铸成鲜明生动的意象,使"事切而情举"。[1]

"撮辞"也就是作家如何把自己酝酿成熟的构思表现出来。这又回到了《神思篇》对"思""意""言"关系的论述。

刘勰试图用"设情""酌事""撮辞"去说明作家在创作过程中所进行的艺术思维活动。刘勰对创作过程的探索也使王元化再一次想到了黑格尔的"情志"概念。《美学》对理念经过了"情况—情境—情节"的"自我发展""而形成为具体的艺术作品"的论述,实际上也就是黑格尔的创作过程论。黑格尔的创作过程三阶段不仅可以与刘勰的"三准说"相互生发,而且在"情志"问题上与刘勰可谓英雄所见略同。

黑格尔的"情志"概念出现在"情节"环节。"情节即动作,是以人物性格为中心的。人物性格属于个体性范畴。"根据黑格尔的说法,"矛盾的个体性包含着矛盾的普遍性(种)和矛盾的特殊性(类)于自身之内"。王元化将这一理论移用到人物性格方面:

---

[1] 王元化《释〈熔裁篇〉三准说》,见王元化《文心雕龙创作论》,第185—188页。

人物一方面体现着作为社会关系总和的阶级属性，另方面也体现着表现时代矛盾的特定冲突和纠纷。这两方面都要通过主体的动作或反动作显现出来。黑格尔把冲突激起人物行动起来的内在要求，借用古希腊人所说的 παθoζ 一词来表达。大体说来，黑格尔用这个词以表明特定时代的具有普遍性的伦理观念，但这种观念在人物身上不是由理智，而是由渗透着理性内容的感情表现出来。[1]

显然，在黑格尔的"情志"概念与刘勰的"设情以位体"之间，王元化察觉到了某种神似之处。

就创作活动而言，除了可以分析把握的各环节和完整的流程以外，还有一个非作家的意志可以左右的特殊现象，那就是灵感的爆发。王元化选用了别林斯基朴素平实的说法——"创作的直接性"。刘勰有两处论及"创作的直接性"。《神思篇》说：

秉心养术，无务苦虑；含章思契，不必劳情。

《养气篇》表述得更清楚：

率志委和，则理融而情畅；钻砺过分，则神疲而气衰。[2]

王元化这样疏释刘勰的"率志委和"说：

---

[1] 王元化《文学创作过程问题》，见王元化《文心雕龙创作论》，第196—198页。
[2] 以上两则引文分别见刘勰《神思第二十六》《养气第四十二》，见戚良德《文心雕龙校注通译》，第323、466页。

"率志委和"一语是指文学创作过程中的一种从容不迫直接抒写的自然态度。率,遵也,循也。委,付属也。"率志委和"就是循心之所至,任气之和畅。

"为什么刘勰在论述最复杂最需要思想高度集中的创作活动的时候",竟然反对"钻砺过分"而主张"率志委和"呢?因为他注意到了文学创作中的一个辩证现象:

> 作家从事于文学的创作活动,一方面必须依靠平日的辛勤磨练,经过不断的积累,另方面又必须在写作的时候,采取一种直接抒写胸臆的自然态度。

当作家在创作前"经过异常复杂、异常艰巨的准备工作"之后,"一旦进入创作过程","就往往会产生一种创作激情突然迸发的现象"。这就是"灵感",亦即别林斯基所谓的"创作的直接性"。其实质则是:

> 作家把认识生活方面的活跃想象力和艺术实践方面的敏锐表现力结合在一起,让它们在整个创作过程中间携手并进。[1]

这一点也可得到黑格尔《小逻辑》的印证:

---

[1] 王元化《释〈养气篇〉率志委和说》,见王元化《文心雕龙创作论》,第219—221页。

> 许多真理我们深知系由于复杂异常间接思索步骤所得到的结果，却毫不费力地直接呈现其自身于熟习此种知识的人的心灵之前。[1]

王元化认为灵感也是如此：

> 创作的直接性正是经历了极其复杂的间接历程才在创作活动中出现。它往往是沉潜反复的思索和长期生活经验的结果。[2]

三、胡风理论的投影

至此，我们已经明显可见《文心雕龙创作论》的双重结构。其实，还有第三层不那么明显的结构存在：胡风理论的投影。

1991年，在为修订更名后的《文心雕龙讲疏》写作序言的时候，王元化回顾他撰写《文心雕龙创作论》的"旨趣"："通过《文心雕龙》这部古代文论去揭示文学的一般规律。"因为"在文艺领域内，长期忽视艺术性的探索，是众所周知的事实"[3]。王元化这一写作初衷的深层驱动来自他本人的创伤经历：胡风就曾一直致力于保持和维护文艺领域内的艺术性，对

---

[1] 黑格尔《小逻辑》，贺麟译，生活·读书·新知三联书店，1954年，第171页。

[2] 王元化《释〈养气篇〉率志委和说》，见王元化《文心雕龙创作论》，第222页。

[3] 王元化《序》，见王元化《文心雕龙讲疏》，上海古籍出版社，1992年，第2页。

它们大面积不可阻挡的流失感到"触目心伤",并由于试图阻挡文学普遍概念化和公式化的潮流而成为文艺领域审美质素的祭品。

这也在《文心雕龙创作论》的写作次序上留下了印记。《神思篇》明明位列《文心雕龙》创作论之首,被刘勰誉为"驭文之首术,谋篇之大端"[1],王元化也一再表示《神思篇》为《文心雕龙》创作论的总纲,但他为什么偏偏首选《文心雕龙》创作论的最末一篇《物色篇》作为自己释义的开端呢?因为王元化已经深刻领受过《物色篇》所论及的"文学与自然"关系问题的利害。"文学与自然"改用王元化写作当时的说法,也就是"文学与现实"或"文学与生活",在这个问题上,胡风犯过两个大忌。

首先,胡风从他的主客观相生相克的文学理论出发,把作家带着自己的思想武装,深入到"血肉的现实人生"当中,与这一感性的对象展开搏斗之后,所产生的作家主观的"自我斗争"和"自我扩张",称作"艺术创造的源泉"[2]。这就与反映论的经典表述"现实生活是艺术创作的唯一源泉"形成了字面上的明显歧异,构成了对权威理论的冒犯。其次,与此紧密相关,胡风的主客观化合论也被指责为单纯重视主观而被冠以唯心主义的罪名。

王元化探究刘勰的创作论,首选《物色篇》中的"心物交融说",并以"关于创作活动中的主客关系"为副标题,一方面

---

[1] 刘勰《神思第二十六》,见戚良德《文心雕龙校注通译》,第322页。
[2] 胡风《置身在为民主的斗争里面》,见胡风著,梅志、张小风整理辑注《胡风全集》第3卷,湖北人民出版社,1999年,第187—189页。

固然表达了对唯物反映论第一命题的恪守和尊重,另一方面也是为胡风申辩。"心物交融"也就是主客观化合,创作活动"以物我对峙为起点",而"以物我交融为结束",正可以用来描述胡风的主客双方经过相生相克的搏斗,达到辩证统一的过程。

王元化说:"随物婉转,与心徘徊。"是对"物"和"我"既相互"对峙"又彼此"交织"的有力说明,两者不可偏废:

> 仅仅以心为主,用心去驾驭物,就会流于妄诞,违反真实。仅仅以物为主,以心屈服于物,就会陷入奴从、抄袭现象。[1]

王元化对辩证视角的强调,不仅表明了对胡风主观唯心主义的指责是多么的子虚乌有,而且也有力地声援了胡风对文学创作中的两大痼疾主观公式主义与客观主义——的批评与出击。此外,黑格尔有关艺术美中"心灵的现实化和现实的心灵化""交错进行"的论述,对"知性的有限智力和有限意志的批判"及其对"主观自确定作用"[2]的强调,也从正反两面确证了胡风理论的有效性。

王元化还把"物我交融、和谐默契的最高境界"视为"围绕着形象所进行的艺术思维的一个突出的特征"[3]。王元化委婉

---

[1] 王元化《释〈物色篇〉心物交融说》,见王元化《文心雕龙创作论》,第72—75页。

[2] 王元化《审美主客关系札记》,见王元化《文心雕龙创作论》,第87—88页。

[3] 王元化《释〈物色篇〉心物交融说》,见王元化《文心雕龙创作论》,第75页。

指称的是"形象思维"。它之所以成为"忌语",在很大程度上也是因为这一概念正是由胡风首倡。

胡风最早是在1935年摘要评介苏联文学顾问会编的《给初学写作者的一封信》的时候,有感于当时国内文坛出现的不能用"艺术的力量"表现政治的"标语口号作品",以及借人物之口抽象议论的"哲理小说",省悟道:"感觉的世界才是艺术的目的,'形象的思索'才是艺术家的本领。"[1]

胡风正式提出"形象的思维"是在1942年的桂林,针对的是他认为含有"毒素"的"诗的形象化"理论:"诗的形象化"这用语,容易给人造成"形象就是诗"的印象,从而忽视了对诗歌的生命而言更重要的"诗人的主观精神""诗人对人生的战斗欲求""诗人对于人生的献身热情",所以非但不能挽救"反而加强了诗人的主观能动精神的衰退"。因此:

> 在美学或艺术学上,我们可以说"形象的思维"或"形象地思维",但却不能说"形象化"。

两者之间细微而本质的差别在于:

> 在艺术创造过程里面,思想(思维、作家的主观认识)只能是一根引线,始终要附着在生活现实里面,它的被提高只能被统一在血肉的生活现实里面同时进行。要这样,才能谈生活和创作的统一,才能谈思想和艺术的统一;要

---

[1] 胡风《为初执笔者的创作谈》,见胡风著,梅志、张小风整理辑注《胡风全集》第2卷,第242—243页。

> 这样，思想才是活的思想而形象才是活的形象……至于"形象化"，那是先有一种离开生活形象的思想（即使在科学上是正确的思想），然后再把它"化"成"形象"，那就思想成了不是被现实生活所怀抱的，死的思想，形象成了思想的绘图和图案的，不是从血肉的现实生活里面诞生的，死的形象。

为此，胡风辛辣地指出：

> 这是真现实主义和假现实主义的分歧点，它叫作机械论，庸俗的现实主义就是它生下来的小宝宝。[1]

因为后来被批"反对作家应该有正确的世界观"，胡风经过进一步思考，将"形象的思维"从"创作方法"上升为"具体的世界观"，也就是在美学上，"看自然，看社会，看人类的意识行为怎样才能够从它们的原始状态上升为具有美感力量的艺术品的观点"。

胡风反省自己在国内首倡"形象的思维"之时，"没有强调形象的思维应该有'逻辑的思维'引导，甚至在形象思维过程中也伴随着逻辑的思维"，两种思维"处在对立统一关系里面"。不过，与逻辑的思维或"抽象的思维"不同的是，"形象的思维""不能舍掉现象"，"而是要在形象上感受到客观事物的实质和运动动态"，"而且还要通过艺术家本人的喜怒爱憎的感情去

---

[1] 胡风《关于"诗的形象化"》，见胡风著、梅志、张小风整理辑注《胡风全集》第3卷，第85—86、90—91页。

体验客观事物形象的实质和运动动态,用创造性的思维作用反映出事物的实质和运动动态的真实性"。胡风最后强调,"形象的思维"的"形象性反对了主观公式主义,它的真实性反对了客观主义"[1]。

在"形象地思维"过程中,艺术家的感情与抽象的逻辑(理性)思维相伴而行。胡风的"形象的思维",是否又把握住了黑格尔和刘勰"情志"概念的精髓?

至于王元化,他以《神思篇》为总纲,全面探析以作家想象为核心环节的文学创作活动全程,就此而言,他的《文心雕龙创作论》,实际上也就是一篇以胡风的"形象思维"概念为论题的美学大论文。这篇论文东西求索,多方求证,处处透露出要为"形象思维"正名的强烈愿望。

对于《给初学写作者的一封信》,胡风也感到一丝不满,因为该书"完全没有提到"创作活动中作家的"想象"和"直观作用"。胡风觉得,"在创造形象的过程上,现实性和虚构性是互相纠合在一起的"。所谓"虚构性",也就是"作家的想象或直观在现实的材料里面发现出普通人眼看不见的东西,给以加工、发展,使他的形象取得某种凸出的鲜明的面貌"。"虚构性"也就是"作家的主观活动""对于现实材料的批判",从中体现了"作品的对于时代精神的反映"[2]。

如果将胡风对作家的"想象"和"直观"在创作活动中具体作用的说明,与王元化对"杼轴献功说"中"拙辞"如何

---

[1] 胡风《"形象的思维"观点的提出和发展》,见胡风著,梅志、张小风整理辑注《胡风全集》第7卷,第237—240页。
[2] 胡风《为初执笔者的创作谈》,见胡风著,梅志、张小风整理辑注《胡风全集》第2卷,第241—242页。

"孕于巧义"、"庸事"如何"萌于新意"的解释做一对照，我们只能感叹，无论从思路还是表述方式来看，二者都是何其相似！

王元化对"拟容取心说"中"容和心或现实表象和现实意义的统一"的强调，与他对艺术形象中两者分裂的防范是双面一体的。而从他对分裂结果的描述中，又可再次看出胡风警惕文坛两大痼疾的影子：

> 有"心"无"容"就会使现实表象湮没在抽象的原则里面。有"容"无"心"则会使现实意义消灭在僵死的躯壳里面。[1]

在《释〈比兴篇〉拟容取心说》中，王元化的另一关注重点是"艺术思维是以怎样的特殊形态去体现""认识的共同规律"的？这里的关键是艺术思维的特殊之处，因为在认识"由个别到一般，再由一般到个别"这样循环往复螺旋上升的过程中，如果将艺术与科学掌握世界的方式一律相绳，忽视艺术作品的形象性，或者将原本"互相联结""互相渗透"的两种认识过程，理解成"截然分割"，从而使创作过程变成"表象—概念—表象的公式"，那么，文学创作中的"形象思维"，就会被概念化的"形象图解论"[2]所代替。在此，王元化的期望和忧思，又与胡风区分"形象思维"与"形象化"的执着与焦虑相同。

---

[1] 王元化《释〈比兴篇〉拟容取心说》，见王元化《文心雕龙创作论》，第138页。

[2] 王元化《刘勰的譬喻说与歌德的意蕴说》，见王元化《文心雕龙创作论》，第146—147页。

此外，无论是王元化对刘勰"情志"概念的发掘，还是对黑格尔"情志"范畴的激赏，其中都叠印着胡风在相关问题上的思考。对于思想和感情或理性和感性在作家身上或作品当中的相互渗透，胡风有时也用"艺术力和思想力的高度的统一"[1]来称呼。胡风说：

> 对于作家，思想立场不能停止在逻辑概念上面，非得化合为实践的生活意志不可。

而这，又必须经过作家"能动的主观作用"，在创作实践中，和感性的创作对象，展开相生相克的搏斗才能达到：

> 对于血肉的现实人生的搏斗，是体现对象的摄取过程，但也是克服对象的批判过程。不过，在这里批判的精神必得是从逻辑的思维前进一步，在对象的具体的活的感性表现里面把捉它的社会意义，在对象的具体的活的感性表现里面溶注着作家的同感的肯定精神或反感的否定精神。所以，体现对象的摄取过程就同时是克服对象的批判过程。这就一方面要求主观力量的坚强，坚强到能够和血肉的对象搏斗，能够对血肉的对象进行批判，由这得到可能，创造出包含有比个别的对象更高的真实性的艺术世界，另一方面要求作家向感性的对象深入，深入到和对象的感性表现结为一体，不致自得其乐地离开对象飞去或不关痛痒地

---

[1] 胡风《一个要点备忘录》，见胡风著、梅志、张小风整理辑注《胡风全集》第2卷，第633页。

站在对象旁边,由这得到可能,使他所创造的艺术世界真正是历史真实在活的感性表现里的反映,不致成为抽象概念的冷冰冰的绘图演义。[1]

这段著名的表述,既是胡风主客观化合论的生动展现,也是胡风对思想和感情在作家主观这一熔炉中如何浑然交融的勉力剖析,同时也是活生生的"形象的思维"。

在《文心雕龙创作论》的最后一章,王元化又将"作家和他所描写的对象融为一体"视为作家灵感爆发的重要触发因素和关键特征:

他用不着去思量它,欣赏它,它自然而然地从他心中涌现出来,这就是我们所说的作家在写作过程中创作激情突然迸发那种最美妙的现象。[2]

这种带有明显胡风标志的语言,王元化在分析陆机的"感兴说"时再次使用:

陆机所说的"天机骏利"事实上是指构成意象和技巧表达的轻巧灵活。就构成意象方面来说,作家的想象活动,首先取决于他在外来的材料中所捕捉的对象是否真正具有艺术意义。如果这个对象和作家的爱憎血肉相连,而且又

---

[1] 胡风《置身在为民主的斗争里面》,见胡风著、梅志、张小风整理辑注《胡风全集》第3卷,第187—188页。
[2] 王元化《释〈养气篇〉率志委和说》,见王元化《文心雕龙创作论》,第223页注①。

是他所熟悉的，可以从他的记忆中唤起丰富的联想，那么它就成为推动他的想象焕发起来的活力，使他轻而易举地去实现构思计划，这时他就会迸发出创作的激情来。

对于技巧表达，王元化的解释乍看之下似乎是黑格尔的：

> 当作家创作激情迸发的时候，各种美妙的意象，生动的语言，全都自然而然地奔赴笔下，……这时，作家的主体好像反而成为传达客体内容的一种器官，似乎完全听从自己手中的笔所驱使。对于陆机不能解释的这种情况，我们可以试从艺术思维的特点来加以说明。通常有一种错误的看法，以为艺术的表现是把概念翻译成为形象。事实上恰恰相反，艺术表现是作家的一种直接需要，一种自然的推动力；形象的表现的方式应该正是作家的感受和知觉的方式。这些感受和知觉是作家长年累月大量积蓄在他的记忆之中的，因此当他一旦进入创作过程，它们就会不招自来，自然汇聚笔下。[1]

不知不觉中，王元化在《小逻辑》对"直接性和间接性"的关系、黑格尔的"情志"概念，以及《美学》有关"作家表现形象的方式与其感受和知觉的方式同一"的见解中，先是糅进胡风的无时无刻不努力以"形象的思维"来纠正"形象化"的思想，并且最终以胡风否弃"技巧"的思想作结。胡风下面这段话也为王元化深深认同：

---

[1] 王元化《陆机的感兴说》，见王元化《文心雕龙创作论》，第227—228页。

> "技巧"，我讨厌这个用语，从来不愿意采用，但如果指的是和内容相应相成的活的表现能力而要借用它，那也就只好听便。然而，表现能力是依据什么呢？依据内容的活的特质的性格。依据诗人的主观向某一对象的，活的特质的拥合状态。平日积蓄起来的对于语言的感觉力和鉴别力，平日积蓄起来的对于形式的控制力和构成力，到走进了某一创作过程的时候，就融进了诗人的主观向特定对象的，活的特质的拥合方法里面，成了一种只有在这一场合才有的，新的表现能力而涌现出来。[1]

在胡风的理解中，那种"和内容相应相成的活的表现能力"，在创作中是自然"涌现出来"的。这种自然涌现，在陆机那里是"天机骏利"，在王元化这里是"不招自来，自然汇聚笔下"，它也是别林斯基"创作的直接性"。

四、结语："存亡继绝"的学术史意义

《文心雕龙创作论》还呈现出了学术沉积的其他纹理：现代新儒学的开宗大师熊十力先生在佛学义理方面对王元化的接引点拨及治学方法的启迪；康德专家韦卓民先生就黑格尔哲学为王元化释疑解惑以及在此过程中的现身治学示范；郭绍虞先生对王元化赶超黄侃《文心雕龙札记》的期许和激励……不一而足。

---

[1] 胡风《关于题材，关于"技巧"，关于接受遗产》，见胡风著，梅志、张小风整理辑注《胡风全集》第3卷，第81页。

福柯在将学术思想的历史进程描述成具有丰富沉积纹理的地质岩块的不规则延伸的同时，主张着重考察其间的断裂、缝隙或参差之处。如果将王元化的《文心雕龙创作论》置于这样的理论视景中来衡量，那么，它似乎正好出现在学术史的行将断裂之处，然而却好像宿命般的，被某种历史际遇选中，担纲了在裂口两边的学术板块之间接续和传承的重要角色。

《文心雕龙创作论》孕育于20世纪60年代初，那个继"大跃进"以及接踵而至的"三年自然灾害"之后出现的学术界短暂的活跃时期，但好景如昙花一现，其后学术环境风云突变。从王元化撰写初稿并为此向熊十力、韦卓民等前辈问学之时算起，再不出数年，几乎所有的学术活动都将因接连的政治运动而陷于全面停顿。在十余年的时间中，王元化同辈或下一辈学人基本上都丧失了学术研究的机会或者自由。尽管像十力和卓民先生等少数老一辈学者出于对学术的虔诚，并未中辍日常的写、读、译、著工作，但他们当时都接近或已届耄耋之年。在此种状况中，熊十力破例与王元化交接并为之提供指导，韦卓民积多日余暇方孜孜草就一封为王元化答疑的长函，除了同情王元化的处境、感佩他的正直和好学的因素外，显然，还有不希望自己的学术后继无人的情怀在。

换言之，在中国现代学术史上，王元化和他的《文心雕龙创作论》，以其在艰难时世的坚韧持守，上承鲁迅、黄侃、熊十力、韦卓民等"开拓一代"[1]学人的学术传统，下启新时期学术新世代的"拨乱反正"，并且凭借在这一接续过程中的广博吸

---

[1] 参见陈平原《四代学人的"文学史"图像》，见陈平原《假如没有"文学史"……》，生活·读书·新知三联书店，2011年，第9—11页。

纳和深厚积累，王元化还使自己的学术生命超越了生理年龄和所属自然世代的局限，以花甲和古稀之年，占据20世纪80年代和90年代思想文化界的引领地位。或许，对于具体的"龙学"研究一个专业学科而言，《文心雕龙创作论》仅仅是一家之言，甚至必然地带有时代的深重烙印，其具体观点也可能会被后人补充、商讨甚至刷新，但在一个特殊的时期内，它对于中国学术，却具有了某种"存亡继绝"的意义。

现代性忧郁：义宁陈氏诗歌研究

沙红兵

（广州大学文学思想研究中心）

一、诗人忧郁：一个世界范围的现代性现象

钱锺书曾多次指出一个重要现象："文人慧悟愈于学士穷研"，"词人体察之情，盖先于学人多多许"。[1]说的是对于社会时代的精神文化变迁，诗人往往最为敏感。诗人是社会时代的夜莺——在最近五百年来的现代性进程之中，在一切固定的东西都已烟消云散的失落面前，诗人还毋宁说是啼血的杜鹃，从西方到中国，到处都能听到他们呕哑嘲哳的忧郁之声。

早在17世纪初，英国玄学派诗人约翰·多恩已对早期现代的世界发出怀疑："太阳消失，地球也不见了，/非人的智慧所能寻到。/人们直爽地承认世界已经衰亡，/而在星球和天空上/找到了多种新东西，他们看/这里已被压碎成为原子一般。/一切破裂了，全无联系。"[2]20世纪的现代派诗人叶芝、艾略特等更把先驱者多恩的怀疑推到极致，叶芝的《基督重临》

---

[1] 钱锺书《管锥编》，中华书局，1986年，第496、618页。
[2] 多恩《世界的剖析—周年》，王佐良《英国诗史》，译林出版社，1997年，第133页。

实际上是基督永不再临:"猎鹰再也听不见驯鹰人的呼声,/万物崩散,中心不再。"艾略特则将现代比作"荒原":"伦敦桥倒坍了倒坍了倒坍了/于是他隐入精炼他们的烈火之中/什么时候我才会像一只燕子——啊,燕子,燕子/阿基坦王子来到了毁圮的高塔/这些就是我用来支撑自己以免毁灭的零星断片。"[1]不仅英语诗人,在欧洲大陆,现代性忧郁也成为像波德莱尔、佩索阿这样的诗人一生的主题。波德莱尔诗云:"当大地变成一间潮湿的牢房,/在那里啊,希望如蝙蝠般飞去,/冲着墙壁鼓动着胆怯的翅膀,/又把脑袋向朽坏的屋顶撞击。"[2]佩索阿诗云:"我的心,这令人迷惑的舰队司令/统治着一支从未创建过的舰队,/沿着一条命运所没有允许的轨迹,/寻找一种不可能的幸福。"[3]特别令人印象深刻的是德国哲学家海德格尔,他借由对现代诗人特别是现代德语诗人的解读,表达他与这些诗人共有的现代性忧郁。如特拉克尔诗云:"一只蓝色的兽怀念它的小路,/怀念它那精灵之年的悦耳之声。"格奥尔格诗云:"何种隐秘的气息/弥漫在灵魂之中/那刚刚消逝的忧郁的气息。"荷尔德林诗云:"天神之力并非万能/正是终有一死者更早达乎深渊/于是转变与之相伴/时代久远矣,而真实自行发生。"里尔克诗云:"世界诸王皆衰老,/无人继承其王位。/王子哥儿早夭

---

[1] 《叶芝文集卷一·朝圣者的灵魂》,袁可嘉译,东方出版社,1996年,第150页;艾略特《荒原》,载氏著《情歌·荒原·四重奏》,汤永宽译,上海译文出版社,1994年,第42页。

[2] 波德莱尔《恶之花》"忧郁之四",郭宏安译,漓江出版社,1994年,第96页。

[3] 佩索阿《我的心,这令人迷惑的舰队司令》,载氏著《我的心略大于整个宇宙》,韦白译,上海人民出版社,2013年,第317页。

折，/公主小姐已憔悴，/破烂王冠委暴力。/暴民捣之成钱币，/趋时世界新主人，/熔之锻之成机器，/机器隆隆效人欲，/未见送来真幸福。"所有这些诗人，正如海德格尔所指出的，对于他们的历史经验来说，自从上帝弃世而去，世界时代的夜晚便趋向于黑夜，弥漫着黑暗。[1]

在西方近现代数百年的历史进程中，宇宙坍塌、众神隐退、宗教衰落、人性萎弱等现代性状况成为诗人眼里深重的文明危机和忧郁之源。伊夫·博纳富瓦指出："忧郁可能是西方文化最具特色的东西。它产生于神圣事物的衰败、意识与上帝之间日益扩大的距离当中，它被各种情势和最为不同的作品折射与反映，它是那种自希腊人以后不断产生但从来也不曾摆脱怀旧、遗憾和梦想之现代性的核心内容。"[2]现代性忧郁虽与传统忧郁颇有渊源，但经过数百年冰雪覆盖般的层级垒造，已成为有史以来最令人痛心与失望的精神冰原。不仅如此，西方现代性数百年的进程同时还是一个不断向世界其他地区强势扩张，对包括中国文化在内的其他文化构成致命冲击，使之逐步解体的进程。如诗人范当世所云："呜呼！机器兴而耶稣之道左，吾道亦将微矣。"[3]特别是中国文化原本自成一体，在近代以来百

---

[1] 特拉克尔诗及其解读，参海德格尔《诗歌中的语言》一文；格奥尔格诗及其解读，参海氏《语言的本质》一文，二文均载海氏《在通向语言的途中》，孙周兴译，商务印书馆，1997年；荷尔德林与里尔克诗及其解读，参海氏《诗人何为》一文，载海氏《林中路》，孙周兴译，上海译文出版社，1997年。

[2] 让·斯塔罗宾斯基《镜中的忧郁》"序言"，郭宏安译，华东师范大学出版社，2012年，第52页。

[3] 《书日本高松保郎上使臣书后》，《范伯子诗文集》，范当世著，上海古籍出版社，2003年，第463页。

多年的时间里，在一次又一次中西之争的屈辱中，不得不由自信、自傲渐转为自卑，同时自卑中又混杂自傲。甚至有学者断言，以1895年这个确定的年份为分界，中国士人/诗人的文化自信此后完全崩解。[1]因此中国士人/诗人的现代性忧郁，实际上与西方现代性交织在一起，既具有相似的精神气质又具有基于自身历史与现状的特有内涵。姑举两个晚清以来诗人习用的意象为例。一是夕阳，如黄遵宪："朝朝曳杖看山去，看到斜阳莫倚栏。"（《寄怀丘仲阏逢甲》）康有为："萧槭西风催落日，羸驴驮我过卢沟。"（《过卢沟桥望西山》）张之洞："众宾同洒神州泪，尊酒重哦夜泊诗。霜鬓当风忘却冷，危栏烟柳夕阳迟。"（《登采石矶》）郑孝胥："墙外红尘自帝京，葡萄新枣竞秋声。人生几许薑腾味，看尽西廊晚照明。"（《秋声》）狄宝贤："危楼大有沧桑意，占断斜阳脉脉红。"（《沪渎感事》）[2]一是落花，以陈宝琛《感春》及《落花》四首、《落花续作》四首最著。特别是《落花》四首之第三首："生灭元知色即空，眼看倾国付东风。唤醒绮梦憎啼鸟，胃入情丝奈网虫。雨里罗衾寒不耐，春阑金缕曲初终。返生香岂人间有，除奏通明问碧翁。"第四首："流水前溪去不留，余香骀荡碧池头。燕衔鱼唼能相厚，泥污苔遮各有由。委蜕大难求净土，伤心最是近高楼。庇根枝叶从来重，长夏阴成且小休。"[3]这两首诗，王国维自沉前数日曾自书于扇面。落花与夕阳一起，成为在近现代欧风美雨肆掠、冲击

---

[1] 参阅葛兆光《中国思想史》第二卷第九节，复旦大学出版社，2009年。
[2] 参阅龚鹏程《论晚清诗》之第四节"晚清诗人之哀夕阳"、第五节"晚清诗之特色"，载氏著《近代思潮与人物》，中华书局，2007年，第188—189页。
[3] 陈宝琛《沧趣楼诗文集》，上海古籍出版社，2006年，第180页。

之下文化命运和诗人忧郁的象征。

诗人忧郁是世界范围的现代性现象。晚清以来，穿过"七万里戍来集此，五千年史未闻诸"[1]的中国现代性的烽烟，行进着一支忧郁诗人的队伍。其中，义宁陈氏——从陈宝箴、陈三立到陈衡恪、陈隆恪、陈寅恪、陈方恪等诸恪兄弟——三代诗人，尤其引人注目。这不仅因为他们对于文明与文化的传统同怀夕阳将坠、花果飘零之忧惧，而且因为，"义宁陈氏一门，实握世运之枢轴，含时代之消息，而为中国文化与学术德教所托命者也"[2]。从纵向看，义宁陈氏绵延百余年，参与和见证了晚清、民国直至中华人民共和国几乎每一次社会政治文化的重大事件及其心灵撞击，并且在诗歌中沉淀和折射出来；从横向看，义宁陈氏父祖、父子及诸恪兄弟之间既秉承"家族相似"的忧郁气质，又各具忧郁特质与诗学取向。研究义宁陈氏诗歌，将家族整体与个体差异结合，国史、家史与心史一体，具有中国现代性忧郁诗学的典范或指标意义。

二、被压抑的"余家变法"的现代性

陈寅恪《读吴其昌撰梁启超传书后》云："当时之言变法者，盖有不同之二源，未可混一论之也。咸丰之世，先祖亦应进士举，居京师。亲见圆明园干霄之火，痛哭南归。其后治军治民，益知中国旧法之不可不变。后交湘阴郭筠仙侍郎嵩焘，极相倾

---

[1] 黄遵宪《和钟西耘庶常德祥津门感怀诗》之八，《黄遵宪全集》，陈铮编，中华书局，2005年，第88页。
[2] 吴宓《吴宓诗话》，商务印书馆，2007年，第291页。

服,许为孤忠闳识。先君亦从郭公论文论学,而郭公者,亦颂美西法,……至南海康先生治今文公羊之学,附会孔子改制以言变法。其与历验世务欲借镜西国以变神州旧法者,本自不同。……据是可知余家之主变法,其思想源流之所在矣。"[1]这段话指出近代两种变法,一附会孔子改制,主张激进变法,以康有为等为代表,一借镜西法并历验世务,主张稳健变革,郭嵩焘、陈宝箴、陈三立等皆其属。不仅如此,这段话同时也提示了与义宁陈氏最切身相关的几个重要问题,包括与湖南的渊源关系;义宁陈氏虽主稳健变革,但并非自始至终如此,也经历了一个从激进到稳健的转变;而所谓稳健变革,不仅体现在论政从政,还体现在论文论学等其他方面。如陈宝箴、陈三立出生于江西义宁,与宋代诗人黄庭坚紧邻,深以义宁故里和乡贤黄庭坚为荣。陈宝箴《长沙秋兴八首用杜韵》(其二)云:"峰高回雁倚云斜,极目乡关感岁华。岳麓有情还绕廓,湘源何处可乘槎?霜天断岸飞遥笛,烟雨孤城咽暮笳。翘首黄龙居士宅,更无人问木樨花。"末联自注:"黄龙即幕阜,在义宁境,为长沙诸山之宗。黄山谷参黄龙祖师,以木樨香证'吾无隐乎尔'之义,即其地也。"[2]叹惋黄庭坚无人知赏,从反面见出推重之意,但正如这首诗将湖南岳麓山与义宁黄龙山连成一体一样,湖南对于义宁陈氏也意义重大。陈宝箴"少负志节,诗文皆有法度,为曾国藩所器"(《清史稿》本传),后出任湖南地方官,与郭嵩焘等人结交,终在湖南巡抚任上推行新政。甚至在诗学方面,连陈宝箴、三立父子同表钦佩的黄庭坚也端赖曾国藩而彰,陈三立《王浩思斋诗序》云:"世传

---

[1] 陈寅恪《寒柳堂集》,生活·读书·新知三联书店,2001年,第167页。
[2] 《陈宝箴集》,汪叔子、张求会编,中华书局,2005年,第1966—1967页。

江西派祖山谷，然自宋以还，吾乡诗人诚出于山谷者盖稀。匪徒吾乡而已，数百年间，举世靡靡，殆皆不引以为重。自曾文正笃嗜而孤揭之，风趋稍一变。"[1]郭嵩焘出使英国，为当时睁眼看世界的少数士大夫之一，陈三立亦受郭氏等人影响甚巨，成为陈宝箴身边推动新政的主要筹划者之一。值得注意的是，陈宝箴、三立父子生逢世难频仍之际，每每激忿不平，如陈宝箴入京应进士举，适逢英法联军火烧圆明园，痛哭南归，时人亦以"郁勃""抑郁不平"作其人物品鉴，[2]但其仕宦生涯尚以稳健吏能著称，与郭嵩焘等人的交游当是其由激进趋稳健的原因之一。陈三立亦复如此，其《庸庵尚书奏议序》云："往者三立从湘阴郭筠仙侍郎游，侍郎以为中国侈言新政，尚非其人非其时，辄引青城道人所称'为国致太平与养生求不死，皆非常人所能，且当守国使不乱，以待奇才之出，卫生使不夭，以须异人之至'，郑重低徊，以寄其意。侍郎世所目为通中外之略者也，其所守如此，时少年盛气，颇忽而不察，今而知老成瞻言百里，验若蓍蔡，为不可易。"[3]陈三立借为他人作序自述从少年盛气到老成追悔的变化，[4]再次向湘阴郭嵩焘致意。包括追怀父祖与郭嵩焘、眷眷难

---

[1] 《散原精舍诗文集补编》，潘益民、李开军辑注，江西人民出版社，2007年，第293页。

[2] 陈宝箴《书塾侄诗卷》后孙衣言评语："右铭（宝箴）壮年英达，忠肝古谊，郁勃如此。今游京师，将涉天下之事，其志可以有所施，而其抑郁不平，当更有甚焉者矣。"《陈宝箴集》，第1842页。

[3] 陈三立《散原精舍诗文集》，李开军校点，上海古籍出版社，2003年，第885页。

[4] 钱基博也将陈三立与王国维、康有为、严复、章士钊等人连类并举，认为他们"自始舍旧谋新，如恐不力，而晚乃致次骨之悔以明不可追者"。钱基博《现代中国文学史》，岳麓书社，1986年，第511页。

忘"余家变法"的陈寅恪在内，亦自述"少喜临川新法之新，而老同涑水迂叟之迂"[1]，以王安石、司马光当年故实做前后对比，说明自己也经历了与父祖类似的转变。

"余家变法"也在论学论文上体现出来。如针对时人在理学和心学上的畸轻畸重，陈宝箴强调不走极端的综合持平："聪明才智之士，患不在不明，而患躐等蹈空，无积累之学，宜多读朱子书；沉潜刻苦之资，患不在不勤，而患支离束缚，无归宿之途，宜兼读阳明书。"[2]陈三立《桐城马君墓志铭》谓马其昶古文："不渝乡先辈所传之法，而高洁纯懿，酝酿而出其深造孤诣，亦为乡先辈所互名其家者，莫能相掩也。"《钱榕初先生家传》谓钱基博古文："方今之世，橐籥怒辟，万流输汇，进取树立，或吾前哲未及窥，然必当有所据依以成其变化。"[3]指出在近现代的一切皆变之中传统诗文也不得不变，但须要有所受成地变。陈三立是清末民初数一数二的诗人，但饶有意思的，至少在其子陈衡恪、陈方恪眼里，散原精舍诗及其所代表的"同光体"也还有改进甚至超越之余地。陈方恪《柬费仲深先生韵》云："诗人同光来，著意趋迫窄。"若不满同光，《挽墨巢翁》云："望收闽海侪前辈，诗结同光孰替人。"诗人李宣龚去世，似又为同光传统能否延续忧心；《六月二十一日蔬畦作寿欧之会于苏堂分韵得首字》云："迩来百年号祧宋，深衣著漆梃击缶。摘奇援佛亦惝恍，若起九原应疾首。何当生际嘉祐初，归扫翁门焚敝帚。"[4]对于同

---

[1]《寒柳堂集》，第168页。
[2]《答易笏山书》，《陈宝箴集》，第1819页。
[3]《散原精舍诗文集》，第1072、996页。
[4]《陈方恪诗词集》，潘益民辑注，江西人民出版社，2007年，第31、116、107页。

光诗人宗黄庭坚而生的"摘奇援佛"与"著意迫窄",陈方恪尝试推举另一位宋诗领袖欧阳修来做平衡。陈衡恪《范罕〈蜗牛舍诗〉序》云:"吾师周印昆先生论吾父诗为有清诗人之殿,亦旧诗之殿。时世日新,后之诗人所以自为所以讽人对物者,必大异于昔所谓新与旧也。彦殊年才五十,前所蕴藏与老辈,若后所感写又将何若?此不可有所假借,又无所用其依违,盖诗教转掖之键也。"内兄范罕(彦殊)为诗人范当世之子,陈衡恪此序一方面说"前所蕴藏与老辈",一方面又说"若后所感写又将何若",实际上提出了范当世、陈三立之后如何写诗、写什么诗的问题,并将之提升到诗史转折的关键地位。兹事体大,在这篇序里,陈衡恪未曾尽展,但其《俞剑华〈最新图案法〉序》云:"必取东西人之书以为津筏,得此津筏,然后博求中外之材料,或仿效,或修改,或扩充,或融化,不失诸己,亦不自封,则吾国之特征,或不致被埋没,吾国之死物,乃可有生气矣。"[1]讲的是绘画,而诗学的理路和进路亦在其中。

但是,在实际历史进程中,陈寅恪所区分的两条现代变法之路,却是以康有为式的激进变法对"余家变法"的全面压倒而呈现和展开的。陈宝箴《赠张翁序》曾叙医生张翁为己治病经历,有人非议下药太缓太轻,张翁坚执不可,作者病愈后闻言感慨:"嗟乎,岂惟医哉!古今之变,天下之乱,皆是也。其始也,阘葺养奸,上下姁姁,以为无事;继而祸机已兆,侥幸喜功之徒抢攘抉裂,为之扬其焰而激其波;及其既炽,则又以软庸选懦号为持重者愒日玩岁,以长蓄之,至于溃决不可收拾。于是百喙沸腾,朝夕丛脞,攘臂起者如潮起飙发,而实无补于

---

[1]《陈衡恪诗文集》,刘经富辑注,江西人民出版社,2009年,第205、203页。

天下之事，卒至元气剥耗已尽，而助之亡。"[1]这在陈宝箴为从医学出发的联想，对激进社会政治有所预感，有所警醒，但在陈三立，则是身经目睹的现实危机及惨痛的后果与教训。其《庸庵尚书奏议序》云："窃维国家兴废存亡之数，有其渐焉，非一朝夕之故也。有其几焉，谨而持之，审慎而操纵之，犹可转危而为安，销祸萌而维国是也。吾国自光绪甲午之战毕，始稍言变法，当时昧于天下之大势，怙其私臆激荡驰骤，爱憎反覆，迄于无效，且召大衅，穷无复之。遂益采嚣陵之说，用矫诬之术，以涂饰海内外耳目。于人才风俗之本，先后缓急之程，一不关其虑。而节钺重臣为负时望预国闻者，亦复奋舌摩掌，扬其澜而张其焰，曲徇下上狂迮之人心，翘然以自异。于是人纪之防堕，滔天之象成，而大命随之矣。"[2]而在陈三立当年看来，这一波又一波的激进思潮不断推波助澜，至辛亥已及于危机之极，但在诸恪兄弟，危机又似乎才刚开始，所谓"一局棋枰还未完，百年世事欲如何"[3]。陈隆恪《雪夜独酌感愤》云："忆昔扶桑侣英少，腾挈豪气吞天庭。等闲论辩誓节义，揶揄时政矜独醒。一朝归国猎富贵，十年封殖空凋零。……倒持钩轴殉儿戏，挟党横议干神灵。"[4]将同辈留学人物的言行做今昔对比，而今日种种倒行逆施实际上与昔日激情豪气一脉相承。陈隆恪同时所指出的"挟党横议"，在陈寅恪那里则变本加厉，一方面党化教育极端钳制思想，如《癸未春日感赋》云："读书渐

---

[1]《陈宝箴集》，第1832页。
[2]《散原精舍诗文集》，第885页。
[3] 陈寅恪《甲辰五月十七日七十五岁初度感赋》，《陈寅恪集·诗集》，生活·读书·新知三联书店，2009年，第154页。
[4] 陈隆恪《同照阁诗集》，张求会整理，中华书局，2007年，第4页。

已师秦吏，钳市终须避楚人。"国民党"以党治校"犹李斯"以吏为师"，士人恐招杀身之祸；[1]另一方面一味趋奉他人，失去文化自主性，如《题冼玉清教授修史图》云："国魄销沉史亦亡。"20世纪前期中国学术所受日本学风影响甚巨，中国史学已失正统，而降及50年代，向苏联一边倒，从政治到文化、从制度到思想无不崇苏，远甚于当年之崇日。[2]因此，义宁陈氏所舍弃的激进成为主流，所坚持的稳健被斥为保守。这也成为他们的忧郁之源，而忧郁是双重的，既有对曾经激进的忏悔，又有对激进成为主流所身受的压抑。

三、义宁陈氏的父祖记忆与家国怀旧

义宁陈氏原本与传统家国、文化联系紧密，对社会、文化具有总体的理解，但激进变革的现代性截断了这些联系与理解，将诗人抛入个体的孤立无援之中。"乾坤泡幻局如棋，独立苍茫事可悲"[3]"我生于世如病叶，满蚀虫痕加霰雪"[4]，陈宝箴、陈三立固不必说，诸恪兄弟的哀怨与哀毁犹有过之。陈隆恪《器伯叠方字韵寄诗奖誉谢答九叠韵》云："纷纭换骨求仙日，莫溷佳人锦绣肠。"陈寅恪《文章》云："白头宫女哈哈笑，眉样如今又入时。"[5]1949年后，两兄弟一在上海一在广州，同致不能脱胎换骨、跟上时代之慨。不仅如此，陈隆恪《雨夜枕上作》

---

[1] 参阅胡文辉《陈寅恪诗笺释》，广东人民出版社，2008年，第256—257页。
[2] 同上书，第564—565页。
[3] 《长沙秋兴八首用杜韵》之四，《陈宝箴集》，第1967页。
[4] 《次答蒿叟叠用东坡聚星堂咏雪韵寄怀》，《散原精舍诗文集》，第645页。
[5] 《同照阁诗集》，第288页；《陈寅恪集·诗集》，第78页。

云：" 欲蹈已无秦帝海，相逢难避杞人天。"陈寅恪《庚寅春日答吴雨僧重庆书》云：" 菜把久叨惭杜老，桃源今已隔秦人。"陈方恪《谿饮庵杂诗》云：" 在家苦缠缚，出家犹赘累。世出世间法，吾其安所之。"[1]更不约而同写出了无所立于、无所逃于天地之间的现代性困境。诗人只有转而在诗中尝试重建这些联系与理解，一个重要的表征是义宁陈氏诗歌中始终萦绕不散、绵延相续的怀旧式回忆。如对咸同以来所谓中兴、承平的追记，自陈三立始就一直是不断咏叹的主题。《夜舟泊吴城》云：" 犹怀中兴略，听角望湖亭。"《赠袁伯夔》云：" 武烈翊中兴，楚材冠当代。"前一联是陈三立路经江西名镇吴城，怀想当年曾国藩在此操练水师，后一联赠学生袁思亮，赞叹曾国藩在湘乡重续桐城文脉。陈隆恪《五月十五夜三潭映月作》云：" 彼岸荆榛空塔毁，中兴勋业废庵擎。"[2]西湖之畔的雷峰塔倾圮，而湘军名将彭玉麟故居退省庵差幸犹存。陈三立、陈隆恪追记咸同人物曾国藩、彭玉麟，陈寅恪、陈方恪则将所谓"中兴"下延至光宣之际，如陈寅恪《王观堂先生挽词》云：" 依稀廿载忆光宣，犹是开元全盛年。"[3]陈方恪《己卯上巳爱居阁主人召集禊饮于廨宇之西园分韵得犹字》《周梅泉仁兄世先生六十寿庆》回顾梁章钜、张之洞、周馥等"中兴数名辈"。咸同在陈三立等的记忆里最熟悉最切近，但又似乎消逝得最久远、最陌生，光宣在陈寅恪等亦然。这正如陈方恪《墨巢翁以和荆公金陵怀古韵见寄抚今追昔慨然成咏》所云："中兴遗概犹能及"，不免庆幸，但

---

[1]《同照阁诗集》，第81页；《陈寅恪集·诗集》，第72页；《陈方恪诗词集》，第13页。
[2]《同照阁诗集》，第79页。
[3]《陈寅恪集·诗集》，第13页。

"一逝吁难求""零落朱丝弦",[1]又不免神伤;中兴遗概与丝弦零落皆及身而见,在同一之身形成尖锐对比。终晚清之世,政教庶败,光宣去咸同更等而下之,但陈寅恪犹以开元盛世作比,与其说是出于史家的理性,不如说是出于诗人的幽怀,实在也是诗人所处的当时当地去光宣更等而下之。陈隆恪《无锡秦君属题山水卷子》云:"馀恋承平天不语,梦随风月有江南。"《独醉遣怀再次淘咎韵》(之二)云:"追恋承平意气骄,江南遗恨系金焦。"[2]陈寅恪《庚辰元夕作时旅居昆明》云:"鱼龙灯火闹春风,仿佛承平旧梦同。"《丁亥元夕用东坡韵》云:"旧京节物承平梦,未忍匆匆过上元。"[3]所谓中兴勋业、"开元盛世",不过是在另一个消逝了的时空里馀恋、追恋的旧梦,不语、未忍的遗恨。

社会学家基思·特斯特指出,怀旧是现代性的一项特征,它来源于某种认识,即现在是有欠缺的;尤其令人注目的是,这种认识可以用来指历史的重大衰落,用于往昔伟大帝国之类的衰微,还可以用来指身份认同的衰微,以及对于存在的意义和性质的那些重要解释的衰微。[4]对于义宁陈氏,这些衰微当然也包括了家族的衰微在内。通过陈三立对陈宝箴,诸恪兄弟对陈宝箴、陈三立的追忆和缅怀,义宁陈氏的家国忧思获得了最切己的表达;而这些追忆和忧思同时还延展、扩散至于故地、故居、故人、故事、故物等,在更广阔的社会文化的截面上、

---

[1] 上引陈方恪诗句,分别见《陈方恪诗词集》,第70、76、99页。
[2] 《同照阁诗集》,第137、158页。
[3] 《陈寅恪集·诗集》,第29、58页。
[4] 参阅特斯特《后现代性下的生命与多重时间》,李康译,北京大学出版社,2010年,第70—71页。

在陈寅恪所谓"国身通一"的意义上使义宁陈氏家族的衰微与特斯特所说的其他衰微交织在一起。如陈宝箴，其任湖北按察使时的武昌臬署、任湖南巡抚时的长沙抚署、遭革职后在南昌附近所筑崝庐（死后亦葬此）三地，最为陈三立及诸恪兄弟所瞻仰与追怀。陈衡恪《范仲林〈蜂腰馆诗集〉跋》云："当壬癸之际，海内乂安，无兵革水旱之患。南皮张公方督湖广，儒雅宏达，荟萃一时。而武昌为江汉要区，四方贤俊过者，辄相与流连游燕，文酒之盛，无逾于此。"[1]直至在日本留学，陈衡恪、陈隆恪还分别作诗怀念武昌臬署乃园的梅花，认为是平生印象最深的胜景之一。这些无疑也都属于所谓"中兴记忆"的一部分。而长沙抚署，陈宝箴在此既达于极峰也跌于谷底，陈氏后人也在悲欣交集之中益显其悲。陈隆恪先后作《长沙将见六弟于旧抚署计侍先祖去此二十年矣抚念今昔怆然有赋》《题五十年前余九龄时与六七两弟康九两妹于长沙抚署后园又一村摄影》，两诗的基调早在前一首就已确立，其后近五十年未曾变更，所谓"廿年兴废供弹指，往事迷离共断魂"[2]。陈隆恪诗题里的"六弟"即陈寅恪，他也许是诸恪兄弟中湖南情结最深的，父祖在此地的事功成毁总是牵动其史家情思："儿郎涞水空文藻，家国沅湘总泪流。""死生家国休回首，泪与湘江一样流。"[3]陈宝箴的崝庐，陈三立、陈方恪先后曾作《崝庐记》《鸾陂草堂小记》，情韵流美。散原精舍诗及诸恪兄弟诗中更屡为崝庐的一草一木而情不能已。陈三立有诗《题朱文公题字石

---

〔1〕《陈衡恪诗文集》，第201页。
〔2〕《同照阁诗集》，第1页。
〔3〕《寄瞿兑之》、《答王啸苏诗》之三，《陈寅恪集·诗集》，第79、127页。

刻》，诗序云：光绪初年扬州某人掘得朱熹手书"容膝"二字石刻，"其乡李氏子携以贻先侍郎（陈宝箴），崝庐落成，遂嵌诸壁。且谓容膝二文与庐同趣，有符宿谶。……哀感有作"。诗云："渊明断句紫阳碑，江海将携听客为。七百年来几陵谷，两三椽与照蛟螭。竟符宿谶摩挲地，独记行吟惨澹时。后死争能共胸臆，绵绵神理孰成亏。"[1]末句与诗序里的"哀感"呼应，担忧后来之人还能否像其父之于朱熹一样与古人、与传统胸臆相通。陈衡恪在诸恪兄弟中年最长，曾亲随祖父杖履，其《崝庐晚眺》之一云："辟世无乾土，攀天有断霞。昔年随杖处，日暮点飞鸦。"之二云："沧海担簦客，荒山拜墓人。……婆娑女墙树，牵袂若相亲。"[2]随杖之处已不可及，唯墓庐之畔树与树枝叶相亲，还依稀可见昔年祖孙牵袂的影子。陈隆恪晚年病居上海，其《长至日感赋二首》之一云："葱郁西山下，先公拜墓时。运移犹此日，身老亦孤儿。宿草春能探，丰功世欲遗。崝庐断肠句，披卷昊天知。"[3]只能于病榻之上遥祭父祖。而正如陈隆恪诗中所忆想的，陈三立生前若无战火等阻隔每年必至崝庐拜墓，每至必作拜墓诗。吴宓《读散原精舍诗笔记》云："崝庐岁岁拜墓有诗，直似顾亭林之屡谒天寿山陵矣。""皆真挚感人，为集中之骨干。类黄公度《拜先大母李夫人墓》诗，而又眷怀君国，忧心世变，寓公于私，尤可得知先生之抱负与此时代之历史精神也。"[4]

陈寅恪《有感》诗云："葱翠川原四望宽，年年遥祭想荒

---

[1]《散原精舍诗文集》，第67—68页。
[2]《陈衡恪诗文集》，第37页。
[3]《同照阁诗集》，第327页。
[4]《吴宓诗话》，第287、285页。

寒。""一代简编名字重，几番陵谷碣碑完。"遥祭其父陈三立。陈三立《阅报义宁平江之交有战事所取道恐当先茔邻近愁思写此》云："杀人盈野寻常事，溅血休污蔽冢松。"[1]忧惧义宁附近的战火延烧先茔；而陈寅恪《有感》诗不仅感叹不能亲临拜祭，更担心历经世乱而侥幸完存的一代诗人之墓，在若干年后河清海晏的新时代反而恐难保全。墓茔不过是一个小小象征，它原本象征死亡和消失，但在这里似乎只要它还在，逝者的事功、文章以及凝结于其中的政治、文化理想也就未泯。而一切象征物都是易脆的，唯其易脆所以珍护爱惜，所以短暂狂喜所以长久忧伤。"忧郁者的眼睛盯着非实体和易消亡的东西：这是他自己的反射的形象。"[2]所以也不难理解，义宁陈氏何以为父祖有关的每一件"微物"，倾注那么多精力。如在某人家里看到陈宝箴的一封书札，陈三立难抑心头感伤："开视反复，恍惚含毫吮墨几侍侧时。呜呼！三十年之间，世非世而人非人，吾两家子弟，犹忍对此述先烈，数耆旧，狎玩千劫而出一语耶？巫阳来下，独有泪痕渍纸上而已矣。"[3]诸恪兄弟亦莫不如此，如以陈隆恪为例：在崝庐看到陈宝箴所书"天恩与松菊，人境拟蓬瀛"门联，在某人故居看到陈三立所作碑记，不禁恍觉"蓬瀛一梦儿孙老""西风吹泪湿残年"。[4]不必说义宁陈氏常常入诗的牡丹、梅花、兰竹，即一枝普通的山枇杷，也因为陈三立重新命名而有了特别的意义。陈隆恪《云锦花土人名枇杷即白香山所咏之山枇杷也先

---

[1]《散原精舍诗文集》，第653页。
[2]《镜中的忧郁》，第106页。
[3]《陈宝箴集》，第1660页。
[4]参阅《清明日青山展墓》，《过花径吊李拙翁二绝》之一，《同照阁诗集》，第74、250页。

君锡以今名》云："婆娑宠荷嘉名后，今日重开溅泪花。"这是陈三立刚去世后的睹物思人；《夏日还山居门前云锦花一枝灿发不见此花八稔矣惊喜折供瓶中缀一绝》云："劫罅春销叶底潜，待谁留艳拨眉尖。"[1]这是八年全面抗战历难之后重遇故物的即悲即喜。此外，陈隆恪还有与诸弟不约而同的感慨，如陈隆恪《客南京寄寓舅氏俞园相对故居怆感赋此》云："灯火邻犹在，楼台燕不猜。"陈方恪《庚寅上巳二适植梅招集蓬梗斋分韵得碧字》云："岂知卅载后，猥作邻家客。"[2]都对多年之后自己作为故居的"邻家"之客身份而倍感尴尬和怆然；陈隆恪《八月十日闻日本乞降喜赋》云："霜裳涕泪悬家祭，避地形骸负国恩。"陈寅恪《乙酉八月十一日晨起闻日本乞降喜赋》云："国仇已雪南迁耻，家祭难忘北定诗。"[3]都未敢或忘诗人父亲在抗战军兴之际拒与日人合作，绝食而死的文章气节。陈三立《八月廿八日为渔洋山人生辰补松主社集樊园分韵得鲁字》云："诸公骚雅关运会，不废江河殉初祖。"陈衡恪《题西泠感旧图》云："列宿光芒觇运会，及身謦欬接波澜。"陈方恪《以歙井字砚赠补民媵以长歌》云："不惟微物关世运，要与人文同退藏。"[4]义宁陈氏所念兹在兹的父祖事功、文章，所眷之恋之的父祖手泽、遗物，都是当年及身而接、心传不死的人文风流，而所谓"觇运会""关世运"当有两解，一是在社会时代的潮流面前，某些观念价值、人物典型似乎被命定地边缘化了，一是这些价值、典型虽暂时边缘化，但从

---

[1] 《同照阁诗集》，第155、249页。
[2] 同上书，第97页；《陈方恪诗词集》，第103页。
[3] 同上书，第244页；《陈寅恪集·诗集》，第49页。
[4] 《散原精舍诗文集》，第382页；《陈衡恪诗文集》，第64页；《陈方恪诗词集》，第50页。

一个可预期的长时段看又必定是不可或缺的。陈寅恪所谓"吾侪所学关天意""文章存佚关兴废",[1]亦当作如是解。

"已迷灵琐招魂地,馀作前儒托命人。"[2]即使招魂无地,托命无人,在义宁陈氏,似乎至少犹可在父祖兄弟之间传递这一近乎悲壮的、自觉的文化使命。如从陈三立到陈寅恪的"门存诗"即是一例。门存诗会是1901至1902年间东南诗坛的一次盛事。陈锐《门存诗记》云:"余不工七言律诗,偶作辄弃去。辛丑需次白门,曾赋一律赠陈伯严,彼此旋叠韵至数十首,海内和者殆千数百首不止。伯严拈诗中起结韵题为门存诗,梓而行之,亦一时之盛也。"陈三立光绪壬寅(1902)有诗题曰《去冬赋门存诗三十首,后虽承海内诸贤更倡迭和,亦不复成句,无以应之,愀然有才尽之叹。顷者黎君薇生、谭君组荪乃仍于长沙继和不已,薇生更以四诗寄余,且责和章,感而缀此,用博嗢点,并使知二十世纪一中等行星内,有潦倒不自忖量如余者也》,[3]均可想见盛况特别是主角人物陈三立当时心境。陈衡恪身与其盛,作门存诗数首。[4]1902年,陈隆恪、寅恪还是少年,陈隆恪作《花朝兑之生日聚饮卫乐园和兑之韵》,已是半个多世纪以后,陈寅恪则在1919年作《无题》,1927年作《春日独游玉泉静明园》,1945年作《甲午除夕自成都存仁医院归家后作》《甲申除夕病榻作时目疾颇剧离香港又三年矣》,1965年作《甲辰广州除夕作》,时间跨度也有近

---

[1] 《挽王静安先生》、《广州赠别蒋秉南》之二,《陈寅恪集·诗集》,第11、98页。

[2] 陈三立《余过南昌留一日渡江来山中适闻胡御史亦至有任刊豫章丛书之议赋此寄怀》,《散原精舍诗文集》,第453页。

[3] 《散原精舍诗文集补编》,第253页。

[4] 《和陈伯弢丈》《雁》《菊》,《陈衡恪诗文集》,第18页。

半个世纪。陈隆恪《花朝兑之生日聚饮卫乐园和兑之韵》云:"氤氲淑气掩千门,携榼逢辰一笑存。奇服群英哄海屋,故家乔木重牺尊。莺花作主开新境,风雨流空洗旧痕。并世须眉天可证,何须追话阿婆孙。"陈寅恪《春日独游玉泉静明园》云:"犹记红墙出柳根,十年重到亦无存。园林故国春芜早,景物空山夕照昏。回首平生终负气,此身未死已销魂。人间不会孤游意,归去含凄自闭门。"[1]陈隆恪诗系与晚清重臣瞿鸿禨之子瞿兑之同作,末句"阿婆孙"乃当年都曾在陈瞿两家服务过的女仆,陈寅恪诗颈联下句用南唐旧臣徐铉的李后主挽词"此身虽未死,寂寞已销魂";不仅门存诗的形式,包括门存诗的具体内容和情感基调,都与陈三立当年相去不远。陈三立《湖吁唱和集序》云:"昔余有《门存唱和集》之刻,狃于好事,爰为辑存,命之曰《湖吁集》。嗟呼,已逝之境与已逝之心,天人无可奈何,犹欲追系而把玩之,非愚则诬,而舍是将安归乎?余老矣,且为沉哀垂死之人,气不复阳,兹得湖海诸子盛播歌咏,杂投几案间,震耳目,荡魂梦,幸假以自遣而暂忘其所遭也。"[2]序作于1924年,陈三立将两次刻集连类并题,前后相隔二十余载心绪未变。在义宁陈氏,从晚清、民国到中华人民共和国,时针和年轮都仿佛停止了转动。

四、忧郁的类型与诗艺(上):陈宝箴　陈三立　陈寅恪

现代性转折时期特殊的人生经历加上天性,使得义宁陈氏

---

[1]《同照阁诗集》,第314—315页;《陈寅恪集·诗集》,第11页。
[2]《散原精舍诗文集补编》,第289页。

的忧郁各个不同，在诗歌中也各有特殊表现。陈宝箴《苏畹学博从常宁矿厂以石山五枚见贻，并缀以诗，瑰玮雄奇，雅与石称，率次韵戏酬》是其在任湘抚时期仅存的两三首诗之一，尾句有云："此日济时须楚宝，看君满载万艘回。"[1]开办矿山是新政的重要内容，从诗题和诗句可以想见诗人一时豪情。不过，在此之前，陈宝箴"不甚通显，中更挫跌，罢废八稔"，在此之后，"竟获严谴"。[2]早有宏图大略，本性自信豪迈，但在一生大部分时间里却也不得不为"挫跌"与"严谴"所屈。其《致欧阳润生书》云："忆自少时有意当时之务，常不免有愤嫉牢骚之意。咸丰庚申之役。燕市痛哭，几不欲生。自与尹杏农论《易》后，此中洒然……从此与身世进退得失之故，如放虚舟于中流，听其所止而休焉。"[3]自述从壮怀激烈到虚舟恬退，看似演变分明，但实际具体到血肉之躯与心灵纠结，却又并非如两点之间直线那般斩截。《易笏山出都将为从军之行，作长歌行以送之》云："吾谋不用事不已，一寸冬心寒未死。""苍生未尽贼未死，安能郁郁偃息沉江湖？"《赵州道中》云："燕市雄心自未休，酒酣含笑把吴钩。"《入都过章门，李君芋仙出庄少甫画松见赠，并与曾君佑卿、朱君蘋洲各缀诗为别，答题二绝句》（之一）云："良材偃蹇天应惜，肯作寻常艸下桐？"[4]虽然字里行间透露着失意与不平，但岂肯偃息、偃蹇，雄心、寒心依然不死。所谓恬退，不过是强烈的用世之心自感"挫跌"之后的一种心理防御机制。在《感事》诗里，陈宝箴将多种人

---

〔1〕 《陈宝箴集》，第1963页。
〔2〕 陈寅恪《寒柳堂记梦未定稿》，《寒柳堂集》，第187—188页。
〔3〕 《陈宝箴集》，第1647页。
〔4〕 同上书，第1961、1962、1964页。

生选择并置："忧世如禹稷，乃可非巢由。……咄咄糠秕士，营营升斗谋。慷慨谢猿鹤，赵趄干王侯。……富贵非吾愿，夔龙不可俦。……散发自兹去，浩然陵沧州。"[1]看似心许巢由，但实在也是不屑自营富贵、不能禹稷忧世的不得不然，毋宁说最终归属的还是禹稷的忧世。湖南是陈宝箴最初和最后的仕宦之地，也是很长时间里志不能伸的伤心之所。《长沙秋兴八首用杜韵》第一首云："灵均旧曲千秋感，估客征帆万里心。"第三首云："贾傅祠边吊夕晖，萧萧落叶晚风微。"这组诗遥接屈原、贾谊，中续杜甫、黄庭坚，近抚内忧外患，抒发的是"乾坤泡幻局如棋，独立苍茫事可悲"[2]的郁勃情怀。而如果说这么多年来，陈宝箴时有失望究未绝望，但年届花甲，时不我待，也不由得不心生万念俱灰之感。《侨寓湘中六十初度避客入山咏怀》（之四）云："际遇固偶然，利钝焉可说？不如洴澼𬒈，世世乃吾业。茕茕守妻子，温饱送日月。"终于明白事不可为，尤其最后一联——在早年的《吴城舟中寄酬李芋仙》里原有诗云："本来温饱非吾辈，未必浮沉累此身。"在近年的《长沙秋兴八首用杜韵》（之六）也有诗云："独愧尚为温饱累，不偕徐孺往南州。"[3]但此时此刻，一个本以一己一家的温饱为愧的人却似乎注定了只能以一己一家的温饱为念。《侨寓湘中六十初度避客入山咏怀》（之六）云："穷儒强解事，借口后世名。后世乃为谁？遽足为重轻。……但看天汉上，乃识严君平。"[4]在与"穷儒"的辩白中，一如既往地表示欲立当世功，不要后世名，

---

[1] 《陈宝箴集》，第1960页。
[2] 引诗俱出《长沙秋兴八首用杜韵》，《陈宝箴集》，第1966—1967页。
[3] 《陈宝箴集》，第1972、1965、1967页。
[4] 同上书，第1972页。

但当世之功终不可立，也只有到人已六十，陈宝箴诗尾所表达的隐退思想才显得比以往任何时候都更为真实。当然，随后不久被擢任湘抚是陈宝箴所意想不到的。就像数年之后因新政被"严谴"也出乎意料一样。在戊戌前后的忽起忽落面前，陈宝箴的心境用陈隆恪的事后追忆是"吾祖挂冠归，孤抱叩苍冥"[1]。用他自己《致张之洞》信中的陈述是"热血乍冰"。[2]废退后的陈宝箴只留诗一两首，《西山》诗云："四望渺然人独往，天风为我洗尘衣。"《葬齿诗》云："一齿先予同穴去，顽躯犹自在人间。青山埋骨他年事，未死还应饱看山。"[3]这些诗也许真像论者所云"其意洒然有以自得者"[4]，不过，在洒然恬退的背后，其实是热血乍冰的孤抱，就像在湘抚之前的诗里流淌的是总也难以降温的热血。

陈宝箴曾在一封信里谈到戊戌以后的陈三立，"经此家国巨变，痛极万状，虽病不肯服药。日前进药，竟将药碗咬碎，誓不贪生复活"[5]。倔强不甘之气与其父不遑多让。但又与其父不同，其《九江江楼别益斋》云："撑肠秘怪斗蛟螭。"《午诒自蜀至有诗见讯次答一首》云："倒海难浇万怪肠。"《息存翁见示倦知庐宴集诗次其韵》云："块独谁窥怪变胸。"[6]倔强不甘之气郁勃，陈三立翻以"秘怪"之胸、"万怪"之肠名之。而

---

[1] 陈隆恪《中元日偕闺人婉芬青山展墓宿崝庐》，《同照阁诗集》，第74页。
[2] 《陈宝箴集》，第1621页。
[3] 同上书，第1979页。
[4] 李肖聃《星庐笔记》，《陈宝箴集》，第1979页。《西山》诗系陈宝箴废退后作，亦据李说。
[5] 陈宝箴《致俞明震》，第1680—1681页。
[6] 《散原精舍诗文集》，第188、322、659页。

这样的诗人之"胸"、之"肠",又首先与"怪变""光怪"的种种现状与现实相关。《寓楼漫兴》云:"市门蹀躞偕亡命,江海浮摇此寓公。欲觊九幽穷怪变,何堪一掷问雌雄。"[1]戊戌废退,尤其是辛亥"国变"之后,陈三立流寓东南,所谓"怪变",那是包括了个人的蹀躞亡命、江海浮摇以及国家、民族的前途未卜、雌雄难定等在内的。不仅如此,"江气成黄白,岩霏斗怪妍。""腾霄光怪湖山气,破寐芳馨兰蕙春。"[2]"秘怪"之胸、"万怪"之肠所被所及,连山水自然也仿佛山精出其里、水怪入其中,光怪斗妍,非比寻常。诗人秘怪之胸、万怪之肠与如此自然和社会现实的光怪、怪变相遇,形之于诗,则是光怪的诗风与诗境。如《人日樊园探梅限三肴韵》云:"向晨诗肠吐光怪,火齐磊砢悬林梢。"[3]《八月廿八日为渔洋山人生辰补松主社集樊园分韵得鲁字》云:"我辈今为亡国人,强托好事围尊俎。……爬剔物怪写离乱,自然变徵音酸楚。"[4]前一诗为探梅所作,从诗人诗肠吐出的光怪诗句就像眼前盛开如火的梅花;后一诗写于纪念王士禛生日的一次雅集,诗人自觉意识到抒写亡国的离乱之痛自不免满纸物怪、音调酸楚。最终,光怪的诗肠、光怪的自然与社会现实、光怪的诗风诗境实际上合三为一,而尤以光怪诗肠为统摄。所以,诗人陈三立推崇光怪,其《挽周伯晋编修》云:"文章光怪布天下,故事流传辨劫灰。"《登楼望西山二首》之二论范当世云:"感时叹世出文字,搜幽揽怪谁匹俦。"《为李审言题慈竹居图》云:"发为文章足光怪,排荡

---

[1]《散原精舍诗文集》,第316页。
[2]《江上》《题王尺荪暗园诗卷》,《散原精舍诗文集》,第206、204页。
[3]《散原精舍诗文集》,第348页。
[4] 同上书,第382页。

淮海驱雷霆。"《题王梦湘太守匡山戴笠图》云："行吟手稿径寸厚，光怪奇谲挂人口。"[1]他甚至将孕育和创造"光怪"提升到人与生俱来、唯人所具有的一种能力或特质，《读侯官严复氏所译英儒穆勒约翰群己权界论偶题》云："自有天地初，莽莽灵顽界。既久挺人群，万治孕变怪。"[2]陈三立所推崇的这些诗文光怪与否姑置勿论，在诗人自己，其诗学追求与实践倒的确非"光怪"二字莫称。如在陈诗中，原本只是液体、气体的物象，如露气、雾气之类，诗人吹之嘘之，使之凝、使之硬："西山隐天表，恍裹百重纸。""湖气酿为雾，层裹蚕栗纸。"[3]原本已是凝、硬固体的物象，如树木、山峰之类，诗人修之葺之，使之秃、使之锐："秃柳狰狞在""秃树晴逾众""坐窥奇峰各有状，赤岩银瀑若初吐。须臾大雾障裹之，旋复崩漏相捍拒。"[4]原本已是光秃、巉锐的树木、山峰，诗人往往再置诸雪下、月下或残阳之下，光之耀之，使之可惊可怖，如《晓望四山草树皆含冰晶莹如雪有咏》："茅戟耸冰枝，恐刲穷鸟魂。"《踏雪书触目》："晶甲如临十万师，森森白刃欲雠谁。"[5]陈三立必欲将笔下万象层层推进俾不复为自身原有状态甚且远离自身原有状态而后止，液体、气体而为固体，固体而为光秃、尖锐、高耸；另一方面，诗人于《梁节庵师傅六十生日》诗云："吐腹干莫铓，决荡万魔境。"于《题孙良翰居士所作画》诗云："蟠胸剑

---

[1] 《散原精舍诗文集》，第19、20、192、278页。
[2] 同上书，第83页。
[3] 《雨中望西山》《湖楼晓望》，《散原精舍诗文集》，第67、206页。
[4] 《园居三首》之二、《溪行》《晚抵东林寺宿》，《散原精舍诗文集》，第4、437、726页。
[5] 《散原精舍诗文集》，第690、692页。

气龙蛇动,吐作穿霞万仞山。"[1]诗人(画家)内心的想象力和表现力也像剑锋一般锐利、剑气一般升腾——诗人以此仿佛与笔下万象展开竞赛,笔下万象从自身原有状态向另一状态推进一尺,诗人的想象力与表现力则随之推进一丈,必欲与之往还"决荡"。而往还决荡的结果诗人可谓惨胜,《除日祭诗和剑丞》云:"瞥君祭诗作,哀锵碎冰铁。"《叠韵和樊山自寿长句》:"郁勃力可屈金铁,铿锵韵自戛璋玠。"[2]诗人哀锵之恸、郁勃之力可以"碎冰铁""屈金铁",露气、秃树、山石、冰柱等自也不在话下。

在陈三立散原精舍诗中,除了与光怪直面对决以外,还有另一种对待光怪的方式。兹全文引用陈诗二首为例。《感春五首》(之一)云:"蛰居环四维,桡桃袭春风。帷榻瞥幽幽,万象狡焉肆。好鸟低昂鸣,秃条引柔翠。暄寒圻穿极,警哉造化意。龌龊不訾躯,皮骨此焉置。驾鳌眩地折,煮龙骇海沸。丁子鸡三足,何者为吾类。一纵无翼飞,点滴牛山泪。十日射九垓,震荡以失次。反钥塞其扃,拘拘觊文字。得丧炉捶间,嗟尔挈瓶智。"《腊月二十五日由九江还金陵寓园》云:"龌龊垢俗胸,挽洗大江水。江水生波涛,中有雷霆起。残岁一身归,入门咤妇子。琐碎说踪迹,簏笥争料理。园池还我眼,烟波天光诡。冷竹咽酸风,败蕉卧污滓。瘦石环秃杨,狰狞怒相视。疏雨不成霡,余洒润窗纸。二三亲旧过,吐吻更拊髀。上有蜩沸嚣,下有鱼烂死。网罗弥四极,腾送鹊声喜。万化驻杯斝,婆

---

〔1〕《散原精舍诗文集》,第566、684页。
〔2〕 同上书,第208、286页。

娑亭榭美。摆落区中谈，疲魂媚尺咫。"[1]前一首主要从空间着眼写"蛰居环四维"的"万象"纷呈，后一首主要从时间落笔写一路到家旅程的"齷齪"难堪，自然与人事的方方面面无一惬意，"万象狡焉肆""狰狞怒相视"，都像尖锐的钝物一般逼迫着向诗人的视觉、听觉、感觉乃至想象压将过来！最终，诗人退无可退——在前一首诗里，诗人"反钥塞其扃，拘拘觊文字"，将一切反锁拒之门外，但凭写诗；在后一首诗里，诗人"摆落区中谈，疲魂媚尺咫"，在咫尺之地将息疲魂，但凭杯酒。诗人就像席勒所说的"感伤的诗人"，他沉思事物在他身上所产生的印象，面对的总是两个互相冲突的表象和感觉，一是现实，这是他的局限，一是他的观念，这是他的无限。[2]

相比陈宝箴、陈三立，陈寅恪的忧郁情怀在诸恪兄弟中与父祖最近。寒柳堂诗中有非常直致哀痛的忧郁表达，如开篇第一首《庚戌柏林重九作》云："兴亡今古郁孤怀，一放悲歌仰天吼。"《辛卯广州端午》云："唯有沉湘哀郢泪，弥天梅雨却相同。"《甲辰四月赠蒋秉南教授》云："河汾洛社同邱壑，此恨绵绵死未休。"《甲辰五月十七日七十五岁初度感赋》云："越鸟南枝无限感，唾壶敲碎独悲歌。"《丙午春分作》云："障羞茹苦成何事，怅望千秋意未平。"[3]不过，寒柳堂诗最令人印象深刻的还在于对用典艺术的新探索。本来，用典已是一项高度成熟以至烂熟的古代诗艺，但陈寅恪自创古典与今典合用，融数典于一典，也从而将自己微茫的情思隐匿于多重典故的交互掩映之中。聊举数例。

---

[1] 《散原精舍诗文集》，第 97、207—208 页。
[2] 席勒《论素朴的诗与感伤的诗》，载《秀美与尊严——席勒艺术和美学文集》，张玉能译，文化艺术出版社，1996 年，第 289 页。
[3] 《陈寅恪集·诗集》，第 3、79、151、154、175 页。

《戏题余秋室绘河东君初访半野堂小影》诗末联云："好影育长终脉脉，兴亡遗恨向谁谈。""好影育长"用《世说新语·纰漏》晋人任瞻（字育长）之典，任瞻"童少时，神明可爱，时人谓育长影亦好。自过江，便失志。……尝行从棺邸下度，流涕悲哀。王丞相闻之曰：'此是有情痴'"。谓自西晋亡后任瞻便丧魂失魄，性情忧郁。陈寅恪在本诗中又以任瞻事比拟钱谦益，谓其在明亡后怀旧伤今，郁郁不得志。而实际上，在任瞻、钱谦益背后，还有陈寅恪自己，目睹和身经太多的兴亡遗恨，将晋亡、明亡、清亡、民国亡等叠影在一起，身心的巨痛与寂寞，视任瞻、钱谦益犹有过之。[1]再如《乙酉居成都五十六岁初度有句云愿得时清目复朗，扶携同泛峡江船辛卯寓广州六十二岁生日忽忆前语因作二绝并赠晓莹》云："从今饱吃南州饭，稳和陶诗昼闭门。"用黄庭坚《跋子瞻和陶》诗："东坡谪岭南，时宰欲杀之。饱吃惠州饭，细和渊明诗。彭泽千载人，东坡百世士。生处虽不同，风味乃相似。"明以贬谪岭南的苏轼自比，但实际上将陶渊明、苏轼、黄庭坚等的有关故典与陈氏"闭户高眠辞贺客，任他嗤笑任他嗔"的不与流俗的今典打成一片，数典并用，郁勃情怀既隐匿深深又跃然纸上。[2]又如《乙未阳历元旦诗意有未尽复赋一律》云："高楼冥想独徘徊，歌哭无端纸一堆。天壤久销奇女气，江关谁省暮年哀。残篇点滴残山泪，绝命从容绝代才。留得秋潭仙侣曲，人间遗恨总难裁。"陈氏晚年旅居广州，目盲多病，仍穷十年之力写作《柳如是别传》，寄托家国之哀。其中，"江关谁省暮年哀"，首先庾信，身在北地而怀念江南故国；其次杜甫，其《咏

---

[1] 参阅胡文辉《陈寅恪诗笺释》，第942、944页。
[2] 同上书，第614页。

怀古迹》(之一)云:"庾信平生最萧瑟,暮年诗赋动江关",实际也寄寓了诗人自己的人生流转;再次,《柳如是别传》的主人公之一钱谦益,其入清以后的前明心事;最后,所有这些故典又都集中于寅恪一己之身,在人生暮年,在其所谓炎方之地广州,演绎钱柳姻缘,是异代才人之诗史,也是一代史家之心史。更可叹息哀惋的是,虽平生萧瑟,但庾信、钱谦益终能得杜甫及史家陈寅恪其人,幸不负"同情之了解",唯寅恪自己,"江关谁省暮年哀",解人难索,犹下其笔下人物庾信、钱谦益等一尘。另外,陈寅恪"早年熟读兰成赋"(1964年岁暮诗),中年以后先后著《庾信哀江南赋与杜甫咏怀古迹诗》《读哀江南赋》等诗史互证名文,晚年《论再生缘》有谓:"若就六朝长篇骈俪之文言之,当以庾子山《哀江南赋》为第一。"但都还只是欣赏与研究,直到1957年广州京剧团诗之一:"暮年萧瑟感江关",1960年《又别作一首》:"翻感江关庾子山",1962年小雪诗:"那能诗赋动江关",皆用此典,皆以庾信自况,则是与"江关谁省暮年哀"一起,在诗里,在暮年萧瑟的相近、相似乃至更为不堪的人生境遇之中,与庾信表示生命体验的认证与认同。[1]

　　与上引"天壤久销奇女气,江关谁省暮年哀"诗句相似,寒柳堂诗还创造性地将多重典故与一种特殊句式的运用结合起来,达到"哀复哀"的效果。如《红楼梦新谈题辞》云:"等是阎浮梦里身,梦中谈梦倍酸辛。"《红楼梦》写尽人生幻梦,而在人生幻梦之中谈论《红楼梦》,则不啻幻梦中之幻梦。《吴氏园海棠二首》(之一)云:"闻道通明同换劫,绿章谁省泪沾巾。"用陆游《花时遍游诸家园》"绿章夜奏通明殿,乞借春阴

───────
[1] 参阅胡文辉《陈寅恪诗笺释》,第859—860页。

护海棠"诗句而更下转语，不仅人世遭劫难，"通明同换劫"，天亦遭劫难，上天亦同人间一般流水落花春去也，故虽欲求上天护花而不可得。《壬午元旦对盆花感赋》云："劫灰满眼看愁绝，坐守寒灰更可哀。"用元好问《甲午除夜》"暗中人事忽推迁，坐守寒灰望复燃"诗句而更下转语，看寒灰愁绝、故望复燃，然终不可复燃、故愁上加愁。《广雅堂诗集有咏海王村句云曾闻醉汉称祥瑞何况千秋翰墨林昨闻客言琉璃厂书肆之业旧书者悉改业新书矣》云："迂叟当年感慨深，贞元醉汉托微吟。而今举国皆沉醉，何处千秋翰墨林。"张之洞以"贞元醉汉"事寄望于清室中兴，并以为琉璃厂自有千秋，陈诗则反其意而诘问：今日举国之人皆如醉汉歌功颂德，何以琉璃厂反而衰败至此？此外，《赠瞿兑之》云："开元全盛谁还忆，便忆贞元满泪痕。"晚清（开元）、民国（贞元）再至其后，每况愈下，非但开元既远贞元亦不可即。[1]而在陈寅恪意中，这一与典故结合的特殊句式，与他在《读吴其昌撰梁启超传书后》一文中沉痛的历史观察是一致的："验以人心之厚薄，民生之荣悴，则知五十年来，如车轮之逆转，似有合于所谓退化论之说者。"[2]

五、忧郁的类型与诗艺（下）：陈衡恪 陈隆恪 陈方恪

首先陈衡恪。1902年留日，1909年归国，大抵以归国为界，

---

[1] 以上诸诗及解释，参阅胡文辉《陈寅恪诗笺释》，第26—27、153—154、233、618、1180页。
[2] 《寒柳堂集》，第168页。

此前诗作继承其父陈三立、岳父范当世雄杰倔强的诗风。如1900年庚子之乱，作《书愤》和《秋兴八首》，于"万方争哄犬牙邻"中"九死敢夸螳臂力"。[1]在上海法兰西学堂，"高谭孔老成糟粕，何处康庄利走趋。"[2]赴日前作《拔树叹》，赴日后作《日本游》，想象之词与亲眼所睹对照，一方面是"其根不自固，时时在倾危"，以危树喻国，不满园丁、樵子、路人、迂儒等各式人等袖手旁观或束手无策，以"东园竹"喻日本，"相形滋惭惧，并论见伸屈"；[3]另一方面是亲履其地，目睹日本"国民游泳如痴愚，老者踟躅少者扶"的文明气象，不禁"愈见繁华愈怆神"。[4]旅日期间，诗人意气不减，《送同学杨君留学伦敦》云："吾党孤军岂虚发，海天倾听未来潮。"《与汪旭初范彦殊兄弟大森观梅夜宿晨光阁》云："四子疏狂不相让，枕藉孤窗倒醽醁。"数年后又以此观梅诗作梅花图题画诗，题记云："是时梅尚未盛开，兹追写当时游境，而设为盛开之景，聊以自己快意云尔。"[5]似乎唯有虚构出梅花盛开之景才能与一己的快意疏狂相称。

陈衡恪归国后长居北京。虽然早年快意疏狂之余，亦有诗云："平生肆幽赏，岁晚尚孤征。"[6]但"幽赏""孤征"凌驾于快意疏狂之上，确乎在归国以后。叶恭绰尝序陈衡恪诗云："燕（京）为百怪所萃，廿余年来，仆兴衰盛，机牙捭阖，奸谲

---

[1]《书愤》，《陈衡恪诗文集》，第11页。
[2]《在法兰西学堂次彦刻赠保少浦韵诒彦殊》，《陈衡恪诗文集》，第12页。
[3]《拔树叹》，《陈衡恪诗文集》，第15—16页。
[4]《日本游》，《陈衡恪诗文集》，第20—21页。
[5]《陈衡恪诗文集》，第29、27页。
[6]《苗木道中》，《陈衡恪诗文集》，第29页。

穷奇，可愕笑咋舌之事，层见迭出。……君处其间，若无所闻见，敝衣草食，破砚故楮，二三良友，歌啸盘礴，以自得其乐，而艺乃益进。"[1]诗人在世事的蜗角纷争里亦自述心志："荒斋巢蟭螟，静观触蛮角。任彼炎熇蒸，画境专丘壑。"[2]陈衡恪诗画并作，诗画一律，尽可能在自然与艺事的一丘一壑之中专意发现诗画人生的幽微。《中秋玩月》云："世人不识月，征逐灯光里。九衢车马声，坐失婵娟美。悄然庭户间，同趣能有几。"《次韵贞长移菊》云："群言肆上下，酒罢犹贾勇。""何如湖居人，独赏自矜宠。"[3]这是专属于某一刻某一地的寻常生活的"幽赏"。《后山逝日设祭于法源寺余以事未与因赋》云："奉身若珪璧，况肯附蚁膻。"《挽麦孺博》云："群鸿戏海终无赖，老鹤寥天甘独栖。"《过诗庐赋赠》云："长安车马热腾腾，曲巷深藏有一灯。"[4]这是专属于某一类士人、某一类诗人特有人格的"幽赏"。《为贞长题缶翁梅花酒甕画》云："翁画翁自画，并代或无二。"《题齐濒生画册》云："画吾自画自合古，何必低首求同群。"《题姚崇光山水画》云："此境旁人不投足。"《作画感成诗》云："媸妍在吾心，诋誉由人言。"《公湛彦刿同日以诗至次韵彦刿并呈公湛》云："井蛙不有沧溟语，一孔声闻聊自尊。"[5]这是专属于某一类画家、某一类诗人自创无人之境的"幽赏"。

陈衡恪当年赴日，临别之际《公湛有诗送行次韵寄答》：

---

[1]《陈衡恪诗文集》，第6页。
[2]《公湛见示近作步韵率和》，《陈衡恪诗文集》，第110—111页。
[3]《陈衡恪诗文集》，第98、113页。
[4] 同上书，第63、63、87页。
[5] 同上书，第41、86、88、136、128页。

"文字精神殊嶔屹，鸾龙爪甲待纵横。"多年以后与同一对象再次韵作诗，《览日报次韵公湛》云："黄尘不放九垓净，妄想难胜一戒严。"[1]前后心力之变化一何其大。不过，诗人早年的雄杰倔强之气却也并未全然消失。《湛庵诗人惠诗谢画次韵奉和》云："一丘一壑岂称意，愿穷泱漭托吾足。"[2]正可与前引"画境专丘壑"对照。《画石》云："破笔画一石，奇气不可收。尔我皆同类，何为此中投。"《九日登午门楼崇光作画有诗遂亦成咏》云："僻无钟鼓容狂散，高处微吟一整冠。"[3]后一诗将"狂散"与"微吟"相对，上一联是无可奈何的因，下一联是不得不然的果，合起来正好是前一诗《画石》里"奇气不可收""何处此中投"那一问的答案。陈衡恪"以文人之画，而发为画家之诗"，[4]《画溪居感旧图》云："高柳萧疏水绕庐，小窗遥对一峰孤。旁人指我双栖处，知有伤心在画图。"[5]可知其"文人之画"；《九日登午门楼崇光作画有诗遂亦成咏》云："撩人诗画尽槎枒，胜日追寻意转赊。"[6]可知其"画家之诗"。《次韵姚东彦》云："乾坤独下寒毡泪，力挽颓澜无万牛。"[7]当年意气已转成无限之悲。《法源寺饯春会雨中看丁香》云："莫嗟韵事渐消歇，未可临文焚笔砚。"《彦刼之史记失而复得有诗志快吾有史记为小谷携去礼乐二书览彦刼诗触怀次韵》云："百代

---

[1]《陈衡恪诗文集》，第20、128页。
[2] 同上书，第126页。
[3] 同上书，第85、111页。
[4] 叶恭绰序，《陈衡恪诗文集》，第7页。
[5]《陈衡恪诗文集》，第66页。
[6] 同上书，第111页。
[7] 同上书，第146页。

茫茫悬一发，已从崩坏强追攀。"[1]无限之悲又被强抑在了文人之画、画家之诗之中，只发以"幽赏"。

其次陈隆恪。据说出生时父执释敬安曾谓为峨眉山僧人转世，传说无稽，陈隆恪年轻时并无僧味。[2]不过所谓劫后之身即使与佛教轮回无涉，却也与所投身的特定社会时代的红尘密切相关。陈隆恪早年留日，归国后长期从事铁路、金融工作，抗战期间流寓江西"小后方"，中华人民共和国成立后入上海文物管理委员会，等于赋闲，在诸恪兄弟中去文教最远，入世俗社会最深。其《端午述怀》云："曜灵不贷钟漏催，饰时节候人所为。流光荏苒造今古，欢觞自诡深含悲。况缠忧患蚀精魄，少壮一掷老死随。微生幸忝隶覆载，谨拾故步趋庭闱。堆盘角黍又端午，别来蒲艾迎门楣。鬌龄苦盼到佳节，追攀宛挟童心回。欲划沟壑证奇想，不与去日争余辉。来者莫测往勿究，醉卧天地藏瓶罍。"[3]从这首诗可想见隆恪性情，前半部忧患人生无限感慨，但不知不觉，多少伤悲不平又渐渐消逝在了后半部所呈现的岁时佳节、世俗生活的流转之中。所以他曾经面对一场暴雨借景抒情："郁势必一决，敢诋天道狂"，"丈夫欷百世，一愤固寻常"，[4]也不过是偶然"一决"、间或"一愤"罢了。更多的时候，是"只怜葵藿倾阳地，遏汝凌云一寸心""蟠胸块

---

[1] 《陈衡恪诗文集》，第94、127页。
[2] 陈隆恪《自咏》诗"阇茸鸡肋尊前客，静寂鸾音劫后身"自注；刘成禺《行庐林小径达万松岭散老寓楼》诗第五句自注引陈三立言："见老僧入室而生彦和，谁知其竟无僧味。"《同照阁诗集》，第8、128页。
[3] 《同照阁诗集》，第51页。
[4] 《四月二十五夜风雨暴至感成九韵》，《同照阁诗集》，第50页。

垒销难尽，吐付春声自洗磨"[1]。在此心情与生活脉络之下，甚至连佛都是衰败、无能和疲弱的。诗人《三月十六日两弟封怀同游牛首山》云："铃铎咽不语，隆污我佛共。"《七月南旋侍大人斋宿净慈寺》云："果凭龙象超升力，不涤人间泪血斑。"《净慈寺营斋七日闻战兴侍大人避沪上楼居偶述》闻雷峰塔倾圮："已证津梁疲佛力，徒从钟磬答慈恩。"《诏云夫妇来游留数日因偕闺人陪揽湖山诸胜各系短句以纪游踪》之"理安寺"诗云："我佛已疲精舍里，世人独赏画图工。"《十二月十九日偕宛芬小从见龙启崇步行至昙华寺》云："兴亡迫眉睫，请占今日事。塑像空威仪，相望同涕泪。"[2]佛不要说对人世间无能为力，佛连自身都难保。所以诗人《冬日书怀》云："痴心未许逃禅死，傲骨偏能乞食肥。"[3]诗人自己排解自己；《梓方惧名心为累将皈佛戒文字以书来告因广其意寄答》云："蚕螫应秋候，谁谓鸣不平。既怀骊龙珠，自发幽夜明。投笔果超轶，皈佛仍纷营。愿君一往志，倏化吞大鲸。"[4]胡朝梁欲皈佛，诗人寄诗"广其意"排解诗侣。

但如此之佛，如此之诗人，诗人自己竟亦以皈佛终！当年好友范罕潜心释典，陈隆恪作《读范彦殊同弟彦矧南京游清凉山感旧之作怅然同感寄和原韵》云："误我江南同一哭，许将心事佛门求。"此联初作："误我江南终一哭，将心同向佛门

---

[1] 《晓起视庭中小松感触近事聊写悒郁》《陪同李纯一李宗海还自公葳家绍志置酒聚饮月下作》，《同照阁诗集》，第51、174页。
[2] 《同照阁诗集》，第32、72、72—73、91、182页。
[3] 同上书，第54页。
[4] 同上书，第28页。

求。"[1]"同"哭江南与"同"哭佛门不同，初作与改作之间的几微之别让人体会到陈隆恪对佛的犹疑。《六月十九日同宛芬小从随绍志夫妇戚属游明山寺》云："庄严定香霭，阅世疲无言。""劫转儒释间，陪侍迷清樽。"后一联初作"追陪儒释间，廿载迷清樽。"[2]虽然同感佛我两疲，但初作与后作合观，二十余年徘徊儒释之间，已没有了当日"痴心未许逃禅死"的坚定。陈隆恪同期诗作也留下了内心的犹疑与挣扎之迹。《丁丑冬南旋过沪友人招饮赋示同座》云："少年同学堂堂在，谁识当时未死心。"《题刘少岩所藏罗瘿公图咏卷子》："沧桑变灭心难死。"《春感》："梦边豪气未全驯。"[3]一方面是未死之心只是记忆里的似曾相识，另一方面是历经沧桑心亦难死豪气余存。但犹疑与挣扎渐转于微。《还山喜遇玄秋》云："回头浊世亲禅律，极目闲愁入鬓丝。"中华人民共和国成立前夕作《偶成》云："一枕梦翻今古事，万家肠断有无乡。"《三月十四日为宛芬六十二岁生日因偶谈经义妄拟四十字为寿》："息尘坚净信，佛本住灵台。"《四月间病危复苏追纪此诗》："妻女何求惟佛在，形骸未舍又天明。"[4]后两诗一为老妻六十二岁生日作，一为诗人自己病危苏醒后作；早岁怀疑佛力，后在信与不信之间迟疑，至此则终于生死感悟。陈隆恪之女曾经追忆："父母亲晚年皈依了三宝，过着'无山而隐，不竭而禅'的生活，努力在艰难动荡的俗世里求得一丝内心的宁静。"[5]不过，即使皈佛，诗人似也并

---

[1] 《同照阁诗集》，第86页。
[2] 同上书，第174页。
[3] 同上书，第151、156、218页。
[4] 同上书，第259、266、291、320页。
[5] 陈小从《同照阁诗本事拾零》，《同照阁诗集》，第443页。

未宁静。《闻拔可园中辛夷盛开病榻无聊作此诗呈拔可》云:"排空缟素羽衣风,朵朵凝光映碧穹。群玉有峰环佩冷,唐昌无观梦魂通。灵根艳托骚人抱,瑶萼香融粉蝶丛。痴望海隅虹贯日,一庭春气湿玲珑。"[1]拔可即后来亦寓沪的著名诗人李宣龚,隆恪重病不能出户,但凭想象写出如此绚丽花发景象,心中郁勃可以想见。诗人的犹疑与挣扎渐转于微,但并未转于无。《次韵颂洛硕果亭看牡丹兼呈亭主》云:"吾宗伟才负奇气,遭时落魄谐庸俗。"《闲居怆怀亡友三首》(之三)云:"狷介颇谐俗,南丰吴晋丞。守穷欢纵酒,自媚定如僧。"[2]前一联自抚谐俗人生,对比父祖,惘惘不甘,后一诗在"谐俗"之前贯以"狷介","自媚"之后才是"如僧",虽是怀念亡友,但也足可自况。

最后陈方恪。陈隆恪《得七弟沪上书谓移居舅氏家夜闻风叶振撼声颇发悲感云云因戏答二首》(之一)云:"闭门闻起风,入幕食无鱼。未脱声尘缚,应知色相虚。"[3]诗题中"七弟"即方恪;方恪早年在京沪挥金如土,纵情声色,隆恪此诗寓规于讽,当有所指。陈隆恪又有《挽罗瘿公》一诗悼念好友罗惇曧:"平生倜宕才,玩世众口铄。且忍食蛤蜊,坐看殉蜗角。""寄兴歌舞场,绮句播声乐。所以优孟俦,能重季布诺。"[4]可移评方恪,名士才子玩世的荒唐及荒唐背后的无奈与深痛皆在其中。陈方恪抗战期间为生活所迫,在南京为汪伪政府服务,后与军统合作,帮助抗日;中华人民共和国

---

[1]《同照阁诗集》,第292页。
[2] 同上书,第293、177页。
[3] 同上书,第15页。
[4] 同上书,第73页。

成立后在南京图书馆工作。陈隆恪另有《挽薛珍伯》一诗哀挽妹夫薛锡琛："白璧无亏承荫泽，黄金一掷赌兴亡。"[1]亦可移评方恪，出任伪职又以抗日完成自赎，大节不亏。陈方恪自己在《六十生日，赋呈诸友好三十八韵》里回顾一生："嗟予于父祖，百一不克肖。"[2]不过，在"忧患铸闲身，旧情不可践"[3]这一点上，陈方恪与父祖、兄长实相去未远。他以更激进、更颓废甚至于更审美的名士做派与才子之诗，演绎着一曲现代性的"天真与经验之歌"。其《题李木公肥遁斋图卷》云："独喑宇宙黑，累坐忧如惔。八表充盗贼，去向迷剧骖。……安得武陵豁，桃花红映潭。""实境不可赴，聊托空中昙。"[4]在乱世危局之中想象桃源世外，想象不实宁可寄寓图画；陈方恪内心始终有一净境，唯美耽美。如《䈝饮庵杂诗》写尽"汪然一泓间，生机自超忽"之美景种种，最后心中长怀，"明朝鏖市尘，此境永不夺"。《大寒日得毕秋帆所藏金星歙石砚，戏赋长歌》《以歙井字砚赠补民媵以长歌》两次写为得一美砚："倾囊不觉尽岁资，哪顾室人从诟訾。""兼金斥橐不肯顾，卖田买石真骏狂。"[5]此外，"苍头水厄哪足慕，瞿唐泼汤聊压惊。何如平局协瓯盏，下帷破睡来奇兵"。一回受赠美茗可牵引意外欣喜；"十年古井水，因君动漂襞。又如穷冬鸟，迎阳晾短翮。"[6]一次诗友唱和可激活落寞心情。特别是

---

[1]《同照阁诗集》，第268页。
[2]《陈方恪诗词集》，第112页。
[3]《园居对菊》，《陈方恪诗词集》，第40页。
[4]《陈方恪诗词集》，第66页。
[5]同上书，第12、19、51页。
[6]《魏补民饷家园新茶》《柬费仲深先生韵》，《陈方恪诗词集》，第51、31页。

诗,诗人一边云"吾侪气类亦仅此,孤诣所殉知无还"[1],自轻百无一用,所吟之诗不过如掷瓶入海空无回音;一边又云:"爰过周原览物华,艰难王业托诗家。""区区屈杜离忧外,地折天荒某在斯。"[2]自重诗人王业,于地折天荒中一柱擎天。自轻适以自重,耽美诗艺可追步其父陈三立。

陈方恪《甲戌冬月喜晤穆庵即送其赴杭州》云:"有身忧患身与具,钟情吾辈徒离殃。"[3]既以深情为幸,又为深情所苦。其《牌坊山述哀诗》怀念亡母,从不知死亡、不信死亡、害怕死亡直写到死亡不以自己意志为转移的最终来临:"缅予坠地初,混沌洎解语。直觉坐母怀,永与天地古。常时遭母怜,如天播春煦。……及至稍解事,渐知生死聚。初亦闻人言,既乃忤到肚:他人或当然,于我决不与;优游覆载中,心不生拣取。浸假介齠龄,殷忧如螫蛊。患难阅已多,喜惧辄并举。终焉童骇念,巧惯自宽纾。水有逢破舟,寝或压败堵。岂适值我身,便与此事伍?更计体素孱,死会先母去。乃病狂热时,幻想来栩栩。……我母立床前,恣意相怜拊。我则执母手,遗言出肺腑。……又忆偕诸兄,嬲母说谈数。偶及墟墓间,顷刻颤两股。……今也竟何如,万事到目睹。"[4]陈三立及诸恪兄弟哀哭父祖,寄寓家国和文化的大义,唯陈方恪哭母,一任倾泻人子的深情。陈方恪之深情往往与任性结合在一起,通过看似无

---

[1] 《三月二十三日诵洛要再展禊于解荇轩分韵得闲字》,《陈方恪诗词集》,第102页。
[2] 《题袁规庵百衲诗存册》《写所业诗丐海藏丈教定并媵呈一律》,《陈方恪诗词集》,第64、67页。
[3] 《陈方恪诗词集》,第68页。
[4] 同上书,第17页。

情的颓废甚至不计后果的决绝表现出来。"放我江南山水去,闭门无碍六朝人。""伊我本浪人,到死迷归处。""年来忧患生意尽,惟藉天真发性理。""窗暗窗明过一生,谁持博辨起酕醄。只余懒病无医药,客至从嗔不出迎。"[1]骏狂之气,不让六朝名士,而他也径以六朝人自比。《戊寅除夕简廖士、靖陶》云:"一往已拼人共弃,孤怀何冀世同要。"《辛巳长至前一日招同社诸子小饮花盦冈寓庐,廖士、海鸣赋诗见贶视,因次元韵奉答》:"朋樽仗继风流后,刀俎何知性命前。"[2]两诗皆作于任伪职期间,所为虽出于穷困物议定亦不少,但任情所之,似乎饮鸩止渴,飞蛾扑火,亦在所不惜,"其志可哀!"[3]。尤其"可哀"的是,在汉奸梁鸿志被枪决,人人避之唯恐不及之际,陈方恪整理梁诗,《读爰居阁诗集书后》云:"亦因人患抑天娇,同异元难世论齐。祸乱不常诗总好,交期如在意为凄。杀身毕竟真名士,行己终疑副品题。要是知君容未尽,请看掷笔小云楼。"[4]《题爰居阁诗集后》复云:"余与爰居交最久,知之弥稔。论者类以其诗可传,人则伤其局度褊狭,用世之念太急,功利贡高之心牢固于中,不能自拔,其罹祸也固宜。余顾不能有以非之。……孝鲁见之曰:'子诚不失忠厚,吾辈有愧色矣。'余曰:'忠厚则吾岂敢,亦性情流露不能自已耳。'"[5]永远将情

---

[1] 《独坐》《南旋三日寄规广五兄》《大寒日得毕秋帆所藏金星歙石砚,戏赋长歌》《正月四日作》,《陈方恪诗词集》,第3、9、18、55页。
[2] 《陈方恪诗词集》,第77、94页。
[3] 诗友陈病树评语,潘益民、潘蕤《陈方恪年谱》,江西人民出版社,2007年,第140页。
[4] 《陈方恪诗词集》,第95—96页。
[5] 陈方恪《题爰居阁诗集后》,《陈方恪年谱》,185页。

感放在理智之前，情不能已，就像诗人在其他诗里所说的："不妨殉卑俗，要难昧衷情。""讵必有不平，人情固难抑。"[1]而抚哭叛徒，连同他的纵情声色，不惜饮鸩止渴，也都像其《无题》诗所云："若无天下议，美恶并成空。"[2]

六、重启义宁陈氏的现代性忧郁问题

如对义宁陈氏做一大体分疏，则陈宝箴是大吏诗人，陈三立是本色诗人，陈衡恪是画家诗人，陈隆恪是佛缘诗人，陈寅恪是史家诗人，陈方恪是才子诗人。在现代性困局面前义宁陈氏皆难掩忧郁，但陈宝箴以恬退强抑豪迈进取，陈三立以光怪渲染倔强不甘，陈隆恪初不信佛而终于皈佛，陈方恪才子骏狂而情深情真；在诗画一律的幽赏意境之中，陈衡恪渐渐消散当年的少年意气，在多重典故的层层掩映之下，陈寅恪层层推高内心的意乱情迷。而不无巧合的是，以陈宝箴、陈三立、陈寅恪为主线人物，深具儒家情怀，在诗中将忧惧斯文不传的忧郁基调不断升高，以至悲怆、绝望。陈衡恪、隆恪、方恪兄弟为羽翼，分别以近道、近佛以及文人才子的诗学实践丰富了现代性忧郁的色调与层次。也可见，义宁陈氏调动了儒佛道、诗画、任性任情等全方位、多方面的传统资源，以应对现代性带来的紧张特别是内心的紧张。不过，同样要强调的是，义宁陈氏的现代性忧郁固然表达的是对现代性的不满和批判，但现代性不

---

[1]《赠沈羹梅》《章子修属题其先德价人太史公笔札》,《陈方恪诗词集》，第39、54页。
[2]《陈方恪诗词集》，第48页。

比传统上所发生的任何一次危机，平复危机之后可以重归传统、重整传统秩序，传统已彻底地回不去了，儒佛道、诗画、任性任情等传统资源也已远远不敷其用。诚如陈寅恪所云："夫纲纪本理想抽象之物，然不能不有所依托，以为具体表现之用；其所依托表现者，实为有形之社会制度，而经济制度尤其最要者。故所依托者不变易，则依托者亦得因以保存。……近数十年来，自道光之季，迄乎今日，社会经济之制度，以外族之侵迫，致剧疾之变迁；纲纪之说，无所凭依，不待外来学说之掊击，而已消沉沦丧于不知觉之间。"[1]原本在社会政治、经济、文化等各方面浑融一体，构成完整、统一意义的那个传统世界瓦解、消逝了，代之而起的是现代性潮流的不可逆转。陈三立云："大势之所趋，固坐视无可如何。"[2]现代性之"大势"不管个人情愿与否，不以个人意志为转移。陈衡恪《九日登午门楼崇光作画有诗遂亦成咏》云："开眼懒挥思古泪，尽情狂惜及秋花。"《览日报次韵公湛》云："莫复宴安怀乐土，眼前即是病时砭。"[3]将"思古"与"眼前"并置，"思古"也许在情感上更为亲近，但"眼前"却是理智所不得不面对的。这也与陈隆恪、方恪兄弟的"谐俗"、陈寅恪的历史理性心意相通。

所以，虽然"凡一种文化值衰落之时，为此文化所化之人，必感苦痛，其表现此文化之程量愈宏，则其所受之苦痛亦愈甚"[4]，虽然任何局外之人即使最同情的理解也不可能完全抵达这一"苦痛"的核心，但义宁陈氏特别是诸恪兄弟所选

---

[1]　《王观堂先生挽词序》，《陈寅恪集·诗集》，第12—13页。
[2]　陈三立《桐城马君墓志铭》，《散原精舍诗文集》，第1073页。
[3]　《陈衡恪诗文集》，第111、128页。
[4]　《王观堂先生挽词序》，《陈寅恪集·诗集》，第12页。

择的——即使是不得不所选择的——依然只能是现代性的文化立场。换句话说，必得有"余家变法"的现代性在先，必得有"余家变法"的现代性受到压抑在先，才有义宁陈氏的怀旧和忧郁在后，才有经由缅怀父祖而将怀旧和忧郁的具体化、个体化在后。他们的忧郁愈深切，正说明他们介入现代性的程度愈深远。也正是在这个意义上，我们或许可以跳出对于现代性的不满与批判之外，对义宁陈氏的忧郁与怀旧做出新的理解。对于世界范围的现代性忧郁，对于对完整、统一的意义世界的怀旧，利奥塔尔主张与这样的意义世界开战，与这样的现代怀乡病（Nostalgia）告别，[1]未免太过匆忙走向所谓后现代。倒是社会学家基思·特斯特在对滕尼斯理论重新解释的基础上所提出的一些看法，颇具启示意义。他说：怀旧常常被视为对于现代性的比较准确和有力的批判，但或许更有意思的是，在解释学的角度上，怀旧也能够充当对于现代性的正当化证明；怀旧设定了一种过去，后者之所以令人感到惋惜，正是因为它既已不复存在，也已不能再现。因此，怀旧就不仅仅是对现在所处位置的拒斥，它也可以是对于现在所处位置的积极应对，让自己重新获得在他乡继续生活下去的信心和确定性。现代经由怀旧而变得可以居住，但现代性本身并不一定需要拒弃。怀旧并没有导致对现代性的逃离，而是引向对于现代性的一种新的坚守，也将鲁莽前冲的现代人从悬崖边拉了回来。[2]这样理解的怀旧，似乎也可以在"余家变法"的现代性及其引起的怀旧

---

[1] 利奥塔尔《后现代状态——关于知识的报告》，车槿山译，生活·读书·新知三联书店，1997年。
[2] 参阅特斯特《后现代性下的生命与多重时间》，第72—73、77页。

与忧郁之中找到共鸣,特别是在试图将鲁莽前冲的现代人从悬崖边拉回来这一点上,义宁陈氏的现代性怀旧与忧郁至今犹未过时。传统注定回不去,但传统又并未可以完全掉头不顾;传统所能够提供的那种完整、统一意义的确如利奥塔尔所说的"宏大叙事"那样解体和失效了,但传统特别是像中华文化这样悠久的传统依然可以成为现代的部分意义之源,成为舒缓现代性紧张的部分意义之源。既不得不选择现代性的文化立场,又为现代性进程中传统的瓠落而神伤,因而不惜以一种现代性批判并最终调和另一种现代性,这就是义宁陈氏的现代性忧郁诗学。

德语思想与文学研究

本雅明:"紧急状态"下的文体批评

李茂增

(广州大学文学思想研究中心)

在《启迪》序言中,阿伦特通过对本雅明思想、著述与行为中一系列悖反性特征的描述,展示了一个"难以归类"的本雅明。时至今日,"拒绝分类"仿佛成了贴在本雅明身上的一个标签。其实,在同一篇文章中,阿伦特也指出,本雅明曾明确表达过自己的职志,即"成为最伟大的德国文学批评家"。而本雅明的著作中,文学批评类的文字的确占据着极高的比重。可以说,本雅明的思想,主要是以文学批评的形式展开的。

在本雅明的文学批评中,文体批评又显然占据着非常重要的位置。本雅明不仅关注悲剧、史诗等传统文体在现代社会的新变,更对电影、摄影等新兴的艺术形式给予了先知式的鼓吹;不仅独出机杼地对悲悼剧、史诗剧等进行了理论总结,还反驳了卢卡奇等人的小说观;而且,本雅明本人就是一个文体实验家,他的很多著作都带有很强的文体实验色彩。

本雅明之所以对文体及相关的文学形式问题如此关注,不仅是因为他对"文变染乎世情,兴废系乎时序"有深刻的体认,并且敏锐地察觉到,他处身其中的时代,文学形式正在发生着前所未有的变化:"我们现在处于一个文学形式急剧融合重组的进程之中,在这个进程中,我们曾经习以为常的对立都可能失去其力量。"[1]更重要的是，在本雅明看来，正在发生的文学形式的变化，绝不只是文学自我演变的结果，而是社会巨变的表征；这一变化不仅会引发美学观念的深刻革命，也将深刻影响人类历史的进程。因此，"必须从一个广阔的视野出发，借助我们今天形势下的技术条件重新思考有关文学形式或体裁种类的观念，以便找到构成当前文学活力切入点的表达形式"[2]。

借助于文体批评，本雅明提出了许多重要的理论命题，如：以膜拜价值、审美价值为标志的传统艺术已经终结，新的艺术形式将以展演价值为标准；为应对人类历史的"危机时刻"，"政治化"是艺术的唯一出路；新的文学艺术在很大程度上是大众艺术；等等。这些在当时即已引发激烈争论的命题，至今仍然在被广泛讨论。

一、悲悼剧与现代性危机的寓言

悲悼剧是本雅明早期最为关注的一种文体。早在1916年，本雅明便写过两篇有关悲悼剧的论文《悲悼剧和悲剧》和《论悲悼剧和悲剧中语言的作用》。1923年，本雅明准备申请法兰克福大学教授资格，所定选题也是悲悼剧。1925年，论文完成，这便是《德国悲悼剧的起源》。虽然论文最后被认为"不知所云"，本雅明不得不撤回申请，但他始终认为该书是自己"最成功的著作"之一。

---

[1] 本雅明《作为生产者的作者》，王炳钧等译，河南大学出版社，2014年，第9—10页。
[2] 同上书，第9页。

从某种意义上说，悲悼剧是本雅明"发现"或"发明"出来的一种文体。在德文中，悲悼剧（Trauerspiel）和悲剧（Tragöedie）原本是同义词，但本雅明认为，悲悼剧完全有别于以古希腊为代表的古典悲剧，是德国特有的一种艺术类型，专指以宗教改革和三十年战争为背景，以奥皮茨（Opitz）、格吕菲乌斯（Gryphius）、洛亨斯坦（Lohenstein）、哈尔曼（Hallmann）等为代表的17世纪德国巴洛克戏剧。长期以来，人们之所以对悲悼剧视而不见，正是因为总是把它当作悲剧来看待，认为它不过是对古典悲剧的拙劣模仿，但二者其实是两种截然不同的文体，分别对应于两种完全不同的历史形态。

悲悼剧和悲剧最大的区别在于，悲剧以神话为内容，悲悼剧以历史为内容。"历史生活是悲悼剧的内容，是其真正对象。在这一点上，它不同于悲剧。后者的对象不是历史，而是神话。"[1]与神话时代相适应，古典悲剧的冲突大都是有缺陷的悲剧英雄与神的对抗及其献祭式的牺牲：悲剧英雄因为违背神义而受罚，但通过英雄的对抗及其献祭式的牺牲，悲剧英雄和神达成和解，悲剧英雄最终又得到拯救，神义原则得到维护和加强。巴洛克悲悼剧则完全以历史为基础，其内容和风格都是历史的："凡是写作悲悼剧的人都必须在古代和现代年鉴及历史书中经受优秀韵文的熏陶，他必须彻底了解真正涉及政治的世界和国家大事。"[2]

在悲悼剧中，君主取代悲剧英雄成为主角。这是因为，在悲

---

[1] Benjamin, *The Origin of German Tragic Drama*, trans. John Osborne, London·New York: Verso, 1977, p. 62.

[2] Ibid., pp. 62-63.

悼剧产生的年代，君主的历史作用被前所未有地突出了出来。无论是在宗教改革还是三十年战争中，君主作为尘世权力的最高代表，都操纵、影响着历史的进程；君主的暴政和专制更是直接导致了德国的落后和苦难。从某种意义上说，"君主是历史的代表。他像手握权杖一样控制着历史的进程"[1]。事实上，17世纪确实产生了一种新的君权理论：在应对紧急状态时，君主拥有至上的权力。1682年，限制教皇权力条款的发表更是标志着政教合一学说的最后垮台，君主的绝对权力得到了法律的保障。在本雅明看来，政治学说中君主理论的变化，以及悲悼剧对君主形象的突显，绝不是无足轻重的偶然事件，而是古代向现代转变的界标。

古典悲剧的内在精神是超验的，悲悼剧则是尘世的。古典悲剧说到底，是为了确证神的力量和超验秩序的存在，悲剧的重点不是塑造悲剧英雄，而是维护超验的神义原则。悲悼剧则不同，"巴洛克时代不懂什么末世学。唯其如此，它才缺乏一种机制：将所有的世俗事物都集聚起来，在将其终结之前将其升华"[2]。希腊悲剧的剧场多位于群山之中，象征着悲剧以宇宙为舞台，悲悼剧却没有固定的舞台，戏剧空间与宇宙不再有天然的关联，观众更多关注的是戏剧人物的内心世界。在艺术手法上，巴洛克艺术运用的是"将距离缩小到最小"的自然主义的手法。诚然，巴洛克艺术中也有夸张，悲悼剧中的君主形象也常常被神化，但它并未因此摆脱其内在性。毋宁说，对君主绝对权威的神化乃是巴洛克时代政治思想的反映，人们之所以有"天无二日，国无二君"的观念，是因为在他们看来，君主的会面会引起争斗，使国家陷

---

[1] *The Origin of German Tragic Drama*, p. 65.
[2] Ibid., p. 66.

入混乱。因而悲悼剧对君主的神化只是一个表象，其精神实质依然是尘世的。

古典悲剧的情感是严肃的，悲悼剧的情感则是悲苦的、哀悼的。古典悲剧名为"悲"剧，其实并不刻意强调悲伤、悲哀和悲痛。亚里士多德强调悲剧的作用是引起观众（适度）的怜悯和恐惧，并使之得到净化。他反对以超出常人太多的好人为悲剧主人公，否则主人公的不幸和死亡会引起过度的悲伤和恐惧。雅典悲剧诗人佛律尼科斯曾因其历史剧《米利都的陷落》公演时，引起全场观众感动流泪而被罚款。悲悼剧则无意节制情感，甚至刻意放纵悲哀情感的宣泄。悲剧中的对话既非悲哀的，也非喜剧性的；而在悲悼剧中，悲哀的情绪发展到极致，甚至会使得语言由自然的声音转变为音乐。

总之，悲剧是古典时代的精神表征，悲悼剧是作为德国现代社会开端的17世纪的产物。[1]从这个意义上说，悲悼剧的出现，在文学史和美学史上具有截断众流的意义。正如宗教改革和三十年战争标志着德国社会进入了现代一样，悲悼剧的出现，标志着以悲剧为代表的古典诗学的终结和新的诗学原则的出现。本雅明将新的诗学原则命名为"寓言"。

显而易见，"寓言"才是悲悼剧研究的重心所在。《德国悲悼剧的起源》共分三部分，第一部分为"认识论——批判导言"，第二部分为"悲悼剧和悲剧"，第三部分为"寓言和悲悼剧"。不难看出，与悲剧的比较只是为了论证作为寓言的悲悼

---

[1] 在《〈拱廊计划〉之N》中，本雅明写道："论巴洛克悲苦剧的那本书向现代人揭示了17世纪，在此，将以同样的方式，并更加清晰地展现19世纪。"见《作为生产者的作者》，第113页。

剧。因此，沃林说，《起源》是"为了一个被遗忘和误解的艺术形式的哲学内容而写的，这个艺术形式就是寓言"[1]。

和悲悼剧一样，寓言也是一个本雅明式的范畴。在本雅明之前，歌德、叔本华、叶芝都认为寓言是一个不完善的美学范畴。寓言之所以不受重视，是因为浪漫主义运动扶植起了一位"暴君"——象征："一百多年来艺术哲学一直受着一位篡位者的暴虐统治，这位篡位者是在继浪漫主义之后的混乱中登上权力宝座的。"[2]在浪漫主义美学词典中，象征意指艺术作品以表象去表现"理念"，即黑格尔之所谓"美是理念的感性显现"。

本雅明认为，寓言和象征的区别并不像歌德所说，象征是以个别表现一般，而寓言则是用一般去寻找个别；而是在于：在象征概念内在和外在、表象和理念的二元对立背后，隐藏着对"总体性"的信念。因此，象征是一种"没有矛盾冲突的内向性"，是"趋向象征性总体的意志"；象征体现了"瞬间的总体性"。即使是表现衰亡和毁灭的题材，象征也总是蕴含着救赎和希望之光。与象征相反，对寓言来说，总体性是永远的缺席，是看不见的上帝。因此，寓言绝不是对象征的颠倒，如果那样的话，寓言就只是象征的一种变体。毋宁说，寓言和象征是两种完全不同的历史文化观，是对现代性完全相反的两种解读。

在象征里，毁灭被理想化，自然的崇高形象在瞬间被救赎之光照亮；在寓言里，观察者看到的则是历史的垂死面孔，是毫无生机的原始景象。历史从一开始就是非时间性的、凄凉的、

---

[1] R. Wolin, *Walter Benjamin: An Aesthetic of Redemption*, University of California Press, 1994, p. 63.
[2] 本雅明《德国悲悼剧的起源》，陈永国译，文化艺术出版社，2001年，第130页。

无胜利可言的。有关历史的一切都体现在这样一副面孔，或者说这样一个骷髅中。尽管这种事物完全缺乏任何"象征的"表达自由、任何古典的匀称、任何人性，但是正是在这种形式中，人类对自然的屈服表现得最明显，它所导致的不仅是有关人类存在性质的疑问，而且还有关于个人生活历史性的疑问。这正是寓言的观察方式——把历史当作世界受难记的巴洛克世俗解释——的核心，其重要性完全取决于世界堕落的程度。[1]

质言之，象征还是在用虚幻的美的表象来粉饰历史的衰败，用蓓蕾绽放来掩盖自然的腐朽，只有寓言才代表了直面历史真实的可能。在寓言中，"历史呈现的与其说是永久生命进程的形式，毋宁说是不可抗拒的衰落的形式。寓言据此宣称它自身超越了美。寓言在思想的领域里就好比物质领域里的废墟"[2]。

因此，寓言总是碎片化的。"不可能想象出比在寓言和有机总体中看到的无形状碎片更纯粹的对立于艺术象征、可塑性象征和有机总体的形象的东西了。在这种书写中，巴洛克风格证明是古典主义的十足的对立面……在寓言的直观领域里，形象是个碎片，是一个神秘符号。当神圣的智慧之光降临在它身上时，它作为象征的美就发散掉了。总体性的虚假表象消失了。由于表象的消失，明喻也就不存在了，它所包含的宇宙也枯萎了……古典主义就其本质来说不允许自由的匮乏，不允许不完善的事物，不允许实在的、美的自然的坍塌。但是，在其华丽的外表之下，这恰恰是巴洛克寓言以前所未有的强调所张扬的

---

[1] *Walter Benjamin: An Aesthetic of Redemption*, p. 166.
[2] *The Origin of German Tragic Drama*, p. 159.

东西。"[1]从这个意义上说,悲悼剧的确是寓言最生动的体现。悲悼剧中充满了破碎的意象,诸如建筑的废墟、人的尸体等。"在巴洛克文学中最常见的做法是,没有任何严格的目的而不断地堆积碎片,在对奇迹的不断期待中把重复陈词滥调当作强化的过程。"[2]

也就是说,借助于悲悼剧,本雅明宣告了以象征、美、总体性为特征的古典艺术的终结,以及以寓言为特征的现代艺术阶段。本雅明后来的文体批评,都循此前提展开。[3]

二、经验的贫乏与小说的危机

对悲悼剧以及 17 世纪历史的研究表明,现代社会是一个堕落的、满目废墟的世界。正是基于类似的判断,施莱格尔、卢卡奇等人对小说寄予了无限希望,认为小说作为新兴文学形式,肩负着拯救现代性危机的重任。风气之下,本雅明也对小说形式非常关注,并曾对卢卡奇的《小说理论》深感兴趣。然而,

---

[1] *The Origin of German Tragic Drama*, p. 176.
[2] Ibid., p. 178.
[3] 比如,伊格尔顿特别强调了悲悼剧和后来本雅明非常重视的布莱希特史诗剧的关系:"这里所谈的一切都已包含了本雅明后来为布莱希特所作的辩护的萌芽。戏剧是支离破碎、自曝技巧、不分层级、令人震撼的;剧院要布局分散,道具变换迅速且辩证,夸张任意但又有密实的编码:本雅明在布莱希特那里所发现的正是如何处理这一切而又无须犹豫。《德国悲剧的起源》的秘密不仅仅在于它论及了这些特点,更在于它本身就是它们所构成的。因为本雅明用来描绘其研究对象的表述词语几乎无一不在冷眼斜睨他自身的批评方法。"参见伊格尔顿《沃尔特·本雅明,或走向革命批评》,郭国良等译,译林出版社,2005 年,第 30—31 页。

本雅明最终认定，小说并不能承担起"罪恶时代的史诗"的重任，相反，小说的出现本身就是现代人经验日趋贫乏的标志，就是现代性危机的表征，本雅明称之为"小说的危机"。

小说的危机源于它对讲故事传统的破坏与中断。一般以为，小说和故事是两种具有亲缘关系的文学形式，区别只在于小说依赖印刷文字，故事靠的是口口相传，或者说小说不过是印刷术出现后故事的书面化而已。但本雅明认为，小说绝不是一种新型的讲故事的方法，毋宁说，它和新闻在品性上更为接近。小说和新闻报道的出现不仅直接破坏了讲故事的传统，而且破坏了故事时代的世界经验。

古代社会，讲故事、听故事是生活中至关重要的一部分。人们听远航归来的水手讲远方的见闻，获得空间的、地理的经验，听年长的农夫农妇讲古老的传说，获得时间的、历史的经验。在代代相传的听故事的过程中，人们了解八方异俗，知悉人情世故，学习实用知识，形成自己的世界经验。因此，在讲故事的年代，人们的世界经验是集体的、共同的。而小说和新闻报道正相反，"小说的诞生地是孤立的个人"，"所谓'纯小说'实际上是纯粹的内在性，它不承认任何的外在性"[1]。如果说，智慧和教诲是故事的价值所系的话，那么，小说家却"不仅没有教诲，也从不提出教诲"，伟大如《堂吉诃德》，也"毫无教诲品格，断无智慧闪烁"[2]。新闻报道更是只关注事件的传播和信息的传递，全然不涉及生活的意义，诚如《费加罗报》

---

[1] Benjamin, *The Crisis of the Novel*, Selected Writings (2), the Belknap Press of Harvard University Press, 1999, p. 299.

[2] Benjamin, *The Storyteller*, Selected Writings (3), the Belknap Press of Harvard University Press, 1999, p. 146.

创始人维耶梅桑所说:"对我的读者而言,拉丁区一个阁楼失火要比马德里闹革命重要得多。"[1]

故事在传统社会中占据着重要的位置,但故事的衰亡却不可避免。首先,故事的讲述需要一种松弛状态,但这种状态在现代社会已难以复现。古代社会,无论是农闲节庆,还是亲族聚会,都不乏悠然自得的一面。随着大工业生产模式的兴起,农耕生活方式早已式微,闲坐听故事就成了一种奢望。

讲故事所依赖的手工业氛围也已不复存在。本雅明激赏列斯科夫将讲故事看作手工技艺的说法,认为故事和劳作密不可分。如同陶瓷艺人的手纹会留在陶坯上一样,讲(听)故事的人的生活痕迹也会自然而然地印在故事之中。讲故事的人往往要么先交代他要讲的故事是在什么场合听来的,要么干脆把故事说成是自己的经历。如此代代相传,永无终止。正像古代漆画是在一个缓慢的、层层叠加的过程中形成的完美艺术品一样,史诗、故事也是一种由不同的人的复述层层叠加而成的完美叙述。然而,"时间不足惜的时代已经过去了。现代人再也不会去干这些不可约简的事情了"[2]。在一个崇尚简约、追求效率的时代,精美的故事日见其少,取而代之的是追新猎奇的新闻报道、粗制滥造的短篇小说。

故事的消失直接导致了"自然历史"的消失。"自然历史"不同于历史学家的历史。历史学家需要不断地对历史进行解释,而讲故事的人"从一开始就把解释的重负从肩头卸了下来","他们把历史故事放在灵魂的救赎这一神圣的层面上——一个不

---

[1] *The Storyteller*, Selected Writings (3), p. 147.
[2] Ibid., p. 150.

可验证的神秘的层面上"[1]。故事中没有解释，只有讲述，即把事件镶嵌到世界的神秘进程中。在故事中，即使最不起眼的人和物也都与历史整体、人的命运相关，因此，故事往往就是一个人、一个部族的百科全书。而在历史学家笔下，历史事件固然被解释得清楚明了，却也变得和人类全无瓜葛了："任何一颗尚未发现的星星都不再关系吉凶，大量的新宝石被开采出来，并被测了大小，称了重量，验了密度，但它们不再向我们昭示任何东西，也不给我们带来任何裨益。它们与人对话的时代过去了。"[2]

与"自然历史"的消失相伴随的还有人类记忆方式的改变。故事和小说都源于最古老的叙事/记忆艺术——史诗，却是两种完全不同的记忆。故事更接近于史诗式的记忆。在故事中，可以看到把事件和传说代代相传的记忆链条，"每一个故事里都有一个山鲁佐德，每当一个故事结束时，就会想起另一个新的故事"[3]。也就是说，相对于无始无终的故事链条，每个讲故事的人的"回忆"都是短暂的。小说家的记忆正相反，是"永恒的"。如果说，故事讲述的是漫无边际的奇闻逸事，任何无关紧要的琐事都可以进入到故事之中，那么，小说所记的则是重要的事件，是"某位英雄、某次历险、某场战争"。这说明，在讲故事者的心目中，琐屑之事同样有着生命/生活意义，而当小说只记取值得记取的重大事件时，这意味着生活已经不再是一个完整的统一体了。

---

[1] *The Storyteller*, Selected Writings (3), pp. 152-153.
[2] Ibid., p. 153.
[3] Ibid., p. 154.

因此，小说的记忆方式意味着生活的断裂。本雅明同意卢卡奇"小说是超验意义上的无家可归的形式"的看法，却质疑卢卡奇对小说中"回忆与希望"所寄予的期许。在《小说理论》中，卢卡奇认为，通过"希望和回忆"，小说足以取得和"时间之强权"斗争的胜利，从而取得"现代史诗"的合法地位。本雅明却认为，小说中的记忆总是"满腹狐疑，忧心忡忡"，因此既不能像史诗那样提供一个"先验的家园"，也不能像故事那样提供一部"自然历史"。卢卡奇认为，《情感教育》的结尾，弗雷德里克和戴洛立叶对少年荒唐的回忆，照亮了其庸常的生活，为荒废的青春岁月提供了意义。本雅明则认为，小说的戛然而止——在结尾处戛然而止乃是所有小说都必须遵循的戒律——剥夺了读者像故事听众那样不断追问"后来怎么了"的权利，因此不可能真正为生活提供意义。

小说形式是封闭的，小说读者则是孤独的、与世隔绝的。这种双重的封闭性决定了小说阅读的意义："小说读者实际上是在寻找他可以从其身上演绎出'生活意义'的人类形象。"[1]然而，小说中，人物的生活意义只有在其死亡中才能显现出来，因此，小说真正吸引读者的地方是他可以从人物的死亡中汲取一些经验："小说吸引读者的是借它所讲到的死亡来温暖他冷得发抖的生活的希望。"[2]故事则不同。故事所提供的全面的、整体性的经验足以抵御死亡："……所有杰出的讲故事的人的一个共同特征是，他们都能像在一架梯子上一样在经验的梯子上自由地上下运动。梯子的一端伸入地下，一端直插云霄，这个形

---

[1] *The Storyteller*, Selected Writings (3), p. 156.
[2] Ibid.

象恰当地表现了一种集体经验,对这种经验来说,个体经验中最大的打击——死亡——不会成为任何妨碍或障碍。"[1]童话故事最俗套的一句话"从此他们过上了幸福的生活"生动地揭示了经验对于人类的重要性。在人类从神话时代走向"人"的时代的过程中,"童话为我们讲述的是人类为摆脱神话压在他胸口的梦魇而警醒的最早的安排"[2]。比如,通过傻瓜的形象,使我们看到人类是怎样笨头笨脑地对待神话的;通过游子的形象,使我们看到我们所害怕的事物是可以识破其本来面目的。更重要的是,童话在人类与自然之间建立起了一种盟约关系:"童话中固有的神魔作为一种解放的力量,并没有使自然以神话的方式运作,而是指示出了自然与被解放者的同盟关系。成年人只是偶尔——在快乐的时候——才感受到这种同盟关系;而孩子最初在童话中见到这种同盟关系,并因此而感到快乐。"[3]

正是凭借着童话中的神魔力量,故事中的正义之人在自然中实现了"神奇的逃脱"。这些正义之人作为智慧和善良的化身,作为万物的辩护者,给整个世界和人类以安慰。或者说,正义之人作为"连接现世和未来的一座桥梁",使得宇宙万物达到了其最高境界。与此同时,故事也会穿越大千世界的等级体系,直抵无生物的深渊。因此,讲故事的人堪比教师和圣人,他们所讲授的不是只适用于一时一地的知识,而是普遍适用的智慧。相比之下,小说所提供的不过是一些碎片式的知识,它或许能带给我们一些启发,却无论如何不可能让我们参透大千世界的奥秘。

---

[1] *The Storyteller*, Selected Writings (3), p. 157.
[2] Ibid.
[3] Ibid.

小说意味着经验的贫乏，加剧了现代性危机，这是否意味着小说将彻底失去其合法性？本雅明以为，小说虽不足以承担"罪恶时代之史诗"的重任，却具有和悲悼剧一样的寓言功能。这在卡夫卡的小说中可见一斑。

卡夫卡绝不是一般意义上的小说家，也不是传统意义上的作家，"卡夫卡已与纯文学性的散文决裂"[1]。本雅明也断然否定了从狭隘的正统神学或宗教哲学对卡夫卡进行解读的可能。按照之前盛行的神学解释，卡夫卡的作品是宗教神学的一曲挽歌，所要表现的是"一个沉甸甸的主题：在上帝面前，人类总是有罪的"[2]。在本雅明看来，神学解析法的最大误解在于先验地设定了神的恩宠的存在，比如，把《城堡》中的城堡之山当作恩赐之地的象征。但城堡之山恰恰是失去恩宠的现代人的生存象征：所有人都受着排斥、宰制和压抑；没有一个人有自己的固定位置，有自己不可替代的特征。唯其如此，卡夫卡才将作品中的世界描写得破败、腐朽，其中充满了扭曲和变形。从这个意义上说，卡夫卡的小说是预言式的——预言着一个无神的、虚无主义世界正在到来。

不过，卡夫卡最重要的意义并不在于他揭示了现代人的处身情境有多么可怕，而在于揭示了现代人对自身情境的不自知。在卡夫卡眼里，与鸿蒙初开时相比，现代社会没有任何进步，仍然是一个神话世界，但现代人却幼稚地相信所谓进步和解放的承诺，并沉浸于廉价的乐观主义之中。这种无知和轻信使得

---

[1] 本雅明《评弗兰茨·卡夫卡的〈建造中国长城时〉》，见《经验与贫乏》，王炳钧、杨劲译，百花文艺出版社，1999年，第341页。
[2] 《经验与贫乏》，第364页。

卡夫卡笔下的诸多形象都保留着沼泽地的特征。

不过,卡夫卡并没有像预言家那样将他的体验直接宣布出来;相反,他使尽浑身解数,故意制造一种含混性,使他的作品成为不可阐释的。同时,卡夫卡总是延搁事件的发展。《诉讼》中的审判,《城堡》中K进入城堡的时间,都一而再、再而三地被推迟。

在本雅明看来,在含混和延搁背后,首先是一种深刻的恐惧:就像唯一预先知道不幸谜底的人最怕揭开谜底一样,对即将到来的虚无主义时代的恐惧使得卡夫卡不愿意成为第一个宣布噩耗的人。"延搁就是卡夫卡作品中的奇怪而且往往令人惊异的细致描写的本意……卡夫卡的作品留恋于这种无穷无尽,正是出于对终结的恐惧。"[1]然而又不仅仅是恐惧。因为含混也好,延搁也罢,说到底都还隐含了一种希望,尽管这种希望可能只是一种近乎绝望的希望。正如在《诉讼》中,延搁乃是被告的希望之所在:只要审判还没有开始,他被最后判决的厄运就还没有变成现实。同样,对于身处危机的现代人来说,只要传统还没有彻底消失,历史就还没有终结。

三、摄影与电影:摧毁现实

《讲故事的人》似乎是在追怀温情脉脉的古代社会,但本雅明并不寄希望于讲故事的艺术的复活,因为讲故事的时代已一去不返。就在写作这篇往往引发读者思古幽情的论文的同时,本雅明又把目光投入当下,写下了作为《讲故事的人》之"对

---

[1]《经验与贫乏》,第341页。

观文本"的《摄影小史》《技术复制时代的艺术作品》和《作为生产者的作者》,为"机械复制时代"最具代表性的两种艺术形式摄影和电影张目。

到本雅明写作论摄影和电影系列论文的20世纪30年代,摄影已走过了百余年的历史,电影也从最初的幻灯放映进入了有声电影时代。但摄影和电影一直没有引起足够的关注,更遑论其中的历史与哲学问题。相反,二者一直声名狼藉,甚至被斥为"农奴的消遣""被烦恼折磨着的白丁、倒霉蛋、精疲力竭者的娱乐"。但本雅明却认为,摄影和电影的出现,不仅酝酿着一场深刻的艺术变革,而且有着巨大的社会效能。

促使本雅明对摄影和电影给予关注的,首先是资本主义社会危机的加深,尤其是法西斯主义的兴起。早期本雅明受德国精神哲学影响,主要从抽象的现代性批判的角度来讨论文学形式问题,随着法西斯主义的日渐猖獗,现代性问题从"异化""祛魅""理性化"等抽象的理论问题突变为与日常生活直接相关、每个人都不容回避的生存问题。本雅明宣称人类社会业已进入前所未有的"紧急状态"。身为犹太人的本雅明不得不思考,文学如何应对这一厄运?

大概从1924年开始,在拉脱维亚情人拉西斯,以及布莱希特、科尔施等人影响下,本雅明开始接触马克思主义。虽然最终并没有加入共产党,但显而易见,马克思主义乃是后期本雅明最为重要的理论资源。《机械复制时代的艺术作品》开门见山,依据马克思生产方式和上层建筑理论指出,艺术在当代生产条件下,已经出现了新的发展趋势。传统的艺术概念,诸如创造性与天才、永恒价值与神秘等,都必须被摒弃。如果这些概念继续被不加控制地使用,将会被法西斯主义利用,助纣为虐。反之，则有助于在艺术政治学中阐明一种革命的要求。

本雅明所谓当代生产条件，乃是指复制技术。复制技术古已有之，即使在遥远的古代，从理论上讲，任何一件艺术作品也都可以被复制，但当代复制技术却具有全然不同的意义。在传统技术条件下，即使是最完美的复制品，相对于原作，也缺少一种关键因素，即时间和空间的在场。因此，复制品始终不能取得与原作等量齐观的地位，原作意味着本真性和权威性，而复制品则意味着模仿、虚假和低劣。机械复制技术彻底改变了原作与复制品的既有关系。首先，机械复制比手工复制更加独立于原作，用照相版影印的复制品能够展现出肉眼无法捕获却能由镜头一览无遗的方面，摄影还可以借助于放大或快速拍摄，捕捉肉眼根本不可及的图像。其次，机械复制能把摹本置入原作无法达到的地方，大教堂可以进入艺术爱好者的工作间供其欣赏，教堂或露天合唱可以在私人客厅里再次响起。最重要的是，对现代机械复制技术来说，根本就无所谓原作与复制品的区分。

本雅明认为，机械复制时代的到来，将彻底改写传统的美学观念，对艺术发展并进而对历史产生深远影响。

在传统观念中，艺术作品的价值主要表现为膜拜价值。最早的艺术作品起源于巫术仪式，其次是宗教仪式。文艺复兴以后，随着宗教的式微，艺术作品的膜拜价值日趋世俗化，本真性——即作者经验的独特性或创造性——成为了艺术作品新的评判标准。人们笃信，任何一件艺术作品，都具有其基于此时此地的无可替代的独特性，亦即"灵韵"（Aura）。复制品之所以不能与原作相提并论，就是因为它无论如何都不能复制原作的灵韵。

机械复制把艺术作品从对仪式的寄生性依赖中解放了出来，因此必须以一种新标准对现代艺术进行审视。继续以传统观念进行衡量，无异于缘木求鱼。摄影诞生之初，有人认为，相比于绘画，摄影缺乏创造性，并试图凭借摄影与绘画表面上的相似性，将摄影收编到传统艺术的阵营之中。电影也有过类似的遭遇。在本雅明看来，上述对摄影和电影的态度完全是一种不得要领的自作多情，摄影绝不是为画家提供素材的工具，电影也不是通过银幕展示的戏剧，而是两种崭新的艺术形式。不仅如此，摄影和电影的出现，将迫使传统艺术成为明日黄花。阿特热的摄影作品充分证明了这一点。阿特热压根儿就没有想过要去讨好、归附传统的绘画艺术，相反，"他下手的头一个对象就是'灵光'……即把实物对象从'灵光'中解放出来。……他的照片只是将所发掘的图式原原本本地指出来。阿特热寻找那些被遗忘、被忽略、被湮没的景物，因此，他的影像正与那些城市之名所挑起的异国浪漫虚浮联想完全背道而驰；这些影像把现实中的'灵光'汲干，好像把积水汲出半沉的船一样"[1]。在阿特热以排成长列的短靴、从傍晚到次晨停歇在巴黎建筑中庭内的成排手拉车、杯盘狼藉的餐桌等为表现对象的作品中，呈现的是与传统艺术截然不同的展演价值。

　　摄影和电影的展演价值突出地表现为，二者可以比传统艺术更深入地穿透现实。个中差异，本雅明以外科医生、巫医与病人的距离进行了形象的比较。外科医生在病人体内动手术，

---

[1] 本雅明《摄影小史》，参见《迎向灵光消逝的年代：本雅明论艺术》，许绮玲、林志明译，广西师范大学出版社，2004年，第32页。引文中的"灵光"，即上文之"灵韵"。

巫医则是将手放在病人身上。巫医保持了与患者的天然距离，放在患者身上的手稍微缩小了这一距离，而他的权威又扩大了这一距离。进入患者体内进行手术的外科医生，则大大缩小了与患者的距离，他在手术过程中的小心翼翼，只是稍稍扩大了这一距离。与此相似，画家作画时观察着与眼前事物的天然距离，摄影和电影则进入到事物的组织中；画家的图像是整体性的，而摄影师的图像则是支离的，它的各个部件是按照新的法则组接起来的。唯其如此，电影所呈现的真实是绘画远不能比拟的。借助于设备和器材，电影不仅猛烈地深入到了现实之中，而且将彻底摧毁现实：

> 通过特写，通过突出我们已熟视无睹的道具中隐藏的细节，通过镜头的巧妙运用，一方面使我们更深地认识到主宰着我们的生存的强制性机制，另一方面却为我们保证了巨大的、意想不到的活动空间！在电影出现之前，人们被囚固于小酒馆、城市街道、办公室、塞满家具的房间、火车站和工厂。电影则以十分之一秒的炸药摧毁了这个牢笼世界，从此人们可以在四处飞散的废墟间从容地历险、旅行。[1]

摄影和电影对现实的深度介入，带给观众的是一种迥异于传统艺术的心理效果。传统艺术带给人的是审美愉悦和宗教般的静穆，作品邀请欣赏者静思玄览，欣赏者面对画布尽可以心

---

[1]《机械复制时代的艺术作品》，见《经验与贫乏》，第284—285页。译文略有改动。

无旁骛、游心太玄。摄影和电影带给观众的则是震惊:"起初,人们对自己第一次制造出来的相片不敢久久注视,对相中人犀利的影像感到害怕,觉得相片里那小小的人脸会看见他,……最早的盖达尔银版相片以其非比寻常的清晰度与自然的忠实再现,造成了令人极为震惊的效果。"[1]

摄影和电影还使得大众与艺术的关系发生了前所未有的变化。传统艺术和大众是隔绝的,享受和欣赏只是少数人的特权,只有很少人有资格欣赏到米开朗基罗的雕塑、毕加索的绘画。复制技术的出现彻底打破了艺术与大众的隔膜,艺术成了人人可以接近的东西。更重要的是,大众在面对复制艺术时,观赏的乐趣与专业评判者的态度前所未有地直接结合在了一起。这种结合无疑是艺术进步的一个重要标志。"革新过程与当今的群众运动紧密相关。其最强有力的代理人是电影。电影如果没有破坏性的、净化的一面——即铲除文化遗产中的传统价值,就不可想象它的社会意义。"[2]

正是在穿透现实、震惊效果、大众参与等特性中,电影呈现出了一种特殊的政治功能。本雅明认为,面对法西斯主义的兴起,必须主动放弃传统的文艺形式及其价值标准,充分利用新兴的现代艺术形式,到大众之中寻求革命的可能。

本雅明认为,这是一场严峻的斗争,因为,法西斯同样深知大众的力量,并试图在不触动无产阶级要求消灭的所有制关系前提下,对新生的无产阶级进行组织。法西斯的方法乃是政治的审美化。"法西斯主义以领袖崇拜强迫大众屈膝伏地,与对

---

[1] 《经验与贫乏》,第 16—17 页。
[2] 同上书,第 264 页。

大众的这种压制相一致的，是对机器的压制，即使机器为生产膜拜价值服务。"[1]法西斯主义政治审美化的极致是鼓吹并美化战争。就在本雅明写作《机械复制时代的艺术作品》前后，德国出现了作家恩斯特·容格尔主编的论文集《战争和战士》，以及著名女导演莱尼·雷芬斯塔尔执导的《意志的胜利》等神化希特勒、鼓吹法西斯军国主义的文艺作品。本雅明认为，这些作者之所以会如此幼稚地对所谓的英雄精神顶礼膜拜，是因为他们以一种"为艺术而艺术"的原则审视战争："（军人）制服代表了他们的最高目的，是他们内心最渴望的东西。使他们穿上制服的环境则无关宏旨。"[2]共产主义要抵抗法西斯的政治审美化，就必须针锋相对，提出有效的斗争策略。本雅明的策略是"艺术政治化"。这就要求作家必须走出精神的象牙塔，投身于革命的斗争。"作家的使命不是报道，而是斗争；不是扮演旁观者的角色，而是用行动积极地干预。"[3]

四、史诗剧：从移情到震惊

《机械复制时代的艺术作品》宣告了艺术形式、美学观念的革命性转折，但文章并没有如愿赢得法兰克福社会研究所领导人的欣赏。文章在删改之后才得以在《社会研究杂志》发表，而且遭到了阿多诺异常严厉的批评。在给本雅明的信中，阿多

---

[1] 《经验与贫乏》，第290页。
[2] 本雅明《德国法西斯主义的理论》，转引自刘北成《本雅明思想肖像》，上海人民出版社，1998年，第158页。
[3] Benjamin, The Author as Producer, Selected Writings (2), the Belknap Press of Harvard University Press, 1999, p. 770.

诺说，文章的"每句话我都想与你详细讨论"[1]。

阿多诺的批评主要集中于三点。第一，对以电影为代表的大众文化寄予了过于乐观的希望，实际上电影作为资本主义文化工业的一部分，只是粉饰现实的麻醉剂；第二，对艺术的审美价值的态度过于极端，没有看到自律艺术的当代意义；第三，过高估计了大众的力量。

本雅明没有接受阿多诺的批评。在本雅明看来，大众虽然缺乏应有的觉悟，一直名声不佳，甚至被尼采斥为"末人"，被勒庞斥为"乌合之众"，但大众终归是革命和解放的主体，"革命斗争不是发生在资本主义和精神之间，而是发生在资本主义和无产阶级之间"[2]。因此，表现大众、启蒙大众是艺术政治化不容回避的任务。而要实现这一任务，只能寄希望于新的文学形式。传统艺术固然曼妙诱人，但其本性是排斥大众的。新的文学形式之所以为新，关键就在于其大众性。诚然，大众艺术、大众文化泥沙俱下，但其中蕴藏着巨大的政治潜能，"大众是温床，当今对待艺术作品的所有惯常态度都在此重新滋长"[3]。更重要的是，资产阶级已经看到并正在利用大众文化，共产主义者绝不能拱手相让，相反，必须从资产阶级手中抢夺过来。正确的原则是：不要从好的旧东西开始，而要从坏的新东西开始；当什么东西正在衰落时，应该给它最后一击。

但面对阿多诺的批评，本雅明不得不思考：如何使大众文艺、大众文化成为真正行之有效的政治力量？

---

[1] Theodro Adorno, "Letters to Walter Benjamin", in Ronald Taylor trans. and ed., *Aesthetics and Politics*, London: Verso, 1986, p. 120.
[2] *The Author as Producer*, Selected Writings (2), p. 780.
[3] 《机械复制时代的艺术作品》，见《经验与贫乏》，第288页。

首先，作家必须对自己的政治倾向进行抉择。"谁都承认，当前的社会形势迫使作家做出为谁服务的抉择。资产阶级的消遣文学作家不承认这种抉择。人们必须向他证实，无论承认与否，他都在为特定的阶级利益服务。进步作家承认抉择。他基于阶级斗争原则做出的抉择是，站到无产阶级一边。这样，他的自主性就不复存在了。他的写作活动所依据的是无产阶级斗争中的利益。"[1]

但仅有正确的政治倾向还不够，"对于作品的组织功能，倾向是必要条件，但不是充分条件。作品的组织功能还要求写作者有指引与教导的姿态"[2]。也就是说，除了有正确的政治倾向，还要有正确的文学倾向，即在形式上具有"指引与教导"的功能。正是在这个意义上，本雅明高度评价布莱希特的史诗剧（das epische Theater），认为史诗剧代表了现代艺术的发展方向。为此，他再次受到了阿多诺的批评，但本雅明的回复是："赞同布莱希特的作品是我全部立场中最重要的战略据点之一。"[3]

在本雅明看来，史诗剧天然就是一种致力于引发大众政治思考的文学形式。如果说，摄影和电影作为新兴的艺术形式，既可以服务于无产阶级的政治斗争，但也常常被资产阶级所利用，那么，史诗剧则是一种在形式本体的意义上便足以保证作者政治倾向的文学形式。"在布莱希特竭尽全力、试图通过吁请观众作为专家发表意见这样一种方法——但是绝不是通过纯粹

---

[1]《机械复制时代的艺术作品》，见《经验与贫乏》，第768页。
[2] The Author as Producer, Selected Writings (2), p. 777.
[3] The correspondense of Walter Benjamin, 1910-1940, ed. by Gershom Scholem and Theodor Adorno, trans. by Manfred R. Jacobson and Evelyn M. Jacobson, the University of Chicago Press, 1994, p. 519.

的文化参与的方式——来激起戏剧观众的关切和兴趣的过程中，政治将必然占据上风。"[1]具体言之，摄影和电影作为两种新生的艺术形式，自身缺乏保证其政治作用的"组织功能"。尤其对电影来说，镜头的快速切换，往往容不得观众进行深入的思考。很多时候，观众其实是被画面牵着鼻子走的。法西斯电影之所以能够大行其道，正是利用了电影的这一特点。而史诗剧则试图最大限度地激发观众的思考，以确保其政治作用。从这个意义上说，史诗剧的出现，具有革命性意义。布莱希特宣称，正如黎曼引入了非欧几里得几何学一样，自己的戏剧是非亚里士多德的。本雅明认为，这个类比表明，史诗剧和悲剧之间，已经不属于戏剧形式的内部竞争。史诗剧不是西方传统戏剧内部生长出来的新形式，毋宁说，它是对传统彻彻底底的颠覆。

史诗剧的革命性在于，它彻底打破了传统戏剧的移情作用。

传统戏剧理论强调观众的移情作用。亚里士多德着眼于城邦教化，认为悲剧的作用在于净化，而净化的前提是移情，即观众对主人公的认同。亚里士多德主张，城邦公民在性情上应该持中守节、不偏不倚，但在实际生活中，人们却往往偏于极端，要么纤柔懦弱、谨小慎微，要么暴戾刚猛、无所畏惧。悲剧的作用在于廉顽立懦，使偏于柔弱或刚强者达到理想的中庸状态。《诗学》对悲剧的一系列规定，都服从于这一目的。比如，悲剧主人公要比一般人好一点但又不能好太多，是因为这样的人与观众心理距离最近，最容易使观众产生认同感；又如，引发悲剧事件的动因应该是主人公的过失，是因为主人公的过

---

[1] 本雅明《什么是史诗剧》，见《写作与救赎》，李茂增、苏仲乐译，东方出版中心，2017年，第148页。

失能够产生一箭双雕的效果：既使暴戾刚猛之人觉得自己也会犯同样的错误因而有所克制，又使柔弱之人觉得只要避免过失，就不至于遭受同样的厄运，从而不再畏首畏尾。正是为了最大限度地追求对观众的净化效果，传统戏剧主张通过扣人心弦的情节，紧紧抓住观众，使观众始终全神贯注于戏剧的情境。

但布莱希特认为，基于移情的净化作用，力量是有限的，因为移情只是一种朦胧的、下意识的心理作用，"幻觉固然让观众兴奋一时，却只会让他更加精疲力竭，只会让记忆更加模糊，让希望更加渺茫"[1]。只有清醒的、理性的认识才能够对行为产生持久的、有力的影响。因此，史诗剧致力于将观众从移情中唤醒，使之在基于放松的"震惊"状态中成为思考的主体，进而成为行动的主体。本雅明敏锐地看到了史诗剧的这一特质："史诗剧之所以为史诗剧，不在于产生了移情，而在于产生了震惊。"[2]本雅明注意到，布莱希特无所不用其极地运用了一系列手段，都是为了达到这一效果：如情节方面，借鉴中国戏曲经验，表现观众熟知的历史事件，并且通过特定的表演风格、海报、字幕等揭示事件的历史意旨，而避免容易引起观众激烈情绪的事件；演出过程中，以种种间离手段，中断剧情，瘫痪观众的移情；要求演员不完全入戏，而是时刻清醒地认识到自己是在演戏；不追求场幕之间的层层推进和有机衔接；打破演员和观众之间的距离；等等。总之，史诗剧通过间离手段，"让观众对于剧情能入能出，动感情而无碍于保持清醒头脑，不是把思想感情全部交给了舞台的任意摆布而是使思想感情通过舞台

---

[1] 《写作与救赎》，第153页。
[2] 同上书，第150页。

的启发而自己经历一番矛盾斗争的变化"[1]。也就是说,演员只"表演"角色,与角色保持距离,而不是"融入"角色;观众也不是戏剧的被动接受者,而是观察者,他们与角色之间要打破感情融合(共鸣),要能理智地进入现实世界,思索现实问题,用探索的目光观察社会,从司空见惯的东西中认识到这正是要改变的东西。

五、文学蒙太奇:奥尔菲斯的歌唱或射向观赏者的子弹

本雅明不仅钟情于文体研究,同时也是一个乐此不疲的文体实验者。本雅明勤于著述,但其所有著作中,只有《德国悲悼剧的起源》略具学术著作形制,但也被认为是"不知所云"。他的大部分著作,都个性十足,难以归类,既文采飞扬,又晦涩难懂;既取譬连类,又深奥莫测;既不着一字,又暗藏玄机。本雅明甚至设想过撰写一部主要由引文组成的著作,并称之为"一种可以想见的最疯狂的镶嵌技艺"(《书信》Ⅰ,第366页)。

对本雅明来说,文学形式绝不是服务于"内容"的工具,毋宁说,形式就是内容。"艺术的特征在于这样一个事实,即,在开发新内容时,它产生新形式。"[2]唯其如此,与其思想的砥砺相一致,本雅明终其一生都在寻找自己的文体。从这个意义上说,从20世纪20年代便念兹在兹并最终为之付出生命代价的《拱廊计划》,最接近本雅明心目中的理想文体。事实上,在

---

[1] 卞之琳《布莱希特戏剧印象记》,中国戏剧出版社,1980年,第29页。
[2] 《作为生产者的作者》,第153页。

这部被作者自视为"全部斗争和全部思想的舞台"的宏伟著作的写作过程中,本雅明有着自觉的文体意识。在具有方法论意义的《〈拱廊计划〉之N》中,本雅明多次介绍过自己的文体设计和写作方法,这为我们追索本雅明的文体意识、概括其文体特点提供了线索。

(一) 断章

断章是《拱廊计划》最显性的文体特点。《拱廊计划》系未竟之作,后人根据本雅明的编号分类整理出的《笔记和资料》多达九百页,大部分为相互之间没有起承转合的碎片,但这并不仅仅是因为书稿没有完成,而是有意为之的设计。这只要从《拱廊计划》"杂乱无章"的目录就可见一斑。事实上,本雅明向来对断章体情有独钟,早在1925年的《单向街》中,本雅明就使用了这一文体。无独有偶,本雅明生前完成的最后一部重要著作、被认为是其哲学思想之总结的《历史哲学论纲》,也选择了断章体。

断章当然不是本雅明的发明,"断章是浪漫派的绝佳体裁,但它的历史却显然比浪漫派久远得多。1795年,小施莱格尔从尚福尔的《格言、警句和轶事》之中得到灵感,开始了这种独特书写的探索。断章的主题与体式,可以追溯到英国的夏夫兹伯里伯爵和法国的拉罗什福科……往上还可以通过笛卡尔的《哲学沉思》和巴斯卡尔的《思想录》上溯到蒙田的《随笔集》"[1]。不过,本雅明的断章显然不同于施莱格尔兄弟。按照施氏兄弟《批评断章集》和《雅典娜神殿》的描述,"断章"

---

[1] 胡继华《浪漫的灵知》,北京大学出版社,2016年,第155页。

具有如下特点：（1）被束缚的精神爆炸，断章主题的混杂性。（2）断章是缩微的艺术品，具有审美的自律性。（3）断章传承着传统的文学体裁，凝练浪漫的书写风格。（4）断章是自我生产的有机体，蕴含着系统化的潜能。[1]而本雅明的断章，却绝对不是"缩微的艺术品"，也绝不传承传统的文学体裁；既不追求审美的自律性，也缺乏凝练浪漫的书写风格。尤其重要的是，本雅明式的断章不是什么有机体，更没有系统化的潜能。对本雅明来说，"历史唯物主义必须放弃历史中的诗史成分。它必须把一个时代从物化的历史'连续性'中爆破出来，但同时它也炸开一个时代的同质性，将废墟——即当下——介入进去"[2]。

质言之，本雅明的断章体，是和其历史哲学相表里的。本雅明认为，人类历史从来就不存在什么连续性，更遑论从低级向高级的进步，并曾借"历史天使"对其历史观进行申说："在我们认为是一连串事件发生的地方，历史天使看到的是一场灾难。这场灾难不断把新的废墟堆积到旧的废墟上，并将它们抛弃在他的脚下。天使本想留下来，唤醒死者，弥合破碎。然而一阵飓风从天堂吹来，击打着他的翅膀；飓风如此猛烈，以至于天使无法将翅膀收拢。飓风势不可挡，将其裹挟至他背对着的未来，与此同时，他面前的残骸废墟却层累叠积，直逼云天。我们所谓的进步正是这样一场风暴。"[3]显而易见，碎片化的历史和断章式文体在精神上若合符契。从这个意义上说，本雅明的断章体，更接近于伊哈布·哈桑之所谓"奥尔菲斯"式写作。

---

[1]《浪漫的灵知》，第156—157页。
[2]《作为生产者的作者》，第156页。
[3]《写作与救赎》，第47页。

在《肢解奥尔菲斯：走向后现代文学》一文中，哈桑认为，希腊神话人物奥尔菲斯的命运隐喻了后现代诗人的命运。奥尔菲斯是一位歌手，琴声悠扬、歌喉婉转。狂欢节上，一群因妒忌而发狂的妇女将其身躯撕得粉碎，并将其头颅和七弦琴扔入赫布鲁斯河。但断身的头颅和七弦琴并没有停止歌唱和弹奏，只是歌声变得凄清，琴声变得呜咽。哈桑认为，自1914年"一战"爆发，直到20世纪中期，文人作家蓄意破坏文学典律，颠覆诗学轨范，留给文学史的莫不是断章残简，恰如被肢解的奥尔菲斯，在无归河上凄艳地歌吟。

（二）辩证意象

奥尔菲斯式的写作并不证明本雅明是历史虚无主义者。在本雅明看来，历史连续体已被打破，进步神话已被证明是没有根据的谎言，但人类尚有唯一可以把握者，那便是当下。"历史作为一个主体，其结构不是坐落于同质而空洞的时间之中，而是坐落于当下所充盈的时间之中。"[1]写作的意义正在于从当下的废墟中去寻求历史的可能性。

论历史唯物主义的基本原理：（1）一个历史的对象是知识所拯救出来的对象。（2）历史解体为意象而不是故事。（3）只要有一个辩证过程，我们所处理的就是一个单子。（4）对历史的唯物主义表征本身带有对进步概念的内在批判。（5）历史唯物主义将其程序建立在经验、常识、镇定自若和辩证法的基础上。[2]

---

[1]《写作与救赎》，第51页。
[2]《作为生产者的作者》，第162页。

就是说，对历史唯物主义而言，写作意味着首先要从空洞而同质的时间中搜寻、捕获具有征候意义的意象——本雅明在不同的语境中分别称之为辩证意象、单子、星丛等。"辩证意象是一个在一闪念中突然显现的意象。已经出现的须被牢牢把握住——作为一个在其可辨视性的当先闪现出来的意象来把握。以这些方式——只能以这些方式——所进行的拯救得以实施，完全是为了错过这个机会就一切都无法挽回地失去了。"[1]从这个意义上说，《拱廊计划》乃是发达资本主义时代辩证意象之总汇。《拱廊计划》目录中所列举的林林总总的名物，诸如拱廊街、时新服饰商店、店员、时尚、古老的巴黎、塞纳河、地下墓穴、钢铁建筑、镜子、奥斯曼化、街垒战、居室、铁路、室内喷泉、波德莱尔、傅立叶、马克思等等，正是本雅明心目中蕴藏着资本主义社会秘密的辩证意象。

（三）文学蒙太奇

《拱廊计划》当然不是对辩证意象的原始呈现，在看似支离破碎的意象之间，自有其特殊的"逻辑"，那便是"文学蒙太奇"。

本研究必须把没有引号的引用艺术提高到极致。其理论依据与蒙太奇理论密切相关。

本研究的方法：文学蒙太奇。我什么也不说，只是展现。我不想带走任何有价值的东西，也不允许自己杜撰什么聪明的词句。只有废品和废料；我不想去清点，只是通过唯一可行的方法让它们各得其所：我要利用它们（N1a，8）。

---

[1]《作为生产者的作者》，第154页。

这个项目的第一步就是把蒙太奇的原则搬进历史，即用小的、精确的结构因素来构造出大的结构。也即是，在分析小的、个别的因素时，发现总体事件的结晶。[1]

易言之，"文学蒙太奇"的关键在于：第一，只有对物品或事件的展现，竭力避免主观的解说。第二，展现并不是客观的。虽然并不对单个的物品或事件进行解说，但展现的过程其实是一个"利用"的过程，目的是让被展现的物品或事件"各得其所"。第三，虽然所展现的只是废品和废料，只是小的、个别的因素，但通过蒙太奇式的并置、拼接、组合，却能让这些无足轻重的事物发生奇异的转换，一变而成为总体事件的结晶。

显而易见，"文学蒙太奇"的概念直接受启于电影。蒙太奇作为最基本的电影语言，原是指画面的剪辑、组合，后来特指将在不同地点、从不同距离和角度、以不同方法拍摄的镜头排列组合，使之产生特殊意义的剪辑方式。用爱森斯坦的话说，将对列镜头衔接在一起时，其效果"不是两数之和，而是两数之积"。本雅明之所以对电影不吝赞美之词，正是因为看到了蒙太奇巨大的表现力。

"文学蒙太奇"也受启于新的文学艺术流派，尤其是超现实主义和达达主义。本雅明注意到，和资本主义社会中艺术对商业利益的普遍追求相反，超现实主义和达达主义却想方设法使作品显得毫无用处。其中达达主义最常用的办法就是将作品的材质贬值，比如在诗作中混杂污言秽语，在画布上粘上纽扣、车票等杂物。达达主义借此彻底剥除了作品的灵光，无论阿尔普（Arp）的绘画或史坦（Stramm）的诗，都绝不会像德

---

[1]《作为生产者的作者》，第 111、116、118 页。

兰（Derain）绘画或里尔克诗歌那样引发神思冥想与美学判断。但达达主义获得了另外一种子弹般的力量："在达达主义那里，艺术作品从诱人的悦目之物或诲人的动听之作变成了一枚子弹，这枚子弹射向观赏者，从而具有了可触摸的质感。"[1]

归根结底，"文学蒙太奇"是本雅明在对现代文学形式研究的基础上，不断实验的结果。在对悲悼剧和小说的研究中，本雅明发现，现时代是堕落的，以社会总体性为假设的象征已变得不合时宜，唯有在碎片式的寓言中，才能捕捉到救赎的可能性。其后，本雅明身体力行，不断尝试这种碎片式的写作。早在《单向街》中，本雅明便以六十篇断章、短札、格言，展现了诸多彼此并无关联的事物，如加油站、早餐室、中国古董、墨西哥使馆、室内装饰、阵亡战士纪念碑等。布洛赫将《单向街》比喻为"一个开放的货店，在橱窗中展示着最新春季样式的形而上学"[2]。写于20世纪30年代的《柏林纪事》和《1900年前后柏林的童年》，经常被视为本雅明的童年回忆录，但事实上，这两部随笔风格的作品绝非传统意义上的自传。贯穿两部作品的，不是一般传记作品的时间叙事，而是空间叙事，也即蒙太奇原则："它们根据本雅明一贯的哲学信念：真理的运动是客观的，将主观因素对描写的干预痕迹降低到了最低限度。回忆录没有采用线性叙事，而是些彼此独立的图像——犹如一系列散文形式快照，而当它们并置一处时，就产生了一种蒙太奇效果。……这两部回忆录看似传记，但其真正的主题并不是本雅明的青春岁月，而是字面上所说的总体上的柏林童年。此外，

---

[1] 《机械复制时代的艺术作品》，见《经验与贫乏》，第287页。
[2] 转引自刘北成《本雅明思想肖像》，第117页。

同样重要的还有那由详细的场所和事件描写构成的独一无二的大杂烩，这为拆解记忆的编织提供了必要的突破口。本雅明的童年回忆的新奇之处在于：空间叙事压倒了时间叙事。"[1]

总之，《拱廊计划》可以看作本雅明在长期的文体研究基础上所进行的文体实验的集大成之作，虽然只是未竟之作，却足以帮助我们管窥蠡测本雅明的文体特点和文体思想。

六、结语

本雅明对现代以来几乎所有重要的文体形式进行了论述，构成了西方文论史上继亚里士多德、黑格尔之后又一个重要的文体谱系。但本雅明生前，无论是其文体研究，还是其文体实验，都曾引发过激烈争论。时过境迁，相关争论并没有平息，反而因为新的历史情境而变得更复杂，任何关心文学命运的人都无法自外于这些论争，而必须回答由本雅明引发的一系列问题：文学的膜拜价值、审美价值是否真的已被展演价值所取代？传统艺术的时代是否真的已经结束？艺术已经由机械复制时代进入赛博时代、网络时代，这是否意味着艺术即将或已经在发生又一次变革？人类的"紧急状态"是否已经结束？文学、艺术和大众之间到底是何关系？艺术政治化在今天意味着什么？

---

[1] 理查德·沃林《救赎美学》，吴勇立、张亮译，江苏人民出版社，2008年，第2页。

海德格尔对"自然"的解释
——也论《艺术作品的本源》

赵 文

(陕西师范大学文学院)

在海德格尔思想的发展中,《存在与时间》是一个"事件",但更具有"事件"的"事件性"的是他对该著作的"放弃"。《存在与时间》不仅没有按照原有思路完成,甚至作为该思路的第一部分也是"未完成"的。在海德格尔的阐释史中,对此有多种理解和解释。有论者认为,1927年《存在与时间》发表之后,虽未完成,但基本思路完全延续下来,实际上在海德格尔通过对"存在论"的典型代表即康德、笛卡尔、亚里士多德的"解构"工作中有所延续,最终在《康德与形而上学疑难》(1929)和《世界图像时代》(1938)的著述中完成。[1]但这种说法并不能解释1927年后——尤其是1927年到1938年间——海德格尔在思想的"建筑术""术语体系"和"提问方式"等方面的几近彻底的转变。因而,正如弗雷德里希·威廉·冯·海尔曼所说,"从《存在与时间》到《哲学论稿》的道路不是'渐进式发展'的道路"[2]。

---

[1] 吕迪格尔·萨弗兰斯基《来自德国的大师》,靳希平译,商务印书馆,2007年,第220—221页。
[2] Friedrich-Wilhelm von Herrmann: *Wege ins Ereignis, zu Heideggers »Beiträgen zur Philosophie«* vittorio Klostermann GmbH Frankfurt am Main, 1994, s. 7.

在这条"迷失的"道路中,或在通过"折回"的方式前进从而发生根本转变的道路[1]之中,海德格尔思想中的"议题"也发生了结构性的调整。其中最引人注目的就是他对"自然"的思考方式的系统性转变。"存在与时间"阶段与后"存在与时间"阶段的"自然"问题的表述及运思差异,在海德格尔那里不仅仅是表面差异,而应被视作一种"事件性"差异,在"转向"后的海德格尔思想中占据着重要的地位,使他在那条道路上从"哲学"走向"思的任务",从"思的任务"走向更本源的"艺术-真理"观念。

一、后"存在与时间"的"自然"问题:走出"人类学"的提问方式

毋庸置疑,在《存在与时间》的写作中,海德格尔以相当的篇幅解构了以笛卡尔为代表的现代"自然"观念。他指出"笛卡尔把自然物性当作首先可以通达的世内存在者,又把世界问题紧缩为自然物性的问题,这样就把问题收得更狭隘了"[2]。这里,海德格尔的基本思路是:心物二元论的真正内核是"狭隘"的理性主体与对象客体的现代二元性,正是这种二元性让人"狭隘化"为数学-物理表述的主体,同时让"自然"呈现为可计算、可数学-物理地把捉的自然物。非常有意思的是,

---

[1] 有关这种"折回"(die Kehr),可参看张汝伦《论〈哲学贡献〉在海德格尔哲学中的地位》,载《复旦大学学报》(哲学社会科学版)2006年第5期,第42—43页。
[2] 马丁·海德格尔《存在与时间》,陈嘉映、王庆节译,熊伟校,陈嘉映修订,生活·读书·新知三联书店,2006年,第117页。

在《存在与时间》中海德格尔的扭转方式的重点并不是对这一"二元性"的"切分线"本身进行破坏,而是在强调这一切分线的"两侧"范围过于"狭隘"的前提下,在新的"现象学"基础上"放开"其"两侧"的范围,重构这种二元性的领地,也就是说,启动从存在论-生存论角度将自然思考为相对于人而言上手或在手的存在者全体、将主体思考为特殊存在者的此在的思想规划。换言之,在《存在与时间》中,海德格尔承认并接受"存在总是某种存在者的存在。存在者全体可以按照其种种不同的存在畿域分解为界定为一些特定的事质领域……如历史、自然、空间、生命、此在、语言之类,又可以相应地专题化为某些科学探索的对象"[1],他所不能满意的是,现有的哲学或思想不可能从这些存在者的专题总和地上升到"存在"本身,何况这些专题的基础——数学——已经处于危机之中。

这条贯穿《存在与时间》以及20世纪30年代海德格尔整个教学与著述的思想线索,实际上可以被理解为近代形而上学的一条"延长线"。自笛卡尔、斯宾诺莎、莱布尼茨,经过康德直到德国古典观念论,"自然"作为形而上学所要处理的第一问题,被与人类精神对立起来。对费希特、谢林和黑格尔来说,"自然"作为非人的对象世界只能被规定为人的精神构造的产物。人与自然的相遇,归根到底是与自身的知觉、认知、知性、理性的相遇。笛卡尔的理性主义及其科学主义传统使主体在自身独断的数学方式中建构自然物,德国古典观念论则把自然理解为主体的历史展开的结果——人通过自己的行动创造自身,通过将对象世界转变为自己的"属地"的奋斗而实现自己的解放,因而在近代思

---

[1]《存在与时间》,第11页。

想传统中，与主体相对立的"自然"被映射为三种样态：自然作为自然科学对象、自然作为历史结果、自然作为纯粹物质，但不管怎么说，"主体中心论"确乎是这一线索的基本内核。说《存在与时间》是这一思路的"延续"，原因在于，海德格尔在该著作中的基本规划同样是试图把人类生存阐释为一个整体，虽然他否拒了从希腊以降而迄那时的西方形而上学传统范畴对人的生存把握的可能性，也否拒了胡塞尔从周围世界抽象出意识或自我的分析路径，但却仍然坚持德国古典观念论的一个基本命题：人的本质与对象自然物构成的世界不可分，只有在此世界，人才能发现他自己。人是一种特殊的存在者，"人格不是物，不是实体，不是对象。……它本质上不同于使自然物得以统一的建构"[1]，其现实性只有在与之相对并相关的自然中找到，而这个自然对象世界又本然地内属于人的现实性。在"存在与时间"这一阶段的海德格尔看来，唯有通过存在论调查和此在的生存论分析，探入生存结构之中才是合适的方法，只有借助这种方法才能形成对存在（Sein）本身的理解基础。"自然"在海德格尔这一阶段的分析中，在人类的"劳作""烦""操心"等生存结构中显露为"世界"——人的"世界"——的影子，被划分为"手头的"（现成的）（das Vorhandene）和"手边的"（上手的）（das Zuhandene）。[2]也就是说，"自然"的存在仍然系于主体，只不过在这里是系于人类筹划的有用性。

在某种意义上来说，《存在与时间》阶段的海德格尔不仅仍

---

[1]《存在与时间》，第56页。
[2] J. Glenn Gray, "Heidegger's Course: From Human Existence to Nature", in *The Journal of Philosophy*, Vol. 54, No. 8, p. 200.

然处于德国唯心论传统的延长线上,而且必然也还在狄尔泰精神科学的问题框架内思考问题,在"文化与自然"的精神科学内思考"自然"——正如他所说的那样,"通过'精神'和'文化'把这一存在者的领域与自然区别开来……'自然'也以某种方式属于历史"[1],属于这种主体的"精神"和"文化"的主体的历史。海德格尔在与《存在与时间》同一时期完成的《现象学之基本问题》(1929)中非常明确地表示,自然之存在作为"现成者之存在",是此在展开"世内性"的一个大舞台,是此在潜能得以发挥的"可能的,同时也是必然的规定",但毕竟"世内性并不属于自然之存在"。有"世内性"的存在是"一切我们称之为历史性的存在者的东西。此间'历史性的'具有'世界历史性的'这样更为宽泛的意义,这就是说属于在本真意义上乃是历史性的,生存着、创造着、塑造着、培养着的人类的万物——文化与产品。此类存在者仅仅作为世界之内的东西存在;或者更确切地说,仅仅作为世界之内的东西产生与生成。文化并不像自然那样存在"[2]。因此,就"自然"这个问题而言,海德格尔所面临的思想任务具有这样一种极端性:在西方形而上学传统中并依赖这个传统来消解西方形而上学。

整体看来,在这一阶段海德格尔通过两条路径实现了这个任务,寻找到了一条突破西方形而上学,进而突破狄尔泰精神科学框架的出路。第一条路径可以被表述为"在形而上学传统内部"进行"爆破"的方法论解构,在西方形而上学的核心的边缘地带

---

[1]《存在与时间》,第429页。
[2] 马丁·海德格尔《现象学之基本问题》,丁耘译,上海译文出版社,2008年,226页。

的"疑难"处着手，扭转形而上学的存在观和自然观，使其被遮蔽、遗忘的可能的思想方式得以彰显。这一路径在《康德与形而上学疑难》(1929)、《物的追问》(1935—1936)[1]之中清晰可见，而在论争性的《达沃斯辩论》中尤其明显。在这一阶段，海德格尔所能采用的最有效的办法，就是直接走到现代哲学的那个边界——"物自体"，这是康德哲学中作为"×"的"疑难"，也是现代哲学中主体的精神、意识、观念乃至"情绪"(die Stimmung)对之进行表象和筹划的"物本身"："作为存在物的一个领域的自然，在康德眼中绝不是个随随便便的东西。在康德那里，**自然说的不是数学化的自然科学的对象**，相反，自然的存在物就是现成意义上的存在物……他寻求的是一种普遍存在论，这种存在论**存在于某种作为自然科学对象的自然之先**，也**存在于某种作为心理学对象的自然之先**。我想要指明的是，这一分析工作并不仅仅是一种关于作为自然科学对象的自然的存在论，而是一种普遍的存在论，一种以批判的方式进行了奠基的形而上学之一般。"（着重部分为引者所加）[2]海德格尔的这段话相当直接地要求对"自然"这一"对象"进行"解套"，将它"还原"到自然科学筹划范式之先和心理学的表象方式之先，也就是说，自然即总体存在论的"物"(das Ding)一般。更重要的是，"物"一般作为自然，它要被表象为"物本身"(Sache selbst)，则需要一种根本上不同于现代的"形而上学"，或关于物的"物学"，从而可能使这样被给

---

[1]《康德与形而上学疑难》被称为海德格尔的第一康德书，而根据1935—1936年冬季课程《形而上学基本问题》整理而成，最终出版于1965年的《物的追问》被称为第二康德书。

[2] 马丁·海德格尔《康德与形而上学疑难》，王庆节译，上海译文出版社，2011年，第266—267页。

予的自然之"物"的真理——有别于自然科学和心理学的真理的Wahrheit——得到把捉。沿着这一从现代哲学"内部爆破"的路径,海德格尔的"自然"之问不仅是"物"的追问,而且在问题结构上牵涉着"何为真理""何为形而上学"的基本问题。

相应地,另一条思想路径亦清晰可见,即较之于《存在与时间》时期更为本源、切近地回溯进入到"西方"的思想经验的起源处,经由亚里士多德、柏拉图(甚至巴门尼德、赫拉克利特)去让那种非现代的"自然""真理"及其"物学"以回归的方式再行存在。众所周知,这个路径也正是海德格尔在《路标》中所勾勒的。[1] 在这条路径之下,有关"自然"的界定以及对它的追问已经比较明显地摆脱了《存在与时

---

[1]《形而上学是什么》(1929)、《论根据的本质》(1929)、《论真理的本质》(1930)、《柏拉图的真理学说》(1931/1932,1940)、《论 φύσις 的本质和概念。亚里士多德〈物理学〉第二卷第一章》(1939)等文尤其构成了《路标》中的重要"路标",标示了这一时期海德格尔迂回溯至西方思想经验本源的这条路径。与这些"路标"相对应的,是海德格尔在这一时期的一系列讲座课程:《形而上学的基本概念:世界-有限性-孤寂》(1929/1930 夏)、《黑格尔的精神现象学》(1930/1931 冬)、《亚里士多德:〈形而上学〉第九章》(1931 夏)、《论真理的本质——柏拉图的洞喻和〈泰阿泰德〉讲疏》(1931/1932 冬)、《西方哲学的开端(阿纳克西曼德和巴门尼德)》(1932 夏)、《哲学的基本问题、论真理的本质》(1933/1934 夏)、《自然、历史、国家》(1933 冬/1934 春)、《形而上学导论》(1935 夏)。附带说一下,这些讲座课程的背后更为深层的思想踪迹,被记录在他的"注意事项"(Überlegungen)或"黑色笔记本"(Schwarze Hefte)第二本到第六本中,这部分内容近期由 Peter Trawny 编辑后已作为《海德格尔文集》第 94 卷出版,见 Überlegungen II—VI (Schwarze Hefte1931-1938), Gesamtausgabe 94, Frankfurt: Klostermann, 2014。这些笔记本(第二本到第六本)的英文译本见 Martin Heidegger, Ponderings II-VI: Black Notebooks 1931-1938, trans. Richard Rojcewicz, Indiana University Press(Ips),2016。

间》时期的问题框架。尽管海德格尔在那里也曾指出"古代对存在者之存在的解释是以最广义的'世界'或'自然'为准的"[1]，但对这种"自然"的在场的因果背景或环境相关项（Bewandtniszusammenhang）的分析毕竟是那时的基本任务，而这一分析又必定以此在的时间性结构为中心。而在这个新阶段，在这一"最遥远的切近"的回溯路径中，海德格尔回归于自然的"古代"意涵：

> 那么，何谓 natura？……这个拉丁词没法给我们答案。它不是西方自然观念的开端。在它之前还立着一个希腊词 physis——成长。什么意思呢？拉丁词"诞生"（natura）和希腊词"成长"（physis）都指向了一种"过程"……相信我们在成长中所见的那种过程最终是运动。所以，成长最终也是一种运动。这不可能是某种模棱两可的运动……自然长成是什么？它也是某种被造，但是某种自我创造的东西。从自身而来的存在；从自身而绽出的存在；被自身所推动存在；这种由自身而来乃是成长的本质。希腊词 physis 乃是在没有的干预下，从自身而来的事物，涌动在人的周围，让他们静止或不静止，让他们平静或受到威胁。physis 乃是自行生长的所有事物。自己起来的呼啸的风，自己起来的喧嚣的海洋。人也由自己而来，他的劳作和历史亦复如此。希腊哲学的开端并不是在"自然-诞生"（natura）和非诞生的"成长"（physis）之间做出区分。希腊哲学把所有存在者看作自行生成的；在希腊哲学看来，

---

[1]《存在与时间》，第29页。

存在整体都把自身表象为由其自身而来。因此之故，physis 最初对希腊哲学家而言乃是**存在的整体**。[1]

直截了当地面对这样的"自然"（φύσις/physis）：

1. 它"总包含着一种对于存在者整体的解释"[2]，它是包括一切存在者——人的历史、自然（Natur）的进程、神圣的创造——在内的，让存在者整体是其所是的支配[3]，也即"存在"本身[4]；φύσις 之为支配的存在，支配着存在者整体的"纯一性"（Einfalt），即"由其自身而来"的纯一性，从而 2. 它只能是从其自身而来的事物的运动状态的起始和占有，是从其自身而来、向着自身进行它自身的"生产"[5]，因此，赫拉克利特已经从根本上说出了 3. 有关"自然"的根本经验——Φύσις κρύπεσθαι φιλεῖ（"自然喜欢自行遮蔽"）[6]，也即相对于人的把捉而退回其自身的那种因其自身、由其自身而来的"纯一性"运动，从另一个角度来说，4. 自然的**真理**即对此遮蔽的显露，对此遮蔽的去蔽。而此去蔽的"途径"不可能是来自于人的任

---

[1] Martin Heidegger, *Nature History State: 1933-1934 seminar*, trans. Gregory Fried and Richard Polt, New York: Bloomsbury, 2015, pp. 23-24.

[2] 马丁·海德格尔《论 φύσις 的本质和概念。亚里士多德〈物理学〉第二卷第一章》，载《路标》，孙周兴译，商务印书馆，2000 年，第 277 页。

[3] 马丁·海德格尔《论真理的本质——柏拉图的洞喻和〈泰阿泰德〉讲疏》，赵卫国译，华夏出版社，2008 年，第 13 页。

[4] 马丁·海德格尔《论 φύσις 的本质和概念。亚里士多德〈物理学〉第二卷第一章》中译本中，φύσις 一词被译者直接译为"存在"。

[5] 马丁·海德格尔《论 φύσις 的本质和概念。亚里士多德〈物理学〉第二卷第一章》，载《路标》，第 347—349 页。

[6] 马丁·海德格尔《论真理的本质——柏拉图的洞喻和〈泰阿泰德〉讲疏》，第 13 页。

何认知方式（这是自然/physis 的本质经验所决定的）——"这种真理原初地（而且也是本质上）并不是人类认识和陈述第一个特性"[1]，相反，5.真理乃是诸存在者在自己的推动之下进入"光天化日之下"的去蔽-显现[2]，人通达此真理的路径不是认识，而是"去存在"的"自由"，因为人作为一个存在者，在自己的自然/发生中才能观入存在整体的自然的"真理发生结构"。

总起来说，在这两条路径之下，海德格尔在这一阶段决定性地站到了"自然"面前，站到了"真理发生结构"问题的面前。在这两条路上，海德格尔所凭借的四个重要思想支点是**柏拉图（去蔽的真理观）、亚里士多德（作为真理发生的自然）、康德（物的追问）和胡塞尔（回到事物本身）**。更为高超的是，海德格尔在这四个支点之间实现了一种"多元"批判：他运用亚里士多德批判了柏拉图，认为柏拉图错误地把自然之"去蔽"当作了理念的"概念显现"，仍然把自然归入理念之下，因而没法摆脱"符合论的真理观"；他运用康德，实现"自然"与"理念"之间的"解套"，但却批评康德把真理的"先验"（Transzendentale）结构解作"先天的"（a priori）因而是不能经验的；他进而利用胡塞尔对康德做出"纠正"，关注于来自事物的给予与人的经验相关联的超越论结构，描述我们的意向性经验成为可能的条件；但最终，海德格尔又指出胡塞尔的失误在于谈论意识活动和在被给予方式（Gegebenheitsweisen）中被关联的事，却没有真正谈论自然也即"事物本身"，而后者

---

〔1〕 马丁·海德格尔《论 φύσις 的本质和概念。亚里士多德〈物理学〉第二卷第一章》，载《路标》，第 351 页。

〔2〕 *Nature History State*, p. 27.

才是现象学的真正目的,也就是说,要真正走出对自然-发生(physis)的人类学的提问及考量方式,必须去面对事情本身的发生的经验显像结构。[1]

二、本源:为什么是艺术作品?

在走出"人类学"的问题结构的这个转捩点之后,海德格尔随即完成了一系列论述,如果撮要列举,它们应该包括《哲学论稿》(Beiträge zur Philosophie,1936)、《沉思》(Besinnung,1938)、《存在的历史》(Die Geschichte des Seyns,1938—1940)、《论开端》(Über den Anfang,1941)、《本有-发生》(Das Ereignis,1941—1942)等。这些论著一方面在问题上非常明显地与《自然、历史、国家》中所给出的这一基本问题相一致:对"原初地意味着所是"的 physis 的追问本身就是对"本有-发生"的追问,因为"成长(涌现)、存在,以及存在-解蔽是一而二、二而一的一个整体"[2]。另一方面,这些论著在追问方式上也基本实现了转变,在这些著作中"海德格尔发展了他对作为本有-发生事件之真理的'存在-历史'(seynsgeschichtlich)之思,而且这种思考绝不是体系化的,海德格尔不再想直接去谈论本有-发生事件,不再想直接去谈论存在者或存在(Seyn)的历史,而是想通过一种思之言说的方式让历史性的存在(Seyn)演示性地显豁出来",因此这些著作可以被称为"诗性写作"

---

[1] 参考 Martin Heidegger, "Über das Prinzip, Zu den Sachen selbst", *Heidegger Studies* band 11 (1995), Duncker & Humblot, 5-8ff。

[2] *Nature History State*, p. 27.

（这里的诗性/poietic用的是希腊词poiesis的原义，即创制－发生）。[1]在这一阶段，海德格尔意味深长地将存在（Sein/Being）做特殊标记，改写为Seyn（英译一般拼作Beyng），以标明作为自然－发生整体只能是一种本源的涌现过程，**一切存在者的"现在"都在这一本源的结构中倾向于在"不在"和"在"之间挣扎着获得自身的意义**。与此相应，思者海德格尔也只能用一种特殊的方式来考量作为过程的这种自然－发生，这种方式——"诗性－创制的书写"——更注重把作为自然－真理的"发生"摆明出来的"诗着"的书写。"诗"，已经构成了一个非常特殊的"思"的方式与领域，暗示着一种新的哲学的出现。显而易见的是，在1933年到1935年，海德格尔讲座重点正是"荷尔德林的诗"和"艺术作品的本源"（讲座正式文本迟至1950年和1951年才发表）。[2]从这些文献中，可以看出，他的"思"的方式已经不是"哲学的"，而是一种新的"诗着"的追问，在很大程度上受到了荷尔德林的影响，而这个诗人在《存在与时间》的那个阶段（20世纪30年代之前）几乎是没有任何"现身"的。

尤其值得注意的是，《艺术作品的本源》可以被视为这种思的追问与书写的典型。其之为典型，还由于它是一份被不断改写的持续书写过程。该文众所周知的版本为1935年在弗莱

---

[1] Daniela Vallega-Neu, "The Black Notebooks and Heidegger's Writings on the Event (1936-1942)", 载 *Reading Heidegger's Black Notebooks 1931-1941*, ed. Ingo Farin and Jeff Malpas, MIT Press, 2016, p. 117.

[2] 海德格尔的思的"折回"在《艺术作品的本源》中的呈现，可参看张旭《海德格尔的艺术作品本体论》，载《文艺研究》2017年第9期，第6页。

堡艺术理论学会上的讲演稿（弗莱堡版），1936年海德格尔在法兰克福德国自由教区做三次演讲，题为"艺术作品的本源"，之后在此基础上海德格尔又增补"后记"一篇。在此后的时间里，海德格尔对此文多次批阅增删。1950年该文被作为第一篇文本收入《林中路》（公开文集版）。1956年海德格尔又增写"附记"一篇，并从1956年至1976年的这段时间里，不断在文边加入边注。《海德格尔全集》第五卷[1]，也即《林中路》修订第七版全部收入了这个不断增删、调整的文字。然而，公众直到1989年才发现，该文在1935年之前还存在一个"初稿"（Erste Ausarbeitung），一直压在抽屉之中，直到是年在《海德格尔研究》上刊出。[2]这个初稿后又经君特·费伽尔整理，于2007年被作为第九篇文本收入《海德格尔读本》[3]。尽管这个版本只讨论了"希腊神庙"这个艺术作品的例子，而且在自然存在真理追问中仍然带有一定的《存在与时间》阶段的思想印记，篇幅也小得多，但却相当明确地使用了"Seyn"（在后来的版本中却被删去了）来标示"自然发生的整体"，并且指出了："诗——艺术的本质——即对存在的奠基。而非对诸存在者的生产"（Dichtung—das Wesen der Kunst—ist *Stiftung des Seyn*. Also

---

[1] *Heidegger Gesamtausgabe 5*, Herausgegeben von Friedrich-Wilhelm von Herrmann, Frankfurt am Main, Vittorio Klostermann, 1977. 英译见 *Off the Beaten Track*, trans. Julian Young and Kenneth Haynes, Cambridge: Cambridge University Press, 2002。中译见《林中路》，孙周兴译，上海译文出版社，2004年。

[2] *Heidegger Studien Band 5*（1989），Duncker & Humblot, 5-22ff.

[3] *Heidegger Lesebuch*, hrsg. von Günter Figal, Frankfurt am Main, Vittorio Klostermann GmbH, 2007. 英译见 *The Heidegger Reader*, ed. Günter Figal, trans. Jerome Veith, Bloomington & Indianapolis, Indiana University Press, 2009。

nicht Hervorbringung des Seienden)。[1]

这种版本的"细微"调整，绝非是细微的。此外，从第一个草稿到第二个版本、第三个版本以及最终《林中路》版的篇幅扩充，也绝非仅仅只是文字的缀补和材料的增加。相反，这些调整和扩充，是至关重要的，涉及"自然"（Physis）的真理（去蔽的真相）在"思"中的显现方式。在第一个草稿中，海德格尔使用的艺术作品的例子只有"希腊神庙"。在他使用这个例子来说明"无蔽"作为自然-发生的真理实质的时候，虽然把"真理"移出了主体的意识（也就是想要说明，此"无蔽"不是"符合论"意义上的真理），但仍旧把这种作为开放性（Offenheit）的真理，系于此在-人的生存之开放性之上——真理**向人**"敞开"，这个"作为开放性的真理"因而"总是这个 Da 的开放性"[2]。神庙作为此在建基于"大地"上的世界化的世界，在显现自身的同时，也开显出岩石的岩石性、大地的大地性。显然，真理的涌现，仍然是主要**来自并向着**这个"Da"的，在这个意义上说，存在（Seyn）或自然（Physis）发生之真理仍然处在《存在与时间》中所说的那种历史呈示自然（natur）的框架之内，而且历史无非就是这个 Da：自然也还仅是历史的"基址"——"建筑与机构有其历史，但就连自然也是有历史的（Aber auch die Natur ist geschichtlich）……作为村园、居住区和垦殖区，作为战场和祭场而有历史"[3]，因为"随着其世界的实际展开状

---

[1] *Heidegger Lesbuch*, Frankfurt am Main, Vittorio Klostermann GmbH, 2007, 165f.
[2] Ibid., 166f.
[3] 《存在与时间》，第 439 页。

态（faktischen Erschlossenheit seiner Welt），自然也一道向此在揭示出来"[1]。显然，这种"思"的结构，还不能达到存在（Seyn）或自然（Physis）的真理"召唤"。此一"自然一道向此在揭示"的"揭示"或"去蔽"，按此思路而言，本己地就存在在"历史"之中，人的世界化活动的展开从来如此，但谁来"看到"这种"揭示"、怎么去"看"和"思"此一"揭示"？传统的形而上学家-哲学家去"看"？通过理论去"看"？又会看到什么？这些问题在这种较为简单的框架中都是不可能得到解答的。事实地并且是历史地被证明了的是，处于某生存论结构中的此-在——具体来说，创造神庙的希腊人——在其行动和活动中事实上让自然成为"历史的"并展开它的真理，但涉身于这一过程中此在-在自己的认识活动—经验活动中却也构造着自己的真理（技术、战斗、祭祀），从而在此同一个过程中遮蔽自然的真理、看不到自然的真理——而且在西方哲学谱系中的哲学家们也从来没有看到。换言之，此-在之Da，在实践中敞开了自然的真理和自己的真理，但在经验中却无法敞开作为这两种真理的关系的那个真理（真相）。在这种自然-历史的二元论经验结构中，在"岩石"与"神庙"的直接对峙中，仅仅在"神庙"的树立（Aufstellung）中，这个问题似乎难以得到解答。

也正是在这个思的节点上，海德格尔在《艺术作品的本源》初稿谈及了一种"三元"和"四维"的"创建"的运思结构："**创建本身就是三事合一的整体**。首先，创建是给出，敞开馈赠。创建也是树立，在一基址上让某物竖起，**奠**

---

[1]《存在与时间》，第466页。

基。最后，创建是让某物开始运行，开动。当我们把艺术称为对 Seyn 的诗着的创建的时候，我们也就必须倾听这给予、奠基和开动，并把它们理解为一个整体。"[1](Stiftung besagt ein in sich *einiges Dreifaches*. Stiften ist einmal ein Schenken, die freie Gabe. Stiften ist sodann Errichten, etwas auf einen Grund setzen, *Gründen*. Und Stiften ist schließlich Anstiften von etwas, Anfangen. Schenkung, Gründung, Anfang müssen wir heraushören und einheitlich verstehen, wenn wir die Kunst als Dichtung der Stiftung des Seyns nennen.)

在后来的版本中，海德格尔则完全按照这种"诗着的奠基"的运思结构大规模地改写了全文。如果可以简便起见图式化地表达，那么可以说："三元"是三个要素，"四维"是三项"间"（Zwischen）的关系化之后发生的一个"涌出"维度。正如我们在后来版本的《艺术作品的本源》中看到的那样，在一开始的追问中，海德格尔在何为艺术作品（Werk derKunst）与艺术家（Künstler）的问题中，让我们发现二者互为规定，艺术家是艺术作品的创作者，艺术作品的艺术品质又是使艺术家**是艺术家**的保证，因而二者"向来都是通过一个第三者而**存在**的"[2]。在这个意义上，这一个第三项（ein Drittes）即艺术（Kunst）才是第一位的。作品的存在、艺术家的存在，都在于艺术的存在之中。那么，何为"艺术"？艺术在作品的"是"中。在这个回路——或者说"兜圈子"（Kreisgang）——中，"艺术在那儿"

---

[1] *Heidegger Lesbuch*, Frankfurt am Main, Vittorio Klostermann GmbH, 2007, p. 166.
[2] 马丁·海德格尔《艺术作品的本源》，《林中路》，孙周兴译，上海译文出版社，2004年，第1页。

已经给出，艺术家让它树立，艺术作品让这两者开始显现，在三项的整体运动中，有某个出口"发生了"，"让……显现"的"艺术作品"（Werk derKunst），乃是"艺术""制作物"。

艺术制作物作为一个出口，通向了一个新的道路，在那条道路上迎面就有三个问题：什么是艺术/非艺术的"制作物"？什么是"制作物"（Angefertigtes Ding）？什么是"物"（Ding）？——它们构成了新一级的"三项"，在艺术家与艺术作品、艺术作品与艺术、艺术家与艺术的三个维度之上，开出了第四维度。在这一级的"三项"中，物的物性，是这一轮回路运动的轴心，也是通向新一维"三元"运动的"出口"。何为"纯然物"，此问题从否定（排除）的方面蕴含着"形式"与"质料"集置方式的三种结果："自然物"（Naturdinge）、"有用物"（Gebrauchsdinge）和"器物"（Zeug）。在器物这里，海德格尔让我们看到，器物乃是此在根据自己的目的对自然物加以利用使之成为用物，器物是一种工作（Werk）的结果，这种工作的基本规定是，此在在物中置入"上手性"的目的。现在也只有经历此一"对先前道路的反思性穿越"[1]，才展开了一片新的空地，也是在这里，Werk，构成了一个"向回"的通路，把思者引向了Werk der Kunst——艺术工作/作品。

艺术的工作作为特殊的工作，其不同于获得物或制造器物的特殊性何在呢？此时，海德格尔让我们去"看"那一幅著名的画作《农妇鞋》。鞋子在画中不再有用，有用性被掏掉了。它们让我们看到、感觉到农妇的劳作、她的生活和世界（Welt），

---

[1] 马丁·海德格尔《哲学论稿（从本有而来）》，孙周兴译，商务印书馆，2012年，第377页。

并看到了她所属的世界与这个世界中的她所站立其上的大地（Erde），这一刻，我们也看到了闭锁的——因"被置入计算性的谋制和经济的强制过程中"[1]而闭锁并沉默无语的——大地，也因而看到了她的世界与大地之间的争执关系，也正是这争执关系，造成了她鞋子的污旧，造成了她及她的世界的苦恼、痛苦与休憩、欢乐。总之，这幅画让我们看到的是"这不是一双鞋子"（借用马格利特的画作"这不是一支烟斗"来说），让我们看到的是此在—世界—大地的三元的"运动"。如果说现实中的鞋子作为器具被置入的是人及其世界的目的性，那么，画作中的鞋子作为器具-非器具则开启了一个另类的将那种目的性移除、掏空的空间。在这空间中，器的有用性被褫夺，物的目的性"受造"形式被遣散，也正是在这种"解套-脱节"之中，人的世界与自然大地的相遇方式被推向前台，世界的"自然"（physis）和大地的"自然"（physis）并相显豁出来——此艺术作品（艺术工作）中，置入的是作为涌现的自然之"发生"的真相。

"艺术的本质或许就是：存在者的真理自行设置入作品"，而"设置（Setzen）说的是：带向持立"[2]。艺术作品的本源（Ursprung）即来自"艺术"的这一"所是"："真理的自行置入作品"（Sich-ins-Werk-Setzen der Wahrheit）。为什么是"艺术作品"？海德格尔的回答是，艺术作品（Werk der Kunst）是"真理自身在工作（Werk）中的持立"，"真理是存在者之为存

---

[1]《哲学论稿（从本有而来）》，第293页。
[2]《艺术作品的本源》，《林中路》，第21页。

在者的无蔽状态"[1]，艺术的作品也即真理的工作，也即对展现存在者之"自然发生"（physis）的"创建"。思入真理，最切近的路是通过"艺术作品"。这里海德格尔与黑格尔针锋相对（正如《艺术作品的本源》后记所示），后者著名的"美学"说法——艺术及其美是理念的感性显现（sinnliche Scheinen der Idee）——本己地属于那种人类学-形而上学的哲学，隐含地认为艺术只代表真理的原始阶段，而理念只能在哲学概念中完全显现。海德格尔针锋相对地指出要"领会艺术作品和诗的艺术本身，必须首先戒除将艺术问题理解为某种美学的那种哲学"[2]，进而彻底"颠倒"了黑格尔的这个美学说法，强调只有艺术能让自然自然、给历史奠基、让无蔽发生——"艺术乃是根本性意义上的历史"[3]。

正如前面所说，在草稿《艺术作品的本源》中，海德格尔把"创建"规定为"敞开馈赠、树立、开动"三件事的一体化，在定稿《艺术作品的本源》中也有相类的表述[不过他把"三事合一"表述为"三重意义"（einem dreifachen Sinne）[4]]，而且明确指出"艺术的本质是诗，而诗的本质是真理的创建"。所以，当他谈论艺术作品的时候，说的不是工具化的、艺术工业产出的、在美术馆待售的艺术品或博物馆展品，也不是"表达某个时代的文化之魂"的（"理念的感性显现"的）艺术品，而是来自"伟大的诗及其筹划"[5]的真理工作，尽管它是借助某

---

[1]《艺术作品的本源》，《林中路》，第69页。
[2]《论真理的本质——柏拉图的洞喻和〈泰阿泰德〉讲疏》，第62页。
[3]《艺术作品的本源》，《林中路》，第65页。
[4] 同上书，第63页。
[5]《论真理的本质——柏拉图的洞喻和〈泰阿泰德〉讲疏》，第62页。

类特殊的艺术家来实现的——**这种**艺术家[1]"对可能的东西具有本质的洞见，将存在者隐蔽的可能性带到作品中，由此使人们首次看到他们盲目游荡于其中的现实－存在者"[2]。由此我们也就理解在定稿《艺术作品的本源》中海德格尔对艺术作品例子的选择是意味深长的。他选了三个例子：画作《农妇鞋》、希腊神庙和《罗马喷泉》诗。这三个艺术作品都可以在海德格尔的意义上称作"诗"，共同地具有让自然－发生的真理呈露出来的全部功能，我们应该看到这三个例子在海德格尔的表述脉络中，是各有所侧重的。

《农妇鞋》开放馈赠，希腊神庙树立，《罗马喷泉》开动。前面已经大致讨论了"农妇鞋"，这里我们还要强调这幅画开放出并馈赠了一种三元四维的关系。1．一双鞋作为对象，在这里呈露在眼前，它们的构造不再来自单边的主观目的，而是带出了世界的世界化中主客体的依存关系，2．我们也能从中看到世界仅凭自身不足以逗留于诸存在者的此时在画作中敞露的开放性之中，此世界挣扎着要集拢这些存在者，因而3．在此挣扎中，观者（"思者"）被给予了事物的另类经验，这里的所有事物让"我"体验到"（我着的）非我之我"和"超越我的世界"。由此4．这种世界的开放性必定通过某物而保持开放，此物不来自"我"亦不来自"我的世界"，此物"爱隐藏"——总在逃离，我们以强烈的方式遭遇了它，它就是"大地"。如果说画作开放的

---

[1] 毋宁说，这种"艺术家"是真正意义上如海德格尔一样的"思者"。海德格尔所提及和关注的这种艺术家，包括荷马、维吉尔、但丁、莎士比亚、歌德、里尔克、凡·高、克利（Paul Klee）以及云格尔（Friedrich Georg Jünger）等。

[2] 《论真理的本质——柏拉图的洞喻和〈泰阿泰德〉讲疏》，第62页。

是一个平面但深邃的空间，那么，希腊神庙则在"树立"的纵向上，让"世界"或"历史"的自然－发生（physis）与"大地"或"岩石"的自然－发生（physis）以咬合、纠缠、突入、躲避的方式展现了出来，历史树立在大地之上，此一"树立"大地与世界以咬合的方式进行着的相互"遮蔽"同时呈现。至于迈耶尔的《罗马喷泉》，则侧重于让我们看到，由艺术或诗本身的"开动"的那个过程——它是理念性的意义和被给予的感觉在词语流动、波动和跌落中的同时给出。具体而言，这首诗不是模仿任何现实存在的某个罗马喷泉，而是对真理的发生结构的表象，真理在艺术作品中置入了，让我们看到"艺术"——这里是"诗"——是真理的具体而微的可见的连续体（也可以说，是真理发生的一个"模型"），作为无蔽的真理，在艺术作品中，不是艺术作品的意义内容，而是真理的运动发生（自然）的结构。

三、自然－真理的发生：解蔽－争执－间着

海德格尔在 20 世纪 30 年代的"艺术之思"，可以被看作他走出《存在与时间》人类学提问方式的真理之思的一种思想操练。海德格尔的"转向/折返"绝不能被简单地（因而是错误地）被蔽之以"人诗意地栖居"。"诗"（艺术）是让"Seyn-自然－发生"显身的真理，因而这句往往被"美学化"的提法，只能被解释为"人在真理之问中成其为此在"，海德格尔明确（并多次）地指出：

> 与现实性构成的这种本质关系是由这种本质观所决定的，这也适用于艺术，尤其适用于诗。艺术及其本质（和

历史一样）向来遭人误解。人们在艺术和艺术作品中汲汲于寻找艺术家的精神生活！艺术的本质根本就不在于图绘现实。艺术的目的也不是让人从中获得愉悦、不在于让人去欣赏它，所有艺术形式最本己的意义在于显豁某种可能性，也即彰显那种人的存在之所是的**自由创生性筹划**（der freie schöpferische Entwurf）。

以这种方式，人才开始获得立足点及方向，从而可以看到现实，并在可能性澄明之中将所有具体的个别之物理解为其所是。因此，诗比所有科学有意义得多。但丁、莎士比亚、歌德、荷马等诗人比所有科学家的成就要大得多。

这种与物之所是的本己关联乃是它们的本质，正是这种先行筹划，开始使得日常现实意义中的个别存在者变得可见。**自由，也即与物的真实本质的关联**，乃是诸存在者的基本条件，唯借此，存在者才显现为它们自身。[1]

这几个段落是极其关键的。它们集中反映了海德格尔对"自然－发生"问题提法的"折回"或"转向"后，"思想丛"结构的整体变化以及"艺术－诗"的真正内涵及作用：1. 艺术一方面不"反映"（"图绘"）外部现实，另一方面也不首先是供"审美鉴赏者"欣赏的美的作品，这些都非艺术的真理本质；2. 艺术－诗的真理和本质本身就在于提供一种"折返"，让人"看到"诸存在者在日常的、流俗的一般图景中"不可见"的存在；3.

---

[1] Martin Heidegger, *Sein und Wahrheit*, *Heidegger Gesamtausgabe 36/37*, Herausgegeben von Hartmut Tietjen, Frankfurt am Main, Vittorio Klostermann, 2001, pp. 163-164.

艺术-诗（或思本身）的此一本质真理，源自"双重去蔽"——诗着的人"让自己摆脱"（自由）一切既有的经验相关项限定，在转向事物本身的同时，也让事物本身转向他，从而既去蔽"人的存在之所是"，也去蔽物之为"存在者之所是"，更让两者的"实际关联—发生性历史关系"，也即两者的自然同时去蔽。总之，自然（发生）—艺术（诗-思）—真理（去蔽）在海德格尔的这一思想丛中构成了一个相互关联的整体，此整体或者可称为经验中的先验发生结构，这也正是海德格尔实现对胡塞尔现象学突破的地方。

正如前文所说，在发表《存在与时间》之后和撰写《艺术作品的本源》之前的这段时间里，海德格尔对"自然"理解从"自然之物"（Naturdinge）[1]到"作为发生的自然"（Physis）的重点转移，同时意味着他必定要做出对"自然"之"真理"本质的"折返"思考。事实上，在20世纪30年代，海德格尔通过一系列讲座、论文对古典"真理"观和现代"真理"观做了系统的批判研究，进而较为明确地界定了"真理"以及自然之真理的本质。《艺术作品的本源》中也指出传统的"真理"，本质上是"符合论"，中世纪称之为"adaequatio"（符合），亚里士多德称之为"ἀλήθεια"（肖似）。[2]主观"符合"客观，"真理"

---

[1] 在《存在与时间》中，海德格尔虽然提及亚里士多德古典意义上的"自然"，但在其生存论分析中，重点仍然谈的是近代、现代的"自然之物"或"自然物"，如何回到本真的对自然的经验尽管是《存在与时间》的重大论题，但在此提问方式中，终未获得有效解答。《存在与时间》的 Naturdinge（自然物）论述见 Martin Heidegger, *Sein und Zeit*, Max Niemeyer Verlag Tübingen, 1967, p. 63, 及以下各处。

[2] 《林中路》，第22页。

即在主观那里被把捉和"反映"。但海德格尔通过对柏拉图"洞穴比喻"的重读[1]，深刻地指出一点，"主观"本身在"洞穴"中实际上是对存在者的来自其物自身的"相"进行构造（而非"符合"）的，"火"和"洞穴"以及"枷锁"的限制，使洞穴人只能在"上手"的条件和方式中构造"影子"，也就是说，"影子"与"主观"的"符合"是这种传统真理观之下真理的本质。这种真理反而只是"遮蔽"（对真理条件和物真相的原初遗忘）。这种对真理的天真的理解，使"洞穴人"忽略了存在者之"相"在"火""洞穴""矮墙""太阳"之下的"发生""变化"，即**自然**"显像"的特征。在"洞穴人"看来，存在者（影子）也就只被表象和认识为"不变的客体"（unveränderliche Gegenstände vorhanden und bekannt）[2]——"恒定不变的""现成和熟悉的""上手"的客体。**这种"符合"只是主观与影子的符合，此符合乃是遮蔽**。

在西方形而上学和认识论传统中，伴随着这种"真理之为符合"（Wahrheit als Übereinstimmung）的"符合论"，还有一种"真理之为正确"（Wahrheit als Richtigkeit）的真理观。此一真理的本质在于从主观到逻辑结构出发而得出的命题性判断，这里存在着一个非常重要的"裂隙"，即从主观逻辑出发的命题性判断，只要主观条件具足、逻辑自洽，是可以无涉于它所能得出的命题是否与事实相符。海德格尔常常举的"金子"和"假金子"就是一个很有意思的示例。从"作为符合"的真理的角度来说，"假

---

[1] 参看《论真理的本质——柏拉图的洞喻和〈泰阿泰德〉讲疏》。
[2] Martin Heidegger, *Holzwege, Heidegger Gesamtausgabe 5*, Herausgegeben von Friedrich-Wilhelm von Herrmann, Frankfurt am Main: Vittorio Klostermann, 1977, p. 28.

金子"因不符合"金子"的概念从而显然为假。但是,"假金子"之所以能装成金子的模样,是因为在"正确性真理"的判断中"假金子"也完全共享了真金子的命题性条件,反过来说,**一物如果其金子的命题性条件具足,在判断中也"是""真金子"**[1]。在"真理之为正确"的真理观中,起作用的主观对错逻辑本身是先行遮蔽的,进而这一逻辑得出的判断与事实的关联也是被遮蔽的——这种真理观中也存在着"双重遮蔽"。在对这两种"真理观"的批判中,海德格尔揭示,西方传统的形而上学—认识论中的"流俗"真理观,即符合和正确(即事实真假和逻辑对错)两种真理观,一方面相互关联、紧相连属,但又各自造成了双重遮蔽。不仅如此,海德格尔在这一揭示中还已经让我们看到核心问题所在——我们可以大致用下图来示例:

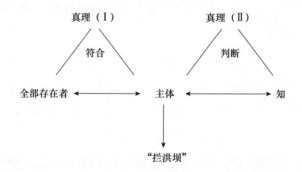

"符合"的真理Ⅰ,是"主体"观念对全部存在者(当然包括主体自身)的客体化表述。"正确"的真理Ⅱ,是"主体"的逻辑运作的知识化。在这两种真理中,外部存在者"流向"主

---

[1] 有关"符合论"和"正确论"的真理观的批判,可参看海德格尔《论真理的本质》"流俗的真理概念""符合的内在可能性""正确性之可能性的根据",见《路标》,第207—214页。

海德格尔对"自然"的解释

体,主体的知识又都从主体那里"流出"。主体在这里恰恰成了一个康德意义上的"拦洪坝"。这个拦洪坝接受并放出真理,也在诸多层面上遮蔽存在者存在的显像可能性,更重要的是,此主体之所以"能"这样,何以能"接受"和"放出"真理的主观条件的"本源"这一根本条件是此主体所不可体验到的。就此而言,康德的全部工作是在证明这种主观条件(洞穴中的主观条件)"是"什么,但其何以"是"以及是否可能使其不断"去是"的那个"本源"(Ursprung),在康德"形式逻辑"的追问之中是不可追问的。同样,就此而言,黑格尔注意到了主观条件与真理之"是"乃是一场"盛宴"、一个过程(《精神现象学》前言),但黑格尔对这一过程的表述,把真理Ⅰ的过程留给感性、感性确定性和自我意识,而把主体和真理Ⅱ紧紧地捆绑在一起,在黑格尔看来,真理与理性主体构成了相互"加冕"的生死联系。于是,才有了从原始宗教、艺术、哲学的理性进展路线。海德格尔在20世纪30年代的真理之问中,特别关注康德以及黑格尔[1]绝不是偶然的。针对康德,海德格尔诘

---

[1] 黑格尔在海德格尔的思想道路中似乎更为重要。从开始哲学工作之始,海德格尔就将黑格尔树立成一个"靶子"(可参看《哲学的规定》,*Heidegger Gesamtausgabe* 56/57),而且他在重要的思想转捩点上,都在与黑格尔进行潜在的对话。20世纪20年代,黑格尔《逻辑学》是海德格尔逻辑阐释学的一个参照背景;1930/1931学期,海德格尔将《精神现象学》仍旧作为靶子,来展开他对存在的历史的思考,而最重要的关联,就是30年代后期,"否定"这一黑格尔概念,涉入了《艺术作品的本源》《哲学论稿(从本有而来)》的思想脉络。在1938—1941年间,海德格尔集中思考了黑格尔的"否定",这些文章收入于1993年出版的海德格尔文集第68卷中(*Heidegger Gesamtausgabe* 68)。"否定"与海德格尔"折返"之思中之存在(Seyn)本身的"离-基"(Ab-grundes)有密切的关系——辩证逻辑走到其边界,必将遇见那个"深渊"。当然,不仅在(转下页)

问道:"我们是如何将我们自己设定为决定什么东西是自明或不自明的法庭呢?……我们或者对于我们自明的东西,难道毫无疑问地就是最终和最先的法院吗?对于其必然如此,而又为什么根本不可能如此的原因,我们有哪怕一丁点儿的领会吗?我们真的知道我们是谁,人是谁或者是什么东西了吗?……所有这些,难道还不都是完全不清楚的吗?"[1]

而针对黑格尔,海德格尔转而求助于黑格尔同时代的诗人荷尔德林和他的诗。对海德格尔来说,在"解套"或"自由"的意义上,荷尔德林及其"诗"不啻为黑格尔式的主体向着真理的"生死斗争"提供了一个"折返"的路:在荷尔德林的诗之思中,自然不再是"客体",而是一切现实之物中的存在,"自然在场于人类劳作和民族命运之中,在日月星辰和诸神中,但也在岩石、植物和动物中,也在河流和气候中"[2]。自然早已将它的真理朝人摆出,但主体却弃之不顾,自己只在"理性"所完美化(Perfektion)的图景中索取并坚持图式化的"真理"。对荷尔德林(以及海德格尔的"折返之思")而言,自然的真理不是那么"远",而是相当"近"——"有待思想者的神秘总是远不可及,并且深藏于一种隐瞒(Verheimlidiung)的难以穿透的层面里面。不过,它在切近(Nahe)中有其本质位置,这种切近接近于一切正在到达的在场者,而且保存着这个已临近

(接上页)《艺术作品的本源》中,而且在后来50年代中后期的文集《同一与差异》中,发生与裂解乃一而二、二而一的过程(den Einklang zwischen Ereignis und Austrag)仍然可见黑格尔的"否定"的影子。

[1] 《论真理的本质——柏拉图的洞喻和〈泰阿泰德〉讲疏》,第6页。
[2] 马丁·海德格尔《荷尔德林诗的阐释》,孙周兴译,商务印书馆,2016年,第59页。

者"[1]。荷尔德林的诗（以及其他真正的"艺术作品"），也正是从这个切近中划出了这个真理发生的"位置"，因为这样的"诗中的'自然'一词按 Φύσις 这个原初的基本词语所隐含的真理诗意地表达了自然的本质"[2]。

那么，什么是"切近"呢？海德格尔在众多场合，或者借助荷尔德林或者赫拉克利特来澄清这一"切近"：他要说明的道理却非常"简单"，那就是，"人"从来是存在者中的一种，他从来便存在于这个"自然"之中，与其他存在者一道按着自然－发生的结构、规律、方式存在着。人的存在本身、他的自然，甚至他的非自然的"自然"，都一并属于他的"世界化"的"真理"的形成过程，他在他的"历史"中迄今还在那条"远路"上越走越远——所有这一切都是作为发生的"自然"的一部分。人在存在中是与自然"切近"的，但是，只要他还昧于自己世界的"真理"的本源，只要还在那种真理（Ⅰ，Ⅱ）中遮蔽着，人就离他自己的自然和自然本身总是"远"的。

人有无可能走出此种"遮蔽"，不再绕那个"远路"而直接与自然照面呢？没有。因为"自然喜欢自行遮蔽"（Φύσις κρύπεσθαι φιλεῖ/Die Natur liebt es sich zu verbergen）。在《艺术作品的本源》中，海德格尔借助"大地"和"世界"的关系，已经指出了这一点。简单地说，人的愿望、意图、激情行动及合目的的认知构成的"世界化的世界"咬合于"大地"之上，大地的其他存在者在这一咬合中，成为对人上手的、在手的器、

---

[1] 马丁·海德格尔《无蔽》，见《演讲与论文集》，孙周兴译，生活·读书·新知三联书店，2005年，第307页。

[2] 《荷尔德林诗的阐释》，第64页。

用物，因而也向人将它们自身的"自然"隐藏起来。世界化可以从大地上的"任何一点"开始，只要这点是被置入了人的目的的。甚至从这任何一点的开启、开始的决断和行动本就是"失误"（Irre）。而即便从失误出发，人也可以制造出属于他自己的"符合论"和"正确论"的"真理"——人的自然（本质）就是"遮蔽"，这种非真理本己地内在于人的存在（Seyn）之中。对此，海德格尔在《论真理的本质》中直截了当地说，人是"固执的，即便在固执的生存中，也有神秘在运作；只不过，此时神秘是作为被遗忘的，从而成为'非本质性的'真理的本质来运作的"[1]。换言之，人的"误入歧途"正是他的自然，是他的构成性本质，但同时这一属于他的发生的自然，也向他隐藏，唯其如此，自然才在整体上保持了自己的隐藏（"神秘"）。世界与大地之间的争执，让人走向歧途又因而使之实现其真实的生存。

正如海德格尔常常使用的"争执"（Streit）一词所示，一方面是大地总是隐藏自身的天然物性，另一方面则是世界世界化决断的必然"迷误"特性，二者双方在它们必定发生的关系中又各执一词。世界将自己的"是"加于大地之上，构成"历史"，大地不断锁闭自身顽强沉默并不断抽离，不得不让世界不断地去"筹划"（Entwerfen）自身的世界化。有必要说明一点，《艺术作品的本源》第一稿草稿中，始海德格尔已经明确指出，"筹划"不是"人"的意志行为的筹划，而是人"本质上被抛

---

[1]《路标》，第 226 页。有关非真理作为真理的构成部分，特别参看《论真理的本质》"六、作为遮蔽的非真理；七、作为迷误的非真理"部分。

入"[1]（wesentlich Zuwurf）大地之上的世界中不得已的"调整"行动，在这个意义上说，"筹划"是"大地"抽离和世界"建基"的"争执"张力的结果，不以人的意志为转移。作为"无蔽"的真理不属于两造任何一方：既不在大地一边，也不在世界一边，如果可以用另一个图式来提示的话，可以这样来表示：

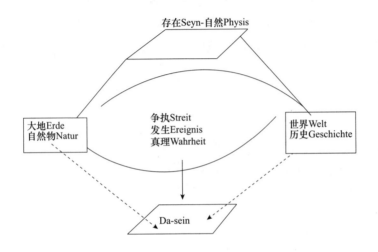

一切（Seyn）皆发生，自然爱隐藏，世界欲存有，争执存真理。

大地与世界相互发生的"真相"或真理只能作为"发生"（Ereignis）存在于两者各自的"经验"之间的边界（交接、交界处）。当然，从人的角度来说，也只能在自身（历史）经验的"边界"的空隙中来把捉这一真相（"最后的神"）——"最终，也是首要地，唯有存在本身已被把握为介于'两间'——

---

[1] Martin Heidegger, "Vom Ursprung des Kunstwerks (Erste Ausarbeitung)", *Heidegger Lesebuch*, 149-170, hier 166-167.

从来在此的最后之神和 Da-sein 恰得以从此'间'中掠过——'本有-发生'本身才能得到把握（被逼到开端性的思前面）"〔Schließlich und zuerst kann das »Ereignis« nur er-dacht（vor das anfängliche Denken gezwungen）werden, wenn das Seyn selbst begriffen ist als das »Zwischen« für den Vorbeigang des letzten Gottes und für das Da-sein〕（Heidegger Die Gründung in den Beiträgen zur Philosophie 26）。[1]在追问"艺术的真理工作"的海德格尔看来，幸运的是，"诗"恰恰提供了这种划出林中空地的可能。

---

[1] Martin Heidegger, *Die Gründung in den Beiträgen zur Philosophie*, *Heidegger Gesamtausgabe* 65, Herausgegeben von Friedrich-Wilhelm von Herrmann, Frankfurt am Main, Vittorio Klostermann, 1989, 26f. 中译可参见《哲学论稿（从本有而来）》，第 29 页。

审美无区分与后现代生活美学辨析
——比较美学视野下当代审美的旨趣和走向

肖建华

(广州大学文学思想研究中心)

之所以在这里会提出这样一个有关伽达默尔的审美无区分理论和后现代生活美学的比较问题,是因为它们都蕴含着一个共同的诉求,这个诉求就是主张要跨越艺术和审美自身的边界,在与社会生活的联通互渗中去理解艺术和审美活动。这是它们之间能够进行比较的一个前提和基础。有了这样一个可比性的基础,我们来分析和阐释审美无区分理论和后现代生活美学产生的思想和时代背景及其各自的理论内涵,辨析其思想的同一性与差异性就是一件十分自然的事情了。通过这种分析、阐释和比较,我们不但可以看出它们的意义和局限,更可以在此基础上汲取其理论发展的经验教训,超越其局限和不足,并为我们未来的美学发展奠定一个更为坚实的基础。

一、审美无区分和后现代生活美学的含义

虽然"审美无区分"(ästhetische Nichtunterscheidung)这个命题是由伽达默尔于1960年在其名著《真理与方法》中正式提出,但据笔者的了解,在西方现代美学史上,美国实用主义美学家约翰·杜威在其1934年出版的《艺术即经验》一书中

根据其经验的统一性的要求，已经在对那种切断艺术审美经验和生活经验的做法进行反思并主张要恢复二者的整体性关联了。杜威指出："当艺术物品与产生时的条件和在经验中的运作分离开来时，就在其自身的周围筑起了一座墙，从而这些物品的、由审美理论所处理的一般意义变得几乎不可理解了。艺术被送到了一个单独的王国之中，与所有其他形式的人的努力、经历和成就的材料与目的切断了连续。"[1]杜威的意思就是，艺术审美经验本来源自于统一的生活经验，但现在我们却硬生生截断了艺术和生活经验的关系，把艺术和审美活动当作一独立自处的领地，这种做法扭曲了艺术和审美活动本身的意义。正是看到了这一点，所以，杜威才主张要回到对普通或平常东西的经验，以恢复艺术审美经验与生活经验之间的紧密的联系性。[2]当然，从文献学的角度来说，没有证据表明伽达默尔受到过杜威的影响，但我们至少可以说，杜威的"艺术经验说"说明了现代西方美学家们越来越不满足于从一种孤立绝缘的角度来认识艺术和审美活动，它奏响了继之而起的西方美学从与社会生活相互关联的视角来认识艺术审美活动的号角，从而也成为后来伽达默尔提出审美无区分说的一种理论先声。

从思想的直接渊源来说，伽达默尔审美无区分说的提出在很大程度上是受到了其师海德格尔的影响的。在《艺术作品的本源》一文中，海德格尔论证了如下这样一个观点，即艺术和其所由之产生的原初世界具有一种紧密的统一性，艺术作品只有放在这样一个原初的世界当中我们才能理解它的意义。以此

---

[1] 杜威《艺术即经验》，高建平译，商务印书馆，2007年，第1页。
[2] 同上书，第9页。

为理论基点,海德格尔批驳了当代盛行的那种博物馆式艺术:"不管这些作品的名望和感染力是多么巨大,不管它们被保护得多么完好,人们对它们的解释是多么准确,它们被移置到一个博物馆里,它们也就远离了其自身的世界。"[1]把一个具有其原初世界的艺术作品放在博物馆里,尽管可能保存得非常完善,但是在海德格尔看来,这其实已经使得作品丧失了其所在的那个原初世界,按照海德格尔的说法即是,艺术的那种原初的自立性在这时就完全"已经从作品那里逃逸了"[2]。在这个时候,我们观照的事实上已经不是艺术作品的存在本身而只是那个作为物的对象存在了。正是因为海德格尔非常重视艺术与其原初世界的那种统一性,所以我们才会看到,他在分析希腊神庙建筑的时候,总是希望能够把它们置入到其所在的周遭世界中来理解。只有这样,凝聚在艺术作品身上的个体此在的世界和历史性民族此在的世界才能够被打开,艺术品本身的存在意义才能够实现和开显。海德格尔有关艺术和世界的统一性关系的论述可以说直接启发了伽达默尔的审美无区分思想的形成。

伽达默尔之所以提出"审美无区分",是与其对"审美区分"(ästhetische Unterscheidung)的批判相关的。所谓"审美区分",可以用一句很简单的话来说,就是指在进行审美活动的时候,把审美活动和其扎根于其中的世界进行分离的一种做法。他说:"我们称之为艺术作品和审美地加以体验的东西,依据于某种抽象的活动。由于撇开了一部作品作为其原始生命关系而生根于其中的一切东西,撇开了一部作品存在于其中并在其中

---

[1] 海德格尔《林中路》,上海译文出版社,1997年,第24页。
[2] 同上。

获得其意义的一切宗教的或世俗的影响,这部作品将作为'纯粹的艺术作品'而显然可见。"[1]这种撇开一部作品所生根于其中的一切东西和其所受到的宗教或世俗的影响的做法就是"审美区分"。艺术和审美活动本来是一种具有丰富的社会性和历史性内容的精神活动,但是,由于人们把艺术和审美活动理解为一种仅仅跟人的主体性审美意识相关而与外在的其他一切的文化的东西相互隔绝和区分的活动,这就使得它变成了一种纯而又纯的东西,这种对艺术和审美的区分和纯化所导致的一个最大的恶果就是使得艺术和审美变得抽象难解了。在分析何谓"审美区分"的时候,同海德格尔一样,伽达默尔也举了博物馆艺术的例子来加以说明。博物馆是收集艺术的场所,各种艺术作品在其中被分门别类地收藏和进行主题式的展览。伽达默尔发现,博物馆艺术的一个最大特征就是一种由审美区分所导致的"共时性"[2],这种"共时性"也即是指艺术作品本身所具有的由其社会历史性所赋予的丰富的文化内涵在博物馆中被消解和压缩为一种没有历史的平面性,艺术作品本身所具有的真实的文化语境被抽离,而艺术作品也就在其中丧失了它的鲜活的意义而变成了一件件艺术的"木乃伊"。

在批判"审美区分"之后,伽达默尔论述了其"审美无区分"思想。"审美区分"仅以审美主体自身的审美意识为依据,把艺术作品与其所源出的世界截然对立和分开,这破坏了艺术作品与其所属世界的统一性,同时也"抽掉了一部作品用以向

---

[1] 伽达默尔《真理与方法》上卷,洪汉鼎译,上海译文出版社,2002年,第109页。
[2] 同上书,第110—111页。

我们展现的一切理解条件"[1]。正是因为如此，所以伽达默尔才要通过高举审美的"无区分"以反对审美的"区分"。对这一点，伽达默尔在其一篇文章中说道："我的'审美无区分'这个颇为费解的概念的要点就在于不该把审美经验太孤立，以至使艺术仅仅变成一种享受的对象。"[2]既然不能够把艺术仅仅变成一种只是为了满足审美主体的审美享受的对象，那么，到底应该如何对待艺术和审美活动呢？这就是要恢复艺术与其世界的统一性，要把艺术和审美理解为一种与其世界不可分割的统一性的活动，这其实也就是我们一再提到的所谓的"审美无区分"。伽达默尔认为，以往的美学总是以所谓的"审美意指物"（das ästhetisch Gemeinte）为中心，而把它与所有的非审美的东西（alle Ausser-Ästhetischen）"区分"开来[3]，并认为这样才算是真正纯粹的艺术和审美，但事实上，围绕在艺术和审美活动周围的那些非审美的东西并不是无关紧要的，正是它们才构成了一切真正的艺术和审美活动发生的必要条件，如果把它们彻底地从所谓的"审美意指物"中清除出去的话，一个艺术家和艺术作品真正所属的世界就会丧失殆尽，其存在的意义也就会变得模糊不清。伽达默尔援引施莱尔马赫的话指出："一部艺术作品也是真正扎根于它的根底和基础中，扎根于它的周围环境中"，"当艺术作品原来的关系并未历史地保存下来时，艺术作品也就由于脱离这种原始关系而失去了它的意义"[4]。施莱尔马

---

[1]《真理与方法》上卷，第110页。
[2] 伽达默尔《在现象学与辩证法之间———一种自我批判的尝试》，见伽达默尔《真理与方法》下卷，第643页。
[3]《真理与方法》上卷，第110页。
[4]《真理与方法》上卷，第217页。

赫的话已经非常清楚地向我们表明，艺术和审美是扎根在一定的世界中的，而这个世界中包含着的这样一些历史的、宗教的、道德的之类的非审美的东西是与所谓的审美的东西相互交融和统一的，二者之间不能"区分"，只有基于此，我们才能真正地理解何谓艺术，何谓审美。这些就是伽达默尔的"审美无区分"所要告诉我们的全部真理。

伽达默尔的审美无区分思想上承杜威和海德格尔，往下则开启了后现代生活美学。虽然事实上大部分主张后现代生活美学的思想家们不怎么提及伽达默尔本人及其审美无区分思想，但是那些主张后现代生活美学的思想家们的学习和研究年代基本上都要晚于伽达默尔本人，他们应该阅读过伽达默尔的著作。其实，在部分研究后现代主义美学的学者如詹姆逊、伊格尔顿、韦尔施、道格拉斯·凯尔纳等人的著作中，他们对伽达默尔的著作和思想还是有所论及的。基于上述理由，我们至少可以这么说，伽达默尔的审美无区分思想对后现代生活美学理论的提出有所启发或者说二者在思想上有一定的相通和继承性，这应该是没有什么问题的。

后现代生活美学是后现代主义思想在艺术和审美活动上的一种体现，所以我们要理解何为后现代生活美学，首先要了解后现代主义的一些特点。当然，后现代主义是一个非常庞杂的思想丛林，我们不可能对之进行非常完备详尽的介绍，而只会选取一些与下面要论述的后现代生活美学密切相关的东西来进行分析。对于后现代主义，尽管言人人殊，但是我们发现，很多的论者在他们多元的论述背后，都有一个共同的认识和界定，这个共识就是认为相比于以前的界限清晰的有秩序的现代文化，后现代主义文化是一种界限不清晰的混杂的文化。比如美国文论家莱斯利·菲德勒在其发表于1972年的被人称为后现代研究圣经的一篇著名文章中，指出后现代主义的特征就是"跨越边界，填平鸿沟"[1]。伊哈布·哈桑在其《后现代主义转折》（1987）一书中对现代主义和后现代主义的各种特征进行了非常细致的比较，其中一条就是认为现代主义的特点是"选择"，后现代主义的特征是"混合"[2]。所谓"选择"就是指现代主义文化内部条理清晰、秩序井然，而所谓"混合"即是指后现代主义文化缺乏边界，杂糅性强。詹姆逊对这一点说得就更明白了，他说：后现代主义的特点就是"一些主要的界限和分野的消失"[3]。对后现代主义文化的这种边界性消失的特点，也可以借用德勒兹的"游牧思想"来进行说明。德勒兹说，以往的传统的科学（他称之为"国家科学"）是一种拥有"静止的视角"的"固定的形式模式"，而游牧科学则本质是"模糊的"，界限是"变化的"[4]。德勒兹的这个有关国家科学与游牧科学的对比其实也就是现代性思想与后现代性思想的对比，后现代性思想和文化也就是一种"游牧"的思想和文化，这种游牧思想打破了传统的文化边界，在各种思想和文化之间实现了一种融合和跨越。

后现代主义思想和文化的这种边界消弭的特点在后现代生

---

[1] Leslie Fiedler, *A New Fiedler Reader*, Amherst: Prometheus Books, 1999, p. 270.
[2] 伊哈布·哈桑《后现代主义转折》，王岳川译，见王潮选编《后现代主义的突破——外国后现代主义理论》，敦煌文艺出版社，1996年，第28页。
[3] 詹明信《晚期资本主义的文化逻辑》，陈清侨等译，生活·读书·新知三联书店，1997年，第398页。
[4] 陈永国编译《游牧思想：吉尔·德勒兹、费利克斯·瓜塔里读本》，吉林人民出版社，2004年，第292—296页。

活美学上得到了鲜明的体现。自从韦伯在其一系列著作中提出现代性就是一种文化的合理化，而这种文化的合理化表现为各种价值领域如科学、道德、艺术等的分野和独立[1]的观点以来，艺术审美与生活的区分就基本上成为美学研究界的一个金科玉律了。这种观点认为，艺术和审美是与日常俗世生活完全不同的一个领域，是超越于日常生活的，它的一个主要功能就是为生活世界中的人们提供一种超拔日常俗事所带来的压力的一种精神的栖居。但是这个观点在后现代生活美学那里遇到了挑战。与现代性美学强调艺术和审美的独立相反，后现代生活美学的一大特点恰恰就是认为艺术审美和生活的关系不可分割，甚至认为生活中就充溢和蔓延着美的光辉。伊格尔顿说，在后现代社会，"一切事情都成为审美的了"[2]。也即是说，艺术和审美越过了它自身的领域渗透到了日常生活之中，我们的周遭的生活世界也变得越来越美了。当前，后现代生活美学的主要体现就是所谓的"日常生活审美化"现象。杰姆逊指出："后现代主义的文化已经从过去那种特定的'文化圈层'中扩张出来，进入了人们的日常生活。"[3]这一文化现象表现在美学上就是"艺术与日常生活之间的界限坍塌了"[4]。这种艺术审美与日常生活边界的消失所导致的日常生活审美化现象遍布

---

[1] 哈贝马斯《现代性对后现代性》，周宪译，见周宪主编《文化现代性精粹读本》，中国人民大学出版社，2006年，第142页。
[2] 伊格尔顿《美学意识形态》，王杰等译，广西师范大学出版社，1997年，第367页。
[3] 杰姆逊《后现代主义与文化理论》，唐小兵译，陕西师范大学出版社，1987年，第129页。
[4] 费瑟斯通《消费文化与后现代主义》，刘精明译，译林出版社，2000年，第36页。

我们当今社会的各个角落:"审美化最明显地见之于都市空间中,过去的几年里,城市空间中的几乎一切都在整容翻新。购物场所被装点得格调不凡,时髦又充满生气。这股潮流长久以来不仅改变了城市的中心,而且影响到了市郊和乡野。差不多每一块铺路石、所有的门户把手和所有的公共场所,都没有逃过这场审美化的大勃兴。"[1]由于艺术审美与日常生活界限的消失,现实生活已经完全被审美所浸润,或者说,现实的日常生活本身成为审美的主要或唯一的对象。审美即生活,生活即审美,这就是后现代生活美学和日常生活审美化的根本内涵。有必要指出一点,我们这里所说的后现代生活美学和日常生活审美化现象与近代俄国理论家车尔尼雪夫斯基所主张的"生活美学"还是有明显不同的。在其《艺术与现实的审美关系》一文中,车尔尼雪夫斯基主张"美是生活"[2],生活的美高于艺术的美,这种观点其实仍然是传统西方美学史上有关生活美和艺术美孰高孰低争论的翻版,它与我们这里所说的在后现代社会中由于都市化的发展和传播技术的革新所导致的超越艺术与生活的边界而使得日常生活被美化的观点在性质上是有很大不同的。

二、审美无区分和后现代生活美学的异与同

分析不同美学思想的差异在比较美学的研究中当然很重要,

---

[1] 韦尔施《重构美学》,陆扬等译,上海译文出版社,2002年,第4—5页。
[2] 车尔尼雪夫斯基《艺术与现实的审美关系》,周扬译,人民文学出版社,2009年,第101页。

如果两种东西之间完全等同，也就丧失比较的必要了。审美无区分和后现代生活美学之间无疑是存在差异的，而且据笔者分析，这种差异还是比较明显的。下面，笔者分别从思想基础和性质、追求目的、表现形式三个方面来对它们之间的差异进行辨析。

其一，从其思想基础来看，审美无区分理论是伽达默尔所建构的现代性哲学解释学的一部分，后现代生活美学则是后现代主义文化思潮在艺术和审美活动中的一种表现。在现代西方哲学中，伽达默尔是以其建构的哲学解释学闻名的，而他的哲学解释学又是建立在以胡塞尔和海德格尔为代表的现象学基础之上的，对这一点，伽达默尔本人也毫不讳言："我的书在方法论上是立足于现象学基础上的，这一点毫无疑义。"[1]而现象学属于一种现代性哲学，这一点众所周知。伽达默尔"审美无区分"理论的提出，与后期胡塞尔的"生活世界现象学"论述和海德格尔对"此在与世界"的关系的分析也是分不开的。胡塞尔指出，"对于人类来说，生活世界始终是先于科学而存在着的"[2]。海德格尔在对此在进行分析时也说："日常此在的最切近的世界就是周围世界（着重号为原文所有。——引者）。"[3]胡塞尔和海德格尔对生活世界与周围世界的论述直接启发了伽达默尔审美无区分思想的形成，"审美无区分"强调艺术审美与其所存在的生活世界的不可区分，其实也就是看到了生活世界对于人类此在来说本身所具有的那种先在性、原发性和前反思性，

---

[1]《真理与方法》上卷，导言，第13页。
[2] 胡塞尔《生活世界现象学》，倪梁康等译，上海译文出版社，2005年，第263页。
[3] 海德格尔《存在与时间》，陈嘉映、王庆节译，熊伟校，陈嘉映修订，生活·读书·新知三联书店，2010年，第78页。

可以说，对这种原发性的生活世界的重视在胡塞尔、海德格尔的现象学和伽达默尔的解释学那里是一脉相承的。

后现代生活美学强调审美与生活的融通，其理论基点与"审美无区分"完全不同。后现代生活美学论者之所以要跨越艺术和审美的边界，使之与日常生活合流，主要是基于一种后现代文化哲学的考量。在现代性文化哲学中，虽然也有像伽达默尔的"审美无区分"思想那样从现代性的内部对文化的疆域与边界的反思，但是总体上说来，现代性文化更加偏重的是高雅文化与世俗文化、精英文化与大众文化之间的区隔和对立，这一点应该是没有什么争议的。在一些后现代主义论者看来，现代性哲学对于一种清晰的文化界限的坚持是文化专制的象征，所以他们所建构的后现代文化的一个重要目的就是要消解这种文化的区隔和对立。詹姆逊就是这样看的，在其《思考后现代主义：一次谈话》一文中，他把"文化民主化当作后现代主义的一个方面"[1]。在《消费文化与后现代主义》中，费瑟斯通引用古兹布鲁姆和舒瓦兹二人的观点指出："我们正进入一个旧的文化等级被铲除的阶段。消解等级的冲动表明，高雅与低俗、精英与民众、少数与多数、有品味与无品味、艺术与生活等等，所有这些垂直性划分，都只是社会生活的某些局部性特征，现在却再也没有适用的等级划分了。"[2]后现代生活美学打破艺术和生活的边界，体现的就是后现代文化哲学对这样一种文化民主性的追求。

由于审美无区分和后现代生活美学立足于不同的思想基础，所以它们身上体现出了不一样的思想性质。审美无区分是伽达

---

[1]　《消费文化与后现代主义》，第90页。
[2]　同上书，第160页。

默尔哲学解释学的一部分，而其哲学解释学又是建立在现象学基础之上的。无论是现象学还是解释学，它们都属于一种现代性的学术思潮，这种现代性思潮在批判传统理性主义的同时，又总是在一定程度地重建理性的价值，这一点在胡塞尔、海德格尔、伽达默尔等身上都有体现，可以说是现代性学术的一个共同特点。伽达默尔批判以康德为代表的主体性美学所导致的审美区分，有一个很深层的用意就是批判传统的理性主义哲学，因为之所以会在审美活动中形成这样一种固守于审美主体的审美意识的审美区分，关键就在于理性的专制和膨胀，理性的专制和膨胀导致了人自身内部的分裂以及主体自身与外部客体的二元对立，而这种分裂和二元对立最终使得人在进行审美活动的时候片面地强调了其中的主体性的一面，尤其是主体性中的感性体验的一面。伽达默尔批判理性的专制，这是无疑的，但伽达默尔本人又从不绝对的反理性。事实上，无论是在《真理与方法》还是在他后期的一些著作中，我们看到伽达默尔总是在孜孜以求的一件事就是：彰显实践理性的价值。在他的一些著作中，他把这种实践理性又称作"实践智慧"（phronesis）。"理性对于统一的迫切要求依然是坚持不懈的。"[1]这里的"理性"指的就是实践理性。伽达默尔提出"审美无区分"命题，实际上就有一个很理性的目的，那就是反对康德的先验抽象观念对现实的脱离，让人类在生活世界中的存在变得更完整、更美好。相比于哲学解释学对实践理性价值的重寻，后现代理论家们更喜欢福柯的这样一句话：人的概念只不过是一种虚构和

---

[1] 伽达默尔《科学时代的理性》，薛华等译，国际文化出版公司，1988年，第16页。

发明，他"正接近其终点"[1]。既然人都要终结了，所谓的理性价值当然就更加烟消云散了，这也是后现代理论家们要反对一切中心以及沉迷于感性欲望享乐的根本原因。建立在后现代理论基础上的后现代生活美学同样打上了后现代思想的各种烙印，在看似平等的文化民主化的背后，在其身上体现的往往都是这样一些琐碎零散的特征，比如喋喋不休的絮语编织，形形色色的图像呈现，色迷目眩的身体狂欢。讲到这里，我们或许可以借用利奥塔尔的一句话来对"审美无区分"和后现代生活美学的思想性质做一个比较和区分，即前者仍然是一种现代性的"大叙事"话语，而后者则属于一种后现代性的"小叙事"话语。[2]

其二，从其追求的目的来看，审美无区分思想中仍有一种对存在真理的追求，而后现代生活美学追求的则更多的是一种感性欲望的放纵和享乐，所谓的存在的真理根本不在后现代生活美学论者的关注视域内。伽达默尔的哲学解释学以真理的追求为目的，这一点从其把自己的代表作命名为"真理与方法"即可看出。伽达默尔说："本书（指《真理与方法》。——引者）所关注的是，在经验所及并且可以追问其合法性的一切地方，去探寻那种超出科学方法论控制范围的对真理的经验。"[3]在《真理与方法》一书中，伽达默尔是从对艺术真理的经验的探讨开始的，也正是在这个过程中，伽达默尔提出了其所谓的"审美无区分"思想。由此可知，对伽达默尔审美无区分思想的理

---

[1] 福柯《词与物：人文科学考古学》，莫伟民译，上海三联书店，2002年，第506页。
[2] 利奥塔尔《后现代状态》，车槿山译，南京大学出版社，2011年，第213页。
[3] 《真理与方法》上卷，导言，第17—18页。

解，不可能脱离其对真理经验的探讨和追求这个根本目的。伽达默尔认为，此在所居于其中的这个生活世界本身是一个统一的世界，这个统一的世界决定了此在和世界的关系也是统一的和不可分割的，此在也正是在这种原初的统一性中去追求存在的意义或存在的真理的。其实说明白一点就是，人类此在所追求的存在的真理也就是这个世界的不可区分的统一性的真理。伽达默尔提出"审美无区分"，其根本目的就是要反对由主体性的审美意识的膨胀所导致的对世界的抽象和对真理的肢解。在《真理与方法》中，伽达默尔以对艺术真理的经验开始，最终过渡到对历史的真理、哲学的真理的探讨，其根本原因也就是这个此在所居于其中的世界的真理的统一性，这也是伽达默尔之所以会说出"哲学的经验、艺术的经验和历史本身的经验"[1]能够相互接近的原因。与"审美无区分"对真理的追求不同，后现代生活美学并不大关注存在的意义或真理问题。这一点在鲍德里亚的"类象"概念上体现得很鲜明。鲍德里亚认为，现代性是一个生产的时代，而后现代则是一个由模型、符码和影像等各种信息支配的类象时代。在这个类象时代，重要的不是对真实世界的理解，而是对各种类象符号的占有和掌握。由于类象在我们当今社会的不断膨胀，其所导致的结果就是在真实与形象模型之间实现了一种所谓的"内爆"，这种"内爆"使得真实与模型之间的差别消失了，甚至在一定程度上可以说是实现了一种比所谓现实的真实还要真实的"超真实"[2]。但实际上

---

[1]《真理与方法》上卷，导言，第18页。
[2] 参见道格拉斯·凯尔纳等著《后现代理论：批判性的质疑》，张志斌译，中央编译出版社，2001年，第152—154页。

这种超真实并不是真正的真实，它只不过是一种人为制造的幻象而已。一言以蔽之，与其说后现代生活美学关注的是真理或真实问题，不如说它更关注的是表面形象以及表面形象所体现的感性欲望的张扬问题。我们说后现代文化和后现代生活美学是一种有关形象的文化和美学，应该是不会错的。

其三，从其表现形式来看，"审美无区分"思想是一种比较纯粹的理论思辨，是一种后形而上学思想，而后现代生活美学则与传媒技术、商品消费等有莫大干系，是比较形而下的一种现象描述。尽管伽达默尔解释学的思辨属性与以康德、黑格尔等为代表的传统形而上学不可同日而语，但那不能否认其思想仍然有很浓厚的形而上思辨色彩。对伽达默尔审美无区分思想的理解，必须要放在西方形而上学哲学思想的演变这样一个背景中进行。在《真理与方法》中，伽达默尔正是在批判以康德、席勒、狄尔泰等为代表的主体性体验美学仅以自身的审美意识为依据对审美活动的区分和抽象的基础上，提出其审美无区分思想的，所以我们可以在一定程度上说，伽达默尔审美无区分思想的形成，是为了对近代以来形而上学哲学所形成的对真理和审美的歪曲的做法的一种思想纠偏，是为了让西方哲学重新走上一条对真理和世界的正确认识之路。后现代生活美学的提出则缺少这样一种思辨哲学或者说形而上学的背景，论者们在提倡后现代生活美学的时候，考量的主要是在日常生活中出现和发生变化的艺术和审美现象这样一些比较实际性的问题，也就是所谓的"日常生活审美化"问题，而日常生活审美化现象的出现又往往跟现代传媒技术的发展、商品消费社会的出现等有很大的关联。如果没有广告、影视、电子复制等这样一些现代传媒技术的革新，不可能出现日常生活的审美化现象。而依靠现代传媒所传输的这样一些"类象"或"图像","大都服务于经济的目的"[1],它们实质上就是一种消费文化。总而言之,与传媒、商业和经济的紧密关联,造就了后现代生活美学的形而下的特点。

求同在比较美学的研究中当然也是很重要的,比起辨异来,甚至是更重要的。如果两种东西之间显现为一种绝对的差异,那么,在它们之间进行比较也就没有任何意义了。审美无区分和后现代生活美学之间是有共同之处的,这是它们之间能够在这里放在一起进行比较的一个前提,也是我们进行美学比较的一个目的。笔者认为,它们二者之间的共同之处主要表现在都强调艺术审美与生活的沟通和关联,都认为要通过跨越文化的边界来认识艺术和审美活动。

受海德格尔的此在与世界的统一性的观点的影响,伽达默尔在看待艺术和审美活动的时候,特别看重的就是艺术作品与其所存在的世界之间的这样一种紧密的联系,认为唯有如此,才能让"作品永远保持一种意义连续性"[2]。伽达默尔之所以反对"审美区分",也就是因为这种仅以审美主体自身的审美意识为依据的做法割断了艺术作品与其世界的那样一种密切联系所形成的连续性。为了对"审美无区分"如何沟通艺术审美与生活世界的做法有一个更为清晰的了解,我们可以举伽达默尔的"偶缘性"(Charakter der Okkasionalität)概念为例来加以说明。所谓艺术的"偶缘性",指的是艺术的"意义是由其得以被意指的境遇(Gelegenheit)从内容上继续规定的"[3]。这里所说

---

[1]《重构美学》,第 7 页。
[2]《真理与方法》上卷,第 173 页。
[3] 同上书,第 188 页。

的"境遇"实际上也就是指一个艺术作品存在的生活世界或处境，艺术的存在意义的实现是不可能脱离这种"境遇"所施加的影响的。以荷兰17世纪静物画来说吧。为什么在当时会出现如此多的画家钟情于这种画种？这些画家所画之静物代表了一种什么样的趣味？如果我们不把它们与当时世俗化社会的那种对财富和享乐的追求联系起来，是根本不可能真正理解它们的。[1]伽达默尔说："由于使艺术作品摆脱了其所有的生活关联以及我们理解它的特殊条件，艺术作品就像一幅绘画一样被嵌入了一个框架中，并且仿佛被挂置了起来。"[2]伽达默尔的这句话的意思无非是，对一幅绘画作品的意义的理解，必须从其所处的"境遇"或者说从艺术与其所处生活世界的统一性、无区分性的角度来进行。

詹姆逊指出："后现代主义的全部特征就是距离感的消失。"[3]这种距离感的消失表现在美学上，就是艺术审美与生活之间的距离的消失，就是日常生活的审美泛化。对这一点，美国著名社会学家斯各特·拉什也有过类似的论述，他说："如果说文化的现代化是一个分化的过程，那么，后现代化就是一个消除分化的过程。"[4]前面我们引述过韦伯的文化合理化观点，即现代社会讲究的是诸文化价值领域的自律和独立，可是这一特征在后现代社会恰恰遭到了严重消解，这使得后现代文化往往采用一种

---

[1] 张隆溪《阐释学与跨文化研究》，生活·读书·新知三联书店，2014年，第37页。
[2] 《真理与方法》上卷，第175页。
[3] 《后现代主义与文化理论》，第168页。
[4] 拉什《后现代主义：一种社会学的阐释》，高飞乐译，《国外社会科学文摘》2000年第1期。

"非差异化的手段"[1],颠覆各种价值领域之间(也包括艺术和生活之间)的对立,走向一种诸文化价值领域的混同和融合。"日常生活的审美总体必然推翻艺术、审美感觉与日常生活之间的藩篱,从而使审美技巧成为唯一可接受的实在。"[2]这就是后现代生活美学及其典型代表"日常生活审美化"表现出来的那种跨越文化边界,融合生活与艺术审美的特征的典型表现。

超越艺术审美与生活的对立,强调艺术审美和生活的紧密联系是伽达默尔审美无区分说和后现代生活美学之间最明显最本质的相同之点。我们在这里也主要分析了这一点。除了这一个共同之处以外,它们二者之间当然也可能还存在有一些其他的相似点,比如它们都对传统美学有一种批判意识,在一定程度上都可以被称为一种"反美学";它们二者在进行美学研究的时候,都非常重视对审美经验的分析;等等。这些共同点都是比较次要的,与我们这篇文章的主题关系不大,我们在这里就不一一详尽地进行论述了。

三、超越区分与无区分的对立

审美无区分理论和后现代生活美学的提出当然有其积极的意义,在它们二者之间这种意义既有差异性,也有同一性。这两种审美理论的意义的差异性主要表现在如下几个方面:其一,审美无区分思想的提出有助于实现对存在真理的认识和把握,

---

[1] 斯蒂芬·贝斯特等《后现代转向》,陈刚等译,南京大学出版社,2002年,第169页。
[2] 《消费文化与后现代主义》,第103页。

而后现代生活美学没有这种意义；其二，审美无区分思想当中蕴含着一种现代性的建构性力量，这充分地体现在其意在通过审美以实现人类的完满化生存这样一种很具有实践理性价值的目的的追寻和把握上，而后现代生活美学没有这种意义；其三，后现代生活美学的提出更有助于处于当下现实生活中的人们通过一种感性欲望的张扬以释解由生活伦理和工作伦理所带来的各种紧张的精神压力，而审美无区分则没有这样一层意义。审美无区分和后现代生活美学所具有的不同的意义其实已经暗含在前面我们对其差异进行辨析的过程中，这里就不再赘言了。

审美无区分和后现代生活美学所具有的思想意义也有同一性的一面，而且这种同一性的一面恰恰是它们二者所具有的最为重要的意义所在。审美无区分和后现代生活美学的最为重大的意义就是重新把艺术和审美置放在一个更大的社会文化语境中来加以认识，体现了现代人对那种割裂精神文化现象的做法的不满。我们前面已经指出过，自从韦伯提出所谓的现代性文化就是各价值领域的分化与自治这个观点以来，它就基本上已经成为我们进行思想文化研究的一个不可跳脱的准绳了。随着人类生产力的提高以及社会分工的强化，现代性文化的合理化以及思想学术的分化和自律当然有其合理性，因为它让我们对世界的思考和把握变得更加的精细和专业，但是它的过度分化也带来了另一个问题，这就是人类对自身精神的把握越来越细碎和不完整。人类的精神图谱本来应该是一个整圆，柏拉图《会饮篇》中讲述的那个人类原本是一个圆形生物的故事[1]就是有关人类精神的整全性的

---

[1] 柏拉图《柏拉图文艺对话集》，朱光潜译，人民文学出版社，2000年，第238—240页。

隐喻。既然人类的精神图谱是整全的，那么，意图以现代性当中分化出来的各价值领域去把握它不就是有问题了吗？其实，从历史上来看，无论是在中国的先秦还是西方的古希腊，最开始的学术文化都没有这么细化，那时候的思想和学术文化是一种各精神价值领域密切地统一在一起的整体，其所体现的文化观念是大文化的观念，比如孔子、柏拉图、亚里士多德等，他们都是一些对各种精神文化现象十分精通的思想巨人，他们既研究审美，也研究伦理，甚至还对日常生活和政治活动进行发言。再从人类精神领域的旨归来看，各价值领域的研究其最终的结果必然是相互通达的，这也是我们为什么经常会做出"真善美是统一的"这样的论断的根本原因。在当代西方涌现的审美无区分和后现代生活美学这两种审美思想，在艺术审美和生活（含政治、道德、宗教等各价值领域）之间进行跨界和融通，一方面反映了我们对现代性社会所导致的价值过度分化的结果的不满和批判，是从一种大文化观去认识艺术和审美活动的体现；另一方面也显示了当代人类渴望从一个更完整的角度去认识人生和世界的一种努力。

审美无区分和后现代生活美学也是有其缺陷的，它们的这种缺陷也就是我们这篇文章的针对之所在了，因为我们的最终目的就是希望在此基础上超越其局限和不足。审美无区分和后现代生活美学之间的缺陷也是既有其差异性又有其同一性的。我们先看其差异性的一面。相比于审美无区分，后现代生活美学的缺陷好像更为显著：比如其消解一切神圣价值（包括真理）的态度导致其易走向一种虚无主义；停留于感性欲望的满足容易使其走向一种无深度感的低俗主义，或者如詹姆逊所说之"缺乏深度的浅薄"[1]；与日常商品和经济的过多联系使其容易滑向一种消费主义和物质主义；等等。上述所说的这些缺陷在"审美无区分"那里是找不到的，如果一定要说在"审美无区分"身上体现了一种什么样的与后现代生活美学不同的局限所在的话，那么，可以说"审美无区分"理论的提出更多的还是一种西方思想史内在逻辑的理论演绎，是一种哲学（玄学）思辨的结果，也就是说，在紧密关注当下现实方面比起后现代生活美学来说是有所不如的。

审美无区分和后现代生活美学的共同缺陷就是在主张艺术和生活的不可区分和相互融通的同时，把艺术和生活之间本来应该存在的一定的距离拉平了，从而否定了艺术和审美自身的独立价值，否定了艺术和审美所具有的超越性意义。以往我们在认识艺术和审美活动的时候，总是如布洛的"距离说"所说的那样认为艺术与生活之间的距离才造成美，艺术从生活的独立才造成艺术的纯粹和神圣。对这一点，韦伯也有同感，他认为，在现代性社会当中，艺术变得越来越独立了，而也只有这种变得越来越独立自觉的艺术形式才能给人们"从日常生活的惯例、特别是从与日俱增的理论与实践的理性主义压力下提供救赎"[2]。但是这样一种艺术的纯粹性在"审美无区分"思想和后现代生活美学那里被消解了，审美无区分和后现代生活美学恰恰认为，艺术和审美活动就发生在我们的日常生活中，我们对艺术和审美的理解不能脱离对其生活世界和周围环境的理解。审美无区分和后现代生活美学的这样一种观点给我们提出了一

---

[1] 《晚期资本主义的文化逻辑》，第289页。
[2] 韦伯《马克斯·韦伯社会学文集》，阎克文译，人民出版社，2010年，第324页。

个问题，即韦伯所说的这种艺术和审美的神圣救赎性还要不要？这种神圣救赎性能不能被彻底地消解殆尽？

在回答这个问题之前，我们先来看看伽达默尔晚年说的一句话，他说："历史性的生存方式并没有囊括一切"，"艺术的以及从艺术中显示出来的难以把握的真实性和智慧的领域仍然保持着一种历史性的彼岸形态"[1]。早年的伽达默尔不是最讲究此在存在的历史性的吗？晚年的伽达默尔为什么要说艺术是一种"历史性的彼岸形态"？这样一种话语叙述的变化说明了其审美思想旨趣在发生一种怎样的变化？

伽达默尔是在《真理与方法》中首先论述"审美无区分"思想的。而伽达默尔之所以会在其中提出这样一种观点，与其对此在存在的历史性以及由此决定的此在存在的连续性的理解是分不开的。《真理与方法》开宗明义就说他是服膺于海德格尔对此在的时间性分析的[2]，而此在的这种时间性既表明此在存在的有限性，也表明此在存在的历史连续性。他说："只有这种连续性才可能支持人类的此在。"[3]从此在存在的这样一种历史连续性的角度来看待艺术和审美问题，伽达默尔认为作品和世界之间也应该保持一种意义的连续性，而为了确保这种意义的连续性的实现，就有必要在艺术审美与其所处的历史世界之间保持一种"无区分"了。至此我们可以说，历史时间的连续性是形成"审美无区分"的一种存在论根据，而意义的连续性则是"审美无区分"所要追求和实现的一个根本目的。

---

[1] 伽达默尔《〈美的现实性〉中译本前言》，郑涌译，见汝信主编《外国美学》第7辑，商务印书馆，1989年，第356页。
[2] 《真理与方法》上卷，导言，第6页。
[3] 《真理与方法》上卷，第123页。

我们再回头来看刚才所引述的晚年伽达默尔的这句话。他的这句话其实已经表明，与写作《真理与方法》时一味地注重此在的历史性不同，晚年的伽达默尔越来越认识到存在的超越性是不能被完全消解的并开始转向了对这方面问题的探索。体现在美学研究上，写作《真理与方法》时期的伽达默尔由于过于强调此在存在的历史性与连续性，使得其在对待艺术审美的问题上也是特别地注重艺术审美与生活的连续性和不可区分性，而到了晚年，由于其对此在与历史的关系的态度发生了一定程度的转变，所以其在对艺术和审美问题的处理上也开始大谈艺术和审美的超历史性以及由这种超历史性所导致的非连续性。相比于从前，晚年伽达默尔对存在以及审美的这种认识是更为深刻和辩证的。

后现代生活美学的提出没有伽达默尔形成"审美无区分"思想的这样一种深厚的理论背景和哲学基础，但是后现代生活美学论者强调艺术与生活的不可区分，究其实质也就是在强调艺术与世界的连续性，而对这种连续性的过于强调又导致其忽视了艺术和审美与历史世界之间所应该具有的这样一种断裂性和超越性。在后现代生活美学身上还显现出一种非常奇怪的吊诡性，即后现代理论本来是最讲究与现代性文化之间的差异、断裂和非连续性的，但是颇为反讽的是，其所一直彰显的差异性在其论述艺术与生活的同一性和无区分性的时候竟然完全消失了。一种最讲究差异的思想竟然会在某个时候完全消解和遗忘了自身，不能不说这是很值得我们深思的。

在上文中，无论是我们对"审美无区分"和后现代生活美学二者之含义的梳理，抑或是对其异同点、意义和局限的审视，都是在一种互文性的视角下来进行比较和辨析的，而这种带有互文性性质的比较和辨析，呈现的正是它们二者之间具有着一种能够"进行对话的复数逻辑结构"[1]。在这种相互对话、相互参照的互文性考量中，对"审美无区分"和后现代生活美学进行比较的最终目的也就显示出来了。这种目的就是要超越二者身上所具有的如上所述的这些缺陷，要超越其身上所体现的这样一种对于艺术与生活的单一性理解以及这种单一性理解所导致的无区分结构，并在此基础上从一种全新的视角和立场来重新理解"审美何为"这个至关重要的问题。"审美无区分"和后现代生活美学这种过度弥合艺术和生活距离的做法在消弭文化边界而泛化审美的同时，容易把审美拉向一种僵死的同一化乃至低俗化。它们的这样一种缺陷启示我们，在审美活动中，还是应该在一定的程度上坚守现代性美学的立场，为"审美的区分"保留一个恰当的位置，从而最终超越无区分和区分的二元对立。但如何才能超越无区分与区分的二元对立呢？初步的想法是，正如康德对审美有一种悖论性的分析那样，我们对待审美活动，也可以把它们放到一种看似悖论式的背景下来进行，即要让艺术和审美活动总是在历史性与超历史性、连续性与断裂性之间保持一个微妙的平衡，一种紧致的张力。从这样一种角度来看待和进行审美活动，或许才是当前和今后美学应该坚持和导引的方向，而这也正是我们上面通过对"审美无区分"和后现代生活美学这两种美学思潮进行比较辨析所呈现和启示出来的美学发展所应指向的一种归趋和旨趣。

前面我们指出过，古希腊对艺术和审美的理解是一种大文

---

[1] 西川直子《克里斯托娃——多元逻辑》，王青等译，河北教育出版社，2002年，第359页。

化的观念，是一种他律的艺术审美观念；近现代，由于社会的发展以及认识的深入，则越来越强调艺术的独立和自律；而到了伽达默尔的审美无区分理论和后现代生活美学，则又开始对艺术和审美的自律与独立进行质疑，在一定程度上可以说，是在回归一种对艺术和审美的大文化理解。从古到今，西方对艺术和审美的理解，总是在艺术和审美的自律与他律之间来回摆动，审美无区分和后现代生活美学提出的艺术和生活的无区分与区分、同一与差异问题，其实也就是有关艺术和审美的自律与他律这个古老的问题在现代以一种新的面貌的又一次理论重演。对于这个古老问题的争论，过去发生过，今后可能还会继续伴随在我们对艺术和审美活动的理解当中。上文我们指出了希冀通过在艺术和生活之间保持一种既相同一又相差异的动态式平衡来超越审美无区分和审美区分之间的二元对立结构，并解决这个在不同时代以不同的面貌不断重现的美学争论。当然，我们的这个主张只是从一种宏观的视野指出了一个如何解决这个美学难题的起点，但在具体的艺术审美实践中，艺术家和审美接受者到底应如何结合其鲜活的审美语境并在其中很好地协调艺术和生活、审美和历史之间的同一与区分问题，则还是一个有待继续追问和努力探索的问题。

叙事与隐喻研究

历史故事的道义：事实和虚构的文本差异

卡勒·皮莱宁（土尔库大学）

赵培玲（中南大学外国语学院） 译

原载《新文学史》2002年第33卷第1期（冬季），第39—60页

霍普金斯大学出版社

像海登·怀特和安克斯密特这样的历史叙事学家，为了论证他们其他的观点，往往倾向于认为历史叙事在形式上和虚构叙事是类似的。从表面上看，这个观点似乎确实有道理，然而人们凭着常识会忍不住推测，既然两者写作过程背后的动机不同，那么，我们会发现两种叙事作品本身在文本上定会存在差异。但是，如果顺着那些被称为后结构主义的论断，我们采取的方法实际上将是一种表面的文本主义方法，会以文本不同的社会意义做依据来区别不同的叙事。其原因在于，正如理查德·罗蒂所说的那样，"自我虚构的词汇必然是私密的，非共享的，不适合用来讨论的。主持公道的词汇必然是公众的，是交换观点的一种媒介"[1]。我们可以通过看不同种类的文学——例如，像罗蒂那样拿纳博科夫和奥威尔做比较——或者不同风格的历史书写之间的差异就可以区别不同的叙事，这绝对不是一个如何将"虚构的"叙事和基于事实的叙事区分开来的问题，而是一个以文本的公众用途为依据在两种叙事之间划个界线。

在这种笼统的框架内，把史学当作对客观事实的虚构化的

---

[1] Richard Rorty, *Contingency, Irony, and Solidarity* (Cambridge, 1989), p. xiv.

观点是很合适的。[1]而且，历史叙事学家顺理成章地认为叙事形式表现的事实将不再拥有独立陈述所拥有的那种真理值。[2]既然注意力被放在了表现的效果上，这些观点当然不至于否定叙事的政治意义或叙事构建过程中应负的责任。然而，我在本篇想要继续探讨一个更为具体的观点，那就是虚构化本身能否足够创造出我们通常称之为文学作品——或者，如果你愿意称之为"艺术作品"——的东西来。

更准确地说，海登·怀特的论点经常（我认为正确地）被浓缩为类似于这样的说法："故事是被创造的，不是被发现的，而且历史学家的创造和小说作家的创造在结构上是一致的。"我们继续看，看到诺埃尔·卡罗尔对怀特的总结时，我们就碰到了一个我认为是有问题的观点："对怀特来说，历史叙事在这个方面和虚构叙事是同等的，其作为叙事的认知价值和小说叙事的认知价值是一致的。"（INT 137）卡罗尔强调怀特在此探讨的是叙事的认知价值，这种做法当然是对的。而且，我们很容易认同怀特的观点。实际上，我们可以说，当我们在评价历史叙事或文学作品时，我们运用的标准很显然并不是它们如何对我

---

[1] Hayden White, "The Historical Text as Literary Artifact," in *The Writing of History: Literary Form and Historical Understanding*, ed. R. Canary and H. Kozicki（Madison, 1978）, pp. 41-62, 53.

[2] 有关个体的描写陈述和陈述连接词在各自的知识论意义上的地位差异的观点遭受批判，也是可以理解的。例如，Noël Carroll, "Interpretation, History, and Narrative," *The Monist*, 73（1990）, pp. 134-166, 159-160, 此后文中简称 INT。同时参见 Chris Lorenz, "Can Histories beTrue? Narrativism, Positivism, and the 'Metaphorical Turn,'" *History and Theory*, 37（1998）, pp. 309-329, 324-325。然而，提出这个附加主义观点并坚持这个观点和彻头彻尾的相对主义的区别却是有益的。

们周围的世界进行想象虚构。如果我们认为怀特的论点主要聚焦于指称意义这个问题上，那我们就非常粗暴地低估了怀特的论点。虽如此，认为不同形式的叙事——即使是顺着怀特的思路——是相等的这种观点也是误导人的。

显然，怀特和安克斯密特一样，认为历史叙事作为隐喻，它提供给我们的不是事实信息，而是——借用卡罗尔的话语——"隐喻式思想"[1]。从隐喻式思想的角度来看，历史叙事揭示的知识因此和我们从文学那里获取的"知识"是同等的。不管我们是否将之称为理解他人的知识，知识——如怀特所说，"特别人性的"那种知识，甚或叙事真理，呈现给我们的是如何理解我们生存于此的这个世界的提议。也就是说，既然两种叙事提供给我们的都是"阐释性的思想模式"，它们均可被认为参与了认知生产的过程。[2]

如果仅仅因为在史学里和在文学小说里一样，故事是被构建的，而不是被重新发现的，我们就认为这两种话语形式提供给我们的认知价值或隐喻式思想是可比的，在我看来这种观点有些牵强。当然，卡罗尔也十分谨慎地指出，它们是"作为叙事"的形式来提供认知价值的，不过，这种观点似乎通过延伸叙事对事实的虚构化功能来掩盖各种不同的话语形式所提供的不同形式的"特别人性的真理"之间的差异，这不仅是一种毫无依据的泛泛而谈，同时（无疑）是对怀特的意图的曲解。与此相反，值得提出的有趣问题应该是不同叙事使用了哪些具体

---

[1] 关于延伸隐喻的功能性的讨论，参见 Michael Riffaterre, *Text Production*, tr. Terese Lyons（New York, 1983）中第 202 页以后的内容；此后文中引用为 TP。可以和劳伦兹著作第 311 页比较。

[2] 和海登·怀特比较，见 Hayden White, *Figural Realism: Studies in the Mimesis Effect*（Baltimore, 1999）, p. 6。

301

的方式来生产知识。重回到叙事是隐喻的观点来，我们常常会说，这种知识，这种"形式的内容"——借用怀特著名的表达方法——（至少部分）是道德和审美的闭合。[1]提及道德和审美闭合这些术语反而使我们现在要探讨的观点显得难以理解，确实延迟了这种闭合是什么的问题的提出，甚或是这种闭合何以实现的问题的提出：闭合产生新的理解——不管我们的新理解是什么——在我看来，显然是符号超定论导致的结果。

怀特在对亨利·亚当斯的自传进行解读时，就使用了这种思维方式，带着巴特的论调提出了作品的意义是在那些把明显的所指按照一定方式呈现出来的编码里面发现的，意义存在于作品要阐释的事件中。如他所说："从一个符号学的角度出发……我们可以提供一个依据于理论的文本解读，对文本中的每一个元素进行解释……不是对亚当斯为什么在某地说了某些话而进行的因果分析，而是一种能帮助我们识别出编码转换的模式，让我们理解意识形态思想编码是如何被文本伪装成给我们看的那种对社会生活的直接描述编码或对个人生活的冥想编码所替换的。"[2]尽管在此怀特特别强调我们最终到达的解释是众多可能的解释中的一种，在我看来，他实际上似乎对存在着唯一的、决定性的解读这种观点多一些信任，虽然他本人并不愿意流露出这种信任。容我

---

[1] 事实上，如卡罗尔在别处很有说服力地证明，相当大程度上正是道义上的闭合才创造了叙事的审美快感。参见 Nöel Carroll, "Moderate Moralism," *British Journal of Aesthetics*, 36(1996), pp. 223-238。

[2] Hayden White, "Method and Ideology in Intellectual History: The Case of Henry Adams," in *Modern European Intellectual History: Reappraisals and New Perspectives*, ed. Dominick La Capra and Steven L. Kaplan (Ithaca, N. Y., 1982), pp. 280-310, 292; 此后文中引用为 M。

解释一下。在这篇文章的开头部分,他说,他的重点放在了——借用阿尔都塞的超定论——他所描述的一个"如何运用种种显性编码和隐性编码转换而使某一具体主体能够在读者那里被选中、被确立的动态过程"(M 289)。后来,他更明确地指出,在解读"一个复杂的文本的时候,各种不同的编码就像不同尺码和款式的西服一样被'试穿',直到我们找到一个比较合适的编码,一个看上去像是专门为之量身定制的编码"(M 299)。"量身定制"当然听上去超越了合适。

怀特可以被认为是在推崇一种激进的文本主义,但我想说,他也可以被认为是持有一种较温和的观点。[1]像凯斯·詹京斯一样支持虚构化论的学者在这个问题上往往持着极端的观点,而我要说的是,怀特在思维上更接近那些强调文本对解读的控制力的文学批评家。对于詹京斯而言,解读当然是被外在因素所操纵的,例如,文本被分成不同体裁。但他指出,因为主观因素的不同、语境的不同,"没有哪两个解读是相同的……因此,即使是同一个人的解读也难保会产生同样的结果,这就意味着作者不能将他们的意图/解读强加于读者;相反,读者也不可能揣测出作者所有的意图。进而论之,同一个文本可能先被置入某个宽泛的话语里,然后置入另一个话语里:从逻辑上讲,这样的置入是不受约束限制的,每个解读都是一个新的创作"[2]。显然,詹京斯认为文本所处的语境影响对文本的解读的观点是正确的——例如,如果我们疲倦地无法将全部注意力集

---

[1] 当然,怀特不愿意在超定论上持强烈的观点,这本身说明他对历史叙事和虚构叙事之间差异的认可。然而,他并没有明确地提出这个观点,而是暗示虚构叙事至少是有多元解释的可能性的。

[2] Keith Jenkins, *Re-thinking History* (London, 1991), p. 24.

中到我们阅读的文本上时,我们对文本的理解将不会全面。以此类推,我们的语言能力也会限制我们的理解力。然而,以此为基础,他似乎不太公平地排除了一种决定性解读——为避免混淆,这里用分析一词——存在的可能性。由此可见,虽然作者确实不能将他们的意图强加于读者(文本意图似乎比作者意图更明显),但是我感到怀特的文本性观点会引导我们去肯定,而不是去否定,文本对我们的解读具有强有力的操控性的观点。怀特对作者意图并不是很在意,那么,他对超定论的关注是对理解文本所运用的结构选择背后的意义——他所说的"要旨"——的关注。从历史叙事构建的角度来看,我们可以说,虽然叙事是基于文本模糊性的观点之上的,但是叙事化的过程通过(以叙事主义学家所说的那种有时几乎是随心所欲的方式)选择、摒弃、凸显等主要手段促成了每个单独文本的闭合。就这个观点,我们忍不住会附和米歇尔·里法泰尔,认为一个文本的解读——用最适合它的编码——可以被看作是"隐藏于某个地方等着被发现的"[1]。和怀特一样,里法泰尔感兴趣的是解读文本中那种我们称之为"隐含的意思"——能展示文本不只是直截了当的描述的那些意义单元。[2] 这些意义单元融合后,

---

[1] Michael Riffaterre, "Syllepsis," *Critical Inquiry*, 6 (1980), pp. 625-638, 626. 此后文中引用为 S。尽管里法泰尔的关注点几乎完全都是文学文本的显著特征,但我觉得运用他的思考路径可以对我们理解历史叙事的本质提供深刻的见解。

[2] 从此处始,我会借鉴怀特和里法泰尔都认可的意思(meaning)和意义(significance)之间的区别。里法泰尔认为其区别如下:"当词语通过和非语言指代物建立一对一的关系来表达意思(meaning)时,也就是说它们指代我们知道或我们认为我们知道的现实,我会选用意思这个词。当这些词语通过它们与结构不变量的关系来表达意思时,我会选(转下页)

最终形成一个合理的解读。以怀特对《亨利·亚当斯的教育》的解读做例子来说明这个观点。叙述中的二十年之久的间隔是一个"文本事实",它具有具体的功能;按照怀特的解读,这个功能就是凸显了文本让我们看到了亚当斯的人生中曾有过的"空档"。以此类推,"这也是文本整体的要旨中的一个不可或缺的元素"(M 301)[1]。

同理,对里法泰尔来说,文本中的每个元素都有意义,文本运用的符号指代系统的连贯性正是文本的"文学性"的一个特征。尽管历史叙事也是文学作品,但似乎我们并不能牵强附会地说,对现实的指代是由史学家们按照是否符合他们要叙述的某一故事这个标准,是否能够成为选定的叙事的合适元素来决定是选择还是抛弃。因此,史学家对指代意义的坚守似乎在指称系统里得到了体现。

那么,我在此想要探讨的论点是,尽管文学叙事和历史叙事的叙事建构的过程十分相似,但指称意义所带来的区别仍反映在叙事形式上,或者说反映在故事采用的指代系统上。虽然我们在单独的句子层面或句子间的连接词层面看不出历史叙事和小说叙事之间在文本上存在什么差异,但是在它们各自的叙事类型所创造的指代系统的连贯性之中就可以感知到一种明显

(接上页)用意义(signifance)这个词。"("Syllepsis," pp. 625-626)那么,意义是在文本内部创造出来的,也会完全被文本操控。这就形成了里法泰尔下述观点的基础:他认为对于所有的文本只有一种正确的解读。

[1] 如怀特所说,我们只能对"文本事实"背后的作者意图进行揣测,因此,"通过引用作者心理上的断裂来对文本中的断裂进行解释或解读只能加重这个问题,并把这个加重问题的做法冒充是解决问题的方法。"("Method and Ideology," p. 301)

的差异。换一种略微不同的方式来说，我想尝试着去表达这样一个观点：我们最终得到的隐喻是不同类型的；历史叙事通常创造出不那么让人信服的隐喻，而文学叙事创造出的隐喻却更让人信服。其原因在于，对指代意义的坚守方式干扰了里法泰尔所说的"虚构性指数"——能够赋予叙事以连贯性的元素——之间的一致性，叙事的隐喻维度也因此产生。

替那种认为历史叙事能提供隐喻性思想的观点辩护，很显然和认为历史叙事和文学史同等的观点是同出一辙的。然而，正如我试图想要建议的那样，不同的叙事所能够产生的闭合的复杂性是有差异的。在向这种差异观靠拢时，怀特实际上也指出了，"复杂性程度上的差异"关联着名著文本能够揭示（实际上主动想引起我们注意）其意义生产过程的程度，以及"文本把这些生产过程作为自己的主题和内容来揭示的程度"（M 308）。[1]因此，某一故事的虚构性固然在给叙事提供了构建自由这个方面是有意义的，但导致差异的却并不是这种虚构性，而是虚构性带来的形式上的复杂性；复杂性当然也不是虚构性的必然结果。因此，我必须要附加说明一下：我提出的这些观点是一些有关指代性带来的局限性的笼统概念，肯定会有大量的文学叙事和历史叙事可以被看作对我的论点的反驳。[2]人们

---

〔1〕 然而，对于怀特来说，这个内容首先是——"文本整体的意识形态内容"（"Method and Ideology," p. 300）。

〔2〕 安克斯密特把从事实到虚构的过程想象成一个连续不断的等级表，提醒我们说，在体裁之间可以被分离开来的地方设立一个"零点"并不意味着每本书要么处于这个零点的左边，要么处于右边。书本不能用等级表上的点数来标识，而应该用弧线来标识。F. R. Ankersmit, *Narrative Logic: A Semantic Analysis of the Historian's Language*（The Hague, 1983），p. 27；此后文中引用为 NL。

只需联想一下那些著名的却过时的历史叙事仍然对我们有着吸引力,就可以明白我的意思。虽如此,沿着怀特的思路,直接把这种吸引力和这些文本的"文学性"联系起来,进而把这种"经典历史叙事的永恒魅力归因于它们在内容上和那些以叙事形式呈现出来的诗歌话语是一样的",那我们会容易被误导,从而忽略不同类型文本在生产过程中包含着不同假设的重要性。[1]

一

顺着形式附加主义这个笼统的观点来看,我们知道闭合是外在于被叙述的事件的,是一种"被附加上"的东西,是为了给文本提供一个要旨。但是形式不应该和叙事发展情节以及主题或主旋律混为一谈。[2] 在"经典作品"中,也不要把形式简化为一种类似于像个别作者的"风格"那样模糊不清的东西;相反,形式是叙事化的一个具体案例,这个案例被指向的物质

---

[1] Hayden White, *The Content of the Form: Narrative Discourse and Historical Representation* (Baltimore, 1987), pp. 180-181. 因此,这个观点也适用于安克斯密特,尽管他更强调我们解读带来的后果。如他所说,历史学家的任务"就是要通过展示我们过去的历史里存在的许多重要冲突的共时性来发现它们的意义所在……例如黑格尔对苏格拉底和雅典国家之间的矛盾冲突的分析很可能与我们今天所知道的关于公元前5世纪的雅典的知识在一千个地方有矛盾冲突,但这并不会削弱他的思想的威力"[F. R. Ankersmit, "Historiography and Postmodernism," *History and Theory*, 28 (1989), pp. 137-153, 152]。

[2] 对我来说,卡罗尔在讨论怀特对情节化的强调时在"情节"这个概念上大做文章,而对这种思考方式和叙事所产生的"隐喻思想"之间的关联又谈得太少了。见 Carroll, "Interpretation, History, and Narrative," pp. 156-159。

世界可能是不为世人熟知的或被遗忘的，或是碰巧闯入了某个封闭的指代系统里的。就像文学小说里那样，所用到的"物质"世界是作者按照心中的整体故事来创造出来的。里法泰尔进一步推进了这个观点，他指出：虽然我们使用某一文学文本的方式无疑有很多种，但是我们使用的方式产生的闭合却能够保证只有一种方式能正确解读其意义所在。我们把他的论点和前面提到的詹京斯的观点比较一下：

> 解读总是希望通过发现作者意图来证明其合理性。这是徒劳无益的希望，因为我们只有通过文本本身才能发现意图，文本也只有通过读者带到阅读过程中的那些错综复杂的预想和假设才能被认知。那么，一个合理的解读必须达到对文本有一个稳定的构想的境界。这种稳定性（等同于，在阅读过程中我们对某件艺术品所期待的那种不可摇撼的纪念碑性）是读者以及其他人反复回到这个文本时所注意到的某些固定不变的东西在读者心里留下的印象。这个常在的东西如要被发现，它所影响到的那些文本元素必须是被反反复复、不可避免地认知到的。这些常在的东西往往被读者最终理性地归纳为作者意图，但是不管读者是否会如此做，这些常在的东西提供了最合适的解读，因为必然将只有一个正确的解读：只有唯一的解读是因为这个解读囊括了所有的常在的东西。[1]

---

[1] Riffaterre, "Interpretation and Undecidability," *New Literary History*, 12（1981）, pp. 227-242, 227; 此后文中引用为 IU。

"囊括了所有的常在的东西",这就是历史叙事问题的症结所在,不过也印证了我们认为正确的解读确实存在这种直觉。附加主义者很快指出,这并不是因为过去存在于故事的形式里,我们仅仅需要把它找回来。相反,这是因为我们很难接受一个事实:假定我们能够掌握所有相关细节,我们可能还是无法在相互矛盾的解读之间做出判断。[1]不过,如果我们顺着怀特和里法泰尔提出的符号学方法,我们可以说,从理论上讲,文本至少为我们提供了我们解读文本需要的那些常在的东西;相应地,里法泰尔也假定了一个具有充分"语言能力"的读者来理解这些常在的东西的意义。[2]

在分析诗歌文本中的"有限的指南针"时,里法泰尔指出,"在我们解读、认知常在的东西,不断地破解常在东西的意义的过程中,唯一的、真实的障碍就是不完整的阅读"(IU 227)。"语言能力"——或者更准确地说,文学能力——的重要性主要体现在它能够理解被分析的文本提及的其他文本的意义。如里法泰尔提醒我们的那样,"文本的词语之所以能够指代,不是通过指代某些事物,而是通过预设其他文本的存在"(IU 228)。

---

[1] 关于这个观点的更为详细的阐述,请参见 Raymond Martin, "Objectivity and Meaning in Historical Studies," *History and Theory*, 32 (1993), pp. 25-50。

[2] 说实话,我这里对里法泰尔的观点多少有些断章取义了,因为这些观点都聚焦于诗歌文本;但是,我认为他的研究为我们提供了一个理解一种旨在指向现实的文本和一种不是旨在指向现实的文本之间的差异的方法。我将不用罗兰·巴尔特的术语"阅读者文本"和"写作者文本"(前者指引着读者去如何阅读,后者则允许读者重新创造文本),因为里法泰尔很明显超越了这个区别。和巴尔特的专著比较一下:Barthes'S/Z, tr. Richard Miller (London, 1975)。

对里法泰尔而言，这种"互文性"有别于我们在极端文本主义中看到的那种意义被无限制传播的现象，也有别于在那些对历史影响仍持有较为传统看法的思想中看到的现象。实际上，里法泰尔的互文观几乎和怀特的"意识形态内容"，或者"道义判断"，或者闭合等术语的意思相同：找到互文文本给我们一个理解文本意义的工具。[1]据里法泰尔所言，解读的任务就是"让读者意识到个人言语正在将其他意义系统替换为社会言语系统"（IU 228）。叙事用这种方式将模仿意义、互文意义或既定的惯例替换为文本自己独特的指代体系，那么，叙事确实起着——如怀特和保罗·利科等人会认为的那样——"延伸隐喻"的作用。[2]回过头来思考一下关于叙事形式的观点的意义所在，我

---

[1] 简单解释一下，我们可以说，对于里法泰尔而言，文本间性和文本的关系就像传统符号学理论中皮尔士的"解释项"和符号之间的关系。这里要强调一下，正如里法泰尔反复强调的那样，互文性不是寻找影响的源头的问题，而是牵涉"一种同时性，他者性，连贯性，互助性"，因此，文本只要和其他文本互补，就可以称得上是文学作品。文本的非语法性只是其他语境里的语法性的标志，它的意义只是在其他语境中的意思指代。互文性也不是简单的"典故或引文"，这些指代的内容都依赖于文化（"Syllepsis," pp. 627-628）。意义的线索和文本的非语法性因而必然是语篇内的。和怀特的观点联系起来看：因为怀特认为形式附加其本身就是审美评价或道德评价，这里要探讨的要点是这种评价是否超然于文化考虑之上。在证明比喻模式的普适性时，怀特似乎是在暗示这种可能性的存在。当然，我们也可以简单地认为，可以描述某系列事件的情节化的比喻的选择范围往往受文化制约着，而比喻的选择自然也决定了评价的实质内容。

[2] 在分析普洛斯特时，怀特和里法泰尔的观点更接近些。他在分析其中一个场景时，在喷泉的意象里发现一个"解读模式"，该模式为解读文本的其他部分提供了一把钥匙（*Figural Realism*, p. 143）；有关利科的论述，可以参看他的著作 *Rule of Metaphor: Multi-Disciplinary Studies of the Creation of Meaning in Language*, tr. Robert Czerny with Kathleen McLaughlin and John Costello（London, 1978）。

们就又回到了怀特的"形式的内容"的论点,当然是以一种更系统的方式回归的。叙事化不仅将一个宽泛的比喻强加于一堆非结构化的事实之上,它同时也——以互文为基础——强化了一种个人言语体系在所有呈现层面的体现,没有给其他解读留下任何空间。

我们很难说历史叙事有着和诗歌一样有限的指南针,但是,如果我们顺着叙事学家的论点所推出的结论来看,历史叙事通过把比喻形式强加于被呈现的物质世界之上而产生的闭合,已经有足够力量把事件的表现从纪实体的范畴转移到"作品似的"——借用多米尼克·拉卡普的词语——范畴中去,使它变得有"文学性"[1]。在坚持历史叙事的文学性这一观点的过程中,我们却成功地抹去了两者之间的差异,这些差异是各自的指代造成的,而这些差异在我们满足于探讨这些差异带来的复杂性和"作品似的特征"时很容易被规避。或许我们不妨这样解读这个观点:尽管文学性最有助于反驳认识论上的天真想法,我在此关注的是,历史叙事的具体性如何不被我们对政治上和道义上(对我来说)都很有说服力且值得称赞的"形式的内容""叙事真理"或者"隐喻性思想"的高度关注所完全遮蔽。尽管闭合毋庸置疑地充当了道德评判或审美判断,它也可以被看作拟态意思被意义所替代。借用这些词语而不是像怀特那样使用"意识形态内容"——来谈论历史叙事的判断似乎更合乎文本主义论点,且避免了对叙事进行过于依赖语境的解读

---

[1] 参见 Dominick LaCapra, "Rethinking Intellectual History and Reading Texts," in *Modern European Intellectual History: Reappraisals and New Perspectives*, ed. Dominick LaCapra and Steven L. Kaplan(Ithaca, N.Y., 1982), p. 52。

或者依赖于作者意图的解读,也因此给探讨更复杂的指代意义开辟了空间。

在这种探讨过程中,第一步就是要查看一个作品似的文本在引导解读时使用的具体方法。我们作为读者是如何逐渐意识到文本的复杂性的?里法泰尔的答案是:我们被那些"不合语法的"符号拦住了,这些元素单单按照社会言语体系无法被解释清楚,它们迫使我们放弃模仿性阅读并试图去寻找一个能够把所有显得怪异的元素统一起来的解读。里法泰尔这样解释道,"不合语法的"符号起着两个作用:"首先,它是指示性的。它的非语法性指向了一个独一无二的个体言语,并且(如我们所见)假定在语境里不合语法的符号在他处,在互文中,会被发现是合乎语法的;第二,它是解释性的。它引导读者去找回诗人对语义关系的有意误读:它告诉他在这些关系中去寻找创造象征符号的转换。符号能完成这些功能是因为它需要双重解读,一种最初看上去显得有些不确定的双重性。"(IU 233)这样不确定性能迫切要求且暗示一个答案。上述非常规性的探析经常作为一种解构策略而被延伸到所有类型的文本,但里法泰尔像怀特一样,把文本模糊性的较为复杂形式仅限于我已经描述过的作品似的文本。用他本人的语言来说,"模糊性通常(甚或经验性地)被认为是文学话语的典型特征。就我所知,模糊性充分展示了那些能够提醒读者潜在的互文存在的个体言语的非语法性。文本和互文均源于这些非语法性"(S 628)。

里法泰尔在此主要关注的仍是诗歌文本,指称性常常被严重阻断的那种文本,那么,我们似乎必须对上述文本主义论点做出更大的让步:历史叙事(当然认知论上有些模糊)的复杂性要求历史写作中也有一个类似的机制存在。事实上,如果这样一个指代过程不出现在历史写作中，我们区分真实事件的叙事表现和想象事件的叙事表现（如前所述，它们的叙事结构相似）的方法将会相对简单些。

尽管《亨利·亚当斯的教育》从严格意义上——可能参照某些标准，从根本上——就不是一个指称性文本，或者更确切地说，怀特对之颇有说服力的解读可以证实其非指称性。怀特提醒我们去注意叙事中缺失的二十多年，这个非常规的缺失在打破我们的期望方面是一个很好的例子，该缺失虽然形式有些极端，却正是我们要寻找的那种文本操控。如怀特所说，正是通过这些"缺陷"——对我们的期望或"客观"表现方式的冒犯——我们被引导着去发现《教育》是作为一个自我意识、自我标榜的创造性的典范而成为经典作品的（M 308），并领会到其"意识形态内容"。当然，这个例子也实际上只能用来强调客观叙事中诗性和创造性的意义所在。所以，不同叙事之间的区别仍需进一步探讨。[1]

在《虚构的真理》一书中，里法泰尔提出将那些较为含蓄的、看似毫无必要的元素（如重复手法）看作潜在意义的标志。这些元素对叙事流的干扰虽然不那么显著，但他认为这些元素所起的作用与诗歌文本中的非常规的东西所起的作用一样，都指向一个统一的意义。同理，它们创造的意义也只有通过对逼

---

[1] 对怀特而言，仍需要做一个更为微妙的分析。事实上，他进一步把亚当斯文本中所有的结构"非语法性"与叙事中心的这个"洞"联系起来（"Method and Ideology," p. 300）。如里法泰尔所说，"我们完全明白了，原本几个看似迥异的句子能够借助于它们与另一个句子的相似关系，而确确实实被关联起来，这使我们意识到它们实际上就是一个原型信息借助不同的编码的再表述或翻译"（"Syllepsis," p. 626）。

真性的否定以及由此产生的另类解读而被揭示出来。再次引用里法泰尔对此的观点，不过这次要具体探讨的是非诗文叙事："隐喻被用来（将个体事件）翻译（成包罗万象的解读）或指代整个故事，它充当了符号的功能，标志着这个故事、这个情节、这个小说只是一个例子，是对别的东西、一个意识形态最终目的或一个单纯的审美构建的一种说明。"[1]

因此，这个机制也同样可以运用到非诗文叙事：正是因为有了个体言语的附加以及因此产生出了细节的超定力，叙事才产生了真理相似性。至少我们可以说，历史叙事中的复杂性程度和文学叙事中的复杂性程度是不一样的，这是下一部分的主要目的。不过先亮出一个笼统的观点：里法泰尔的理论偶尔也会显得太妥帖了，让每个被审读的文本都显得是被精雕细琢、处心积虑构建出来的，这似乎有失公允，但是不要忘了我们的描述和解读都是建立在共享的语言使用形式基础之上的。其后，在否认我们的解读具有历史性时，里法泰尔写道："预设是最持久的因素，义素、常识或神话元素无论如何依然为今天或明天的读者所熟知……交流所需要的是对缺失意义提出假设……当然，除非读者熟知现实世界的表现按照什么结构来组织材料，否则预设本身不可能存在：但这些结构就是我们语言能力的实质。"(IU 239)

二

基于我们的经验而言，我们通常会假定我们作为读者的能

---

[1] Michael Riffaterre, *Fictional Truth*（Baltimore，1990），p. 69；此后文中引用为 FT。

力包括了将某一既定的文本归类于一个合适的体裁范畴的能力。我们从体裁知识那里得到框架引导我们进行合乎情理的解读，让文本更好地实现它的交流功能。现在，从里法泰尔的论点来看，我们可以认同以下观点：有些复杂的文本会产生一种陌生感，导致我们不管它们是什么体裁都要放弃探究它们的指代性。我们将指代性融入解读中的欲望在文本本身明显不拒绝这种可能性的情况下就会变作强烈的关注力。

尽管如此，"指代"和"真理"这些词语对我们眼前的探讨没有太大意义：因为它们并不能为区分历史叙事和历史小说提供标准。为了说明这一点，安克斯密特假设了一个历史小说的例子：我们仔细研读后惊奇地发现，该小说的内容完全属实，这说明我们可以——稍微展开联想——想象到句句都是实话的历史小说是什么样的（NL 23）。[1]在探讨小说的本质时，安东尼·萨维里最近提出了类似的观点，在他的文章《想象力和小说的内容》中，他提了一个问题：如果"文学小说"描述的所有事情都拘泥于事实，它还是文学小说吗？尽管如他所说，这个观点显得有些"违背常理"，萨维里的探讨为在此进一步讨论这个观点提供了真知灼见。确如其言，支持这个非常规观点的人坚持认为，"没有任何物质是真实的东西不能提供，而只能靠想象力的创造提供的"[2]。不过，萨维里对这个观点做了些限定，它的观点也就和安科斯塔的观点差不多了。他像那些附加主义者那样，认同这种故事不存在于现实之中的观点。如他所

---

[1] 安克斯密特认为这种叙事概念的存在十分"让人不安"，不过这也是可以理解的（*Narrative Logic*, p. 21）。

[2] Anthony Savile, "Imagination and the Content of Fiction," *British Journal of Aesthetics*, 38（1998）, pp. 136-149, 138；此后文中引用为 ICF。

说，在推行这个非常规的观点时，我们要理智地坚守"这个更为现实的观点：在构建小说情节时，我们所需要的就是那些历史上已经有的这样或那样的事件，对事件的加工则是想象力的事了"（ICF 139）。

即使在这种比较温和方式中，"这种约束产生的效果……是将作者为他的读者提供的叙事限定为他（至少他本人知道）知道的已经发生的事件和情形"（ICF 139）。当然这个约束对"文学小说"来说很荒诞，但历史小说公开认为这恰恰是它们最起码要遵循的前提。然而对于历史来说，这种约束产生的实际结果（当然如怀特已经展示的那样）是，历史纪实备受青睐，而叙事近乎被抛弃。[1] 萨维里恰当地称这些表现是"对吸引眼球事件的原始重复"，而与此相反，那些幻想着要把叙事构建的像事实而又不牺牲成熟叙事的复杂性的作者，应该忠告他到自传体那里去。[2] 对这里涉及的认识论问题，我们不妨采取一种更为开明的态度，或许我们会认同萨维里的观点："必须保持在自己的知识范围之内这种考虑将会把作者牢牢地捆绑在他的自传和内心生活上，或者绑在他所选中的叙事对象的传记和内心生活上。"（ICF 139）这种局限，即使对小说作者来说也是很难做到的，历史学家显然更无能为力。

可以肯定的是，安克斯密特说得对，"我们的行动并不总是

---

[1] 这个观点的前提是只有我们假定我们能接受怀特和安克斯密特的观点：我们认为有"真实的"描述性的句子存在。

[2] 关于传记和自传的讨论广袤无边，我无心在此介入其中。只说一点就足够了：这些话语形式处于历史学和虚构之间的中间状态就是一个有趣的对比。然而，必须说明一点，不幸的是，关于传记和自传的讨论多集中于表现的真实性，而不是我称之为"指代宣誓"的结果。

对我们意图的继续"（NL 24）；当我们的意图限制了我们的行动时，它们也必将影响我们所取得的结果。重申一下我的观点：如果历史学家意欲构建一个真实的叙事，小说家却无此意，这个意图上的差异足够创造出不同意图所产生的文本之间的差异——既然意图也有不被实现的可能，这种差异就不能以真理标准来衡量。认同了这个观点后，我们可以避开文本主义的抗议来谈一下意图的意义所在：尽管意图带来的后果上的差异不能用"真理"来衡量，它依然是文本上的差异，因此也依然被定位于"体裁本身"之内。文本主义史学方法，通过合法地否认"真理"和"指代"作为区分叙事体裁的标准，并强调这些叙事意图指向的"虚构性"，可能会出乎意料地对历史叙事的显著特征视而不见。这在文学小说领域里是不会发生的，因为对文学叙事来说被解读为"虚构的"当然不是问题了。如里法泰尔提醒我们的那样，为了寻找打开整个文本的钥匙，我们应该避免将模仿上的不合理性都用指代词语将其合理化："无疑每个人都会认可这个观点：每当一个文本无法用文字构建一个可被理解的现实时，诉诸于指代将扭曲事实。但有人会认为，如果表现文本很明显和某个指代相关——也就是说，文本本身已有对现实的指代的编码，那么，诉诸指代是合法的。即使在这种情况下，我们仍处于有利地位，可以把对现实的指代看作文本让读者完成的一种文字健美操而已。"（TP 17）里法泰尔认为，在读者并没有因文本"非语法性"而被迫去寻找新的解读的情况下，仍可把"指代"视为仅仅是一种文字练习；他建议文学分析最好干脆拒绝考虑这个问题（TP 21）。如我们所看到的那样，这是有道理的，因为这个问题剥夺了我们对文本本身的感知。我们都是较为敏感的读者，会认真对待文本为我们的解读提供的指示说明；在这些指示中，我们首先碰到的是，"作品似的"文本为了摧毁指代假象而造成的陌生化。里法泰尔如此解释道："在读者的解读过程中，读者在痛苦地偏离语言行为习惯和指代谬论时，不确定性是个一闪而过的过客。"不确定性一定要从它本身来认知它：它就是读者对文本非语法性的有意识的关注（IU 238）。这种明显的不确定性在诗歌文本，甚或虚构散文文本中是显而易见的，但它似乎并不是历史叙事的特征。然而，历史叙事和文学虚构不置可否地均依赖于想象力，并且——如我们从怀特对《亨利·亚当斯的教育》的解读那里已经看到的那样——符号分析能为我们解读历史叙事中的意义生产提供有价值的思想。然而，在构建历史叙事中，因为涉及指代意图，想象力的运用被控制在最低程度。如此这般，其产生的结果似乎会具有较少的不确定因素，其创造的叙事就显得没那么有趣了。

现在看来，在历史叙事的写作过程中，想象认同确实被指代强烈地约束着，但与此同时，运用想象对叙事能否激发兴趣和创造真理相似性方面却又是至关重要的。里法泰尔详细阐述了为创造逼真感而有必要留点文本空间这个笼统的概念：他认为"叙事真理是从重复那里诞生的。超定力是完完全全局限于文本之中的，因而也是自足的，并且它也完全是一个语言现象，这些事实导致的后果是，读者并不需要了解文本指向的现实才能相信它是真实的"（FT 7—8）。把里法泰尔的观点稍做调整，我们就可以说"作品似的"明显标志就是"叙事必须具有自我可证性，以及因此而产生对各种奇异指代的抵制力"（FT 10）。把这个观点换句话表达一下，我们可以说，因为小说并不承诺其指代真实性，其意图是要创造语言层面的真理，而历史叙事的真理也只有在被迫借助于语言来表现这个意义上才是语言层面的真理。简而言之,历史事件通过形式的附加来达到它们的终极目的,而文学叙事在创造或选择事件之前就已经顺应了这个终极目的。[1]

就这一点,不妨多探讨一下:我们可以说这种创造真理的过程涉及了某种东西:它排斥叙事客观性,也是历史叙事在实践中力图要保持到最低程度的东西。如里法泰尔所说,"虚构倚重于编码,即一些随意的惯例,这些惯例可以不依赖于叙事就能够被辨认出来,可以被附加上一个观点,可以被视作和叙事事件的动机毫不相关的"(FT xv)。然而,如果我们继续沿着里法泰尔的观点看下去,就会发现这种看似无意义的随意却暗示着一个潜在的意义。叙事对一个无意义且显然是不必要的细节的介绍发出了这样一个信号:这里存在着一个亚文本,亚文本反复出现后,会逐渐取得意义(一旦被完整解读,将取得主导地位)。[2] 大量使用此类细节会慢慢产生闭合并揭示一个"真理"。这些细节除了被用来产生真理效应,也起着暗示和揭示亚文本的作用,因而它们也揭示了文本作为作品似的文本的意义。

那么,亚文本的作用在于"它就像一个被内置于叙事的记忆",它也像被编织到整个叙事结构里的一根线,偶尔会露出来,最终能够将这个叙事构建为一个完整的结构——或者,能

---

[1] 可以和安克斯密特比较一下。他说,"历史学家构建和探讨'观点',但他们在描述过去时,并不像历史小说家那样,是从某些'观点'出发的"(*Narrative Logic*, p. 25)。

[2] 如他所说,"这种无意义/意义的辩证关系明确地将亚文本这个概念从主题和主旋律这些大家公认的范畴中脱离出来。主题的重要性是直接的且显而易见的……相反,主旋律……一直都无关紧要:它反复重复产生的效果只是文体层面的"(*Fictional Truth*, p. 59)。

让叙事保持着非指代性的意义（FT 54—55）。然而，依我看，在历史叙事中，亚文本（和意识形态闭合相反）是罕见的。亚文本是从"叙事事件"表现过程中准确无误的意义制造体系那里诞生的，因此，亚文本要求这些无关紧要的"事件"必须以一种现实都望尘莫及的方式被连接得严丝合缝。理论上这是可以理解的，但我们却不能在实际经验中为该论断提供许多支撑：说到底，如果亚文本只有靠足够的语言能力这个模糊的东西才能被辨认出来的话，那么，我们又怎么可能证明亚文本不存在呢？

三

在创造虚构世界的语境下探讨表现这个话题时，路波密尔·德勒在尔认为我们可以把"构建性文本"和"描述性文本"区分开来，他坚持这样的观点：描述性文本"是对先行于任何文本活动的现实世界的表现……而构建性文本则先行于它们构建的世界"。虚构世界"是被文本决定的构建"，因此不能被改变或取消，而被描述性文本表现出来的现实世界永远处于被修改、被反驳的状态。[1]这种区别看上去只是一个由叙事体裁的分类导致的结果，但也可被看作我们对个体文本探究的结果。在我们探讨历史叙事时，除了要考虑将较为传统的"文本导向诗学"运用到解读虚构之外，必须考虑另一个层面，指代层面（指代是故事构建的材料，并像我讲过的那样，是文本元素）。如果我们认同这个

---

[1] Lubomír Dolezel,"Mimesis and Possible Worlds,"*Poetics Today*,9（1988），pp. 475-496，489；此后文中引用为 MP。

观点[1],那么,我们能够基于下述问题来区别"指代性"文本和虚构性文本:对于叙事所没有提供的那些额外细节,它们是否存在或那些细节是什么性质的?这样的问题合理吗?公平地说,这种区别是我们对文本类型做出区别后的实际结果。如果承认这种区别存在,我们可以看到它提供给我们的是文本层面的明显区别。容我详谈。

德勒在尔认为,虚构存在是一种"由文本认定为真实的存在"(MP 490)。换言之,如我们从里法泰尔那里看到的那样,"虚构真理"只有通过文本手段才能被创造出来。在小说中,使用诸如"夏凡布拉斯先生"这样的名字,只是为支撑那些摆在我们面前的其他文本(譬如,厚脸皮行为)而提供证据。文本以这种方式产生一些它能够满足的期望,因而也给我们带来一种事情本该如此的感觉:呈现在我们面前的世界"听上去是真实的",因为它能自给自足,它能自动生成。在这些情况下,真理创造并不依赖于某些具体内容,读者能够质疑的空间也就不大了。如里法泰尔所说,我们所探讨的甚至不再是"一个代表某些意义的符号,而是一个代表一个符号的符号"(FT 9)。[2]现在,尽管我们可以把这一切都解释为我们不同解读方法造成的后果,然而历史叙事制造意义的方式却是十分不同:如德勒

---

[1] 参见 Dorrit Cohn, "Signposts of Fictionality: A Narratological Perspective", *Poetics Today*, 11(1990), pp. 775-804, 778-779;后文中引用为 SF。

[2] 怀特提到期待——前驱现象——和实现的逻辑时的用语和里法泰尔的用语相似。显然,他将之归因于所有叙事都要完成的闭合,他认为它是叙事化过程固有的,在讲述关于任何事情的任何故事之前必有的明确的知识(*Figural Realism*, p. 152)。关于里法泰尔对象征性的名字的使用的讨论,参见 *Fictional Truth* 一书第 33 页之后的部分。

在尔所说,"不同类型(体裁)的文学文本用不同的方式来发挥其认证力"(MP 490)。将文本划归到某个具体体裁之中通常是其构建过程中的那些意图带来的结果,因此,不同类型的叙事用不同的策略来认证"真理"也是这些意图带来的结果。我们可以说,历史叙事在对客观性的渴望驱动下,会在真理创造过程中系统性地避免使用表达绝对真理的句子。同样,我们也可以说,历史叙事也可以像虚构叙事那样把叙事者等同于文本作者。上述两个观点为我们打开思路后,我们可以针对附加的存在,把认证归因于"指代"等元素提出一些问题。

如我们前面看到的那样,在虚构文本中创造"真理"实际上愈发强调了虚构性,这看上去荒谬却不无道理。这种强调似乎常常在小说为了介绍叙事元素并为这些元素提供动机而使用聚焦法时表现得最为明显。[1]在文学虚构中,真理是靠叙事者的权威而建立的,这种效果尤其是要通过那些不被"客观"叙事所接受的介入和视角切换手法而实现的。例如,每当我们注意到叙述者的思想或隐喻切换到某个人物角色的语言或思想时,我们就开始有意识去关注文本的虚构性(FT 61)。在"虚构性的路标"一文中,多里特·科恩从《托曼的威尼斯之死》中为我们选了一个最合适的文本例子来阐述该论点:在描述艾森巴赫听到瘟疫后的反应时,文本告诉我们该反应和他更为公开一些的情感是一致的,"他的心里对此次入侵外空的探险充满了满足。**因为激情像犯罪一样对安逸的秩序和美好的日常生活**

---

[1] 如鲁思·罗南(Ruth Ronen)所说,"聚焦是一个原则,按照这个原则虚构世界的元素从某个视角或某一具体的位置被排列组合"[*Possible Worlds in Literary Theory*(Cambridge,1994),p. 179]。因此,聚焦发生在叙事行为之前,并决定叙事内容。

感到不安,它必须欢迎所有能让社会束缚变得宽松的做法,欢迎所有形式的混乱和灾难降临世间,因为它隐隐约约地希望它可以利用这些机会。于是,艾森巴赫对那些在威尼斯肮脏的大街上,在合法的秘密掩护下发生的系列事件有一种邪恶的满足感"(SF 797)。我们看到,这个比喻把让人迷恋的人物比作罪犯,该比喻除了具有介入的一般特征之外,把叙事者的思想切换为艾森巴赫的"邪恶满足感"。同时,这种方式揭示了创造真理的一种情形;这个比喻被叙事者以一种被艾森巴赫的情感反应"证明"为真实的假设呈现给我们(尽管他的情感反应也相应地要依据这个假设而被解读)。在此,里法泰尔的真理创造论正好和科恩的较为笼统的观点不谋而合。科恩认为,叙事者很明显被这些"非模拟的、'不透明的'句子"排除在叙事之外了,因而也变得"无所不知"或者至少具有潜在的客观性。在这种情况下,叙事者就成了一个"背起不可靠罪名的首要人选了"(SF 799)。史学家当然对这个问题更为熟悉。

如果不能理解为何文学虚构中一个被"客观地"定位的叙事者能够创造出逼真性,我们或许会发现这种定位实际上和其他任何定位一样都是结构上有意义的虚构。对于这种假冒的客观性——被排除在叙述事件之外这种客观性——的诉求,也因而首先是一种创造更强烈的"真理"感的方法。然而,在历史叙事中,我们的观点始终和被排除在外的叙事者的观点是一致的,可等同或实际上已经等同于作者的观点,作者即史学家,他能够掌控这个材料,在谨慎处理这些材料的同时又对读者声明他对某些事情并不知情。因此,对于史学家/作者来说,对某件事情缺乏足够的证据的诉求是他公开声明的客观性的证词。在此,虽然它们运用了相似的策略,但似乎历史学家/作者的这个视角是历史叙事中唯一可信的视角。[1]即使史学家从某一历史人物的角度重述某事件时,他们也被迫从事件之外的角度,从一个能够评估该历史人物视角的合理性的视角来评论。

在此,我们再次想起了海登·怀特的劝诫:史学家应该使用当代文学常见的那些叙事形式,然而史学家不能接受那种观点可以被表现却不能被评论的想法。

在自由地使用聚焦法并把史学家/作者的权威声音置身叙事事件之外时,有一种可行的方法可以用来平衡一下那种文献"可以自圆其说"的视角带来的片面性,那就是要引入虚构人物来代表那些不同的视角和观点。然而,这似乎和指代性是背道而驰的,指代性既是我们通常认为历史书写信誓旦旦要捍卫的原则,也是引导我们去解读那些我们认为是"真实的"文本的指南。安克斯密特又一次拿历史书写和它的近亲历史小说做对比,让我们注意两者在聚焦方式上的区别。他说,虽然"历史小说里也常常会有对历史现实的笼统描述,但历史小说从本质上来说,展示给我们的现实是透过生活在过去的(虚构的)人

---

[1] 安克斯密特也似乎认为,在历史叙事中,而不是在历史小说中,叙事者总是可以和历史学家等同的(*Narrative Logic*, pp. 23-25)。他认为这个观点是理所当然的,其原因在于这两种体裁之间的实际差别已经被界定好了。然而,原因也可能是如我前面证明的那样,来自于文本的意图。历史叙事中将叙事者和历史学家融合的观点也得到了科恩的支持,科恩带着认可的口吻引用了保罗·赫尔纳迪的观点:"我认为,从理论上来讲,历史叙事和虚构叙事促使我们在既定文本暗含的作者和文本中出现的叙事者形象之间构建了不同关系,这可被视作从理论上区分历史叙事和虚构叙事的可行性依据……对于叙事者和暗含的作者之间的区别,虚构叙事需要它,而历史叙事排斥它。"("Signposts of Fictionality," p. 793)参见 Paul Hernadi, "Clio's Cousins: Historiographyas Translation, Fiction and Criticism," *New Literary History*, 7(1976), pp. 247-257, 252。

物的眼睛看到的现实"（NL 25）。[1] 即使和其相对应的现实文学做比较，现实主义历史叙事似乎无法充分利用它自称要利用的聚焦手法。我们可以认同科恩与此相似的观点。就聚焦手法而言，他认为"历史叙事和历史的区别是种类上的区别，而不仅仅是程度上的区别"（SF 788）。然而，对科恩而言——就像对安克斯密特那样——该区别只是体裁规范的不同造成的结果。科恩认为，实际上，如果"某叙事者充当了历史学家的角色，这样的结果将是体裁意义上的怪胎；因为除非这个叙事者以副文本的方式宣告其虚构身份，没有任何东西能够阻挡这个作品被当作史学文本来解读"（SF 788）。如前所说，没有任何东西，指的是不包括文本在不受指代约束的情况下创造的具有超定力的意义指向体系。

四

说到底，即使历史叙事发誓要忠于现实指代，这种宣言也并非总是能够保证在文本层面创造出变化来，因为我们可以想象这样一种情形：某人有意要写一个关于过去的真实故事，但苦于掌握不了必需的（或者实际上任何）材料。我们可以想象，如此这般，被编造的东西是依照文学形式的需求而被编造的。因此，正如历史叙事只是基于安可斯密特所说的"假定为实的"陈述句一样，被编造的东西因此将会为那些被包含进去的"事实"提供一个闭合，并额外地创造出像文学虚构那样特有的复

---

[1] 科恩就历史叙事中的观点论的普遍性也表达过同样的观点（"Signposts of Fictionality," p. 789）。

杂性。那么，我们来看看我的最后一个附加说明：如果要创造出文本差异，对指向现实的忠实必须和掌握充足的能够用来解释故事的建构的那些"真实的"陈述结合起来。[1]

现在，我来下几个简洁的结论：文本主义方法对文学虚构分析很合适，但它却遮蔽了历史叙事作为出发点的指代忠实性的意义。引用科恩的话来说，"（文本主义）运用到历史叙事会严重阻隔对两者差异的认知。因为在这里，故事和话语之间的同步互动是被那些被记录或观察的事件的逻辑顺序和时间先后关系所支撑着（不管这种支撑有多不稳定）"（SF 782）。指代性因此从它产生的效果上以及它指向超文本的方式上构成了一个独立的文本层面。在将极端文本主义论点运用到历史叙事上时，"故事"层面（指的是以时间顺序表现的原材料，而不是指"情节"或话语）会被不正当地延伸来涵盖叙事的指代维度，甚至涵盖那些事件本身（而不是仅仅被延伸到表达因果关系的时间先后顺序）。如科恩所说，"故事"这个概念被误用到**时间优先**的指代层面了（SF 782）。

从某种意义上来说，这种不同层面之间的模糊现象是可以理解的，因为历史叙事的叙事者等同于历史学家，后者的任务就是要打造这个"故事"层面。这样很容易看得出，叙事者的

---

[1] 在 *Narrative Logic* 中，安克斯密特讨论了究竟多大比例才能足以决定某种叙事属于历史叙事体裁还是属于历史小说体裁。他说，当然，要确定一个准确的限度来判断这种差异是不可能的（第21页）。下面这个附加说明当然和前面的附加说明是连在一起的：我们很难依据复杂性将"不成功的"文学叙事和指代叙事（主要打算讲述现实故事的那种叙事）区别开来，因为在这两种叙事中，复杂性在我们探讨的层面上均是凭着极好的运气偶然被发现的，数量也很有限。

历史故事的道义：事实和虚构的文本差异

作用是在不同材料之间斡旋，并借助于假设，运用自由的想象力来填补材料之间的空白。实际上，因为"言词证据所在的层面义不容辞地必须和被抛凿得平整光滑的历史叙事保持一致"（SF 782），所以，历史叙事的叙事者任何时刻都没有放弃考虑指代这个层面。这种双重角色的后果就是，作为叙事者的史学家可被认为是在坚持重构叙事，他们无法把他们的叙事方式"当作是"虚构叙事的叙事者那样的直接，因而他们也不能以同样的方式在语言层面构建叙事真理。在历史文本中，指代层面的存在不仅直接杜绝了那种过度依赖于指代层面上的空洞指向来创造真理的做法，而且也反映在具体的聚焦操作上。安克斯密特对此做了很好的归纳——尽管他探讨的是作者的行动。如他所说："史学家要证明他们对过去的某些'观点'，历史小说家要运用这些观点。"（NL 26）再次引用里法泰尔的文字，我们发现，在虚构文本创造真理过程中有一个和历史学家推行他们的"观点"相似的东西："一旦真理被当作一种类型，一种抽象的东西而被预设，一旦这种预设随后又被打上虚构的烙印，事件的逼真性将通过文本拓展和重复预设得以复原……**叙事也可以被当作是对一个假说的验证**。"（FT 37）"心甘情愿搁置怀疑"是"文学"解读要求遵守的规则，其核心部分是对语言构建的真理的接受，而历史叙事构建的真理很明显是构建在指代层面的，两种叙事方式虽然从不同的前提出发，却以明显相似的方式来叙事。

重温怀特和安克斯密特的论点后便可以这样推断：在把自主性这个概念从文学领域推广到历史叙事领域时，我们实际上在肯定叙事是独立于实际的历史故事（这些故事是否存在并不重要）之外的，同时我们也承认我们赋予文学的自主性和赋予史学的自主性是有差别的。文学叙事的自主性可以被看作一种贯穿于整个文本的一种东西，而历史叙事的自主性停留在"故事"层面。[1]然而，为何我们明白了"故事"层面需要和指代层面分开的道理后，反而去否认指代的存在呢？我们要在叙事中达到道德上的和审美上的闭合这个目标并不能成为我们把历史叙事当作是完全自主的理由。事实上，似乎对我来说，这样限定我们对虚构化的观点，并承认指代性是历史叙事特有的文本特征并不会让我们损失什么。反而，我们可能还会获得一些利益：我在文章的开头说，不同类型的叙事提供给我们的"人类真理"的认知价值是不同的，如果它们之间的差异被模糊了，那么，这种认知价值的差异也将会消失。

如前所见，聚焦是我们用来区分不同叙事的一个相当直接的方法，尽管按理说这种区别依赖于读者基于文学惯例而做出的区别。在实际操作中，叙事者的这种差异也能够提醒我们关注叙事背后的具体社会现实，从而避免使叙事提供的"隐喻思想"被理解为一种空泛的、高高在上的元素——这和小说叙事正相反，小说理解是通过文本方式被创造出来的。历史叙事给我们的认知价值更具体些，因为我们总被文本操控（除了通常

---

[1] 这并不意味着一定要在过去是否以故事的形式存在这个问题上采取一个立场，就算这个问题可以很容易拿来支持附加主义论点。凯斯·詹金斯直截了当地谈到了附加主义观点，认为"把过去的内容……当作是一系列故事来讲……那就是……一个'虚构'叙事，这种观点错误地把历史学家用来构建和交流他们对过去的知识的叙事形式当作实际上是过去的叙事形式"。见 Keith Jenkins, *On "What Is History?": From Carr and Elton to Rorty and White* (London, 1995), p. 20. 关于麦金太尔提出的反面观点的简短讨论，参见 Paul Ricoeur, *Oneself as Another*, tr. Kathleen Blamey (Chicago, 1992), 第158页之后的部分。

的阅读惯例)提醒着,历史叙事表现的是具体的、真实的人物。如果我们不拿文本来讨论自己关注的事情和我们具体的观点的话,我们可有望达到另一种理解水平。作为历史叙事的作者,我们同样也会被时刻提醒着我们在表现他人时需要承担的责任,这样或许能够更加深刻地意识到,我们在理解那些和我们不同的人们时会遇到的那些重重困难。

隐喻的功能
——理查德·罗蒂的文学批评与世界构建诗学

君特·雷波特（美茵茨大学）

陈则恩（中南大学外国语学院） 译

原载《新文学史》2008年第39卷第1期（冬季），第145—163页

霍普金斯大学出版社

20世纪80年代以来，所谓"实用主义复兴"在文学研究领域的影响力主要归功于理查德·罗蒂（Richard Rorty）的哲学反传统主义对于现有理论的革新性贡献。然而罗蒂在文学研究领域的权威还未有定论。批评家们一方面赞赏他把注意力从抽象的理论建构转向叙事研究，另一方面对他的叙事伦理感到难以接受。因此，与那些文学研究领域著名的实证主义者的待遇截然不同[1]，罗蒂被认为在研究方法上开了倒车，并因此受到批评。劳伦斯·布厄尔认为他对于"文学作为伦理反思"的研究"看起来就像过时的价值主题分析"，是一种"前现代"的研究方法，并且"让审美品位完全屈于道德进步的目标之下"[2]。但是为什么罗蒂自称为一个后形而上学的实用主义

---

[1] 比如 Richard Poirier, Stanley Fish, Walter Benn Michaels，以及 Barbara Herrnstein Smith。

[2] 见 Lawrence Buell, "What We Talk About When We Talk About Ethics," in *The Turn to Ethics*, ed. Marjorie Garber, Beatrice Hanssen, Rebecca L. Walkowitz（London: Routledge, 2000）, p. 6。Buell 的引用来自 Herbert Grabes, "Ethics, Aesthetics, and Alterity," in *Ethics and Aesthetics: The Moral Turn of Postmodernism*, ed. Gerhard Hoffmann and Alfred Hornung（Heidelberg, Ger.: Winter, 1996）, p. 17。

者的同时又会退回到前现代的批评方法上去呢？他的批评者给出的解释是新保守主义立场[1]以及罗蒂对于文学作品过于审慎的态度导致的文学品位上的缺陷：比如"清教徒"式的对于审美体验的不信任[2]，对于复杂的"诗歌语言的声音和节奏"缺乏注意[3]，或是一种将文学文本简化为命题陈述的"哲学化"习惯。[4]

似乎这些不甚合理的解释都源于将罗蒂的实证主义研究方法简单地移植到文学研究领域，没有考虑到他将文学视为一种世界构

---

[1] 罗蒂对于左派理论的批判常被误读为对于左派政治的抵触［比如伊格尔顿在最近的《文化的理念》(London: Blackwell, 2000) 一书中将罗蒂塑造为一个西方帝国主义的辩护者］。还有人认为他所推崇的"自由主义反讽"只是简单地将冷战时期的自由主义或里根时期的社会思潮移植到后现代认识论问题上，主张对于社会弊病持一种冷嘲热讽、自鸣得意的态度［见 James T. Kloppenberg, "Pragmatism: An Old Name for Some New Ways of Thinking," *Journal of American History* 83, no. 1 (1996): 125 页］。也有人为罗蒂进行了颇有见解的辩护（并且考虑了他最近涉足政治时的立场），见 Casey Nelson Blake, "Pragmatist Hope," *Dissent Magazine* 54, no. 2 (2007): pp. 95-101。

[2] 见 Richard Shusterman, *Pragmatist Aesthetics: Living Beauty, Rethinking Art* (London: Black well, 1992), p. 259，以及 Shusterman, *Practicing Philosophy: Pragmatism and the Philosophical Life* (London: Routledge, 1997), p. 123。

[3] Josef Früchtl, *Ästhetische Erfahrung und moralisches Urteil* (Frankfurt, Ger.: Suhrkamp, 1999), p. 239.

[4] Christoph Demmerling, "Philosophie als literarische Kultur? Bemerkungen zum Verhältnis von Philosopie, Philosophiekritik und Literaturim Anschluss an Richard Rorty," in *Hinter den Spiegeln: Beiträge zur Philosophie Richard Rortys,* ed. Thomas Schäfer, UdoTietz, and Rüdiger Zill (Frankfurt, Ger.: Suhrkamp, 2001), pp. 350-351.

建方法的基本立场。[1]按照罗蒂的术语,世界构建是一种隐喻式的再描述,这一定程度上与康德美学的概念框架冲突,而后者仍在持续地影响当下的文学观念。我们太过熟悉康德的框架(以及从中衍生出来的一系列批评术语),以至于很容易误解罗蒂做出的理论修正,并错误地把他的学说归于一类在玛莎·努斯鲍姆(Martha Nussbaum)的开创性工作启发下产生的,具有形式主义色彩的文学伦理学。

一、文学伦理学与"对形式的忽略"

罗蒂与努斯鲍姆在学术立场上的相似众所周知。两人都是哲学家出身,却又对哲学感到失望且表达了不满——因为哲学研究以脱离了人类情感和环境的道德理性为基础。他们都相信小说对于人类具体现实的丰富描述比哲学论文更适于探索道德上的复杂性。然而除了认识论立场上的分歧之外,他们对于文学想象也有完全不同的理解。

努斯鲍姆认为她的文学研究是一种与形式主义传统相对立的伦理反思。她指出任何对于"文学理论如何丢失了实践维度"这一问题的解释都必须涉及"康德美学的影响,20世纪早期的形式主义以及新批评"。努斯鲍姆对于艺术作品无目的倾向的批评与20世纪80年代的广泛共识不谋而合,那时的学术界普遍对

---

[1] 罗蒂认可纳尔逊·古德曼(Nelson Goodman)的建构主义视野,但几乎没有探讨后者的著作 *Ways of Worldmaking*(Indianapolis: Hackett Publishing Co., 1978)中的复杂哲学论述。本文在较为抽象的意义上使用"世界构建"这一概念,用以描述罗蒂的理论与形式主义的区别,这一用法借鉴了唐纳德·戴维森的隐喻理论。

50年代的"文学性"概念(作为自主审美客体的内在形式)提出了批评。但是不同于那些更加旗帜鲜明地反对形式主义的学术思潮,努斯鲍姆试图在对经典作家的重读中探索一条中间道路。她提醒读者注意:之所以"文学的伦理批评名声不佳",部分原因是某些批评者"忽视了形式"[1]。她还认为要想成功地实现文学理论的伦理转向就必须关注"形式和内容如何彼此影响"[2]。

努斯鲍姆在她最杰出的研究(特别是对亨利·詹姆斯作品的解读)中展现出了出色的辩证精神,这可能是她对于文学研究伦理转向做出的最有力辩护。这些研究鼓励文学伦理学研究将文学性和道德伦理意义看作一枚硬币的两面,并且暗示着这样的见解:亨利·詹姆斯超群的叙事技巧为他的作品增添了道德上的深度,而这种深度又反过来增加了其作品的文学性。用努斯鲍姆的话来说,《金碗》中"细致入微"的伦理想象恰恰源自小说作为"杰出艺术作品"在文体上的复杂性,这种复杂性使作品无法用道德哲学的"苍白"语言重写。[3]在此,道德智慧被理解为一种对于复杂性的敏锐感知力,而伦理的进步意味着增加人们的审美辨析力。在一个很有代表性的段落中,努斯鲍姆认为亨利·詹姆斯这样的作家的作品中包含的艺术体验具

---

[1] Martha Nussbaum, *Love's Knowledge: Essays on Philosophy and Literature* (New York: Oxford Univ. Press, 1990), pp. 169-172.

[2] *Love's Knowledge*, p. 30. 努斯鲍姆还提到詹姆斯的作品中形式与内容具有"有机联系"。

[3] Ibid., p. 152. 努斯鲍姆在1998年指出:"美学既是伦理的也是政治的。凭借精湛的写作技巧,小说家能够提供'富有见解和表现力'的论述,从而帮助社会祛除情感的麻木和迟钝。" Nussbaum, "Exactly and Responsibly: A Defense of Ethical Criticism," *Philosophy and Literature* 22, no. 2 (1998): p. 344.

备更多"听觉和视觉上的丰富细节",且能够相应地"增加读者在这两方面的感知能力",可以"让我们分辨出之前无从察觉的色彩和形状(以及音调和音色)",从而"更好地把握风景、交响乐,或者绘画中的全部视听信息"。在这个意义上,艺术家是我们"对抗道德麻木"的最好同伴("战友"以及"向导")。[1]

将"道德麻木"理解为感官上的迟钝,这种文学伦理立场背后是形式主义的浪漫主义变体,它们并没有远离康德,而是对康德的术语进行调整,以使其适应于现代文学研究的专业性要求。第一代康德主义者已经开始焦急地劝说人们不要将美学(独立于神学和政治之外)仅仅当作一种复杂的消遣,努斯鲍姆则进一步认为"文学理论必须具有实践维度",她的观点确有其合理之处。席勒写于1793年的《审美教育书简》曾对这一问题予以重点讨论,这本书的开篇表达了作者著名的反思:当"人类的命运"此刻正在巴黎上演时(译者注:指法国大革命),对美学进行纯粹的哲学思索是否意味着对于社会福祉的漠不关心?席勒的回答同样著名:"只有通过美,我们才能抵达自由。"[2] 其中包含了努斯鲍姆的伦理转向所依赖

---

[1] *Love's Knowledge*, p. 164. 在关于法律文学之间关系的研究中,努斯鲍姆更大胆地论述了文学成就的道德效应:"文学理解……培养出的思维习惯能推进社会公正。" Nussbaum, *Poetic Justice* (Boston: Beacon Press, 1995), p. 92.

[2] "Ichhoffe, Siezuüberzeugen, ……daβ man, um jenespolitische Problem zulösen, durch das ästhetische den Wegnehmen muβ, weiles die Schönheitist, durchwelche man zurFreiheitwandert." Friedrich Schiller, *Werke und Briefe*, ed. Otto Dann et al. (Frankfurt, Ger.: DTV, 1992), 8: 558-560. 席勒的回答十分典型地体现了1800年前后在文学领域出现的一种有力的合法化修辞,那些高度专业化的人文学者利用这一修辞策略来应对边缘化的焦虑,并主张自身的社会地位和文化权威。这些主张具有两个层次:一方面,浪漫主义批评家倾向于用形式主义的概念理解美学,(转下页)

的辩证原则——"美学既是伦理的,也是政治的"[1]。

二、隐喻世界

罗蒂的文学伦理研究则回避了伦理意义与文学形式之间的辩证关系,这一点很容易被误解。许多学者指责他忽视了文学形式的复杂内在机制——譬如克里斯托弗·德梅尔林(Christoph Demmerling)认为他的研究倾向于将复杂文学作品"翻译"成"命题"(比如把普鲁斯特的作品简化为自我创造的主题,或者把纳博科夫和奥威尔的创作简化为对人类残忍的展现)——罗蒂则认为将文本区分为着重内容的哲学文本和着重审美愉悦的文学文本并无益处。他在对德梅尔林的回应中指出"我不确定《精神现象学》的创新性是源自内容还是形式",而"纳博科夫的《苍白的火》在这方面也难以确定"[2]。对内容与形式对立的质疑是后康德哲学批评术语的基石,但罗蒂的论证采取了一个与此不同的出发

(接上页)这一立场集中体现在康德将美描述为自主的形式。这意味着艺术创作的核心是技巧和技术(比如对于困难的诗歌语言的掌握),浪漫主义学者借此将自己与那些"缺乏形式感知"的一般读者区别开来。与此同时,浪漫主义批评家将"无目的"的美重新阐释为社会改良的方法(比如把美学游戏与自由联系在一起)或者本体论视野(比如把美理解为无限性的象征),并以此积累文化权威。见本文作者对"后康德式"修辞的探讨:"Democracy's 'Lawless Music': The Whitmanian Moment in the U.S. Construction of Representative Literariness," *New Literary History* 38, no. 2 (2007): 333-352.

[1] Nussbaum, "Exactly and Responsibly," p. 344.
[2] 笔者自译,Demmerling, "Philosophie als literarische Kultur?" p. 350。Rorty, "Erwiederun Erwiederung auf Christoph Demmerling," in *Hinter den Spiegeln*, p. 356.

点：他基于实证主义视角认为艺术是一种社会想象活动，并借鉴了戴维森关于隐喻作为揭示世界的手段的理论。[1]

唐纳德·戴维森（Donald Davidson）提出的非表征语言观颠覆了现实描述的真假之分。在此观念下，一切都无法逃脱隐喻的范围，科学革命成了对自然的"隐喻式重新描述"而非"关于自然内在本质的见解"[2]。这样一来，"智力和道德的进步"实质上是"隐喻功能的不断充实，而非对事物真相的更好理解"。（CIS 9）这意味着哲学和科学再一次被归为文学体裁，而文学想象也成为我们的政治和伦理现实的重要部分（它是一种建构世界的力量，而不仅是制造审美体验的技巧）。该观点的实证主义渊源可以追溯到约翰·杜威（John Dewey）关于审美经验与社会活动互相渗透的观点：他在《经验与自然》（1925）中坚持"知识和命题都是思维的产物，和雕塑和交响音乐一样是艺术品"，这不仅因为"科学是人类为人类创造的事物"，更因为"和其他艺术类似"，知识的产生"赋予事物以之前不属于它们的特征和潜力"[3]。在《作为经验的艺术》（1934）

---

[1] 见罗蒂对戴维森的讨论于 Richard Rorty, *Philosophical Papers, Vol. 1, Objectivity, Relativism, and Truth* (Cambridge: Cambridge Univ. Press, 1991), pp. 162-174。

[2] Rorty, *Contingency, Irony, and Solidarity* (Cambridge: Cambridge Univ. Press, 1989), p. 16（书名在以下引文中简写为 CIS）。

[3] John Dewey, *Experience and Nature*(1925; repr., New York: Dover, 1958), pp. 378, 381-382（以下在文中标注页码）。正如杜威阐明的那样，之所以现实主义者反对将艺术视为知识，"是因为他们产生了时态混乱。知识的产生并不是对论题或概念加以歪曲或曲解，从而把原本不属于它的特征强加给它，而是赋予非认知的物质对象以属性。通过这一过程，物理现象表现出机械能的变化……展现出物质的特性、意义以及意义之间的联系，这些在物质世界中原本都是不存在的"（381页）。

中，杜威把马修·阿诺德（Matthew Arnold）的名言"诗歌是对生活的批评"解读为：艺术"通过想象图景和想象经验来展现现实以外的可能性"[1]，并以此批评生活。作为对杜威思想的延续，罗蒂拒绝形式主义更为狭窄的文学性定义（基于某些文体特征），而认为文学概念应该更为全面地囊括"几乎任何具有道德意义的书籍和文献"，因为它们"能直观地改变我们对于事物的可能性和重要性的看法"（CIS 82）。事实上，该论述贴近浪漫主义文学传统中的诗歌视野意识——比如夏福特斯贝里（Shaftesbury）式的再创造者，艾默生式的预言家，以及雪莱式的立法者，这些理想的诗人形象都具有强大的创造力，能迫使我们以全新的方式看待世界［罗蒂偶尔也使用哈罗德·布鲁姆（Harold Bloom）的"强者诗人"概念，并将其延伸至小说家、哲学家和科学家］。然而，与浪漫主义观点和布鲁姆的视角不同的是，罗蒂的文学理论具有彻底的语境主义立场：

> 我们之所以称某思想为"幻想"而非"诗歌"或"哲学"，是因为它所围绕的那些隐喻（即言说和行动的方式）只有纯粹个人的意义，一般人难以从中受益……相反地，如果某些人的冥思所产生的隐喻对其他人有所帮助，我们就称之为天才，而非怪胎或变态。天才见解与幻想之间的区别并非取决于是否把握了外在世界或内在自我的普遍特点，而在于个人的奇思妙思是否恰好与其他人产生了联系，是否能在特定的历史情境下迎合特定群体的特定需求。总

---

[1] Dewey, *Art as Experience* (1934; repr., New York: Perigree, 1980), p. 346.

的来说，诗歌、艺术、哲学、科学以及政治上的进步源自个人思考与社会需要的偶然重合。（CIS 37）[1]

这里对偶然性的强调凸显了罗蒂与传统实用主义者之间的区别：正如许多评论者注意到的，他采纳了杜威认为艺术为现实状态提供了"另一种想象的可能性"这一观点[2]，但他并没有选择"经验"概念（审美或者宗教的）作为讨论的出发点。[3]

---

[1] 罗蒂使用了托马斯·库恩（Thomas Kuhn）式的术语讨论隐喻如何"获得社会意义"，这些术语构成了一种激进语境主义的读者反应理论。比如，罗蒂认为乔治·奥威尔的《动物农庄》的社会意义并不在于他发现了某种政治真相（比如极权主义背后的真相），而在于该作品改变了现存的政治话语。奥威尔采用儿童故事作为叙事框架，这一选择颠覆了当时的政治修辞——当时的政治话语把常见概念（比如"社会主义""资本主义"以及"法西斯主义"）捆绑在一起组成了一个"笨拙僵硬"的辩论框架："用库恩的话来说，这个系统过于庞大臃肿，其中有太多的异常现象，解释它们又需要加入更多的周边系统。这个时候最好的办法是在恰当的地方踢上一脚，在恰当的时候提供恰当的一个讽喻。正因如此，《动物农庄》才能改变社会中的自由主义态度。它的力量来源不在于它与真相的关系，而在于它与当时流行的对于一系列重大事件的另一种解释之间的关系。它更像是一个巧妙布置的杠杆，而不是一面镜子。"（CIS 174）

[2] Kloppenberg, "Pragmatism," p. 117.

[3] 在《经验与自然》中，杜威认为传统哲学中的二元对立（比如主体/客体、身体/物质等等）源自一种对"经验的原始性和终极性"的忽视（15页），这暗示着对于实验事实的真正考量可能将哲学探索引导向一个半超验的方向。在第一章关于哲学方法的论述中，他指出我们需要"寻找感知现象的普遍特点，并阐释其对于普遍性哲学理论的意义"（他提到了"经验对象所具有的特点"，比如"太阳和电子的特点"都是在经验中被"发现"的）。罗蒂认为"经验"概念是古典实用主义中的一个亨利·伯格森（Henri Bergson）式元素，最好将其排除。见 Rorty, "Dewey's Metaphysics," in *Consequences of Pragmatism: Essays, 1972-1980* (Minneapolis: Univ. of Minnesota Press, 1982), pp. 72-89; 以及（转下页）

三、公共世界与私人世界

通过考虑罗蒂对前人理论的修正,我们能更清晰地理解他的文学观念并从中发现连贯的线索。首先,他模糊了传统的认知、道德和美学之间的界限,从而消解了文类区分,把它们统一地称作"书籍"。接着,他把所有这些"书籍"按照三个维度的区别进行重新划分,这三个维度分别是:(1)转化隐喻还是常规隐喻,(2)个人的还是公共的世界构建方法,(3)表现了个人的还是公共的残忍行为。罗蒂从实证和政治的角度为这三个维度提供了说明,而没有援引传统的道德—美学—认知三角关系所暗含的认识论立场(或者杜威的美学理论中的体验基础)。

从《偶然性、反讽以及团结》(1989)以后,罗蒂的文学批评开始关注"个人隐喻"和"公共隐喻"之间的区别,并把一切"书籍"分为两类,一类有助于实现个人的"自我创造"以及"个体自主性"(CIS xiii),另一类则促进人类团结并鼓励"整个社会做出努力……让我们的机构和行事方式变得不那么残忍,且更加公正"(CIS xiv)。这种公共和个人的对立源自这样的理念:无论是从理论上,还是在认识论意义上,或者是在

(接上页)Rorty, "Dewey between Hegel and Darwin," in *Philosophical Papers*, Vol. 3, *Truth and Progress* (Cambridge: Cambridge Univ. Press, 1998), pp. 290-306。罗蒂对于杜威的经验概念的排斥可以解释为什么他(据我所知)在讨论文学批评的时候提及杜威的《作为经验的艺术》,也能解释为什么他对理查德·舒斯特曼提出的实用主义"美学"不感兴趣。关于罗蒂对詹姆斯的"宗教经验"观念的批判,见 Rorty, "Some Inconsistencies in James's *Varieties*," in *William James and a Science of Religions: Reexperiencing the Varieties of Religious Experience*, ed. Wayne Proudfoot (New York: Columbia Univ. Press, 2004), pp. 86-97。

特定历史条件下的社会实践中，我们都无法调和社会价值和个人价值，前者包括正义、慈善、社会团结，而后者包括个人的自我实现愿望，个人利益以及个人救赎。与罗蒂的哲学怀疑论（针对启蒙主义所鼓吹的自我实现与遵从正义在实践理性中的统一）形成呼应的是他对于"后现代中产阶级自由主义"[1]的实践可行性的乐观态度，他相信现代自由民主政体只需遵循罗尔斯（John Rawls）的程序正义原则就能够良好地运作（"一个公正而自由的社会"可以允许"它的成员自由地选择个人主义，非理性主义或者审美主义的世界观"，只要他们"不对彼此产生危害"）(CIS xiv)。

罗蒂对于自由主义原则的信心突出地体现在他对克利福德·基尔茨（Clifford Geertz）坦纳讲座的讨论上，该讲座的主题是文化全球多样性带来的日渐增多的挑战。基尔茨在1985年指出"世界的每个局部看起来都愈发像科威特集市而非英国绅士的俱乐部"[2]，对此罗蒂的回应是：一个理想的基于自由主义民主原则的多文化"世界格局"由两极组成，一极是公共的"集市"，另一极是环绕着集市分布的若干"私人俱乐部"。这个假想社会空间的正常运作并不苛求它的成员尊重彼此的文化价值。罗蒂猜想"这样一个集市中的许多人或许宁死也不愿接受

---

[1] Rorty, *Philosophical Papers*, vol. 1, *Objectivity, Relativism, and Truth*, p. 198. 然而，罗蒂否定后现代主义概念，见 *Philosophical Papers*, Vol. 2, *Essays on Heidegger and Others* (Cambridge: Cambridge Univ. Press, 1991), 1; 以及 "Movements and Campaigns", in *Achieving Our Country: Leftist Thought in Twentieth-Century America* (Cambridge, MA: Harvard Univ. Press, 1998), pp. 111-124, 120-121。

[2] Clifford Geertz, "The Uses of Diversity", *Michigan Quarterly Review* 25, no. 1 (1986): p. 121.

对方的信仰，但仍然为了实际利益而相互协助"，工作时间结束之后他们回到各自的"私人俱乐部"与那些拥有类似道德观念的人待在一起（罗蒂认为这本质上是"道德自恋"，并且将其夸张地描述为"既不知道也不关心集市另一边的俱乐部里的人是什么样的，并以此自鸣得意"）。[1]

显然这种自由主义民主观念在政治上会引起共产主义者以及族裔和种族研究者的反对。[2]罗蒂很认真地对待了这些反对意见——他的确必须认真对待，因为他提出的个人—公共对立基于政治而非哲学的依据［与康奈尔·韦斯特（Cornel West），理查德·波斯纳（Richard Posner）以及斯坦利·费什（Stanley Fish）一样，而与罗伯特·威斯布鲁克（Robert Westbrook）不同的是，罗蒂认为实用主义在理论上并无自由主义或任何政治倾向］。有些批评者将罗蒂学说中的公共和个人领域当作两个泾渭分明、互相独立的社会经验领域，这是一种误读，而基于这

---

[1] Rorty, *Philosophical Papers*, Vol. 1, *Objectivity, Relativism, and Truth*, pp. 209-210. 罗蒂进一步论述："这样的集市显然不属于阿拉斯代尔·麦克因特尔（Alasdair MacIntyre）和罗伯特·贝拉（Robert Bellah）这些自由主义批评者所谈到的'社区'。过去意义上的礼俗社会存在的前提是对于哪些人是正派人的问题达成完全的共识。但是中产阶级民主式的公民社会不需要这样的条件，只需要每个人在面对迥然不同的他人时都保持克制。在这种情形下，每个人都努力保持微笑，努力地做生意，然后在一天的劳累之后回到各自的俱乐部，在那里享受归属感带来的安慰。"（209页）

[2] 见罗蒂针对共产主义者［比如阿拉斯代尔·麦克因特尔和查尔斯·泰勒（Charles Taylor）］对自由主义理论的批判而为约翰·罗尔斯做的辩护：Rorty, *Philosophical Papers*, Vol. 1, *Objectivity, Relativism, and Truth*, pp. 175-196。关于实用主义与种族问题见 Cornel West, *The American Evasion of Philosophy: A Genealogy of Pragmatism* (Madison: Univ. of Wisconsin Press, 1989), pp. 206-210。

种误读进行的批评也难以让人信服。罗蒂显然明白公共与个人之间的绝对界限"并不存在（实用主义美学家理查德·舒斯特曼（Richard Shusterman）则批评罗蒂忽视了这一点），因为每个人的自我以及自我建设所依赖的语言都在社会中构成的，因而拥有某种共同结构"[1]。罗蒂认为人们的自我文化总会在某些时候与他们的道德和社会责任产生冲突，甚至根本不关心这些责任。[2]

那么罗蒂的自由主义框架如何指引他对一切文本进行重新整理？根据罗蒂的新浪漫主义的观念，个人的世界构建有助于自由主义的讽刺家们"意识到"他们"未能充分言说的，成为一个全新个体的需要"（他们"还缺乏合适的词语来描述这个新身份"）。[3] 不同于培特（Walter Pater）将美学看作个人的快感

---

[1] Shusterman, *Practicing Philosophy*, p. 122. 类似地，恩斯特·拉克劳（Ernesto Laclau）指出"只有在一切都井然有序的理性世界中，自我实现与人类团结之间的界限才能像罗蒂所说的那样清晰分明"。Ernesto Laclau, "Deconstruction, Pragmatism, Hegemony," in *Deconstruction and Pragmatism*, ed. Chantai Mouffe（London: Routledge, 1994）, p. 65. 罗蒂的回应见"Response to Ernesto Laclau," in *Deconstruction and Pragmatism*, pp. 74-75。

[2] 罗蒂不太愿意谈论稳定的界限，这一点在他题为"正义作为一种更大范围的忠诚"（1997）的论文中更加醒目。该论文探讨了当我们试图将正义概念与对于家族成员的忠诚统一起来时遇到的两难处境。罗蒂将个人对于小群体和大群体乃至社会的忠诚理解为一系列同心圆，外层的圆对应更大范围的忠诚。Rorty, "Justice as a Larger Loyalty," in *Richard Rorty: Critical Dialogues*, ed. Matthew Festenstein and Simon Thompson（Cambridge: Polity, 2001）, pp. 223-237.

[3] Rorty, *Contingency, Irony, and Solidarity*, xiv。关于这一自我创造概念的浪漫主义基础，见 Charles Taylor, *Sources of the Self*（Cambridge, MA: Harvard Univ. Press, 1989）。

以及强烈感官刺激，罗蒂把寻求自主性看作一个更加积极主动的，与文本构建的隐喻世界搏斗的过程，它们对于读者观念的影响不仅源自形式创新，更源自所包含的道德与认知挑战。[1]

罗蒂的公共概念的核心则是通过叙事来理解人类的残忍。人类之间的团结无法"通过自省来发现"（因为团结缺乏普适性基础）而需要被"创造"出来，这意味着让人们"对于陌生人群所遭受的痛苦和羞辱的细节更加敏感"，从而把"他们"认为是"我们"的一部分。[2]罗蒂认为实现这种变化的最佳媒介不是抽象的理论，而是那些能够制造同情认同或者"情感投入"的叙事体裁，"比如民族志、新闻报道、连环画、纪录片以及小说"[3]。

罗蒂关于公共文学的学说遭到了许多批评，特别是针对他认为同情式的阅读能产生道德上的转化效果。人们不免怀疑：对于苦难的描述是否一定能促进现实中的人类团结，除了想象的团结带来的情感愉悦以外能否带来任何真实的社会参与？不仅如此，我们是否能合理地认为：对于他人痛苦的描述会提醒

---

[1] 罗蒂将黑格尔的《精神现象学》、乔伊斯的《菲尼根守灵夜》、普鲁斯特的《追忆逝水年华》以及德里达的《遣寄》都归于这一类。这些作品对读者的挑战在于它们规避了"任何之前用来评价小说或者哲学著作的标准"（CIS 136-137）。

[2] 典型的例子包括那些表现"奴役、贫穷和偏见"的叙事，比如《英国工人阶级状况》、花边新闻和政府委托的调查报告；同时也包括《汤姆大叔的小屋》《悲惨世界》《嘉丽妹妹》《孤独之井》以及《黑色男孩》这些小说（CIS 141）。

[3] Rorty, *Contingency, Irony, and Solidarity*, 147 页, xvi 页。罗蒂把公共文学分为两个子类，一类制造同情认同或者"情感参与"，从而扩展忠诚和团结的范围（以更多地包括居住在"集市另一边"的俱乐部里的那些人）；另一类让读者意识到他们的个人偏见可能对他人造成残忍的伤害，从而强调自由主义的伤害原则。

我们注意到自己的过错,从而促成道德上的升华?事实上,如果卡索邦本人阅读《米德尔玛契》这本小说,他恐怕很难意识到自己是作品讽刺的对象,更不会因此洗心革面。[1]

然而我们不应夸大这些反对意见的重要性,因为它们把罗蒂的语境主义研究方法错当成了一个关于"大写的文学"的普适性理论。但罗蒂从来没有主张文学应该具有教育意义,或者应该包含关于人类残忍的研究,他也不认为教育意义是文学最重要的方面,更不认为制造情感上的团结是文学最擅长的功能。他的观点更保守:虽然叙事不具有天生的道德性(正如叙事没有天生的文学性)[2],它在许多历史事件中都展现出强大的世界构建能力,远超过传统的道德哲学,因为人类团结缺乏理性基础,而同情和怜悯比理性反思更有助于实现团结。因此,当罗蒂主张"人权文化的产生不是道德意识增强的结果,而要完全归功于悲情故事的洗礼"[3],他或许过度强调了诸如《汤姆叔叔

---

[1] 罗蒂为纳博科夫的作品提供了一个有趣的解读,将其看作一种对于"缺乏好奇"带来的残忍后果的戏剧化表现(CIS 161),并认为这种戏剧化处理在《洛丽塔》的"后记"中达到顶峰,读者在那里会注意到之前阅读小说时错过的细节。罗蒂指出:"读者突然发现自己之前的冷漠十分残忍,甚至有些虚伪,于是意识到自己与亨伯特和金波特之间存在内在联系。《洛丽塔》突然具有了'道德教化意义'(尽管纳博科夫否认这一点)。然而这种教化不是告诫人们不要侵犯小女孩,而是提醒人们更清醒地观察自己的言行,特别是留意他人对自己的评价。"(CIS 163—164)尽管这看起来很好地描述了纳博科夫的情感策略,我们不禁怀疑:当读者意识到之前的阅读忽略了某些细节的时候,他究竟会产生什么反应呢?恐怕只是类似于被老师发现没做课后阅读时的尴尬罢了。

[2] 罗蒂反对关于"作者的真正目的是什么"以及"什么是文学的本质"这样宽泛问题的理论争论(CIS 145)。

[3] Rorty, *Philosophical Papers*, Vol. 3, *Truth and Progress*, p. 172.

的小屋》这类作品的历史意义，但他没有把文学"简化"为道德效果。[1]

四、音乐隐喻

在第三个维度中，罗蒂区分了轻松消遣的书籍和具有挑战性的书籍。相较于公共与个人的对立，这个区分受到的争议较少，但仍然十分重要，能帮助我们理解文学研究界对罗蒂的复杂看法。不同于形式主义理论将文学性归为文体上的陌生性或者阅读的难度，罗蒂将文学隐喻的挑战性定义为具有催生道德转化的力量，即"制造开展新行动的动机"（CIS 43）。即使是结构精巧的名著，如果不能改变读者的隐喻习惯（他们关于"何者可能以及何者重要"的观念），也被排除在上述定义之外。[2]相对而言，罗蒂并不像主流观点那样将文学性理解为复杂丰富的文体特征，这或许为他人批评他忽略形式留下了口实。如果把罗蒂和那些更贴近传统美学的实证主义者相比，比如法学家理查德·波斯纳，他忽略形式的倾向似乎就更加明显。一般认为波斯纳与罗蒂在理论基础上有重合之处，比如两人都认为哲学上的实证主义本身不预设政治方案，民主正义源自人类利益的偶然重合而不是普世价值。[3]波斯

---

[1] 关于罗蒂选择工具箱作为文学效果的核心隐喻的论述，见 CIS xiv。
[2] 即使按照罗蒂对于文学价值的语境主义观念，"对于不同的人而言，挑战性书籍和消遣书籍的界限也不同"（CIS 143）。
[3] 见 Richard Posner, *The Problems of Jurisprudence*（Cambridge, MA: Harvard Univ. Press, 1990）, p. 26; 以及 *Law, Pragmatism, and Democracy*（Cambridge: Harvard Univ. Press, 2003）。关于罗蒂和波斯纳的理论共识的梳理，见罗蒂的"More than Compromise," *Dissent Magazine* 50, no. 4（2003）: pp. 23-26。

纳的语境主义正义观（基于典型行动的社会经济后果）与更具有普世色彩的那些法学理论相抵触。同样地，他也反对努斯鲍姆关于特定文类与民主政治存在内在联系的观点（在《诗性正义》中努斯鲍姆认为小说的"结构与社会中的不平等之间存在着一定程度的张力"）。[1] 波斯纳对于努斯鲍姆的文学伦理学最为旗帜鲜明的反对意见回归了大家熟悉的康德的立场：在"反对伦理批评"（1997）一文中，他指责她过度关注"道德内容"，以至于忽视了他眼中文学经验的标志性特点，即"美的在场"。在波斯纳看来，小说中——特别是《金碗》中美感主要来自"形式特点"，比如"叙事节奏的变化，人称和视角的转换，主题的和声与对位，唤起期待又延缓其满足，创造张力又将其释放，以及各异的元素和谐共存——总之类似于器乐具有的特点"。

波斯纳采用"器乐性"作为文学性的试金石再自然不过了，音乐隐喻从18世纪晚期开始就主导了美学研究领域。这一听觉意象加深了文学中内容与形式的二元对立，因而也强有力地表达了一种既高度自洽又具有高度社会性的文学性概念：自洽是因为音乐在语义上的不确定性暗示了诗人的创作独立于政治和道德话语；具有社会性是因为语义上的不确定性经过神秘主义阐释之后成为了一种"更高层次"的表达途径，能够描述那些无法为语言理性所把握的世界。因此在浪漫主义的音乐比喻之

---

[1] Nussbaum, *Poetic Justice: The Literary Imagination and Public Life*（Boston: Beacon Press, 1995）, pp. 129-134. 波斯纳认为，虽然"很多杰出小说家"可能具有"努斯鲍姆所敬佩的那种社会良知"，"这种良知不是定义小说体裁的核心要素。因而努斯鲍姆有意地选择了那些能体现她已有的道德立场的作品"。Posner, "Against Ethical Criticism," *Philosophy and Literature* 21, no. 1（1997）: 6, p. 17.

下，诗歌既与更高的价值（无限性、世界精神、民主、强烈性、整体性等等）相关联，但又不能简化为这些价值（因为音乐表达是非语言的）。[1]这种标志性的双重态度即使在19世纪的音乐崇拜式微之后也仍有其吸引力。努斯鲍姆在回应波斯纳时认为亨利·詹姆斯的音乐性虽然不能用道德概念进行简单的归纳，却与更广泛的道德和伦理基础相连：她主张"我们无法断言小说家的遣词造句、隐喻的选择、声音和节奏的运用都与他寻求理解人类生活复杂性的努力毫无关联"[2]。

虽然这一谨慎论述的基础并非浪漫主义关于形式表现力的观点，而是文体美感与伦理内容的平行关系，但两者之间有结构上的类似。事实上，尽管努斯鲍姆和波斯纳之间存在着道德主义与美学主义的激烈辩论，文学经验的音乐隐喻却让二人的立场更接近了。波斯纳认为文学的音乐性只是一种"让我们更强烈地感受当下"的纯粹个人体验，其中暗示的培特式的美学主义强烈地排斥作品的伦理意义。然而波斯纳关于强烈体验的观念时不时地向努斯鲍姆的伦理考量靠拢，比如他认为文学的

---

[1] 这或许合理地解释了为何浪漫主义以声乐而非绘画为基础定义诗歌的本质。形式与内容之间尖锐的二元对立有助于浪漫主义为自身的合法性进行辩护。如果诗歌是某种无法用语言改写的"音乐"，那么，就需要一些拥有细腻的形式感知力的文化工作者进行解读。在18世纪的艺术话语中，这种形式感知力几乎完全不能产生文化权威，因为那时音乐被当作一种享乐的载体，伴随并从属于语言艺术（比如在宗教声乐和歌剧中）。只有到了19世纪，文学性的音乐隐喻才有了正面价值，这个时候语义的不确定性不再被当作艺术载体的表达能力缺陷，而恰恰成为了表达能力的象征——音乐和诗歌作为"语言之上的语言"以超越概念的方式承载着某种神秘真理，我们只能通过直觉和感受加以把握。见 Carl Dahlhaus, *The Idea of Absolute Music*(Chicago: Univ. of Chicago Press, 1989)。

[2] Nussbaum, "Exactly and Responsibly," p. 358.

美不仅让我们"更为自信","在狂喜中神游",同时也让我们意识到"人类的巨大可能性",而培特同样有此倾向。[1]

这种使人意识到"人类可能性"的力量恰恰是罗蒂对于文学价值的核心界定：他在1988年指出"伟大的文学作品的启发性"不在于真实，而在于它们暗示着"生命的宽广博大远超我们的想象"，从而让读者"心生敬畏"[2]。不过罗蒂对于崇高的定义是反形式主义的——不是基于文体的错置而是世界的错置（抑或是关于世界的"花言巧语"）。因此，亨利·詹姆斯作品的"启迪价值"与精巧叙事（他的"节奏"美）之间并无必然关系。

罗蒂对于音乐范式[3]的排斥更为清晰地体现在他列出的非挑战性书目之中（按照罗蒂的定义，这些书对于绝大多数读者来说是消遣娱乐，不具有改变观念的力量）：里面包含了复杂的经典诗歌（比如丁尼生的《国王之歌》）、说明散文［比如托马斯·巴宾顿·马考雷（Thomas Barbington Macaulay）的《散文集》］，以及更通俗易懂的读物［比如阿加莎·克里斯蒂和伊恩·弗莱明（Ian Fleming）的作品］，甚至还包括"简单粗陋的低俗文学"（CIS 143n3）。罗蒂无疑欣赏丁尼生作为文体家的创新，他的诗歌具有"如画"的视觉

---

[1] Posner, "Against Ethical Criticism", 22页。另见 *Public Intellectuals: A Study of Decline*（Cambridge, MA: Harvard Univ. Press, 2005）, pp. 228-229。

[2] Rorty, *Achieving Our Country: Leftist Thought in Twentieth-Century America*（Cambridge, MA: Harvard Univ. Press, 1998）, pp. 132-133。

[3] 在另一处，罗蒂认为海德格尔在讨论语言时采用的听觉隐喻优于胡塞尔的视觉隐喻。Rorty, *Philosophical Papers*, Vol. 2, *Essays on Heidegger and Others*, p. 11. 但他从未将音乐隐喻应用于文学。见他对于马克斯·韦伯的"宗教非音乐性"的思考于"Anticlericalism and Atheism," *The Future of Religion*, ed. Santiago Zabala（New York: Columbia Univ. Press, 2004）, pp. 30-33。

性，和维多利亚时代前期（特别是 1840 年前后）的华兹华斯式不温不火的概念主义相比显得耳目一新。不过罗蒂仍然将《国王之歌》划为低俗文学，因为他认为丁尼生的形式创新虽然值得尊敬，但是缺少那种能改变读者观念的隐喻（艾默生在此之前也有类似的看法）。与此不同的是，形式主义者眼中的低俗文学指那些具有所谓"堕落快感"的形式简单的小说作品（比如流行和伤感文学）。[1]

五、幻美、崇高以及隐喻变化

把文学看作构建世界的方法这一观点的确具有阐释学色彩，但这并不意味着否定非语言感知的强烈美感，正如波斯纳在对于詹姆斯的音乐节奏的描述中展示的那样。罗蒂认为非语言的强烈审美快感["豪斯曼（Alfred Edward Houseman）所谓肩胛骨之间的刺痛"（CIS 47）]是文学经验的一个重要维度，这种美感对于文学的经典性的重要意义可能超出以往的估计。"如果你希望你的作品被人阅读而不是被扫进故纸堆，你就应该制造刺痛而非记录真相"（CIS 153）。他经常指出最美的隐喻是"幻美"的，而非有实际价

---

[1] 波斯纳论述的一个关键之处在于暗示着：文学作品在形式上简单易读意味着它放弃了对美的追求，而转向相对温和的内容［席勒认为这种"粗糙的品味"错将"主题的刺激性"当作了"美"（*Werke und Briefe* 8:671）］。他惊讶地发现，努斯鲍姆居然对那些"自诩为哲学思辨和教化良方的二流小说"（在波斯纳看来）抱有如此大的耐心（他认为狄更斯的《艰难世事》和理查德·赖特的《土生子》写得很差，而且带着道德家的口吻）。努斯鲍姆自然不同意波斯纳在道德和审美之间制造如此尖锐的对立，并且（像罗蒂那样）认可伤感小说制造同情认同的效果。但是与罗蒂不同的地方在于，她对文学性的理解经常把文学价值与美学上的复杂性（以及阅读的难度）紧密联系在一起，并且将两者与通俗小说的简单快感对立起来。

值的概念[1]，一旦它们被赋予阐释意义，美感就消失了。"蝴蝶翅膀上的鳞片被抹去之后，它变得透明，但不再是美的"（CIS 153）。

比喻的幻美特征让人想起尼采认为审美愉悦需要不确定性。亚历山大·内哈马斯（Alexander Nehamas）将此转述为："我们之所以认为事物具有美，是因为我们无法穷尽其风景……我们凝视着帷幕揭开之后仍被遮蔽之物。"[2]但是幻美的隐喻如何与文学的世界建构联系在一起？罗蒂认为，感官愉悦或许具有其本身的价值，但它缺少稳定的含义，既不能被理论把握，也不能影响我们的道德与认知世界。努斯鲍姆认为"事物的美感意味着我们仍然渴望拥有和了解它们"，这种美感的定义更为主动，但幻美隐喻的意义仍然含混不清（内哈马斯认为"我们永远不能预先知道帷幕之后之物是美还是丑，是有害还是有利"）。[3]这意味着隐喻的幻美特征处于语言范畴之外，是"艺术的情欲"的一部分。[4]而一旦身体感知被赋予意义，无论是解放性力量（按照桑塔格的观点），还是民主的团结（按照惠特曼的观点），或是酒神的毁灭

---

[1] 罗蒂认为纳博科夫创造审美享受的能力在于"将词语编织成幻美图案"的天分（CIS 155）。

[2] Alexander Nehamas, "The Return of the Beautiful: Morality and the Value of Uncertainty," *Journal of Aesthetics and Art Criticism* 58, no. 4（2000）: p. 402. 内哈马斯引用了尼采的《悲剧的诞生》的十五节。

[3] Nehamas, "The Return of the Beautiful," p. 402. 内哈马斯进一步论述道："美的事物总是邀请我们走近一探究竟。""美是对探险的呼唤，又是危险的象征，是必然性的敌人。如果像司汤达所说的那样，美是一种快乐，那么，它是一种危险的快乐。我们的寻求可能一无所获，败兴而归。"（402页）在《建构我们的国家》中，罗蒂认为福柯的缺点在于他无法"将美看作对快乐的许诺"（139页）。

[4] Susan Sontag, "Against Interpretation"（1964）, in *Twentieth-Century Literary Criticism*, ed. David Lodge（London: Longman, 1972）, p. 660.

冲动（按照尼采的观点），它就不再纯粹了。[1]

事实上，文学世界构建恰恰始于感知被阐释意义（也就是命题意义）所沾染[2]，从而产生不纯粹的审美愉悦——这大概属于罗蒂认为"启迪文学"所具有的那种崇高"敬畏"。当幻美的不确定性打开一条通往隐喻世界的道路，该世界的道德和认知维度都转换为可用语言表达的价值（尽管还未产生合理的信念），这就是文学的世界构建的起点。罗蒂认为启迪性隐喻既具有说服力又"无法提供理由"[3]，这种观点包含的宗教色彩常被用来论证罗蒂的学说中存在宗教转向（他本人也承认自己有一定回归保守的趋势，而不像之前那样抱有激进世俗主义立场）。[4]然而与主流宗教和浪漫主义崇高观不同，这种实用主义

---

[1] 因而罗蒂拒绝詹姆斯和杜威的经验概念以及理查德·舒斯特曼的"身体美学"概念，详见罗蒂对于舒斯特曼的回应：Rorty, *Critical Dialogues*, ed. Festenstein and Thompson, pp. 155-157。

[2] 基于曼弗雷德·弗兰克（Manfred Frank）关于语言学转向的历史研究，罗蒂认为意向性的意识需要命题式的理解［恩斯特·图根哈特（Ernst Tugenthat）认为胡塞尔的现象学包含了这个观点，罗蒂认为杜威的经验概念也有此因素］，而不能仅仅依靠对于自身感知的不断接纳。见 Rorty, "Dewey between Hegel and Darwin," in *Philosophical Papers*, Vol. 3, *Truth and Progress*, p. 293；以及 Manfred Frank, *Was ist Neostrukturalismus*（Frankfuhrt, Ger.: Suhrkamp, 1983）, p. 284。

[3] Rorty, *Consequences of Pragmatism*, p. 208.

[4] Rorty, "Religion in the Public Square: A Reconsideration," *Journal of Religious Ethics* 31, no. 1（2003）: pp. 141-149. 见 Nicholas H. Smith, "Rorty on Religion and Hope," *Inquiry* 48, no. 1（2005）: pp. 76-98；吉尔斯·古恩（Giles Gunn）分析批判了罗蒂对于宗教术语的使用，见 "Religion and the Recent Revival of Pragmatism," in *The Revival of Pragmatism: New Essays on Social Thought, Law, and Culture*, ed. Morris Dickstein（Durham, NC: Duke Univ. Press, 1998）, pp. 404-417。

意义上的崇高并不需要超验基础。对于罗蒂来说，具有启迪意义的崇高只是一种"宗教冲动"，一种"怀着敬畏之情面对某个伟大他者的冲动"[1]。

罗蒂无意明确地区分幻美与半宗教式的崇高[2]，这大概是因为他关心的主要是两者类似的实际效果。美感产生的感官刺激有时并不能对我们的隐喻框架产生持久的影响，而启迪文本塑造了更为确切的图景，将读者带入了之前无法想象的世界。通过比较托马斯·曼的《魔山》与约瑟夫·康拉德的《黑暗之心》中描写的各种美和崇高，我们能够更清楚地说明这种区别。汉斯·卡斯托普身处达沃斯山脉中，在梦见暴风雪来临时感到敬畏和战栗，这种情感类似于马洛深入史前丛林的体验——两种体验都混合了

---

[1] Rorty, *Achieving Our Country*, p. 18. 罗蒂注意到，威廉·詹姆斯（William James）在"《宗教经验种种》"之中认为宗教往往求诸于某种伟大的他者。罗蒂认为詹姆斯在论证宗教经验的合理性时，在超验基础和实证基础之间摇摆不定"。Rorty, "Some Inconsistencies in James's Varieties," in *William James and a Science of Religions: Reexperiencing the Varieties of Religious Experience*, ed. Wayne Proudfoot (New York: Columbia Univ. Press, 2004), pp. 86-97. 罗蒂认为对于宗教冲动的解释必须脱离超验基础。在他看来，宗教的超验因素"是缺乏安全感的体现，是逃脱时间流逝和随机性的幼稚愿望"（Rorty, *Achieving Our Country*, p. 18）。这一观点可以追溯至杜威的 *A Common Faith* (New Haven, CT: Yale Univ. Press, 1934)。见 Rorty, "Religious Faith, Intellectual Responsibility and Romance," in *Philosophy and Social Hope* (London: Penguin, 1999), pp. 148-167。

[2] 在 *Contingency, Irony, and Solidarity* 的一个很容易被误解的章节中，罗蒂简要地讨论了这些概念，他把美和普鲁斯特对于偶然性的接纳联系在一起，又把这种接纳态度与原教旨主义哲学家的"历史崇高"对立起来（105—106页）。然而大多数时候，罗蒂规避了这种对立，几乎总是用非原教旨主义的方式定义崇高，比如作为"毫无根据的希望"（*Consequences of Pragmatism*, p. 208）。

快感、焦虑以及顿悟，它们都属于华兹华斯式瞬间体悟这一文学传统。但是卡斯托普的体验没有带来稳定的改变，当他回到"文明开化"的贝格霍夫之后就"在晚餐中大吃大喝"，而他的梦境连同在梦境启示下产生的"自我认识"一起"逐渐淡去"了。[1]相反地，康拉德笔下的马洛回归欧洲文明时已经完全是另外一个人：那些噩梦般的景象给他带来了如此大的震撼，以至于他对于生命的看法完全改变，曾经的自我如同身边旅伴的"愚蠢而渺小的幻想"一样荒诞。他们"关于生命的知识"显得"虚伪得令人愤怒"，因为马洛意识到他们从未面对他所经历的那种启示。[2]他也无法向同伴解释或者论证这种启示的内容——他的所见所闻无法用理性话语描述，而且他已然对理性话语失去了信心。与卡斯托普受到的感官刺激不同（其效果仅仅是食欲的增加），马洛所见的噩梦一般的景象击碎了他的世界观，使他开始反思并做出改变。根据罗蒂的理论，这种改变源于个体对于自主性的渴望。当然，康拉德对于马洛的叙述是否可靠这个问题保持了开放的态度。当马洛在叙述中谈及库尔茨的遗言"恐怖"二字时，我们究竟应该把这看作是叔本华式对于深邃真相的认识，还是仅仅看作

---

[1] 笔者自译，原文为"Die hochzivilisierte Atmosphäre des 'Berghofs' umschmeichelte ihn eine Stunde später. Beim Diner griff er gewaltig zu. Was er geträumt, war im Verbleichen begriffen. Was er gedacht, verstand er schon diesen Abend nicht mehr so recht"。Thomas Mann, *Der Zauberberg* (Frankfurt, Ger.: Fischer, 1993), p. 679. 亚历山大·内哈马斯将卡斯托普的经验解读为无意义的愉悦，这对我产生了启发。Nehamas, "Richard Shusterman on Pleasure and Aesthetic Experience," *Journal of Aesthetics and Art Criticism* 56, no. 1 (1998): p. 50.

[2] Joseph Conrad, *Heart of Darkness*, ed. Paul Armstrong (New York: Norton, 2006), p. 70.

心智动荡而产生幻觉的投射？在罗蒂看来这个问题并不重要（因为从根本上无法确定）。而通过讨论这一景象的社会政治意义，我们可以得出结论：马洛光怪陆离的经历产生的隐喻世界是个人的而非公共的。这不是因为他的见解具有荣格精神分析色彩和异国情调，从而给人以非理性的印象，而是因为他对原始部落和黑暗的非洲大陆的描述不能促进人类之间的团结，奇奴阿·阿契贝（Chinua Achebe）在对该小说的著名的批评中也注意到了这一点。[1] 相反地，公共的崇高性向我们展现人类社会的丰富可能性，让我们"出于对于人类共同体的热爱和盼望而相信未来的人类会在道德上更加完善、拥有更多可能"[2]。

---

[1] 见 Chinua Achebe, "An Image of Africa," *Massachusetts Review* 18 (1977): pp. 782-794. 马洛对原住民的描写在当代读者看来具有强烈的种族"他者化"特征，然而我们不免怀疑：这是否在某种程度上可以归因于20世纪60年代的意识形态变化改变了我们的视角，从而让现代主义中的异国情调和原始主义因素显得格外突兀？或许，与其说《黑暗之心》的种族主义色彩是某种内在的，直到1975年才被阿契贝发现的意识形态缺陷，不如说正是六十年的视角转换重组了整部作品，因而建构了它的种族主义色彩。与康拉德同时期的其他作者的小说作品中同样大量出现了原始主义以及荣格式的形而上学，这一点或许能减弱《黑暗之心》中的他者化意味。与此同时，马洛"意识到"欧洲人和非洲人之间存在着根本上的类似，这完全有可能扩大欧洲人的认同范围，鼓励当代读者同情非洲人民受到的殖民压迫。如果这个说法成立的话，马洛的奇境之旅（以及康拉德的这部中篇小说）的性质可能在70年代经历了改变，从一个唤起社会同情的公开呼吁退化为个人自我修正的工具。60年代以后《汤姆大叔的小屋》和《哈克贝利费恩》中种族主义成分的"凸显"也存在着类似的复杂性。

[2] Rorty, "Religious Faith, Intellectual Responsibility and Romance," in *Philosophy and Social Hope*, pp. 160-161. 罗蒂进一步论述："我称包含着希望、信念和爱的模糊集称为'浪漫概念'。这个意义上的浪漫概念既可以适用于行业协会，也可以适用于宗教集会，可适用于小说，也可以适用于圣约，可适用于神明，也可以适用于儿童。之所以这种乌托邦式（转下页）

六、文学工具与隐喻"生活试验"

具有启迪意义的崇高是文学世界构建的核心特征之一;另一个则是能够创造同情认同以促进人类团结。但是这些特征之间并不存在优先性,所以不应该把它们列入文学或叙事功能的某种等级序列:有些文本制造非语言的愉悦,有的让读者意识到生活存在更多可能,还有的扩展人的归属感和责任的范围。[1] 如果文学的世界构建只是提供了一种假象的"生活试验"[2](而非启示自然的本质),那么它所采用的隐喻就应该被当作与撬棍和画笔类似的工具,故不必对其进行整合,它们也难以在同一个理论视野中和谐共存。传统观念认为文学是一个独特的空间,其中个人审美层面上的意义空缺(形式的"音乐性")与伦理—政治层面上的意义充沛相吻合,而工具箱这一喻体恰恰与该传统观念相冲突。就这样,罗蒂将文学批评扩展至对于世界构建活动的批评,从而撼动了现有的学科界限,并代之以更容易把握的政治界限。[3] 罗蒂既没有将实证哲学与民主

(接上页)的希望是宗教信仰而非传统意义上的政治理想,是因为它超越了推理和论证,超越了目前通用的语言。"(161 页)这就是为什么罗蒂强调宗教信仰和"爱情"之间的相似。如同信仰一样,爱情为生活中提供了一种超越性的救赎,尽管我们"无法将爱情简单地解释为对于所爱之人的言行品格的认知和欣赏"(158 页)。

[1] 罗蒂将豪斯曼所谓的刺痛体验和情感参与描述为"不存在竞争关系的两种独特效果"(CIS 147)。

[2] 罗蒂的这一说法源自以赛亚·伯林(Isaiah Berlin)对于约翰·密尔(John Stuart Mill)的理论的挪用(CIS 45)。见 Isaiah Berlin, *Four Essays on Liberty*(1967),以及 John Stuart Mill, *On Liberty*(1859)的第三章。

[3] 关于文学批评概念的拓展,见 CIS, pp. 81-82。

政体联系起来，也没有利用自己在海德格尔和普鲁斯特研究界的权威来支撑他的社会政治学观念[1]，这清晰地展现了他从认识论向文化政治学的转向。

罗蒂的文学批评源自更为普遍的伦理和社会政治学问题（比如"我该如何生活？"或者"该如何促进社会进步？"），这些问题在传统文学理论看来都属于次要的一类。他将自己的身份定义为一个文学批评家，这主要是因为他坚信：回答任何问题都需要进行创造，而不能简单地发现答案，因而所有答案都是诗学的而非哲学的。该观点强调对现实生活的想象维度进行批判，而传统的观点认为好的文学批评应该对作品进行细致全面的描述，两种观点的对立或许能解释为什么有些学者对罗蒂的实证主义解读嗤之以鼻。文学学者们恐怕不会愿意按照罗蒂的"书籍"观念来重新定义经典文学目录（更不可能因此改变学科范式），但他们仍然能从罗蒂那里收获许多启迪，特别是他将文学研究拓展为世界构建的实践诗学。

---

[1] 罗蒂认为我们应该关注和参与具体的"社会活动"而不是更宏大的"社会运动"，详见"Movement and Campaigns," in *Achieving Our Country*, pp. 111-124。许多公共知识分子用其专业领域的研究（通俗化的版本）支撑其政治立场，但是罗蒂在介入政治辩论的时候没有涉及他的哲学理论（例如他为《不同意见》杂志撰写的政论文章）。关于当代公共知识分子对于通俗语言的使用，见 Russell Jacoby, *The Last Intellectuals: American Culture in the Age of Academe*（New York: Basic Books，1987），p. 235。

书评:《文学通化论》研究

《文学通化论》之辟思

马利红

(暨南大学外文学院)

《文学通化论》是栾栋先生发表的一部文学理论新作。"通化"包含一系列新的思理,诸如"文学非文学""化感通变""通和致化"等命题。如果说"通化"充满着柔性的力量,那么,其中关于"辟文辟学"的"辟思"则是柔中有刚的创制。这里不仅见得出会通中西方根本思维方法的艰苦劳动,而且给学界提供了一种变革文学原理的尝试。本文主要从其"辟思性易辩法"切入,解析法国"纯文学"与"副文学"的纠葛。

19世纪以降,西方现代意义上的文学逐渐以"纯"自居且单立门户。20世纪又收复部分失去的领土:继小说、戏剧、抒情诗之后,散文诗登堂入室,自传、游记也被相继正名,如此等等,不一而足。在"亚文学"标签下,儿童读物、侦探小说、连环画、广告招贴和街头脱口秀也被纳入文学范畴。在理论方面,也可以看出端倪,20世纪20年代的学界就热议"文学性"规范和形式主义的捆绑(雅各布森等人),60年代思想界则看重挣脱"知识型构"的束缚(福柯等人),"文学性"的围墙终被撼动。文学与非文学越是争议蜂起,"什么是文学"的疑问越是问题成堆。文学现象不断嬗变,文学归类也难乎为继。

文学需要通化性涵养,需要辟思性的化感通变。这是《文学通化论》解析上述复杂关系的重要理念。"文学非文学"的命题揭开了一个佯谬式悖论：文学既是文学，也是非文学。也就是说文学性与非文学性的关系在"文学非文学"命题中得以统筹兼顾。如何将二者融为一体，"辟思性易辩法"提供了通和致化的锁钥。易理根阴而抱阳，辩证法亢阳以利器，辟思则是中西方两大思维方法的熔铸。辟思性易辩法之所以可以解决文学与非文学的难题，关键就在于其辟而解的化感通变功能。换言之，辟思是"文学非文学"命题的理论诉求，是"文学归化且他化"的方法要点。辟思的文本实乃"辟文学"（la paralittérature）。"辟文学"是栾栋教授对法国副文学概念的创新性改造和变革性提挈。其法文词形仍取 la paralittérature，但对法国和我国学界归于该词的杂、泛、亚、反等"另类文学"样态，即所谓副文学，做了通和致化的变易。反过来看，常见的将 la paralittérature 作为"副文学"指称，等于把"另类文学"置于"文学性"之外，将文学锁闭到不透明的玻璃瓶中。最受伤害的当然是所谓"副"类们，它们不仅"妾身未分晓"，而且全部被矮化乃至被驱逐。

  栾栋先生对这个词的"辟思"性改造有根有据。他保留了该词的前缀 para- 和词根"文学"，使前缀的丰富内涵透彻地凸显出来。用"辟文学"译制 la paralittérature 实属旨深意远，不仅保留了"前缀 para- 所具有的接近、围绕、反对、悖谬等含义，而且还提挈了导引、避开、经过、兼顾等一语通关的统筹义项。如 paratonnerre（避雷针）既有避雷击，又有导雷电的双兼含义。parapluie（雨伞）也有遮挡雨水和导引雨水的双关义项"[1]。汉法学界习见的"副文学"理解和译名只着眼 para- 的环绕、接近、

---

[1] 栾栋《文学通化论》，商务印书馆，2017年，第116页。

《文学通化论》之辟思

对抗、抵御等义项,实际上囿于西方二中选一的逻各斯思维,偏取"对立"含义,把文学主观地分为主流/边缘、精纯/芜杂、高雅/粗俗、传统/前卫、经典/普本、良好/劣质等类型,忽略了paralittérature应有的兼容且通化的品质。"辟文学"与"副文学"一字之别,二者的定位却有了根本之变,一个"辟"字,顿使许多非"纯性"的文学进入可提升和能净化的境界,同时也使"纯文学"所掩藏的杂然性真内质得到合情合理的解释。

为了深入理解"辟文学"关于"辟思"的精妙。引述一下栾栋先生对"辟思"的辟解很有必要。《文学通化论》的《文学辟思》章详细阐发了辟思的理据。古汉语的辟(pì)字非常有趣。许慎的《说文解字》指出:"辟,法也。从卩从辛,节制其罪也。从口,用法者也。"这一解释尚嫌拘谨。其实辟字的含义非常丰富,兼有创制—效法,典章—用度,打开—偏离,开拓—躲闪,治理—偏蔽,怪诞—大方,邪恶—清除等对折融会的意思。辟(pì)通辟(bì),有君侯—官吏,法度—罪行,征召—斥退,畏缩—勇为,破解—撮合等悖谬通化的内涵。质言之,以辟字定义para-这个法文前缀,不仅便于厘清文学遮蔽自身九头精怪的复杂组合,也有利于揭开文学作为多面女神的诸多变态,当然也适合于品味文学作为星云乐曲的无穷意趣。栾栋先生指出:"往深处讲,一个辟字,不仅吸收了辩证方法对立统一与一分为二之思想精华,而且提取了易学思想通和致化与交感臻变的华夏智慧。就文学亘古以来的起承转合而论,辟思是天地奇葩根苗华实的情理一体。在文学向死而生的成熟时代,辟思则是为诗学思想通关把脉的人文智慧。"[1]

---

[1]《文学通化论》,第113页。

回顾一下法国20世纪60年代中后期副文学及其理论的状况，则更能明了"辟文学"思想的创新价值。那个时段，在西方尤其在法国爆发了新一轮传统与现代之争，其中不乏在后现代价值观的牵动下，文学观念和文学研究也发生了剧烈变化。一时间各种文学写作尝试（如新小说）及文学理论（如叙事学）纷纷涌现。对文学正面质疑和反面挑战纷至沓来，如热奈特认为"什么是文学"的提法欠妥，"愚不可及"，"主张区别两个互补的文学体系"[1]；埃斯卡皮声称，"'好文学'和'副文学'的联系是很多的。由于社会的演变，产生于一种文学的某些文学形式转入了另一种文学"[2]。有学者对"文学"予以彻底否定，如巴尔特提出"作者之死"；德里达也以拆解、消解传统理解模式、习惯、结构为目的去践行"解构主义"；还有人从文学的"反面"进行攻击，如以托泰尔、昂热诺、布瓦耶等为旗手的"副文学"文论家，就是在文学和社会边缘为"另类文学开疆拓土"。

辟思对"副文学"理论的改造与提挈殊堪关注。托泰尔是"文学潜能工厂"的诗人。他从副文学出发反观文学，用"隔离火灾"来隐喻副文学与文学的关系。他认为副文学内部演绎着"真正的辩证法"，应在其概念所包含的特定矛盾中进行把握。他第一次详解"副文学"一词之前缀 para- 的含义，强调 para-既有"靠近"又有"相反"的含义，因此副文学具有"保护"和"防御"文学的双重属性。所有"非文学"或"反文学"的

---

[1] 贝尔沙尼、奥特兰、勒卡姆、维西耶《法国现代文学史（1945—1968）》，孙恒、肖旻译，湖南人民出版社，1989年，第371页。

[2] 安托万·孔帕尼翁《理论的幽灵：文学与常识》，吴泓缈、汪捷宇译，南京大学出版社，2000年，第23页。

书面作品都被他纳入副文学。他甚至倡导构思出一种内部无法划界的"模糊的书写混合体"[1]。昂热诺认为副文学具有制衡矫正文学场的力量。"副文学"前缀 para- 中包含的空间隐喻,即"勾勒出一个疆界,一个包围圈,一个空白地,(也追踪)一种'相对'的方式,一种毗邻性或连续性"[2]。这样,他超越二分辩证逻辑,把文学与副文学的对立关系改写称为"文学—副—文学"的依存与交互关系,二者互为彼此的他者与主体。他的公设是:"副文学并非文学的一种卑微的形式,文学和副文学无法脱离彼此而存在。文学和副文学是不可分割的一对,受控于历史沿革的辩证关系。"[3] 布瓦耶的副文学观则经历从单数独株(paralittérature)到复数簇生(paralittératures)的转变。他从文学与副文学的关系入手深层剖析二者对立的起因及互为前提、互相依存、互相建构的动态特征,指出二者成为彼此的"他者"以成全"大"文学的必然趋势。他认为"文学甚至只能不断地向它似乎首先是拒绝或看起来与之背道而驰的其自身的变体展开,文学必然会面临自我疏离、自我放弃,走向别的形式、别的文类、别的表达方式。边界并不一定是分裂;边界也是边缘、轮廓、转渡、相接。相撞与分裂的地方也是交换的领域"[4]。可以看出,他提出的"多孔边界"是为了在文学与副文学二者之间找到可以双向渗透和互逆互动的某种通道。

---

[1] 马利红《法国副文学学派研究》,暨南大学出版社,2011 年,第 49—53 页。
[2] Du D. Noguez: «Qu'est-ce que la paralittérature ?», in Documents du CIRP, n° 2, 1969 (bulletin ronéotypé).
[3] M. Angenot : *Le roman populaire : recherches en paralittérature*, Presse de l'Université de Québec, 1975, Québec, pp. 13-14.
[4] A.-M. Boyer : *Les paralittératures*, Armand Colin, 2008, Paris, pp. 90-91.

显而易见，不论是托泰尔构思的"混合书写体"，昂热诺擘划的"文学—副—文学"关系式，抑或布瓦耶确立的"多孔边界"，都有一个目的，即通过重新梳理"什么是文学"的问题，给"副"类文学谋生存。然而，这些理论尚未真正跨越德勒兹的"辖域化"抵达德里达的"解域化"。究其根底，是思维方法因循守旧所致。仅仅用辩证法克服"纯文学"与"副文学"的隔阂不啻用烈火灭火，因为"纯文学"捍卫其纯真的武器同样也是辩证法。"混合书写"也好，"多空边界"也罢，无非是以辩证法之矛，攻辩证法之盾，强硬地在二者之间凿开几个空洞，并不能从根本上解决"纯—副"之对立。而《文学通化论》之辟思，则是以化感通变之法，实现通和致化之道。辟思赋形于"易辩法"，吸收且融合了中华易学和西方辩证法，使二者"相互涵摄""互补互破""互约互化"[1]，融会贯通处充满"生发之几"[2]。

质言之，建立在辟思性易辩法之上的"文学非文学"命题，使文学之"正"与"副"、"纯"与"杂"得到真正的通解。辟思弥合了文学回溯性的"归藏归潜归化"与"他动他适他化"，贯通了文学的"化他而来""他化而去"和"兼他而在"，从而使文学这个复杂的存在终于有了通化体性。

---

[1] 栾栋《易辩法界说——人文学方法论》，《哲学研究》2003年第8期，第53、54页。
[2] 王树人《回归原创之思——"象思维"视野下的中国智慧》，江苏人民出版社，2005年，第5—7页。

通化性比较研究管窥

雷晓敏

（广东外语外贸大学外国文学文化研究中心）

《文学通化论》作为一种宏大却又不失精微的文学文化话语，对比较研究也有其不同于常见相关理论的判识和阐述。可以说，通化论本身就包含着比较，提升着比较，并且超越着比较。笔者的这篇短文尝试解析《文学通化论》的比较观，或者说从比较研究的角度对通化性理论做一点释读。

探讨这个问题首先自然会涉及《文学通化论》的第十八章《文学·比较·熔铸》。聆听过栾栋先生《论比较》课程的人都知道，这是其比较研究思想的第一篇。核心观念是熔铸。另外两篇《论创制》和《谈变体》没有收入本书，因为创制和变体都属于熔铸的不同侧面，作为一位喜欢精练的学者，他从熔铸三论中只选录一篇，其目的或许在于点到为止。从《文学通化论》整体来看，其中阐发的"归念说"与"他化观"，也包含有超越熔铸的学术思想。

熔铸作为一种方法，在比较研究中占有重要地位。在栾栋先生看来，比较只是做学问的准备过程，充其量只能算研究工作的初步。挑肥拣瘦属于动物本能，"朝三暮四"的故事讲的就是这个现象。《文学通化论》当然没有把比较研究归入动物性活动，但对比较研究在根源处就具有的占有欲望和工具理性倾向，有着高度的人文警觉。"熔铸"意味自律，因为比较研究中包含的强烈欲望需要节制，其中的唯工具理性主义倾向也有待矫正。《文学通化论》之所以将倒数第二篇即第十八章的位置给予熔铸理论，其审慎的学术用意不言而喻。这在国内外比较研究的理论界面，可说是独具慧眼的洞识。

栾栋先生指出："熔铸指称熔化、铸造和创新的过程，旨在说明比较研究所期待的一个非常重要的方法，即学人把各种比较对象冶为一炉，将自己研究的内容铸造成一个完整的创新作品。这既是比较研究的难题，也是比较研究突破自身的一条出路。"[1] 具体讲，熔铸研究是对比较研究基础的改造。中外的比较研究大都以实证经验为铺垫，以类推比较为起点，以条理板块为规范。此类比较的长处在于参同参异，弱点在于缺乏改造制作方面的提升。熔铸研究是对经验实证的突破，是对类比成果的回炉，是对条块比较的化解。"深一层"讲，熔铸研究是对比较研究核心的转移。因为熔而铸之的研究，本质上是把聚焦点投入擘肌分理的概括，其提挈点大都是在彼此之外"多一环"的把握，而其复合点往往是"借一步"的措置。上述关于"深一层""多一环""借一步"的方略，实际上是对主客、物我、人己、彼此、影响、平行之类的关系设定和方法择取的深度整合，是促使研究者自己与所研究对象由此结缘、禀命和入道的过程。这样的方法变革，是把方法看作研究对象的灵魂（黑格尔语），将熔铸过程凝聚为个案与相关事物缔结或检索出普遍联系的共同点。此时的熔铸，已经不是仅属于方法的变通，而是超出了比较研究套路，创辟出新理念、新思路和新成果的新格局。

---

[1]《文学通化论》，第341页。

新格局首先表现在学科建设方面。"倡导熔铸性治学，是对比较研究的深层改造，或者说是对比较研究学科的创新。比较研究的'在路上'，有待熔铸性的治学而获致家园性的安顿；比较学科的'婚介所'，有待熔铸性的和合才能促使佳偶天成；比较切磋的'两股道'，有待熔铸性的锻造方可自成新器。熔铸，是对比较研究学科的内在性改造。"[1] 栾栋先生这段生动而切中肯綮的解析，道出了熔铸研究所揭示各类比较学科之"先天不足"和"后天失调"，也指出了克服此类缺憾的方略。熔铸的过程，就是克服比较学科前提预设之内在距离的运动。各方比对的"原始残障"或曰"先天不足"，终因熔铸而获致创辟性的补救。比较套路的"急功近利"或曰"后天失调"，也经熔铸以进入突破性提升。古今中外著名思想家们的熔铸性作品表明，熔而铸之的创制，大都使文化鸿沟有了津渡，把学科藩篱夷为平地，将思想隔阂融会贯通。"轴心"时代的思想家自不待言，就以近三百年论，淹通的大家屡屡突破了学科的界限。栾栋先生列举了章学诚的《文史通义》，马克思的《政治经济学批判序言导言》，叔本华的《论死亡》，尼采的《权力意志》，巴赫金的《陀思妥耶夫斯基诗学诸问题》，福柯的《词与物》，他称这些著作都是熔铸性治学的代表作，也是把诸多学科浑然沟通的大手笔。

学科是专业化的别名。比较研究，不论是哪个学科，本身的定位就是奔着交叉学科而去。然而这个原本属于方法的范畴，却成了一个个不同大门类的分系比较学科，甚至有人倡导将比较研究的二级或三级学科提升为一级学科。比较研究列为二级或三级学科，已经是一个"奇葩"。再加晋升，实在匪夷所思。

---

[1]《文学通化论》，第347页。

一些非常重要的大型方法如辩证法，尚且不能成为一个学科，而比较研究竟然后来居上。究其原因，无疑是各国和各民族文化交流日益广泛的现实需要所致，而要论最大的驱动力，应说是全球化市场的催化作用使然。对世界有用即合理。从这个意义上说，比较研究作为一个普通学科存在无可厚非。但是从事比较研究的人务必明白，凡是因实用而合理的学科，一定不可被实用性和直接的功利性蒙蔽眼睛和束缚思想。突破实用性和直接功利性的辖制是不可须臾忘却的事情。

有不少比较研究者大力强调跨语言、跨文化和跨学科等跨接性举措。这自然也有其道理。研究者除母语和本国文化外再有两三门异国或异族的语言与文化，当然是非常好的基础，跨出去或跨进来都很有必要。可是跨字号研究毕竟需要深度熔铸。作为一般翻译工作者和调查人员，跨语言、跨文化和跨学科活动是很实惠，而对于深一层的比较研究而言，跨应入熔，熔须入铸。熔铸功夫弥足珍贵，而且十分重要。熔铸不一定以比较的口号弄出动静，因为深沉的多种文化交响，完全可以通过颇具穿透力的见解而显出分量。本尼迪克特的《菊与刀》对日本民族及文化的洞识，可谓不言跨而深乎跨且超乎跨的熔铸性例证。这本书至今都是日本学的重要文献，也是反观美国学、参酌中国学和折射欧洲学的宝贵资料。作为东西方思想文化比较研究之必读书，《菊与刀》的影响远非"比较"二字可以牢笼。突破跨文化是《文学·比较·熔铸》的一个发人深思的向度。

这里有必要指出，熔铸性的比较观只是《文学通化论》的一个节点。这个解析涉及到通化论"经典说"的根本性思想方法。熔铸之重要全在经典生成方面。《连山》《归藏》《周易》是这样的经典。《道德经》《论语》《孟子》《庄子》《荀子》《史记》《文心雕龙》是这样的经典。《圣经》《共产党宣言》《资本论》是这样的经典。这些著述是旷世圣哲熔化多种历史精华而铸成。大典皇皇并不因铸成而就此不化或失化。恰恰相反，经典最具化性。上述大典的化性，既表现在可被人们反复以至无限释读，也表现在可化身为众多新学术经典之种芽。这就是熔铸性比较的化性价值。《文学通化论》阐发的正是这个思想。这个特点既见诸他化化他的运动，也体现于辟文辟思之辟解。限于篇幅，此处不予展开论述。

称熔铸比较为通化论的节点，还有一层意思，那就是世界观、价值观和宇宙观方面的涵养。就世界观方面讲，熔铸是主体与客体去己以同和。从价值观角度论，熔铸是本体与实体无为且有为。从宇宙观大端看，熔铸是造化与机缘偶发而时中。换言之，熔铸过程就是在类似命运摆弄的过程中捕捉参赞造化的化性节点。熔铸的归化和他化运动，有如天地人互动中的一个个异质同构的和谐点。总体与无限的差别在其中化解，自律和他律的难题在其中消弭，瞬间与永恒的悖谬在其中释然。在这个意义上，可以说熔铸是天地造化的功能，是人世砧板的锻打，经典所体现的正是那样一个节点。